탈북 디아스포라

2 쟁점으로 읽는 한국문학

탈북 디아스포라

박덕규 · 이성희 편저

Diaspora of North Korean Defector in Korean Literature

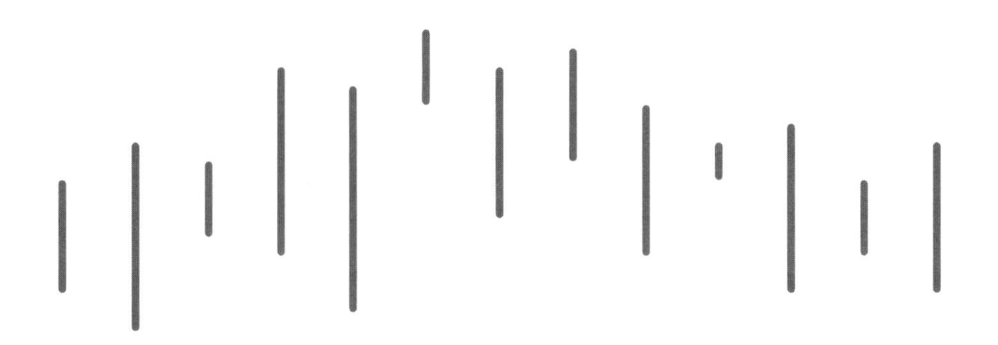

머리말

20세기 중반 이후 우리 문학은 분단의 상처와 모순에 다채로운 형태로 응전해 왔다. 이는 특히 소설문학에서 가장 풍성한 성과를 내면서 소위 '분단문학'이라는 광범위하고도 선명한 자장을 형성해 놓았다. 해방기의 좌 · 우익 대립, 전쟁과 그 후유증, 1960~70년대 반공 이데올로기의 체제적 갈등, 1980년대 민중주의적 관점과 급진적 통일론 등이 지난 시기 분단문학의 주된 내용과 형식을 채웠다고 할 수 있다. 여기에, 1990년대 사회주의 국가의 체제 와해로 냉전시대가 종식되고, 2000년대 글로벌 경제체제의 재편이 이루어지는 동안 완강하게 문을 닫고 있던 북한으로부터 탈북자들이 양산되는 현실에 대한 특별한 각성이 얹어진 상태다.

냉전체제가 와해될 때 러시아와 동구권 등에 머물던 북한 사람들 사이에서 조짐이 드러나던 '탈북 바람'은 1990년대 중반 심각한 식량난을 겪은 북한이 그것을 타개하려 추진한 '고난의 행군'이 실패로 돌아가면서 다양한 양태의 시사(時事)로 급증해 왔다. 탈북은 남북한과 중국 등 주변 국가에 지대한 영향을 줄 사건일 뿐 아니라, 통일시대를 선험적으로 인식하게 하는 실증적인 사례이자 21세기 세계 역사의 중요한 흐름을 감지하게 해주는 안테나가 된다. 이에 따라 탈북 소재 문학도, 장르면에서 중단편 중심에서 연작소설 · 장편소설로, 작중 무대 면에서 한국 · 중국 등 한정된 지역에서 그 외 여러 국가로, 주제 면에서 자본주의 체제와의 갈등에 대한 리얼리즘적 해석에서 인간 본성이나 인류사의 디아스포라 체험에 대한 인문사회학적 탐구로 각각 확장 · 심화되고 있다. 이런 변화에 짧은 기사나 단편으로 관심을 보여 오던 비평계도 이제 그 못지않은 무게감 있는 논문과 각종 연구물로 부응하고 있는 중이다. 이 책은 탈북 소재 문학에 대한 평문 중에서 주로 2000년대의 결실을 모았다.

제1부 '탈북 서사의 배경과 한국문학의 새로운 지평'에는 남북 분단의 시대에서 대량 탈북 사태를 보이는 이즈음에 이르는 과정을 문학사적 관점에서 해석하고 정리하고 있는 4편의 평문을 실었다. 제2부 '탈북, 정착과 혼돈의 세계'에는 탈북자가 온몸으로 느끼게 된 현실적 고통과 자본주의 체제와의 갈등 등을 인권 문제나 남한 사회에서의 생존 문제를 중심으로 살펴보는 5편의 평문을 실었다. 제3부 '탈북, 영역을 넘어 체제를 넘어' 에는 탈북이 북한의 와해 조짐을 증명하는 일이기를 넘어 세계사적 인식의 전환을 각성하게 하는 체험임을 밝히는 글로벌적 인식의 평문 6편을 실었다.

이 책의 편저자 중 한 사람(박덕규)은 1990년대 중후반부터 탈북 문제를 소설로 담아오면서 한국과 세계의 역사와 문명에 대한 관심을 다양한 장르의 창작과 이에 대한 연구의 성과로 옮긴 창작가이자 연구자다. 다른 한 사람(이성희)은 분단문학 관련 연구로 박사학위를 받을 때부터 탈북 문제를 통해 분단시대의 끝에서 새로운 시대가 도래하는 현장에 촉수를 들이대 남달리 여러 편의 실적을 내 온 연구자이다. 두 편저자는 '민족의 특수한 경험에서 전지구의 미래를 위한 포용으로' 라는 제목의 대담비평을 통해, 오늘날 탈북자의 체험과 인식을 알기 쉽게 설명하면서 탈북 소재 문학의 유형과 특징, 문화사회적 상징성, 디아스포라적 의미 등을 점검하고 그것에 대한 논리적 해석의 다양한 통로를 열어 놓았다.

이 책에 게재한 모든 글은 전체적으로 일관된 흐름을 유지하기 위해 교열을 거쳤고, 각주나 인용 글을 중심으로 기준에 맞게 수정했다. 각 평문이 인용한 글은 대체로 원전의 표기 형식 그대로 따르는 것을 원칙으로 했다. 평문의 출처와 필자의 약력은 별도의 지면에 밝혔다.

세계사적으로 복잡한 전환기에 직면한 상황에 이 책이 의미 있는 지침을 제공했으면 하는 바람을 마지막으로 적어 둔다. 원고의 수합부터 교열과 편집 과정을 불평 없이 수행해온 푸른사상 편집팀의 노고에 박수를 보낸다.

2012년 11월
편저자

제3부 탈북, 영역을 넘어 체제를 넘어

대담비평

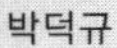

이성희

민족의 특수한 경험에서 전지구의 미래를 위한 포용으로

민족의 특수한 경험에서
전지구의 미래를 위한 포용으로

박덕규 · 이성희

1. 탈북, 새로운 쟁점의 대두

박덕규(아래 박) – '탈북(脫北)'은 문자 그대로 해석하면 '북한 이탈' 또는 '북한 탈출'이라는 뜻이죠. 북한에서 살다가 자발적이건 어쩔 수 없어서이건 북한 국민이기를 포기하고 북한을 위법적으로 벗어나 다른 나라에 살게 된 경우를 말합니다. 북한에서는 모국에서 도망간 범죄자, 그들이 머무는 다른 나라에서는 법적으로 보호받을 수 없는 불법체류자. 북한으로 돌아가면 엄중한 처벌이 기다리고 있고, 불법체류자 신분을 벗어나려면 수용이 가능한 나라에 가서 그 나라 정부가 마련한 정착 과정을 겪어야 하고. 이런 신분인데요, 분단국인 우리나라는 그동안 이들을 적극적으로 수용해 왔지요. 한데, 그 사례가 급증하면서 이제는 탈북이 으레 있는 일이 된 듯싶을 정도입니다. 그러는 사이 이 일은 특수한 정치적 사건이기를 넘어 일반 사람들이 모두 감당해야 하는 사회적인 문제로 넘어왔다고 할 수 있겠어요. 문학을 비롯해 여러 문화예술 장르에서도 이를 다양한 형태로 표현하고 있습니다.

이성희(아래 이) : 우리나라에서 탈북에 대한 인식은 1990년대 중반을 전후로 하여 크게 바뀌었다고 할 수 있습니다. 남북 분단 이후 1993년 이전까지는 이들을 대개 귀순자, 귀순용사라 칭해 왔어요. 귀순(歸順)은 '적이었던 사람이 반항심을 버리고 복종하거나 순종한다' 는 뜻이죠. 이후 귀순이라는 말은 생략되고 주로 탈북자라 불렸지요. '탈북자' 라는 용어가 국립국어원 '신어 자료집' 에 등재된 것이 2003년으로 조사되고 있어요. 지금은 탈북자, 북한 이탈 주민을 공식 용어로 쓰고 있는데, 특별히 '새로운 터전에서 삶을 시작하는 사람들' 이라는 뜻에서 새터민이라는 순우리말로 쓰기도 하지요. 용어에서 보듯이 탈북자를 바라보는 우리 시각이 그만큼 달라졌다고 할 수 있습니다. 또 그만큼 국가적으로 사회적으로, 나아가 문화적으로 풀어야 할 큰 과제가 되었다고 할 수도 있겠고요.

박 : 1990년대 중후반을 기준으로 해서 그 이전에는 귀순용사나 월남 귀순자 등으로, 그 이후로는 탈북자로 불렀다는 얘기죠. 그런데 이 용어 변화가 단순히 시대 흐름에 따른 언어 관습의 결과라 할 수 없지요. 귀순자라 할 때는 남한체제의 우월함을 선전하려는 의도가 내재되어 있었다면, 탈북자라 할 때는 그 자체를 객관적 현실로 드러내려는 의도가 있는 거라고 할 수 있습니다. 국민들의 정서도 '따뜻하게 품어야 우리 동포' 이기를 넘어 '통일 후 발생될 심각한 갈등의 선험적 사례' 로 이들을 바라보는 상황이 되었습니다. 실제로 중국 등 여러 나라에 흩어진 이들에 대한 선별 수용 같은 문제가 일어나기도 하고, 이들의 남한 정착을 돕는 지원금 문제나 복지 교육 등 지원책이 복잡해진 상황입니다.

이 : 북한 전문 자료에 따르면 북한은 1990년대 중후반 국제적 고립과 자연재해로 심각한 식량난을 겪게 되면서 '고난의 행군' 이란 구호를

내세워 이를 이겨내기 위해 애썼는데, 이것이 결국 실패하면서 체제적으로 심각한 곤란을 겪었다고 합니다. 이전과는 확연히 다른 탈북이 일어난 것은 이 무렵부터입니다. 탈북이 대량화되고 그 형태도 다양화되면서 그들을 대하는 우리 정부의 태도나 우리 국민의 정서도 달라졌습니다.

박 : 고난의 행군을 겪는 동안 북한은 전반적인 기근을 극복하지 못했고 이에 따라 탈북 사태가 양산되는 결과가 빚어졌다는 얘기는 이 책에 거론되는 여러 작품들(정도상의 연작소설 『찔레꽃』, 조해진 장편소설 『로기완을 만났다』 등)에도 잘 드러납니다. 이때부터의 탈북은 그 이전에 비교적 잦지 않았던 탈북에 비해 아주 다른 양상을 보이지요.

이 : 고난의 행군 이전의 탈북은 대개 북한 공산체제에서 남한 반공국가로 넘어온 일종의 '정치적 탈북' 이라 할 수 있어요. 이에 비해 그 이후 급증한 탈북은 '정치적 목적' 보다는 생존 그 자체를 위한 경우가 대부분입니다. 즉, 북한을 이탈해 남한으로 오는 탈북자는 1990년대 중후반을 기점으로 '정치적 디아스포라' 에서 '경제적 디아스포라' 로 그 성격이 달라진 거지요. 오늘 우리가 주로 문제 삼는 탈북은 바로 이 기점으로부터라고 하겠습니다. 탈북자가 '귀순' 할 때마다 언론에 대서특필되는 일은 점점 줄어들고, 특별한 경우가 아니면 보도조차 되지 않고 있습니다. 2000년대 들어서 이 경제적 디아스토라의 면모도 다양해집니다. 이들 경제적 디아스포라는, 굶어죽지 않고 살 수 있는 곳을 찾아가는 '생계형 탈북' 에서 좀 더 나은 일자리를 찾아가거나 더 나아가 윤택한 삶을 선택하려는 일종의 '노동형 디아스포라' 로 다변화하고 있는 추세입니다. 이들의 삶의 공간도 남한에 정착해서 사는 경우 말고도 중국을 비롯한 다른 나라일 수도 있고, 그런 탈북자

의 수도 만 단위를 넘어 십만 단위에 이른다고 추측될 정도입니다.

박 : 탈북자는 어떤 이유에서건 북한의 국민이기를 포기하고 북한을 이탈해 살고 있는 사람인데요, 좁게는 그들의 이후의 삶의 공간이 남한인 경우(기존 남한체제 중심의 관점에서는 이 경우만을 얘기해 왔죠)와 넓게 보아 남한으로의 유입에 실패했거나 스스로 거부해 중국 등 다른 나라에 살고 있는 경우를 함께 다루어야 할 상황입니다. 우리가 탈북을 소재로 하고 있는 문학에 대한 여러 관점의 연구물을 정리하면서 결국 '탈북 디아스포라' 라는 제목을 붙이게 된 것도 이런 뜻에서이지요. 탈북은 남북으로 분단된 우리의 현대사와 현재진행형의 예민한 남북관계를 보여주고 통일 이후를 대비하게 하는 실증적 사실로도 관심의 표적이 되지만, 나라 잃고 다른 곳을 떠도는 삶들이 인류 역사에 던져온 실존적이면서 인문학적인 질문에 가 닿는 중요한 소재가 된다고 봅니다. 이즈음, 인류사에서 나라를 잃고 떠도는 유민의 역사를 특별히 디아스포라(diaspora) 개념으로 설명하는데 탈북은 바로 그런 측면과 뚜렷하게 만나고 있어요.

2. 민족 문제에서 디아스포라로

이 : 디아스포라는 그리스어 'dia' (너머)와 'sperien' (씨뿌리다)에 어원을 두고 있습니다. 구체적인 역사적 사례를 바탕으로 '팔레스타인을 떠나 알렉산드리아 등지에 살게 된 유대인 공동체' 나 '조국에서 살지 못하고 타국에 흩어져 사는 유대인' 으로 정의되기도 합니다. 이런 정의는 유대인을 중심으로 한 시각에서 연유한 것일 텐데요, 사실 인류 역사에서 조국에서 살지 못하고 타국에 흩어져 사는 종족들이 얼마나 많겠어요? 디아스포라 문제를 학술적인 대상으로 삼은 사프란 같은

이는 그래서 이를 '국외로 추방된 소수집단 공동체' 라고 정의하고 있습니다.

박 : 이 디아스포라가 왜 2000년대의 주요 쟁점이 되었나를 생각할 필요가 있겠어요. 1990년 무렵 구소련 체제와 동구권 사회주의 몰락, 중국의 개방 등을 계기로 세계가 글로벌 경제체제로 전환되면서 전 지구적으로 인구의 대규모 이동이 일어나게 되었지요.

이 : 이주 노동자가 양산되는 것을 비롯해서, 매매 결혼, 밀입국, 불법체류 등으로 무국적 또는 이중 국적이 되는 사람도 늘어나게 됐고요. 다문화사회가 넓어지면서 언어, 인종, 종교 등 여러 문화적 갈등이 사회문제화하는 현상도 이 연장선에서 이해될 일이죠. 요즘 학술적, 문화적 관심의 쟁점이 되는 디아스포라의 개념에는 단순히 이주자, 또는 그런 현상뿐 아니라 이런 초국가적(transnational)인 문제들이 모두 포함됩니다.

박 : 그 점이라면, 우리 경우도 대체로 두 종류의 디아스포라를 생각할 수 있겠습니다. 하나는 복잡한 근현대 역사에서 파생된 이주 한인들 즉, 대표적으로 중국의 조선족이나 연해주와 중앙아시아의 고려인, 재일동포, 그리고 여기에 보태 미 대륙에 살고 있는 재미동포들이겠죠. 또 하나는 2000년대 전후로 등장한 결혼이주 여성과 거기서 생겨난 다문화가족, 국내의 조선족 노동자와 제3국 노동자, 탈북자 등입니다. 1990년대 들어 시작된 세계 경제의 글로벌주의가 산업과 이주의 혼재를 낳았고 이로부터 이 두 종류의 디아스포라가 혼종성을 띠면서 나타나게 되었다고 할 수 있겠어요. 해외 입양아, 산업 파견자, 유학생, 해외 선교 활동자, 관광 영업자 등등 그동안 크게 이슈화되지 않

은 부류도 이 문제에 관계되면서 '디아스포라적 쟁점'의 소재가 되었죠. 결국 탈북 문제도 남북 분단과 통일이라는 우리나라와 우리 민족 문제가 아니라 이런 글로벌적인 관계에서 함께 풀어야 한다는 얘기가 됩니다.

이 : 탈북은 우선 가시적인 범위에서 북한체제의 지속성이나 남북간의 관계를 예측하게 하는 단초가 됩니다. 실제로 한국에 와서 우리 국적을 얻어 정착한 탈북자의 일상을 통해 통일 뒤에 남북 화합의 방법을 구하기도 합니다. 그러나 이 문제를 우리 한국만의 문제로 보지 않고 국제사적 안목에서 볼 때 이주와 정착의 역사를 공유한 디아스포라의 현대적 사례로 볼 수 있는 거죠. 이 점 탈북을 소재로 한 문학작품에 대해 의외로 더 깊은 통찰이 요구되는 이유이기도 합니다. 이들 탈북자를 소재로 한 소설은 대개 1990년 후반부터 발표되기 시작했는데, 2000년대 소설에는 더욱 다양한 내용으로 나타나고 있습니다. 탈북은 남북관계의 변화를 알게 하는 바로미터이자 21세기 세계역사의 중요한 흐름을 감지하게 해주는 안테나이기도 하죠. 민족의 문제이자 세계의 문제, 이것이 오늘날 탈북 문제의 주 관점이자 우리 문학의 새로운 지향점이라고 할 수 있겠습니다.

박 : 탈북 문제는 문학사의 관점을 그만큼 새롭게 확장시킨다고도 설명할 수 있겠어요. 탈북이란 당연히 분단 상황이 해소되는 과정에서 일어나고 있는 거니까 그 시작은 우리 민족 내부와 관련된 내재적 관점에서 봐줄 수 있죠. 분단 이후 우리 문학사는 **1) 6 · 25**전쟁의 체험적 상황 → **2) 그 이후 분단이 고착되고 심화되던 1960~70년대적 사회 정황 → 3) 분단체제의 모순이 비판되고 통일 지향의 의식이 크게 대두되던 시기** 등의 순으로 전개돼 왔다고 할 수 있습니다. 1990년대 중

반 들어 탈북자가 급증하면서 이 문제를 수용한 문학작품을 그동안의 '분단문학사'의 연장선에서 보는 관점이 성립한다는 겁니다. 탈북 소재 문학은 이런 통시적 관점에서 일단 아주 유효하다는 거지요. 그런데, 이 탈북을 문제 삼은 작품들은 그 이전 분단이 문제가 되던 시기의 문학작품과는 상당히 이질적인 특징들을 지니고 있다는 점을 주목해야 합니다. 분단이 한국이라는 하나의 국가적 정황을 대변하는 주제라고 한다면, 탈북은 그런 면도 있지만 분명히 여기에는 국가 너머의 세계와 관련된 주제 또한 포괄된다는 것이죠.

이 : 탈북이 국가 너머의 세계와 체험적으로 주제적으로 관련된다는 얘기는 차차 얘기되겠지만, 장편소설 『리나』(강영숙)나 『바리데기』(황석영) 같은 예로 설명할 수 있습니다. 이 작품들은 탈북은 했으되 남한 근처에 오지 않은 탈북자 체험을 전적으로 다루고 있거든요. 『리나』는 남한으로 짐작되는 P국으로 가는 길을 주 공간으로 하는데, 어느덧 그 P국은 기호만 남고 실체가 없는 대상이 되고 현실에서는 세상 어느 나라라고 말하기 어려운 이질적인 공간만이 펼쳐집니다. 『바리데기』의 주인공은 중국을 거쳐 영국으로 밀항 가서 거기서 주로 다른 나라에서 이주해온 제3세계권 이주자들과 함께 살아갑니다. 여기서의 탈북은 남과 북, 또는 그 통로에 있는 중국이나 제3국을 넘어서는 '국제적 체험 공간'을 확보하고 있는 셈입니다. 이전에 우리 문학에 이런 공간이 있었다고 보기 어렵지요. 한편에서는 작품을 쓰는 작가의 관점에서 탈북이 체험적으로도 그렇고 주제적으로도 매우 신선한 호재가 되었지 않았나 생각됩니다. 탈북과 직접 관련된 서사적 요소만큼 다층적이고 복잡한 내용을 얻기도 쉽지 않을 건데요, 탈북은 거기에 민족사적, 국제사적 안목을 가지게도 하잖아요?

박 : 저는 1990년대 후반부터 탈북 문제를 다룬 소설을 쓰기 시작했어요. 작가가 처음부터 그런 역사문화적 환경 전체를 명백하게 인식하고 작품을 쓰기는 어려운 거고요. 다만, 말씀하신 대로 탈북이 그 자체로 매우 굵직하면서도 복잡한 서사 환경을 제공한다는 특징에 대해서는 잘 이해했다고 할 수 있어요. 저는 탈북을 소재로 해서 무엇보다, 비자본주의 체제의 눈으로 자본주의 체제의 삶을 보게 만들었어요. 글로벌화된 자본주의의 발전과 병폐가 소용돌이치고 있는 아주 표본적인 현장인 한국의 삶을, 자본주의와는 가장 먼 곳에서 살아온 탈북자가 맞부딪치는 상황으로 내세워 여러 편의 중단편에서 극화해 봤습니다.

3. 월북한 아버지를 다시 만나기

이 : 탈북이 급증한 1990년대 중후반으로부터 벌써 십 수 년이 지났고 그동안 탈북 소재 작품도 다양해졌습니다. 탈북이 매우 민감한 현실을 반영하는 일이라 국제 정세의 변화나 북한의 현실 변화에 따라 체험적 내용의 변화가 크다고도 할 수 있습니다. 박 선생님 작품은 발표 시기가 1990년대 후반부터 2000년대 초반까지인데요, 그 작품들은 그 무렵 있은 탈북의 실제 정황을 보여준 것이라 할 수 있습니다. 또 그건 작가가 의식했건 하지 않았건 1990년대 중후반 북한에서 실제 있었던 고난의 행군 시기에 잦아진 탈북의 체험과 연관되어 있고요.

박 : 지금의 대규모의 탈북은 말씀하신 1990년대 중후반 '고난의 행군' 때부터 시작되었다고 할 수 있지만, 사실 그 이전에 그런 조짐이 나타나 있었어요. 1990년 들어 북한을 제외한 거의 모든 사회주의 체제가 실패 또는 궤도 수정을 선언했는데 북한만은 그러지 않았잖아요. 개

방이든 궤도 수정이든 해야 하는데 하지 않았고 그래서 고립됐으니 심각한 결과를 낳을 수밖에 없는 거지요. 안의 변화가 없으니 그게 밖으로 터져나간 것이 탈북인 셈입니다. 1990년대 초 구소련과 러시아의 해체와 변화와 관련해 실제 탈북 현상이 나타나고 있었지요. 제 소설에도 그 무렵 독일 통일 전 동독 유학생으로 있다 탈북해 한국에 정착한 인물이 주인공으로 등장합니다(「세 사람」). 또 러시아 시베리아의 벌목공으로 파견된 북한 사람이 탈출한 사례(김지수, 「무거운 생」)도 한때 큰 화제가 됐지요. 그런 사건이 대량 탈북을 예고하는 초기 정황이라 할 수 있습니다. 어쩌면 그런 체험이 곧 탈북 소재 문학의 처음을 연 사건이라 할 수도 있겠고요. 「아버지 감시」(최윤, 1990)는 시기적으로 이런 유의 맨 앞에 놓이는 단편소설인데, 작중의 시대적 배경이 루마니아 공산 정권이 무너지고 동구권 국가들이 잇달아 도미노 현상처럼 무너지는 1990년 무렵입니다.

이 : 「아버지 감시」의 아버지는 6 · 25전쟁 때 남한의 가족을 두고 스스로 월북한 사람입니다. 곧 남조선 출신이라는 성분의 불리함을 지우기 위해 다시 결혼도 했고요. 종국에는 오랜 계획 끝에 가족들을 이끌고 중공으로 탈주한 몸이지요. 그런 아버지가 파리의 국립식물연구원에 근무하고 있는 아들을 찾아온 상태입니다. 월북한 아버지와 그 때문에 남한에서 고통 속에서 성장한 아들이 제3국에서 상봉한 것이지요. 그런데 이 아버지가 '나'(아들)를 만난 건 남한의 가족을 버린 죄를 씻기 위해서가 아니었죠. 둘은 과묵한 상태로 사흘을 함께 동숙합니다. 아버지는 젊은 날 자신이 그랬듯이 사회주의 혁명을 위해 투쟁하다 죽은 병사들의 최후의 격전지인 '코뮌 병사들의 벽'을 답사하겠다고 합니다. 이런 아버지의 미련한 신념을 결국 아들이 이해하게 되지요. '월북했지만 후회는 없다'는 탈북자와 그를 비로소 이해하게

된 '버려진 남한의 아들', 이 둘이 놓인 탈북의 현장이 「아버지 감시」의 새로움이자, 분단의 시대에서 통합의 시대로의 전환을 예고하는 일이 되었다고 할 수 있습니다.

박 : 남한의 자본주의는 세계자본주의 체제의 대세에 적극 호응하고 있고 북한은 지속적인 고립주의로 자체 모순에 빠진 상황을 대변하는 것이, 북한에서의 탈북과 남한 사람들의 그들과의 당당한 만남이라는 사건, 대표적으로 '월북 아버지 만나기' 라고 하겠습니다. 이런 상봉을 「아버지 감시」가 거의 최초로 보여준 거지요. 물론 여기서 한 가지 짚고 넘어갈 게 있지요. 우리나라는 남북 분단 이후 대체로 분단의 골이 깊어져 남과 북 사람이 접촉할 수 있는 통로는 완전히 막혀 있었지만, 그렇다고 남북한 사람이 서로 만나는 경험이 소설로 등장하지 않은 것은 아닙니다. 예를 들어 「먼 소리 먼 땅」(최창학, 1972), 「삐에로와 국화」(이병주, 1977), 「어느 계절의 벽」(김용만, 1990), 「은장도」로 개제) 등 남파 간첩을 소재로 한 작품에 남북 상봉의 스토리가 녹아 있었지요. 또는 분단 심화기의 판문점에서 남북 기자의 만남을 연출한 「판문점」(이호철, 1961)이나 1985년 초반 남북간에 일시적인 해빙무드로 성사된 이산가족 고향 방문 프로그램의 스토리를 통해 남북 상봉을 그려본 「아가베꽃」(양헌석, 1985) 등도 있습니다. 월북 지식인의 '비망록' 이 동해로 떠내려온 것을 전달하는 과정을 그려 분단의 고통을 묘사한 「환멸을 찾아서」(김원일, 1984)나 역시 월북 지식인으로 남한에서 연좌제로 시달리는 가족들에게 일기를 남기는 사연으로 이데올로기의 허구성을 비판한 『영웅시대』(이문열, 1982~1984) 등이 남과 북으로 갈린 가족의 '방법적 대화' 로써 분단으로 제한된 공간을 극복한 플롯의 예가 됩니다. 이보다 더 앞서는 『광장』(최인훈, 1960)에서 분단된 남북에서의 실제 체험을 통해 분단을 넘어서는 제3의 길

을 모색한 한 지식인의 몸부림 역시 분단을 보는 고정된 시각을 뛰어넘는 자리에 있었고요. 이 점에 대해서는 이 책의 「분단 환경과 경계선의 상상력」(우찬제)에서 자세히 설명되고 있습니다. 또 「남북한 만남의 문학 변천사」(임헌영)에서 분단 상황에서 상봉의 사연을 극화한 소설의 유형과 흐름을 자세히 설명하고 있습니다.

이 : 이번에 수록하는 「여행소설에 나타난 상상력의 구조 변화」(이정숙)에서 「아버지 감시」보다 먼저 발표된 「아테네 가는 배」(정소성, 1985)로부터 제3국에서의 '월북 아버지와의 상봉' 이라는 모티브를 찾아냈더군요. 이를 다시 「아우와의 만남」(이문열, 1994)에서 월북 아버지가 북에서 나은 이복동생과의 만남 스토리와 연계하고 있습니다. 「아우와의 만남」의 시대적 배경은 한중 수교 후 중국 여행이 자유화된 시기입니다. 월북한 아버지를 만나러 중국으로 간 남한의 대학교수가 아버지를 대신해 나온 이복동생을 만나게 됩니다. 아버지는 죽고 없는데, 이복형제가 대신 상봉을 하고 있는 거지요. 월북해서 재혼한 아버지와의 만남은 이렇듯 재혼 후 태어난 이복형제와의 만남으로 대체된 셈입니다. 분단 1세대라 할 연배가 삶의 전면에서 물러나게 되는 21세기의 우리 현실에서 이런 유의 대체된 부자 상봉은 남북 통합 스토리에서의 하나의 패턴이 될 만하다고 생각합니다.

박 : 분단문학사의 관점에서 보면 1990년대는 '분단' 의 스토리에서 '상봉' 의 스토리로 전환되는 시기라 할 수 있습니다. 또한 작중의 공간적 배경에서도 확연히 새로운 공간을 선보입니다. 남북한 지식인이 서로 만나 적대적인 감정을 풀고 서서히 서로 진한 친밀감을 확인하는 과정을 그리고 있는 「보고드리옵니다」(이호철)의 무대는 폴란드입니다. 물론 폴란드는 사회주의 국가였다가 막 개방을 해서 우리나라 사람들

이 자유롭게 여행하는 나라가 된 상황이죠. 해체되고 있는 구소련에 방문한 한국의 방송 취재원들이 러시아의 연해주에서 북한 벌목공들을 만나는 특이한 경험을 그린 「강물은 바람을 안고 운다」(이원규)도 함께 생각해야 할 작품이고요. 특히 중국은 분단으로 이산을 경험한 남북한 가족의 상봉지가 되어 버렸지요. '사상운동'을 하다가 월북한 아버지를 중국 대련에서 상봉하는 사연을 담은 「어머니 마음」(홍상화), 6·25전쟁으로 월남한 아들이 고향인 북한의 혜산에 사는 어머니를 만나기 위해 압록강을 사이에 두고 사촌동생과 절규로 대화를 나누는 「혜산 가는 길」(이순원) 등이 좋은 예가 됩니다. 이런 유의 작품들이 시대적으로, 소재적으로 탈북을 다룬 소설 소위 '탈북자 소설'의 전(前)단계에 해당한다고 할 수 있습니다.

4. 탈북의 내용과 주제 분류 – 유린되는 인권

이 : 우리가 말하는 본격적인 탈북 소재 소설은 세계정세와 북한 내부의 변동에 따른 탈북자의 대량 발생과 관련이 깊습니다. 탈북 소재 소설의 시발 역시 1990년대 중후반으로 봐야겠지요. 그렇게 본다면 2012년 11월 현재까지 15여 년의 성과가 있다고 할 수 있고, 언젠가 통일이 된다 하더라도 알려지지 않은 탈북 사실들이 드러나 앞으로도 상당 기간 탈북 체험을 직접적으로 다룬 작품들이 발표될 것이라 생각됩니다. 탈북자 소설의 편수를 정확하게 집계하기는 어렵지만, 장편소설이나 중단편집 모두 각각 10종 안팎이지 않을까 해요. 또 어떤 소설은 탈북자가 등장해도 보조적 차원에서 그치는 경우도 있고요. 탈북이 '특수한 사건'에서 '흔한 경험'으로 변하는 과정에서 소설 또한 연대별로 내용을 달리했지요. 이를테면 1990년대 후반에는 주로 남한 내로 들어온 탈북을 소재로 했다면, 2000년대 십년을 지나는 과정에

서 작중 배경이나 시대 인식 면에서 매우 글로벌한 감각을 포괄하게 되었다고 할 수 있습니다. 최근 들어서는 탈북자 작가가 쓴 탈북 체험 소설도 나오고 있고요. 어떻든 이런 소설이 분단문학사를 50~60년 진행해온 한국문학의 흐름을 확장 또는 개편시키고 분단에서 통합으로 가는 역사적 현장에 진지한 시각과 방향성을 제시할 수 있다는 점에서 상당한 가치가 있다고 봅니다.

박 : 저는 이해를 편하게 하기 위해 탈북자 소설을 우선 '탈북의 진행 상황'과 관련해 크게 두 가지 내용으로 나눠보곤 합니다. 하나는 탈북을 시도해 아직 정착에 이르지 못해 여전히 유랑중인 상태를 그리고 있는 소설입니다. 앞에서 본 『리나』나 『바리데기』 같은 소설이 이에 해당한다고 할 수 있겠지요. 다른 하나는 오랜 유랑 생활 끝에 비로소 한 나라에 정착해 사는 탈북자의 삶을 다룬 소설들입니다. 물론 이 경우 그 정착지는 대개 한국입니다. 제가 쓴 대다수의 탈북 소재 소설들이 여기에 해당하겠고요.

이 : 탈북소설에 나타난 체험을 이를테면 간단히 유랑중인 탈북과 정착중인 탈북으로 나누어 볼 수 있다는 말씀이시군요. 그렇게 구분하면 지금까지 발표된 탈북 소재 소설은 대부분 이 두 범주에 든다고 보면 틀림이 없겠습니다. 저는 여기에 탈북자 소설이 제기하고 있는 문제, 이를테면 쟁점적 주제를 통해 그 소설이 의미를 더 보태 생각해 보고 싶습니다. 그 주제를 유형화하면 크게 두 가지입니다. 첫째, 탈북 소재 소설에 서술된 탈북의 경험을 통해 남한 자본주의나 글로벌 자본주의 체제의 모순이 부각된다는 것이지요. 둘째, 탈북 과정에 인신매매나 성적 폭행, 또는 이른바 '탈북 장사'를 하는 브로커들의 횡포 같은 인권 유린 등의 피해 사실이 나타난다는 것입니다. 이 둘째 항은 특히 주

인공이 여성인 소설에서 주로 나타나는 현상이라 할 수 있겠어요.

박 : 그럼, 탈북 소재 소설을 다시 정리해 보지요. 우선, **발표 시대별로 보면 대체로 국내적 관점으로 탈북 문제를 이해하던 작품에서 국제적 경험과 인식을 포괄하는 작품으로 확장되어 왔다**고 할 수 있겠습니다. 내용면에서는 탈북해서 정착하는 과정에서 여전히 **'유랑 중인 상태를 다룬 소설'**과 이미 남한을 중심으로 어느 지역에 **'정착해서 사는 상태를 다룬 소설'**로 구분할 수 있겠고요. 또한 이들 소설에서 **탈북자의 눈으로 남한 자본주의 체제나 나아가 글로벌 자본주의 체제의 모순이 부각**되거나, 이 연장선에서 **'탈북 장사'와 관련된 다양한 인권 유린이 나타난다**는 점, 특히 **탈북 여성이 겪는 비인간적인 경험에 대해서 특별히 생각하게 한다**는 점 등이 이들 탈북 소재 소설의 주제적 쟁점이라 할 수 있겠습니다.

이 : 예 그렇습니다. 그 가운데 우선 탈북 후에 거의 불법체류로 여전히 유랑 중인 상태를 다룬 소설을 살펴보면 인권 유린 문제까지 쉽게 설명될 수 있겠어요. 유랑 중인 탈북은 2003년 3권의 장편으로 출간된 『길 없는 사람들』(김정현), 2005년 전성태의 「강을 건너는 사람들」 등의 단편들, 2000년대 중반 문예지 연재 후 2006년 초간된 『리나』(재간 2011), 2007년 신문 연재 후 바로 출간된 『바리데기』를 비롯해, 2006년부터 낱 편의 단편으로 연재를 시작해 2008년 연작소설집으로 간행된 『찔레꽃』(정도상), 2011년 출간 장편소설 『로기완을 만났다』(조해진), 그리고 2008년 단편 모음집인 『이매, 길을 묻다』(이호림) 등에 잘 나타납니다.

박 : 그 소설 속의 탈북은 주로 중국을 거점으로 미얀마, 타이, 홍콩(『길

없는 사람들』), 몽골(『이매, 길을 묻다』, '찔레꽃' 연작, 「강을 건너는 사람들」 등), 영국(『바리데기』), 벨기에(『로기완을 만났다』) 등 여러 지역으로 확장되면서 전개되지요. 또, 특히 탈북 여성이 주인공인 소설이 눈에 띄는데요. 『리나』, 『바리데기』, 연작 「찔레꽃」 등이 그렇군요.

이 : 탈북 소재 소설에서 여성 탈북자의 체험은 탈북 문제를 보다 중첩적으로 생각하게 합니다. 대표적으로 『리나』의 리나는 16세 소녀로 가족 함께 나라를 탈출해 P국으로 도망가는 중입니다. 도중에 가족과 헤어져 성폭행으로 당하는 것을 시작으로 노동력 착취 · 매춘 · 인신매매 · 마약 밀매 · 가축도살, 살인 등 불법적, 반인륜적 행위의 피해자가 되어 살게 됩니다. 때로는 생존을 위해 스스로 가해자가 되는 때도 있습니다. 한편 외국소년 '삐', 봉제공장언니, 늙은 여가수, 할머니 등을 차례로 만나며 뜻밖의 다문화가족 체험을 하기도 하지요. 어느덧 24세가 되었으나 당초 목적한 P국 대신, 또 어떤 나라를 향해 탈출을 시도해야 할 상황에 이르러 있습니다.

박 : 『바리데기』와 '찔레꽃' 연작은 남성 작가가 창조한 여성 주인공이 돋보입니다. 둘 모두 두만강에서 가까운 북한의 도시에서 시작된 탈북 이야기를 다룹니다. 흥미롭게도, 북한의 심각한 식량난을 어느 정도 언급하고는 있지만 둘 모두 그것을 탈북의 직접적인 원인으로 말하고 있지 않다는 공통점이 또한 있습니다. 설화 '바리데기'에서 모티브를 따온 『바리데기』의 어린 바리는 집안이 몰락하자 바로 위 언니, 할머니와 함께 중국으로 건너갔다 결국 혼자 남는 몸이 됩니다. 이후 중국을 거쳐 영국으로 가는 과정에서 성폭행을 당하고 성매매까지 해야 하는 상황을 맞습니다. '찔레꽃' 연작에서 가난하지만 애인과의 사랑에 행복을 느끼고 사는 충심은 인신매매단의 함정에 빠져 중

국으로 끌려가 강제 결혼 생활을 합니다(「소소, 눈사람이 되다」). 용케 그곳을 빠져나와 온갖 궂은일을 다하던 중에 동족의 배반으로 번 돈을 모두 앗기고 다시 국경을 넘게 되죠(「함흥 · 2001 · 안개」). 여기서 보듯이 특히 탈북 여성은 인신매매나 성폭행 등의 극단적인 인권유린에 대책 없이 희생될 가능성이 높다고 할 수 있습니다. 그 외에도 성매매로 생계를 유지해야 하는 일도 빈번하고, 임금을 강탈당해도 찾을 길이 없지요. 『로기완을 만나다』의 어린 청년 로기완은 함께 중국으로 탈북한 어머니가 교통사고를 당해 죽고 장례조차 치르지 못하는 상황에서 그 시신을 팔아 제3국으로 가는 경비를 마련할 수밖에 없게 됩니다.

이 : 탈북자 중에서 남성은 일손이 부족한 대도시나 농촌에서 저임금의 노동자로 지내는 경우가 많지요. 여성은 조선족 · 중국인 남성들의 매매혼 대상자가 되거나, 식당 종업원, 유흥업 종사자, 안마사, 간병인, 가정부 등으로 살아갑니다. 신분을 드러낼 수 없기 때문에 대부분 저임금인데다 부당한 인권 침해도 감수해야 합니다. 탈북자 중 여성 비율이 75%에 이른다고 해요. 브로커나 전문적인 인신매매 조직에 엮여 사기를 당하는 일이 빈번하고 여러 가지 인권 유린을 당하는 사례가 계속 집계되는데 역시 여성 피해자가 다수입니다. 『바리데기』의 바리가 중국에서 그런대로 안착했다가 대양을 건너 영국으로 가게 된 저변에 인신매매단의 조직적 움직임이 있었지요. '찔레꽃' 연작의 한 편인 「풍풍우우(風風雨雨)」에서 충심과 함께 인신매매단에 걸려들어 조선족 마을의 늙은 홀아비집에 팔려갔다가 종래는 실성을 하고 만 이종사촌인 미향의 스토리는 탈북 여성이 겪고 있는 인권 유린의 현장을 그대로 대변해 줍니다.

박 : 탈북자들이 반드시 남한을 목적으로 탈북을 한 것이 아니라 해도 어쩔 수 없이 남한행을 택할 수밖에 없는 이유도 그 지점에 있는 듯합니다. 그들은 마침내 수단방법을 가리지 않고 그나마 정착할 수 있는 남한으로 오게 됩니다. 그런데 여기서 또 두 가지 문제가 걸리지요. 첫째, 중국에서 제3국을 거쳐 남한으로 가는 경로가 또한 죽음을 목숨을 담보로 해야 하는 험한 경로라는 것. '찔레꽃' 연작의 한 편인 「얼룩말」의 어린 탈북자 영수는 강을 건너다 흔적 없이 사라지고 맙니다. 『리나』의 탈북자들은 죽고 행방불명되는 가운데 결국 남한(P국)으로 가지 못합니다. 「강을 건너는 사람들」 역시 탈북자들의 목숨을 건 도강 체험을 다룹니다. 이렇듯 그들의 남한행이 현실적으로 어려운 만큼 보다 높은 가능성을 얻기 위해 브로커의 도움을 받게 됩니다. 탈북자의 남한행에서 두 번째 문제는 바로 이 브로커로부터 발생되는 겁니다. 브로커라는 말은 의뢰를 받아 상거래를 성사시키고 양쪽에서 수수료를 받는 사람을 뜻하는데, 탈북자들의 남한행에서 이들 브로커의 역할이 매우 크고 많습니다. 그러나 그 폐해가 만만치 않아서 남한으로 온 탈북자의 다수가 이 브로커에게 진 빚에서 헤어나지 못하고 있다고 하지요.

이 : '찔레꽃' 연작에서는 이들 브로커가 기독교 복음을 미명으로 탈북자들에게 빚의 덫을 채운다고 노골적으로 비판하고 있습니다. 남한에 정착한 충심도 브로커에서 빚을 갚기 위해 몸을 팔아야 할 상황이 됩니다. 『리나』의 브로커는 챙길 것만 챙기고 탈북자 일행을 P국으로 인도하는 데는 실패합니다. 이들은 현실적으로 탈북의 조력자이기는 하지만 내막으로는 탈북자의 삶을 어렵게 만들고 있습니다. 다수의 탈북자들이 국경을 넘는 동안 만나는 이들 브로커를 통해 자본주의의 그늘을 혹독하게, 그리고 아주 부정적으로 경험한다고 할 수 있습니다.

박 : 몇몇 탈북 소재 소설에서 기독교 선교사들의 브로커 활동에 대해 매우 따갑게 비판하고 있더군요. 지금 중국에는 북한에 복음을 전하려는 전도사나 목사들이 다수 활동 중인데 이들은 실제 순수한 목적에서 탈북자를 돕고 있는 것으로 알고 있습니다. 이러한 순수한 선교활동은 김원일의 소설 「카타콤」에 묘사돼 있는데 마침 이성희 선생이 이런 점을 주목한 소논문을 발표했고 이 책에 다시 수록하게 되었지요(「탈북자 문제로 본 분단의식의 대비적 고찰」). 어떻든 일부 선교사들이 돈을 받고 탈북과 정착을 도와준 대가로 그들의 정착금을 받아가는 아이러니는 현실의 차원에서는 무척 안타깝게 여겨지는데, 소설에서는 전형성을 획득할 수 있는 소재가 되지요.

5. 남한에 뿌리내리기 혹은 자본주의 비판

이 : 탈북은 자본주의를 경험하지 못한 북한 사람들이 돈이 없으면 살지 못하는 세상에 알몸으로 던져진 상태에서 비로소 자본주의 세상을 맛보기 시작하는 것으로부터 시작된다고 할 수 있습니다.

박 : 자본주의의 세상이란 것이 남한에 정착한 탈북자의 일상마저도 그리 호락호락하게 지원해줄 리 없을 건데요. 남한이야말로 그 자체로 자본주의의 꿈과 병폐를 동시에 보여주는 대표적인 공간이니까요. 탈북자들은 이 사회의 체제에 대한 경험도 일천할 뿐더러 자본도 인맥도 부족한 상태로 스스로 살 길을 만들어가야 하는데, 이 사회는 그런 유의 사람에게 그리 너그럽지 못하잖아요. 이 점 탈북자가 아닌 일반적인 사람에게도 마찬가지인 것이 이 사회의 특징입니다. 이럴 때 탈북자의 '남한살이'는 곧 남한 자본주의 체제에 대한 이해이자 곧 비판이 되는 겁니다.

이 : '찔레꽃' 연작의 충심은 그 험한 탈북 유랑 중에도 정절을 지킨 몸으로 남한 정착에 성공했지만 정작 이곳 노래방 도우미로 일하면서 결국 몸 파는 여성으로 전락해 있습니다. 탈북 유랑 중, 특히 인신매매로 강제 결혼을 하고도 지킨 정절입니다. 그런 충심이 이곳에 와서는 살아남기 위해 스스로 몸 파는 여성이 된 것이지요. 이것은 역설적으로 우리 자본주의가 얼마나 살기 힘든 자본주의인가를 알려주는 스토리가 됩니다. 남한에 정착한 탈북자를 다루고 있는 다수의 소설은 이처럼 남한 자본주의 체제의 비판과 관련됩니다.

박 : 남한에 정착한 탈북자들의 삶은 남한 자본주의 체제 내의 갈등을 주 내용으로 합니다. 제가 쓴 탈북 소재 소설은 모두 이와 관련되지요. 제 소설에 등장하는 탈북자는 모두 남한에 정착한 사람들입니다. 대개는 공식적인 절차를 밟아 정착금을 받았고요. 그런데 이들은 직업적으로나 심리적으로 매우 불안정한 처지에 놓여 있습니다. 이들은 결코 구속되지도 강요당하지도 않고 자유롭게 생각하고 일하고 있는데, 그런데 날이 갈수록 불편을 느끼고 있는 상황입니다. 그들로서는 이렇게 자유로운 천국이 이렇게 불편한 감옥이 될 줄은 미처 상상하지 못한 것이지요. 사실은 남한에서 살아온 사람들은 그걸 다 알고 있는데요.

이 : 「노루 사냥」(1996)의 주인공 박당삼은 청진에 있는 호텔 주방장으로 일하다 1994년 남한으로 귀순한 탈북자입니다. 그는 자신을 고용한 요리학원의 홍보를 위해 텔레비전의 북한 요리 강습의 강사로 나선 상황에서 북한에서 자신을 괴롭히던 고위급 출신의 탈북자를 독살하지요. 이 과정에서 돈 없고 연줄 없는 그의 인격을 철저히 무시하고 그의 모든 것을 '돈'으로 환산하려 한 남한 자본주의의 천박한 속살

이 그대로 드러납니다. 「청둥오리」(1997)에서도 방송국 피디가 출연자로 온 탈북자를 '이등국민'으로 무시하는 장면이 재현됩니다. 「함께 있어도 외로움에 떠는 당신들」(1996)의 탈북 여성 염정실은 자신의 스토리를 책을 엮어 '대박'을 내려는 담당 기관원 출신 사내, 출판사 사장, 집필자와 어울려 단란주점에 와 있습니다. 먹고 마시고 즐기는 일로는 풍요롭기 그지없는 이곳을 마치 북한의 정신병자 수용소 같다고 생각하게 됩니다. 남한 사람들은 염정실에게 '끝없는 편리와 끝없는 풍요를 향해 달리는 질주족들'으로 비유되기도 하고요.

박 : 제 작품을 꼼꼼히 잘 읽어주셨습니다. 몇몇 분들의 그런 독서에 힘입어 이번에 제가 쓴 탈북 소재 소설만 다시 한 자리에 모아 한 권의 소설선으로 다시 낼 수 있게 되었습니다. 쑥스럽지만 기왕 제 얘기를 한 김에 설명을 보탭니다. 제가 탈북 소재 소설을 여러 편 게재한 『함께 있어도 외로운 사람들』(1998)을 낸 적이 있고, 그 이후 『고양이 살리기』(2004)에 다시 여러 편의 탈북 소재 소설을 실었어요. 각각 다른 종류의 작품들이 함께 게재된 책이라 둘 다 탈북 소재 소설집이라고 할 수 없는 셈입니다. 어떤 분들이 탈북 소재 문학론을 쓸 때 제 작품을 인용하면서 출처에 대해 오해를 많이 하셔서 이번에 기회에 아예 제 단편소설 제목인 「함께 있어도 외로움에 떠는 당신들」을 작품집 제목으로 하고 탈북과 직간접적으로 관련된 거라 할 수 있는 소설 여덟 편만을 골라 실었습니다. 저는 우리가 사는 현실을, 지극히 소중한 것을 가지고 있어도 끝없이 다른 것을 욕망하는 사람들이 함께 사는 사회라 정의했습니다. 저는 이전부터 '한국적 자본주의'라는 말을 많이 했는데, 이건 구미권 중심의 자본주의와는 달리 한국이 가진 독특한 문화적 전통 위에 이식되고 융합된 자본주의라는 뜻으로, 글로벌 자본주의와 궤를 같이 하면서 또한 유구한 역사와 더불어 하는 우리

만의 어떤 것이 있다는 의미를 담았지요. 그래서 양편의 것의 장점이 융합된 것이 있겠지만 동시에 그 병폐 또한 복잡하고 더욱 지독하다는 것이 저의 생각이었습니다. 이 한국적 자본주의가 지닌 지독한 위험성은 그러나 한국인도 서구인도 증명할 길이 없지요. 동족이자 자본주의의 미경험자인 탈북자라면 누구보다 이 한국적 자본주의의 병폐를 증명하고 증언할 수 있다는 생각이었습니다. 물론 제가 쓴 탈북 소재 소설이 모두 우리 자본주의를 비판하려는 목적으로 창작된 것은 아니고, 기왕에 써온 제 소설의 연장선에서 특히 이 점을 매우 뚜렷이 인식하면서 썼다고 할 수 있어요.

이 : 그 작품들을 대상으로 소논문(「탈북자 소설에 드러난 한국 자본주의의 문제점 연구」)을 쓴 저로서는 많은 도움이 되는 말씀입니다. 체제가 전혀 다른 탈북자가 남한 사회에 제대로 정착한다는 건 사실 쉬운 일이 아니지요. 이 문제는 『큰돈과 콘돔』(이대환, 2008)에서도 잘 드러납니다. 탈북자로 보험설계사인 표창숙과 막노동꾼 김남호가 임대아파트에서 동거하는 일상이 그려지는 소설인데요, 남한 사회에 발빠르게 적응해 가는 표창숙에 비해 김남호는 그렇지 못합니다. 남한에서 성공하려면 표창숙처럼 북한에서 부르던 이름은 물론이고 북한에서 왔다는 정체성 자체를 부정해야 합니다. 이를테면 '소수자의 다수자화' 라는 모순을 감행해야 적응할 수 있다는 겁니다. 자식을 굶겨 죽이지 않게 하기 위해 엄마가 몸을 팔아야 하는 세상을 겪은 이들에게 자식의 과외비를 벌기 위해 엄마가 노래방 도우미로 나가는 현실은 참으로 이해할 수 없는 일이지요. 이들이 남한 사회에 적응하는 일은 그와 같은 엄청난 괴리를 스스로의 정체성을 지워서 극복해야 하는 것과 같죠.

박 : 최근 수년 사이에 나온 탈북 소재 소설은 남한에 정착한 삶의 내용에서 그 외연이 매우 확장되었다는 느낌을 줍니다. 『왼손잡이 미스터리』(권리, 2007)에서 리우리는 외과의사 출신으로 탈북 과정에서 오른손을 잃고 이태원의 한 여관에 장기투숙하면서 왼손으로 인터넷 게임에 몰두하고 합니다. 『유령』(강희진, 2011)의 주철은 탈북 중 중국에서 아사한 친구 하림이라는 이름으로 살면서 온라인 게임의 맹주로 활약합니다. 익명의 공간에서 자기 존재를 자각하는 탈북자란 남한 자본주의의 삶 속에 소수자의 길로 깊이 들어선 사례라 할 수 있습니다.

이 : 『왼손잡이 미스터리』의 리우리는 왼손잡이입니다. 그런데 여관 집 아들 미로 또한 왼손잡이인 걸 숨기고 살았지요. 왼손잡이는 오른손잡이에 비해 소수자입니다. 즉, 탈북자를 우리 사회에 현존하는 다른 소수자의 자리에서 함께 공유해야 한다는 교훈을 주고 있는 겁니다. 한편으로 그런 은둔이 또한 스스로 세상과의 적당한 통로를 마련하지 못할 때의 비극을 『유령』의 게임 마니아 하림이 대변해 줍니다. 탈북자는 당분간 이 땅에서 관심을 기울인 많은 소수자들과 같은 차원에서도 아울러 이해해야 합니다.

6. 탈북자와 디아스포라 스토리로 다민족사회를 열며

박 : 『빛의 제국』(김영하, 2006)에는 1980년 중반 남한의 학생운동 세력과 규합하여 세포 활동을 할 목적으로 남파되어 20년 넘게 남한에서 살아온 남파간첩 김기영이 등장합니다. 이미 북과 연락이 끊긴 지 10년도 넘었는데, 갑자기 북의 귀환 명령을 받고 당황합니다. 고민 끝에 북으로 향할 준비를 마무리할 즈음 국정원 직원에게 체포돼 결국 남

한에 남을 것을 결심하게 됩니다. 김기영은 이미 자본주의에 깊이 중독돼 있었던 거지요. 어쩌면 우리가 겪고 있는 자본주의는 아무리 내쫓으려 해도 벗어날 길 없는 세계인지도 모릅니다.

이 : 『국가의 사생활』(이응준, 2009)에는 남북이 자본주의 체제로 통일된 이후 5년, 2016년을 배경으로 하고 있습니다. 빈부격차와 사회적 차별이 만연해져서 북한 지역은 도둑고양이마저 씨가 마를 정도로 황폐해집니다. 북한군의 무기로 무장한 폭력단들이 난무합니다. 폭력조직 · 살인 · 강도 · 폭력 · 마약 사건 등 여러 난제가 다발로 나타납니다. 이 모두 북한 출신들에게는 더욱 가혹하게 다가옵니다. 이는 현재의 탈북자 문제에 시사하는 바 큽니다. 『빛의 제국』의 김기영이 겪었고, 많은 탈북자들이 현재 겪고 있듯이 그들에게 남은 길 중에 옛날로 돌아갈 길은 없다고 할 수 있습니다.

박 : 돌아길 없다면 더 깊이 들어서서 살아야 하는데 문제는 지금의 탈북자들이 대개 우리 사회의 소수자들 예를 들면 불법체류자나 노동이주민, 결혼이주여성, 다문화가족 아이 등과 같은 지위로 내몰려 있다는 사실입니다. 탈북자를 기존의 소수자와 같은 부류로 이해하는 것은 당연하다고 할 수 있겠는데, 여기서 한 가지 고려해야 할 것이 있다고 생각합니다. 제가 쓴 중편소설 「기러기 공화국」(1997)에 십여 년 전에 남파되었다가 동료들이 죽거나 체포되는 중에 혼자 살아남아 신분을 위장하고 철새보호구역에서 살고 있는 남파 간첩이 등장합니다. 그는 자신과 같은 탈북자들이 남한에 적응하는 방법 중에 하나가 자연과 사람이 함께 사는 철새보호구역이라고 생각해서 동지를 규합하기 위해 다른 탈북자를 만나러 갑니다. 이것은 물론 픽션에 불과한 것이지만, 다른 소수자들이 겪은 것과 달리 탈북자들은 생존의 위협에

시달리면서 여러 나라의 공간을 이동한 처절한 체험을 우리 사회에서 되살려낼 방법이 강구될 수 있으리라 봅니다.

이 : 「기러기 공화국」의 남파 간첩 장용철이 새로운 실천적 삶을 제시했다면 또 다른 지점에서 이런 시각도 필요하다고 봅니다. 『인간의 악보』(정철훈, 2006)에는 북한 출신으로 러시아에 유학을 갔다가 북한의 김일성 유일체제를 피해 중앙아시아에 정착해 산 한추민이라는 인물이 등장합니다. 넓은 의미의 탈북자라 할 수 있는 그는 1990년 남한의 고종사촌이 쓴 논문을 접하고 한국을 방문하게 됩니다. 『광장』의 이명준처럼 남도 북도 선택할 수 없어 제3의 공간을 택한 그는 그러나 이명준처럼 죽지 않고 돌아와 국가나 이념이 인간의 삶을 억압하지 않는 다민족사회의 성립 가능성을 몸소 드러내 보입니다. 우리 사회에 탈북자가 공유되는 지점은 이와 같은 열린 사회로서의 인식이 있어야 한다고 봅니다. 이 점 『바리데기』에서 바리가 영국에서 여러 인종의 사람들과 연대하는 모습에서도 실천되고 있다고 할 수 있습니다.

박 : 탈북자는 현재 우리 국가에서 동포주의에 따라 외국인 노동자나 결혼이주민과는 달리 정책적인 차원의 지원을 받는 것이 사실입니다. 그러나 그들은 여전히 주류사회라 할 수 있는 데로 편입이 불가능합니다. 사실은 주류사회니 하는 말 자체가 성립되지 않는 세상이라야 할 텐데요, 우리 사회에는 아직 엄연히 이런 구분이 존재합니다. 탈북소재 문학은 탈북자를 주인공으로 그들이 당한 인권 유린의 시공간이나 이 땅에서의 소수자적 체험 등 말 그대로 파란만장한 삶을 담게 되지만, 궁극적으로는 과연 세계 속에 그들이 설 자리가 어디인가를 묻는 형식과 만나게 됩니다. 나아가 그 사회에 대한 모색과 전망을 겸하는 문학이 될 수 있다고 봅니다.

이 : 탈북문학은 지금까지 고발과 증언의 문학이었습니다. 실제 그러나 탈북자의 다양한 군상, 역동적 묘사 등 생생한 표현과 함께 전 지구적인 성격을 감안하여 국제무대에서도 충분히 그 가능성을 점쳐볼 수 있는 공감과 연대의 문학으로 이어질 수 있을 거라고 믿습니다. 감사합니다.

*이 대담은 2012년 8월 ~ 11월 사이 이 책을 엮는 과정에서 여러 차례 이루어졌다.

제1부

탈북 서사의 배경과 한국문학의 새로운 지평

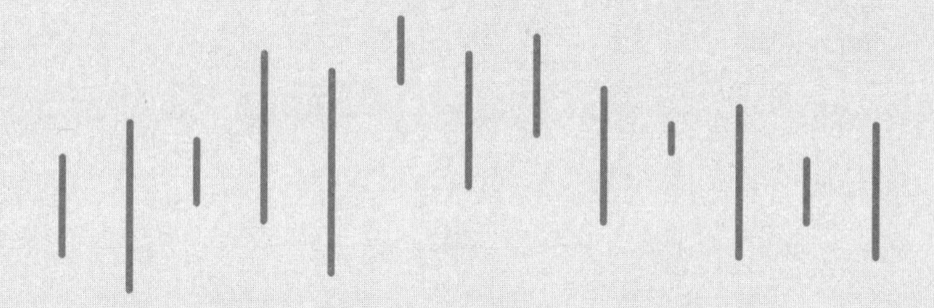

남북한 만남의 문학 변천사

임 헌 영

통일 지향에서 통합의 문화로

1990년대 중반 이후 남북 문제에 대한 접근법은 '통일방법론'의 모색에서 남북한 '사회통합론'으로 변모하고 있다. 물론 이 말은 통일방법론이 이미 합의되어 쓸모가 없어졌다는 것이 아니라 보다 현실적이고 정교한 통일론의 확대와 심화인 동시에 체제적인 통일 이후에 실제로 남북 사회의 이질화 현상을 동질성으로 봉합시킬 수 있는 '민족정서'의 창출에 대한 절실성이 빚은 결과라는 관점에서 긍정적으로 보아야 할 것이다. 자칫 흡수통일론의 접근법으로만 비칠 수도 있는 남북 사회통합론에 대한 연구 추세가 지닌 역사적인 의의는 "1990년도 전반기의 남북한의 인구구조에서 한국전쟁을 체험하지 못한 사람들, 즉 1954년(이후)에 태어난 사람들이 차지하는 비율은 한국의 경우 약 69퍼센트, 북한의 경우는 약 74퍼센트에 이른다. 그러나 공존체제가 무르익는 2010년이 되면 전후세대가 차지하는 비율은 한국의 경우 약 80퍼센트, 북한의 경우 약 90퍼센트에 이를 것으로 추산된다."[1]라는 지적에서도 찾을 수 있다.

통일방법론 연구에서 가장 중요한 기본 축이었던 '단일민족 통일당위론'이 사실상 현실적으로는 '민족개념'에 걸맞지 않게 언어 · 국가 · 경제 · 문화의 이질성을 노출하여 분단의식을 심화시켜왔음을 부인할 수 없다면 어떤 통일방법론도 남북 주민들의 정서적인 하나됨을 위해서는 사회통합의 긴급성에 동의하지 않을 수 없을 것이다. 더구나 앞서 수치가 보여주듯이 6 · 25 미체험 세대가 압도적인 다수를 차지하는 남북관계란 서로의 만남이 '울음바다의 감격'이 아니라 '촌수를 따져서 인지'하는 쪽으로 흐른다면 그야말로 사회체제의 이질성은 한층 깊어질 수밖에 없을 터이다. 사실 첫눈에 알아보고 포옹과 울음이 동시에 연출되는 상봉 장면도 머지않아 사라질 것이라 보면 훗날 통일은 가족상봉이기보다는 기능주의적인 측면이 더 강하게 작용할 수도 있을 것이다. 물론 '통합론'은 단순한 기능주의적인 측면만을 연구하는 것이 아니라 통일방법론과 그 이후를 대비하는 연구임을 새삼 말할 필요가 없음을 다음 글에서 재확인할 수 있다.

> 통합은 통일이 만들어내는 상황이고 통일 이후에 일어나는 과정이다. 통일이 완성되면 문화통합이 시작된다. 통합은 integration이란 낱말이 시사하듯이 두 개 이상의 체제가 잘 기능하는 하나의 체제를 이룩하는 것을 의미한다. 따라서 통합은 통일에 이르는 과정에서 거쳐야 할 하나의 단계로 파악하기보다는 남북 분단 상태가 종식된 후, 통일된 사회 내에서 남북한 주민이 '더불어 살아가는' 삶의 방식을 정착시켜가는 과정을 뜻하는 것으로 볼

1) 양호민 외, 「통일-어떻게 되어갈까」, 『남과 북 어떻게 하나가 되나-한반도 통일의 현실과 전망』, 나남, 1992, 228쪽을 참조할 것.

수 있다.[2)]

구태여 말한다면 '통합론'은 통일 이후의 문제이긴 하지만 통일에 이르는 과정에도 중요한 변수로 작용하기에 이 분야의 연구야말로 통일론의 노른자위로 부각되지 않을까 싶다.

이런 사회과학적인 변모 추이와는 대조적으로 문학예술에 대한 연구는 여전히 '민족문화예술론'이란 당위성에 머물고 있음을 부인하기 어렵다. 북한문학에 대한 접근방법은 그간 이데올로기적인 타도의 대상으로 삼았던 초기 단계(1970년대까지)를 지나, 북한 바로 알기의 단계(1980년대)를 거쳐 통일지향문학(1990년대 이후)에 이르고 있다. 그러나 이와 같은 외형적인 변모에도 불구하고 분단과 통일을 주제와 소재로 한 문학이나 연구는 여전히 과거 지향성의 역사 찾기 단계에 머물고 있다. 비록 그 소재나 주제에서는 약간의 진전을 보여주고 있으나 근본적으로는 한국 가 지닌 분단으로 인한 갈등과 모순을 주축으로 한 당대적 부조리를 비판하는 구도를 기본 축으로 삼는 것이 이 분야를 다룬 작품의 정석으로 굳어져버렸다면 지나칠까.

통일의 당위성에 대한 설교로부터 벗어나 한국문학이 남북한 통합의 현실적인 정서적 형상화를 창출해내기 위해서는 무엇이 검토되어야 할까. 먼저 이제까지의 분단을 주제로 한 문학이 이룩해냈던 성과에 대한 평가와 이를 바탕으로 한 진로 모색이 이루어져야 할 것이다. 그러고는 이미 통일의 경험을 축적한 독일의 경우에는 통일-통합 과정에서 문학

2) 최협, 「남북한 사회통합의 과제와 전망」, 이온죽 외, 『남북한 사회통합론』, 삶과꿈, 1997, 133쪽에서 재인용. 이 저서는 남북한 통합 문제에 대한 총체적인 접근론 연구로 유용하다. 이 분야에 대해서는 이온죽, 『북한사회연구-사회학적 접근』, 서울대 출판부, 1988을 참조할 것. 북한 사회분석의 자료로 북한소설을 활용했다. 주강현, 『북한의 민족 생활풍습-북한 생활풍습 50년사』, 대동, 1994 역시 좋은 자료이다.

이 어떤 위치에 있었던가를 잠깐 살펴보는 것도 좋을 것이다.

통일지향문학의 변모 과정

한국문학사에서 분단의식의 변모 과정을 범박하게 정리하면 다음과 같은 과정을 거쳐왔다고 요약할 수 있을 것이다.

① 전쟁문학 : 종군문학부터 김장수의 『백마고지』, 선우휘의 「불꽃」, 강용준의 『밤으로의 긴 여로』 등

② 인간 존재의 탐구와 반전의식 : 장용학의 「요한시집」, 서기원의 「이 성숙한 밤의 포옹」, 한말숙의 「신화의 단애」 등 전후문학파의 인간상실과 실존주의적 경향의 작품

③ 민족의식의 반성 혹은 민족적 허무주의 : 최인훈의 『광장』, 박경리의 『시장과 전장』 등 1960년대 문학에 나타난 한국전쟁관의 변모

④ 민중 수난사로서의 분단의식 : 김원일의 『노을』, 윤흥길의 『장마』, 이문구의 『관촌수필』 등 1970년대의 분단 소재 문학

⑤ 역사적 접근 : 1980년대 이병주의 『지리산』, 조정래의 『태백산맥』 등 역사적인 특정 사건을 소재로 한 소설 유행. 특히 김달수의 『태백산맥』, 김석범의 『화산도』를 비롯한 해외동포 작가들의 성과는 그 발표연대와 관계없이 주제상 이곳에 속함

⑥ 민주화운동과 통일운동의 결합 : 김영현의 『깊은 강은 멀리 흐른다』, 이창동의 「소지(燒紙)」 등 운동권 학생 주인공과 그 부모 세대가 지닌 분단 희생자 이미지를 결합시키는 구도의 작품[3)]

1990년대 초기까지 우리 문학이 추구해왔던 이와 같은 분단을 소재로 한 소설의 변모양상은 ①, ②까지가 당대적인 고통을 그대로 분출시켰

---

3) 임헌영, 『분단시대의 문학』, 태학사, 1992를 참조할 것.

다면, ③~⑤까지는 과거 지향성으로 역사 바로 알기에 해당하는 작가적 시각에 입각해 있다. ⑥에 이르면 과거와 현재가 만나는 시점으로 군부독재에 항거하다가 당하는 고통과 해방 전후부터 6 · 25에 이르는 기간에 당했던 가족 수난사를 일치시켜 분단의 고통이 곧 군부독재의 고통과 한 맥락임을 일깨워주게 된다. 말하자면 ⑤까지가 과거 지향성이었다면 ⑥에서는 과거를 현재와 밀착시키고 있는데, 그 다음 단계, 즉 ⑦의 단계가 곧 남북한 통합을 직간접적으로 다룬 문학에 해당하는 미래 지향성 작품이 된다.

여기서 미래 지향성이란 크게 두 가지 의미를 지닌다. 첫째는 ⑥까지의 소설이 현재의 남한 주민만을 등장인물로 설정했던 소재의 한계를 벗어나 북한 주민도 등장시킨다는 뜻이며, 이 등장인물들이 어떤 경위를 통했든 서로 만나게 된다는 의미를 지닌다. 말하자면 남북한 주민이 서로 만나 사건을 함께 만들어 나간다.

현실적으로 1989년부터 1997년까지 9년간 방북자 수가 2,408명, 1998년 한 해 동안의 방북자 수만도 3,317명으로 지난 시기 전체를 능가하고 있다. 남북이 서로 만나는 사건을 소재로 한 문학이 이제는 허구가 아닌 역사적 실체로서의 진실성과 전형성을 가진다고 보며, 이런 의미에서 남북한 통합 문제에서 문학적 접근은 단연 남북 주인공들의 상봉 소재를 그 본론으로 삼을 만한 것이다.

분단 소재 문학이 7단계인 남북한 주민의 만남으로 환치시키게 된 것은 분명히 통일지향문학에서 남북통합문학으로의 방향전환을 의미한다. 이것은 사회과학에서의 통일당위론으로부터 남북한 사회통합론으로의 전환처럼 문학에서 통일론의 현실적 대응이며 긍정적으로 수용해야 될 발전적 변모라 하겠다. 과거 지향성 문학이 파고들수록 진리와 반진리, 정의와 불의의 흑백논리적 대결구도로 이어져 증오와 불신의 감정을 증폭시킬 수 있다면 미래 지향성의 만남은 지난 시대의 반감을 감소시킬 수 있는 치유제 역할을 한다는 뜻에서도 통합의 문학에서 가장 중요한 소재는 남북한 주민의 만남이라 할 만하다.

한편 1990년대 이후 한국 출판계에서는 예상했던 대로 남북한 통일 가상역사 대체 소설이 대유행했는데, 이것 역시 통합문학의 단계가 낳은 성과로 수렴해야 할 것이다. 통일가상소설은 이상하게도 국내 독자들에게 절실하게 다가서지 못해 뚜렷한 쟁점으로 부각시키지는 못했지만 남북한 사회통합으로 다가서는 방법론에서는 빼놓을 수 없는 중요성을 지니고 있다. 그래서 이 글은 통일론의 종착지인 남북 사회통합에 기여할 수 있는 남북 주민의 만남을 다룬 소설과 통일가상소설을 주로 다루어보기로 한다.

관점과 접근 방법에 따라서는 남북한문학의 교류 방법론이나, 통일에 대비한 문학사 방법론 등 매우 진지한 문제들을 다룰 수도 있지만 '문학'에 국한된 문제제기가 아닌 '남북한 통합에 기여할 수 있는 문학의 역할'에 초점을 맞춘다. 이에 적합한 앞의 두 가지 문제를 다룬 작품을 그 논의 대상으로 삼기로 한다.

만남의 여러 유형

휴전 이후 남북 주민이 처음으로 소설에서 만난 것은 이호철의 「판문점」일 것이다. 1961년에 발표된 이 작품은 진수가 광명통신 기자 이름을 빌려 어느 가을날 취재차 갔던 판문점 초행길에서 만난 "눈알이 투명하게 샛노랗고 얼굴이 납작하고 기미가 끼고 전체가 옴푹 파인 듯이 탄탄하게" 생긴 북측 여기자와의 여우비 같은 사랑을 다룬다. 회담 취재로 듬성하게 흩어져 있던 각국 기자들의 틈새에서 둘이 만나 입씨름 중 갑자기 비가 내리자 진수는 그녀의 손을 잡고 가까이 있던 지프차에 올라 문을 잠그고는 총각 처녀가 단 둘이 있을 때 발생할 법한 분위기를 연출해낸다.

무작정 "이북 가시죠?"라고 망명을 권유해대는 그녀에게 진수는 "살구알 냄새"가 난다며 여성성을 자극하여 그녀에게 "혼자 감당해야 하는 비밀"을 만들어준 뒤 비가 개자 헤어진다. 그러고는 눈이 온 어느 겨울에 이들은 다시 만난다.

> "눈이 왔어요."
> 그녀를 만나자 이렇게 말했다.
> "네."
> 그녀도 어느 구석 여운이 담긴 웃음을 웃으며 얼굴을 붉혔다.
> "처음 만난 거나 마찬가지군요, 또 힘들어졌군요."
> "……."
> 그녀는 말이 없이 고개만 끄덕였다.
> "그렇게 인정 같은 것에만 매달리지 마세요. 당신 주변에 있는 사람들이 헐벗고 있는 것을 생각하세요."

재회는 이렇게 끝난다. "그녀는 남쪽 사람과 북쪽 사람이 여기서 만날 때 으레 짓는 그 경계와 방어태세가 깃들인 표정으로 피해서 갔다." 그 뒷모습을 건너보며 진수는 "기집애, 요만하면 쓸 만한데…… 쓸 만해"라고 쓸쓸하게 웃으며 역시 자신의 처지로 돌아온다는 이 이야기는 시사하는 바가 크다. 이들은 6 · 25를 직접 겪은 세대인데, 그 끔찍한 비극적 체험에도 불구하고 남북한체제 성립 이전의 인생론적 경험을 공유하고 있었다. 이 점으로 하여금 남녀는 사랑의 감정을 유발시킬 수 있었으나 체제 내 현실이 이들을 갈라놓도록 만들었을 터이다.

이로부터 남북은 소설을 통해서조차도 서로 만나지 못했다. 1960년대란 세계사에서는 해빙기로 평화공존이 실현된 전환기였지만 한반도에서는 5 · 16쿠데타로 남북의 양극화가 첨예하게 대립했던 시기로 문학조차도 냉전 이념으로 분단을 심화시키던 때였다. 남북한의 이질화 현상을 소설로 확인하기 위해서는 6 · 25 때 월북했던 남한 출신 청년들을 다룬 이호철의 『남녘사람 북녘사람』이나 조정래의 『태백산맥』 등을 참고할 필요가 있다. 이 두 작품은 분단 5년 만에 터진 전쟁 전후 시기를 다룬 것인데 이미 남북 출신 청년 사이의 외양과 행위, 말투 등에서 이질성이 심하게 드러난다.

남북문학은 다시 만나서도 안 되고 만날 필요도 없는 장벽으로 전락한다. 그러다가 1972년 7 · 4남북공동성명 선포를 전후하여 이정환의 「부르는 소리」란 소설을 통해 월남 후 재혼한 사나이의 꿈에 북의 아내가 나타나 "분단 오입" 그만하라고 강박하는 장면이 등장한다. 이어 송원희의 「분단」에는 북에 아내를 둔 남편과의 소시민적인 행복한 삶 속에서 꿈에 북의 본처가 나타나 놀라는 장면이 나온다. 통일이란 민족적 염원이 이처럼 개개인에게는 더 큰 상처로 작용할 수 있음을 보여준다. 이런 살벌한 시기에 남북의 만남은 전혀 예기치 못했던 한 첩보원의 행적으로 실현된다.

최창학 「먼 소리 먼 땅」에서 남로당원으로 월북, 간첩으로 남파되자 자수하여 잘살다가 알 수 없는 이유로 월북 기도 중 피체되는 전말을 그린다.[4] 여기서 월북 기도가 원인 불명으로 처리된 것은 1972년 당시의 냉전 체제적 사회상을 감안할 필요가 있다. 여러 문맥으로 미루어 볼 때 주인공은 남한과 같은 자본주의 체제에서 살아갈 의욕과 능력을 상실한 것으로 유추되기 때문이다. 이것은 홍상화의 작품에도 그대로 적용된다. 이들

---

4) 남파 간첩 모티프는 이후 이병주의 「삐에로와 국화」, 홍상화의 『피와 불』, 김용만의 「어느 계절의 벽」, 김하기의 「완전한 만남」, 김민숙의 「봉숭아 꽃물」, 김영하의 『빛의 제국』 등 계속되고 있다. 관점과 방법은 다르나 대개 월북-남파-자수 또는 생포-북의 가족을 고려하여 피체됐다고 주장하나 인생론으로 회귀(심정적인 전향)한다는 줄거리이다. 『피와 불』의 경우는 자수처리 후 한국에서 크게 성공했지만 끝내 자살해 버리는 결말로 많은 시사점을 던진다. 박덕규의 「노루 사냥」, 정을병의 「남과 북」(김재홍 · 홍용희 엮음, 『그날이 오늘이라면』, 청동거울, 1999)은 탈북자를 다루고 있다. 어느 작품이나 남북의 만남이란 측면에서 중요한 의미를 지닌다.

과는 달리 이념에 아랑곳하지 않고 인생론적인 존재로 자신의 처지를 바꾸는 경우(사실상 전향)가 있는데 대부분의 소설이 다 여기에 속한다.

이들은 예외 없이 한국에서 성장했을 뿐 아니라 이곳이 고향으로 친인척들이 다 있는 데다 정서적으로도 소시민에 가까운 것으로 묘사되어 있다. 이런 만남의 모티프는 현실 정치 체제에서 금기시되어 있는 '간첩'이란 직능을 상정했다는 점에서 이색적이면서도 남북 사회통합의 기초 자료로 가치가 있을 성싶다.

이 초보 단계의 만남에 뒤이어 등장하는 것은 실록물들이다. 주체의 성벽으로 닫혀 있던 북녘을 다녀온 해외 동포들의 여행 · 방문기들은 직간접적으로 우리 문학 창조에 많은 도움이 된 것 같다.[5)]

문학이나 통일론에서는 의연히 이질화가 고조되는 가운데 이루어진 북한 방문기는 동질성으로 다가설 수 있는 근거를 마련해주었다는 점에서 긍정적인 평가를 받을 만할 것이다. 황석영은 다음과 같이 북한 사회를 간추려 설명해준다.

> 사람들 사는 거야 어디나 비슷한 거 아니겠소. 농담하고 슬퍼하고 연애하고 음담패설하며 킬킬거리고 뭐, 우리와 비슷하지요. 다만 우리와 다른 것은 집단적 행사나 행동이 많다는 거죠…….
>
> 그러니까 아무래도 사회 분위기가 우리보다 딱딱하고 사람들도 규율이나 질서가 몸에 밴 듯이 행동하더군요. 그 밖에는 낮에는 일하고 저녁에는 친구들과 술집에 가거나 아니면 이웃에 놀러가고 하는 게 그냥 사람 사는 모습 그대로였습니다. 물론 여자가 있는 환락시설 같은 것은 없습니다. 사실 나는 그게 영 갑갑하더라고(웃음)…….[6)]

5) 양성철 · 박한식 편저, 『북한기행』, 한울, 1986; 고 마태오 신부, 『아, 조국과 민족은 하나인데』, 중원문화사, 1988; 황석영, 『사람이 살고 있었네』, 시와사회사, 1994; 이충렬, 『상속받은 나라에 가다』, 살림터, 1995; 이호철, 『한살림 통일론』, 정우사, 1999.
6) 황석영, 앞의 책, 189쪽.

이와 비슷한 맥락으로 접근한 기록으로는 이충렬의 『상속받은 나라에 가다』에서도 볼 수 있는데, 「음담패설 남북 교류론」 같은 대목에서는 이념이 민족과 인간을 변모시키는 데 한계가 있음을 반증해주기도 한다.

이제 본격적으로 남북의 만남을 다룰 때가 되었다. 현실적으로는 1985년 9월 이산가족 고향 방문단을 교환하면서 예술공연도 실시했던 역사적인 사건이 기본 모델로 제시되는데 이를 기점 삼아 남북한문학은 '만남의 시기' 로 접어든다.[7)]

양헌석의 「아가베꽃」은 바로 이 무렵 북한 방문단이 워커힐에 머무르고 있을 때 이를 취재하던 기자의 시선으로 남북의 만남이 얼마나 허위 선전과 체제 과시를 위한 정치극을 연출하고 있는가를 파헤치고 있다. 북에 남아 있는 오빠 소식이라도 좀 알아봐달라는 어머니의 간청을 짜증으로 응대한 김동기 기자의 시선에 잡힌 남북한은 서로가 접촉을 막으면서 자기 측 체제 선전에 열을 올리는 형상으로만 비친다. 북한 사람들이 끔찍이 여기는 김일성 배지를 가리키며 이게 뭐냐고 물으면 상대는 기겁을 하며 저항할 것이라며 그 모습을 화면에 담아 보내면 평양에 가지 않아도 멋진 반공 장면을 연출할 수 있다는 어떤 기자의 발상에서 보듯이 남북 교류란 추진을 위해서가 아니라 저지를 위해서 전개하는 축제임을 느끼게 만든다.

공교롭게도 이 사건을 다룬 북한소설도 예외가 아니다. 허춘식의 장편 『혈맥』은 남북 예술공연 때 서울에 와서 떠날 때까지를 다룬 작품인데, 등장인물 지형욱은 충북 청송시 변두리 구지평 마을 출생으로 광주 의대를 나온 외과의이며, 로준경은 농촌경영위원회 일꾼으로 휴전선 부

7) 김경웅 외, 「북한의 문화」, 『신북한 개론』, 을유문화사, 1998을 참조할 것. 남북 예술단 교류 공연에 대한 분석은 '예술이 남북통합에 어떤 영향을 끼칠 수 있는가' 란 문제에 많은 시사를 준다.

근에 어머니를 홀로 남겨두고 월북했고, 작곡가 김인석은 서울 출생이다. 이들은 저마다의 속사정을 안고 서울로 왔으나 남녘 친지들의 '비참한' 모습에 실의와 낙담으로 되돌아간다는 줄거리이다.

특히 지형욱의 여동생 옥련 일가를 통하여 남한의 식민체제와 빈부격차의 참담함을 북한의 의료제도의 우월성과 대비시켜 노골적으로 비난하고 있다. 옥련의 남편은 목공에 재능이 있었으나 그 재능을 살리지 못하고 돈이 없어 치료도 받아보지 못한 채 죽었고, 딸 순영은 미군상회에 나가다가 사기결혼을 당해 곤경에 처한다. 여기에다 지형욱의 여동생 일가족은 오빠를 따라 월북하려다 당국이 강제로 막아 실패하는 것으로 끝맺는 등 북한의 남한 취재 소설의 한계성이 너무 심각함을 그대로 드러내고 있다.

소설은 주인공들이 어렸을 때 고향의 자연은 아름다웠으나 막상 와서 보니 황폐하다(15쪽), 남한 당국이 가족과의 자유로운 만남을 방해한다(37쪽)는 등의 묘사에 이어 서울 거리에 미군과 일본 관광객들이 활보하고 한국인은 풀이 죽어 있다는 등 전혀 설득력 없는 묘사가 빈번히 등장한다. 특히 주목을 요하는 대목은 친인척을 만났을 때나 한국 사람들의 모습에 대한 묘사방법이다.

"피골이 상접한 앙상한 체구에 백발이 거푸시시 일어선 로인"이라거나, "굳어진 몸가짐, 정기 잃은 눈…… 생기 없는 온 자태" "주름이 패이고 걷늙어 보이는 길쑴한 얼굴을 더욱 모질고 볼썽사납게 만들어놓"은 묘사는 아무래도 우리 것이 아니라 도리어 북한 사람들의 묘사로 되돌려주고 싶은 대목이다. 아니나 다를까, 이문열의 『아우와의 만남』에서 그대로 되돌려주고 있다. 이것은 그 사실 여부에 관계없이 남북한 작가들이 무의식적으로 만남에 대한 기피증 내지 공포증이 잠재해 있음을 반증하는 것이 아닐까 싶다.

통일가상소설의 허구성

통일지향문학을 통합의 문학으로 방향 전환시킨 첫 작품은 최윤의 「아버지 감시」(1990)로 부자간의 만남의 무대가 파리로 설정되어 있다. 월북 후 북에서 재혼했다가 중국으로 탈출해 국적을 바꿔 살고 있던 아버지가, 파리의 국립식물연구원에 근무하는 아들 창연을 찾아가 함께 보낸 며칠간을 다룬 이 소설은 남북이 만남을 처음으로 대등관계로 삼아 긴장감을 지탱시켜준다. 이들 부자도 예상대로 파리공항에서 얼싸안고 울긴 하지만 본능적이라기보다는 창연의 입장에서는 월북자 아버지를 둔 피감시자로서의 고통스런 성장 과정과 돌아가신 어머니에 대한 북받침이 주된 원인이었고, 아버지 쪽은 그런 아들에 대한 응대로서의 울음에 가까운 것이었다.

아버지와 아들은 서로가 상대를 탐색이라도 하듯이 대화보다는 침묵으로 사흘을 보내는데, 이 장면은 매우 상징적이다. 즉 남북의 만남이란 극적인 감동과 울음보다는 오히려 이들 부자처럼 어색한 침묵이 더 제격이지 않을까 싶다. 여기서 울음은 창연 어머니와 아버지 세대의 몫이고, 아들과 아버지만 해도 어느새 그 감격의 도수는 낮아진다는 것을 느낄 수 있다.

웬만한 작가라면 아버지로 하여금 고생스럽게 자라난 아들에게 사죄하는 모습을 삽입시켰을 텐데 최윤은 그런 일상사보다는 남북의 역사적 만남의 상징으로 이들 부자를 대립시킨다. 아버지로 하여금 "너희 세 형제와 네 어미가 내 월북 이후 겪은 수모를 내가 상상 못하는 바 아니다. 그에 대해서는 나로서도 할 말이 없다. 그러나 너도 이제 세상이 뭔지 알 만한 나이에 이르렀으니 얘기한다만 그 수모의 책임의 소재지를 나 한 개인에게 돌리는 어리석음을 범하지 않기를 바란다"라고 아들에게 해명하도록 작가는 유도한다. 아들은 아버지의 이 해명을 수용하며, 이념과 체제가 다른 한 인간에 대한 관찰의 시선으로 아버지를 대하면서 점점 애정을 느껴간다는 이 소설의 줄거리는 분단시대의 금과옥조였던 '이데올로기는 피보다 진하다'는 냉전시대의 우상을 '피는 이데올로기보다 진하다'로 바꿔주었다. 창연이 아버지의 요청대로 파리 코뮌 용사의 무덤(페르 라 셰즈)으로 안내해주는 것은 이데올로기가 부자의 정을 파괴할 수 없다는 믿음의 확신에 다름 아니며, 이것이야말로 남북한의 만남이 문학으로 다루어야 할 소중한 이치이기도 하다. 이들 부자는 다 외국에서 살고 있기 때문에 남북 대치의 현장성에서 일정한 거리감을 지닐 수 있다. 그 이유로 그들은 지난 시기의 격한 감정과 이념적인 간극을 극복한 채 냉정을 유지할 수 있었을 것이다.

파리에서 만났던 남북한은 이제 연변으로 무대를 바꾸었는데, 이문열의 『아우와의 만남』이 그 한 전형을 이룬다. 아버지의 월북-재혼으로 이복형제의 출생-아버지의 사망-이복형제와의 만남의 소설구도는 당분간 유효하며, 이를 통해서 남북은 사회통합의 방안을 암시받을 수 있을 것이다.[8)]

여기까지의 만남이 가족 구성원 중심의 재회였다면 권현숙의 『인샬라』는 이념이 지배하는 시대일지라도 건전한 남녀라면 사랑까지 가능함을 입증해준 남북 통합의식의 소중한 성과이다. 알제리에서 만난 한국인 미국 유학생 이향과 북한 공작원 한승엽은 서로의 이념적 이질성에도 불구하고 민족애를 바탕으로 한 사랑에 이르는 데 아무런 장애도 없다. 이 작품이야말로 남북 통합사회론에 걸맞은 연구 대상으로 우리 문학이 이제는 과거 지향성에서 미래 지향으로, 그 무대 역시 한반도나 강

8) 중국 연변이나 러시아 등 외국을 배경한 남북의 만남은 홍상화, 「어머니 마음」, 김재홍·홍용희 엮음, 『그날이 오늘이라면』, 청동거울, 1999; 이원규, 「강물은 바람을 안고 운다」, 같은 책; 이순원, 「혜산 가는 길」, 같은 책; 고종석, 『기자들』 등 상당수에 이르며 앞으로도 지속될 전망이다.

대국 4개국에서 세계 전역으로 확대되어야 할 전환기를 맞고 있음을 예고해준다.

한국문학은 이제 남북한 통합의 준비 시대를 맞아 비록 첫걸음이긴 하지만 분명히 변모하고 있다. 이와 마찬가지로 북한문학 역시 변하고 있음을 감지할 수 있음은 우연이 아니다. 관점에 따라 다르겠지만 북한문학을 통일지향적 관점에서 보자면 시종 통일 방해 세력으로 미국을 거론하는데 이 점은 최근까지 달라지지 않고 있다. 북한 역시 우리처럼 6 · 25를 소재로 한 분단소설이 성행하여 황건의 『불타는 섬』(1952), 천세봉의 『싸우는 마을 사람들』(1953), 석윤기의 『시대의 탄생』(1964), 김영근의 『금천강』(1978) 등 연이어 시대마다 재조명하고 있는데 어느 작품에나 미군을 등장시켜 적대감을 고조시킨다. 이 점은 한국소설과 비교해볼 때 이념 지향성이란 부정적인 요인과 함께 민족의식의 강조라는 긍정적인 측면도 없지 않다. 한국의 분단문학이 소련이나 중공군이 아닌 북한만을 비판하는 동안 북한문학은 미군에 그 초점을 맞춰왔다는 사실은 주목할 가치가 있다. 적어도 주체사상 성립 이전까지의 북한의 분단문학은 긍정적으로 평가 내릴 작품들이 상당수에 이른다.

그러나 1970년대 이후 북한문학은 주체사상의 형상화에 너무 몰입함으로써 통일지향문학의 방향 감각을 상실해버리지 않았나 하는 아쉬움을 보여준다. 한국에 이미 널리 소개되어 있는 1980년대 이후 북한의 통일지향문학 작품들은 한국에서 이미 오래전에 극복해버린 가족과 고향 그리워하기의 정서적인 수준에 머물고 있다.[9]

---

9) 한국에 소개된 단행본으로는 『쇠찌르레기』, 살림터, 1993; 이재인 · 이경교 편저, 『북한문학강의』, 효진, 1996; 김재홍 · 홍용희 엮음, 앞의 책, 1999 등이 있다. 국내에 소개되지 않은 리명균, 「조국」(『1980년대 단편선』, 평양문예출판사, 1990) 같은 소설은 캐나다로 이민을 간 동포가 북한을 방문한 이야기를 다루면서 다분히 친북적 통일론을 내세우는 등 소설이 다양화하고 있음을 느끼게 한다. 이밖에 1980년대 이후 북한

북한문학이 추구하는 이념 표백성 통일지향문학은 그럼에도 불구하고 엄청나게 변모하고 있다. 1990년대 이후의 변모를 김재용은 "수령 형상문학 및 당성을 철저하게 구현할 것을 요구하면서 영웅적 · 긍정적 주인공을 더욱더 강하게 그릴 것을 주장하는 혁명적 낭만주의의 보수적 흐름과 다른 한편으로는 1980년대보다 더욱더 강하게 문학의 지성도를 높이고 도식주의를 비판할 것을 요구하면서 현실의 진실성을 강조하는 진보적 경향"을 띠고 있다고 요약한다.[10)]

북한의 당위론적인 민족통일론과는 대조적으로 한국문학은 이미 통일 문제를 역사가상소설의 단계로 승화시켜 1990년대 이후 이 분야의 일대 전성기를 낳았다.[11)]

독일 통합의 교훈

민족 동질성 회복이란 관점에서 말하면 초기의 이질성이나 반통일적 요인들이 차츰 제거되어온 과정을 밟아왔다고 하겠다. 이 말은 곧 남북한문학이 미약하게나마 사회의 통합화 과정에 들어서고 있다는 뜻이기도 하다. 한국의 남북한 주민의 만남을 다룬 소설이나 통일가상소설은

문학의 변모를 읽을 수 있는 소설로는 『북한현대소설선』(물결, 1989)을 시발로 상당수가 소개되고 있다. 시 분야는 김철학 엮음, 『북한의 대표적 서정시』, 한빛, 1996 등이 좋은 자료이다. 시에서도 소설 못지않은 민족정서에 바탕한 통일시가 있는데 한국 측 통일지향시와 비슷하다. 『1980년대 시선』(평양문예출판사, 1990)에도 정서촌 · 오영재 등의 무척 호소력 있는 통일시가 실려 있어 변모를 느끼게 한다.

10) 김재용, 「북한문학」, 『김정일 시대의 북한』, 삼성경제연구소, 1997을 참조할 것. 최근 북한의 동향을 새로운 접근법으로 시도하고 있다. 박명서, 「교육 · 사회생활」, 『통일시대의 북한학 강의』, 돌베개, 1999도 참고할 것.

11) 통일가상소설은 복거일, 『파란 달 아래』, 문학과지성사, 1992; 유정룡, 『오웰, 우리들의 그날』, 인동, 1992; 정을병, 『북조선 붕괴』, 오늘, 1994; 김소진, 「목마른 뿌리」, 1996 등이 있지만 대개는 너무 저속하다.

그 부정적 요인에도 불구하고 앞으로 당분간 절실한 소재로 지속될 것이며, 북한은 감상적인 민족통일론의 당위성으로 이데올로기의 표백이 이루어질 전망이다. 여기서 간과할 수 없는 또 하나의 주제는 남북한이 이룩해낸 민족사적 성과로서의 대하역사문학인데, 이것은 통일 이후에도 여전히 평가받아 마땅한 바람직한 민족유산으로 남을 것이다. 이런 관점에서 본다면 통일로 다가설 수 있는 문학은 민족적 관점에 입각한 역사문학이며, 이것이야말로 사회통합에 강력하게 작용할 접착제임을 알 수 있다. 그러나 남북 사회통합을 위한 문학적 전망은 여전히 추구해야 할 과제로 남아 있다.

이미 통합화의 안정기로 접어들고 있는 독일이 겪었던 동서 분단 시기의 여러 정황을 보노라면 우리는 여전히 분단시대의 가치관에 얽매여 있음을 실감케 된다.[12] 남－서독, 북－동독이란 단순비교가 불가능 할 정도로 두 나라는 차이가 있다. 독일은 작품의 구독이나 교류에 별 문제가 없었을 뿐만 아니라 동독 작가의 작품을 서독 출판사가 출판할 정도로 내왕과 활동의 유연성이 있었다. 동서독은 1976년 동독의 문인 볼프 비어만이 당국으로부터 시민권을 박탈당했을 때부터 오히려 통합의 분위기는 고조되어왔다. 비어만 사건을 둘러싸고 동서독 문인들이 찬반으로 나뉘어 논쟁이 전개되면서 도리어 통독문학은 무르익었다. 비록 많은 문제가 없는 바 아니나 그로부터 한 세대도 되지 않아 통일은 이룩되었다.

12) 독일의 통일 관련 문학 쟁점에 대해서는 전영애, 『독일의 현대문학－분단과 통일의 성찰』, 창작과비평, 1998; 안삼환, 「분단 한반도의 시각에서 본 독일 문학 논쟁」, 『독일학』 제1집, 1992; 김누리, 「통일 독일의 문학논쟁」, 『창작과 비평』, 1993년 여름호; 김용민, 「통일 독일의 문학 논쟁을 어떻게 볼 것인가」, 『창작과 비평』, 1994년 가을호; 이기식, 「독일 통일과 좌파 지식인의 몰락－볼프 논쟁과 독일 언론」, 『세계의 문학』, 1996년 봄호; 박설호, 『동독 문학 연구－동독 문화 정책 개관』, 한신대 출판부, 1998 등을 참조할 것.

통일 이후 독일 사회의 성숙한 통합을 위해 문단에서는 두 가지 쟁점이 제기되었다. 하나는 동독 체제에 비판적이어서 당국으로부터 감시를 당했으면서도 정작 붕괴 과정에서는 끝까지 동독 체제의 유지를 호소했던 대표적인 여류작가 크리스타 볼프의 작품과 활동 전반에 걸친 비판이었고, 다른 하나는 분단시대의 주류였던 동서독문학 전반에 대한 비판과 새로운 통일시대의 문학창출론이었다. 앞의 것은 볼프란 특정인을 동독의 상징으로 조준하여 의도적인 공격을 가한 비문학적 공격이었고, 뒤의 것은 분단 독일 시대 문학의 주류였던 서독의 참여문학을 매장시키기 위한 국수주의적 보수파들의 비난이었음이 밝혀졌다. 둘 다 문학이 통일에 기여하기도 하지만 통합 이후에도 분단시대의 상처를 아물게 한다는 사실을 재확인시켜 준다.

한국문학은 여러 면에서 독일과 다를 것이다. 비록 닫힌 사회체제 속에서 독일 같은 교류와 창작의 자유스런 활동을 보장받지는 못할지라도 분단문학의 풍성한 목록과 영향력은 독일을 능가한다고 볼 수 있다. 어차피 남북한은 민족문학의 세기를 보내고 세계문학의 시대에 맞게 될 통일일 테지만 그래도 여전히 남북 문제에서는 독일보다는 훨씬 응집력이 강한 민족의식을 보유할 것이라는 예감이 든다. 통일가상소설과 함께 유행하고 있는 일련의 역사 대체 대하소설 대개가 '민족 이데올로기'를 옹호하고 있으며, 북한도 이 점에서는 예외가 아니란 점에서 '민족 이데올로기의 통합' 가능성은 여전히 유효할 것이며 만남의 문학으로 재충전되어 갈 것이다.

분단 환경과 경계선의 상상력

우 찬 제

1. 머리말

이 논문에서 필자는 남북으로 분단되어 있는 한반도의 정치적 조건이 한국의 생태 환경과 한국인의 실존적 삶에 의미 있는 영향을 끼치고 있다는 전제 아래, 그 구체적인 양상을 대표적인 한국소설 3편에서 찾아보고자 한다. 여기서 다루고자 하는 최인훈의 『광장』(1960), 박상연의 『DMZ』(1997), 그리고 강희진의 『유령』(2011) 등 3편의 소설들은 분단 환경으로 인한 비극성을 다루었다는 공통점이 있으면서, 각각 냉전시대, 탈냉전시대, 디지털시대의 생태 환경과 분단 캐릭터를 변별적으로 환기한다는 점에서 문제적이다.[1] 이 소설들에 나타난 경계선의 상상력

1) 분단과 전쟁 이후 수많은 분단문학들이 전개되었다. 그중 특별히 이 3편을 취한 이유는 『광장』에서 제기된 '푸른 광장'의 상징성과 문제의식을, 『DMZ』이 탈냉전 시기의 상상력으로 접목하고 있다는 점을 주목했고, 『유령』은 최근 디지털시대의 문제의식으로 그것을 해체, 재구성하고 있다고 생각했기 때문이다. 맥락을 달리 하면 다른 탈북소설이나 무국적 시대의 소설들과 관련하여 새로운 논의틀을 다양하게 마련할 수 있겠다.

을 생태학적 측면에서 복합적으로 논의하고자 한다.

세상에는 경계들이 많다. 그것들은 자연적 경계, 인공적 경계, 심리적 경계로 나누어 볼 수 있다. 산이나 계곡, 바다나 강에 의한 경계가 자연적 경계이다. 인공적 경계는 국경이나 지방의 경계, 기업의 조직, 사회적 집단 같은 경우처럼 인간들이 인위적으로 정치적, 경제적, 사회적 조작을 가해 만든 것이다. 심리적 경계는 개인의 취향, 선호도, 정치적 성향, 종족적 기질, 젠더적 특성 등에 의해 생겨나는 눈에 보이지 않는 경계선이다. 이 셋은 서로 복합적인 상호작용을 하면서 새로운 경계를 만들기도 하고 옛 경계를 해체하기도 한다.

한반도에는 남과 북을 가르는 휴전선이 있다. 한국전쟁이 끝난 것이 1953년이니, 어느덧 반세기를 넘긴 경계선이다. 이는 한국의 환경을 구성하는 가장 기본적인 요소의 하나이다. 이 경계가 아니었더라면 필요 없었을 많은 군사적, 정치적, 경제적, 사회적, 심리적 비용들이 남과 북 양쪽에서 지불되어 왔다. 만약 그 누구도 함부로 넘을 수 없는 이 경계가 없었더라면 한국과 한국인들은 전혀 다른 환경에서 전혀 다른 삶을 살 수 있었을 것이다. 더 자세히 설명할 필요도 없이 이 휴전선이라는 경계는, 한국이라는 분단국가의 정치적이면서도 사회적이고 자연적인 복합 기호이다. 이 경계선을 도외시하고 한국의 생태시스템을 논할 수는 없다. 이 경계선과 관련한 상상력으로 인해 한국문학은 독특한 정치적 (무)의식 혹은 생태학적 (무)의식을 드러내는 인물들을 형상화해 왔다.

휴전선이라는 경계선의 복합적 성격 못지않게 그와 관련된 생태의식도 복합적이다. 이를 해명하기 위해 우선 핵심 개념이 전제될 필요가 있다. 먼저 '생태학적 동일성'의 세계를 상정한다. 동서를 막론하고, 흔히 로맨스의 세계를 논의할 때 동일성의 상실과 회복의 드라마를 언급하는데, 이때 동일성은 자아와 세계 사이에 갈등 없는 화해를 의미한다. 낙원의 세계나 천상계의 존재론을 신화적으로 암시한다. 근대 이전에는 상실된 동일성을 회복하는 드라마가 가능했는데, 근대 이후 자아와 세계의 험악한 분열로 인해 그 회복의 드라마가 불가능하다는 것이, 근대 인식의 비극이기도 하다. 그런데 이런 로맨스의 드라마는 은연 중 이원적 세계관에 기초한 것이다. 천상계와 지상계, 혹은 낙원과 낙원을 상실한 지상이라는 이원적 세계관이 그것이다. 이 이원적 세계관을 넘어서 리얼리즘 문학론을 전개하면서 루카치는 총체성을 강조했다. 이때는 사회경제적 기초와 이데올로기가 주된 관심사였다. 그러나 루카치의 총체성 개념은 모더니즘 시대 특히 포스트모더니즘 시대에 의혹의 대상이 되었다. 내가 구상하는 생태학적 동일성은 루카치의 총체성 개념에 생태 환경이라는 자연적 요소와 생태학적 의식과 무의식이라는 심리적 요소를 추가한 더 복잡하고 넓은 개념이다. 루카치의 총체성은 인간 중심적이고 이성 중심적인 개념이지만, 내가 제안하는 생태학적 동일성은 그것을 넘어선 생태학적 패러다임에 기초한 소망스런 삶의 지평을 은유한다.

흔히 생태학적 존재는 매우 복합적인 그물 속에서 다른 존재와 관련하여 살아가기 마련이다. 그러면서도 스스로 있는 그대로의 삶 혹은 자기 생명을 유지하거나 발전시킬 수 있을 때 생태학적 동일성은 유지될 수 있다. 그러나 현실에서 생태학적 동일성이 유지되기는 매우 어렵다. 내가 스스로 존재하는 것과 타인이나 다른 사물이 스스로 존재하는 것 사이에 허물없는 조화 가능성이란 실제로 매우 희소한 것이기 때문이다. 특히 생태학적 무의식 혹은 공동체적 집단 무의식에 기초했던 중세까지의 삶과는 달리 근대 이후의 삶에서 생태학적 동일성이 유지되기는 결코 쉬운 일이 아니었다. 근대 이후 생태학적 무의식이 억압되는 경우가 많았기 때문이다. 그래서 테오도르 로작(Theodore Roszak)은 산업사회와 공모한 광기에 의해 억압된 생태학적 무의식으로의 귀환을 강조했다. "생태학적 무의식에 대한 열린 접근이야말로 제정신으로 가는 길"[2]이라고 생각하기 때문이다. 그런데 랄프 메츠너(Ralph Metzner)는 생태학적 무의식의 개념도 호소력 있는 전문 용어가 될 수 있겠지만, 무의식적인 것을 구체화하거나 이해하는 것이 중요하다면서 생태학적 의식 또는 생태학적 양심의 측면을 강조한다.[3] 이때 생태학적 무의식이나 의식은 생태학적 동일성을 해명하는 데 중요한 심리적 기제가 된다. 생태학적 동일성의 세계가 기본적으로 생태학과 심리학의 복합 지평이기 때문에 이와 같은 심리적 기제가 실제 접근에 매우 유용하다. 문학에서 생태학적 무의식은 생태학적 동일성에 대한 꿈, 소망, 혹은 생태학적 동일성의 세계가 상실된 상황에서의 징후 등을 통해 읽어낼 수 있다. 텍스트에 언어와 플롯으로 구조화되는 생태학적 의식은, 인물이나 이야기가 주제화하거나 강조하려는 의도와 관련된다. 생태학적 의식은 물론 생태학적 무의식과 현실의 생태 환경 사이에서 역동적인 심리적 스펙트럼을 보일 수 있다.

남과 북 사이의 경계인 휴전선이라는 생태 환경을 응시하는 이 글의 특성상 정치적 생태학이나 사회적 생태학[4] 및 심리적 생태학의 접근 방

---

2) Theodore Roszak, *The Voice of the Earth*, New York: Simon & Schuster, 1992, p.320. 로작은 집단 무의식에 대한 C. G. 융의 견해가 원래는 인류 이전의 동물과 생태학적 원형들을 포함하는 것이었지만, 나중에 주로 전인류적인 종교적 상징들이 되었다고 지적한다. 그러면서 집단 무의식의 본래 의미를 되살려 우주적 진화의 살아있는 기록으로서 '생태학적 무의식'이라고 부르자고 제안한다. 로작은 프로이트 학파의 이드라는 개념 또한 고대 생태학적 지혜의 저장소로 볼 수 있다고 언급한다. 이드의 문을 통해 가이아와 우리가 만날 수 있는 통로를 얻을 수 있다는 것이다.

3) Ralph Metzner, "The Psychopathology of the Human-Nature Relationship", Theodore Roszak, Mary E. Gomes, & Allen D. Kanner ed., *Ecopsychology: Restoring the Earth Healing the Mind*, San Francisco: Sierra Club Books, 1995, p.63.

4) 변증법적 자연주의(dialectical naturalism)의 접근방식을 통해 현 단계의 생태 문제가 사회 문제로부터 야기되었음을 강조한 머레이 북친 등의 논의를 떠올릴 수 있다. Murray Bookchin, *The Philosophy of Social Ecology: Essays on Dialectical Naturalism*, New York: Block Rose Books, 1995, p.35.

법들이 심층 생태학의 철학과 관련하여 원용될 것이다. 휴전선은 한국의 생태 환경에서 매우 중요한 복합 기호이다. 생태학적 동일성을 상실케 한 핵심 원인 중의 하나이다. 그래서 한국문학은 냉전시대, 탈냉전시대, 디지털시대를 거치는 동안 분단 모순으로 인한 생태학적 동일성의 상실 상태와 회복에의 욕망을 지속적으로 형상화하면서 각 시대에 따라 변별적인 징후를 보였다. 그 징후 읽기를 통해 분단 환경에서 보인 한국문학의 경계선의 상상력을 복합적으로 고찰하고자 한다.

2. 냉전시대 비판과 푸른 광장 탐문: 최인훈의 『광장』

1960년에 발표된 최인훈의 『광장』은 냉전시대에 한국의 분단 상황 및 세계 체제에 대한 관념적 성찰을 바탕으로 쓰인 소설이다. 이 소설은 표제가 암시하는 것처럼 공간 생태가 배경이면서 주제로 확산되는 양상을 보인다. '광장'과 '밀실'로 상징되는 대립상의 해소를 통한, 다시 말해 '광장－밀실'의 변증법적 지양을 통한 제3의 공간 내지 제3의 길을 모색하고자 하는 희망의 추구와 그 현실적 좌절이 기본 골격을 이룬다. 이 작품에서 광장이 집단적 삶, 사회적 삶을 상징한다면, 그 반대편에서 개인적 삶, 실존적 삶을 상징하는 것이 곧 밀실이다. 타락한 밀실 위주의 남한 자본주의 사회와 타락한 광장 위주의 북한 공산주의 사회에서 공히 실망하고 절망한 이명준이 제3국으로 가는 배 위에서 바다로 투신자살하는 이야기가 이 소설의 중심이다.

소설 『광장』에서 작가가 상정해 본 광장과 밀실이 조화를 이루는 세계는 곧 생태학적 동일성이 구현된 세계이다. 그러나 이 욕망은 현실에서 충족하기 매우 어렵다. 주인공 이명준이 광장을 없애고 밀실로 스며든 남쪽의 삶에 만족하지 못했던 이유도, 심지어 밀실마저 온전하지 못한 남쪽의 삶에 혐오를 느끼며 상처를 받는 이유도, 다 생태학적 동일성의 세계와 거리가 먼 현실 때문이다. 자기가 소망하는 생태학적 동일성의 세계와 거리를 느낀 이명준은 현실 거부의 징후를 보이며 남한을 탈출하여 북한으로 수평 이동한다. 그것은 남한의 삶에서 결여된 부분을 채워 좀 더 생태학적 동일성의 세계에 다가서려는 노력의 일환이다. 그러나 개인의 밀실을 폐쇄한 채 집단적인 광장만을 강요하는 북쪽의 삶, 게다가 광장마저 철저하게 타락해 버린 북쪽의 삶에도 격한 분노를 느낀다. 그곳 역시 생태학적 동일성의 세계와는 거리가 멀었던 것이다. 포로 석방 때 제3국을 선택한 것도 이 때문이다. 남도 북도 모두 소망스런 생태학적 동일성의 세계와는 거리가 멀었기에, 이명준은 제3의 가능성을 모색하려 했던 것이다. 그러나 냉전시대였던 1960년에 제3의 길은 추상일 뿐 현실일 수 없었다. 당시 지구상에 자본주의와 공산주의라는 양대 이데올로기를 넘어설 수 있는 제3의 이데올로기는 존재하기 어려웠다. 그렇다고 약관 20대 중반의 철학도 출신 포로가 그 제3의 이데올로기를 당장 제출할 수도 없는 노릇이었다. 결국 이명준은 이데올로기라는 암초에 걸려 꼼짝도 못하게 된 형국이었던 셈이다.

냉전시대에 이데올로기는 암초였다. 생태학적 무의식은 물론 정치적 무의식도 억압되기 일쑤였다. 이데올로기의 길은 닫혀 있었다. 그렇다면 다른 길은 없는가. 억압이 심한 바로 그 지점에 다른 길의 잠재적 가능성도 깃들어 있게 마련이다. 이명준은 정치적 상황으로 말미암아 이미 사랑의 상처를 받았다. 그러기에 우선 사랑의 길은 매우 소중하다. 주인공 이명준이 그토록 소망하던 '광장－밀실'이 어우러진 삶의 소망스러운 지평을 은혜에게서 발견하는 장면에서 그것은 뚜렷하다. 낙동강 전선에서 둘이 만나 동굴에서 나누는 야생의 사랑은, 생태학적 무의식이 억압받지 않고, 생태학적 동일성이 구현된 원형적 모습처럼 보이기도 한다. 그 어떤 경계나 금기도 넘어선 야생적 공간에서, 그 어떤 정치적 억압이나 사회적 억제로부터도 자유롭고, 오로지 가이아의 리듬에 따라 조화롭게 어우러진 사랑이었다. 그러나 이데올로기에 의해 훼손된 현실에서의 사랑이란 또한 상처뿐인 것이었다. '광장—밀실'이 조화를 이룬 생태학적 동일성이 구현된 소망스런 삶의 생태는 현실에서 쉽게 이루기 어려운 것이었다. 전쟁 도중 은혜의 죽음으로 말미암아 그 소망은 추락하고 만다.

그래서 작가는 현실의 길이 아닌 신화의 길을 응시한다. 이명준은 제3국행 배 위에서 바다 위를 나는 두 마리의 갈매기를 보게 된다. 처음에는 알지 못했었는데 차츰 이명준은 두 마리 갈매기와 교감하면서, 그들이 바로 은혜와 뱃속의 아이라는 짐작을 하게 된다. 은혜는 현실의 세계에서는 이데올로기의 포화 속에서 사랑을 상실한 채 추락했으되, 신화의 세계에서는 날개를 달고 갈매기로 수직 상승한 셈이었다. 현실적인 수평 이동으로 생태학적 동일성이 구현된 세계를 만날 수 없을 때, 불가피하게 신화적인 수직 이동을 꿈꾸는 것이다. 일찍이 스스로 미로를 만들었던 다이달로스가 그랬고, 이상의 「날개」의 주인공 역시 날개 달기를 소망했던 것은 수평 이동이 불가능했기 때문이었다. 그러나 수직적 상승 이동은 신화의 세계에서나 가능하다. 이명준이 하늘의 갈매기를 보았을 때, 눈 아래 바다는 문득 잃어버린 광장처럼 다가왔다. 크레파스보다 진한 푸른 바다로 그가 뛰어든 것은, 현실에서 더 이상 수평적으로 이동할 공간도 없고 그렇다고 신화처럼 수직적 상승운동도 불가능함을 보여준다. 다음 본문은 소설의 대미를 장식하는 이명준의 최후 부분이다. 소설의 이야기 전체를 '부채' 형상으로 압축, 통합하고 있는 이 부분에서 우리는 또한 작가의 묘사 태도에 깃든 생태학적 상상력을 확인할 수 있다.

부채를 쭉 편다. 바다가 있고, 갈매기가 있는 그림이 그려져 있다. 부채를 접었다 폈다 하다가, 스르르 눈을 감는다. 머릿속으로 허허한 벌판이 끝없이 열리며, 희미한 모습이 해돋이처럼 차츰 떠올랐다.

……ⓐ**펼쳐진 부채**가 있다. 부채의 끝 넓은 테두리 쪽을, 철학과 학생 이

명준이 걸어간다. 가을이다. 겨드랑이에 낀 대학신문을 꺼내 들여다본다. 약간 자랑스러운 듯이. (…중략…) 다음에, ⓑ**부채의 안쪽 좀 더 좁은 너비**에, 바다가 보이는 분지가 있다. 거기서 보면 갈매기가 날고 있다. 윤애에게 말하고 있다. 윤애 날 믿어줘. 알몸으로 날 믿어줘. 고기 썩는 냄새가 역한 배 안에서 물결에 흔들리다가 깜빡 잠든 사이에, 유토피아의 꿈을 꾸고 있는 그 자신이 있다. 조선인 꼴호즈 숙소의 창에서 불타는 저녁놀의 힘을 부러운 듯이 바라보고 있는 그도 있다. 구겨진 바바리코트 속에 시래기처럼 바랜 심장을 안고 은혜가 기다리는 하숙으로 돌아가고 있는 9월의 어느 저녁이 있다. 도어에 뒤통수를 부딪치면서 악마도 되지 못한 자기를 언제까지나 웃고 있는 그가 있다. 그의 ⓒ**삶의 터는 부채꼴, 넓은 데서 점점 안으로 오므라들고 있었다.** 마지막으로 은혜와 둘이 안고 뒹굴던 ⓓ**동굴이 부채꼴 위에 있다.** 사람이 안고 뒹구는 목숨의 꿈이 다르지 않느니. 어디선가 그런 소리도 들렸다. ⓔ**그는 지금, 부채의 사북자리에 서 있다.** 삶의 광장은 좁아지다 못해 끝내 그의 두 발바닥이 차지하는 넓이가 되고 말았다. 자 이제는? 모르는 나라, 아무도 자기를 알 리 없는 먼 나라로 가서, 전혀 새 사람이 되기 위해 이 배를 탔다. 사람은, 모르는 사람들 사이에서는, 자기 성격까지도 마음대로 골라잡을 수 있다고 믿는다. 성격을 골라잡다니! 모든 일이 잘 될 터이었다. 다만 한 가지만 없었다면. 그는 두 마리 새들을 방금까지 알아보지 못한 것이었다. ⓕ**무덤 속에서 몸을 푼 한 여자의 용기를, 방금 태어난 아기를 한 팔로 보듬고 다른 팔로 무덤을 깨뜨리고 하늘 높이 치솟는 여자를, 그리고 마침내 그를 찾아내고야 만 그들의 사랑을.**

ⓖ**돌아서서 마스트를 올려다본다. 그들은 보이지 않는다. 바다를 본다.** ⓗ**큰 새와 꼬마 새는 바다를 향하여 미끄러지듯 내려오고 있다. 바다.** 그녀들이 마음껏 날아다니는 광장을 명준은 처음 알아본다. 부채꼴 사북까지 뒷걸음질친 그는 지금 핑그르 뒤로 돌아선다. ⓘ**제정신이 든 눈에 비친 푸른 광장이 거기 있다.**

자기가 무엇에 홀려 있음을 깨닫는다. 그 넉넉한 뱃길에 여태껏 알아보지 못하고, 숨바꼭질을 하고, 피하려 하고 총으로 쏘려고까지 한 일을 생각하면, 무엇에 씌었던 게 틀림없다. 큰일 날 뻔했다. 큰 새 작은 새는 미칠 듯이, 물 속에 가라앉을 듯, 탁 스치고 지나가는가 하면, 되돌아오면서, 그렇다고 한다. ⓙ**무덤을 이기고 온, 못 잊을 고운 각시들이, 손짓해 부른다.** ⓚ**내 딸아.** 비로소 마음이 놓인다. 옛날, 어느 벌판에서 겪은 신내림이, 문득 떠오른다. 그러자, 언젠가 전에, 이렇게 이 배를 타고 가다가, 그 벌판을 지금처럼 떠올린 일이, 그리고 딸을 부르던 일이, 이렇게 마음이 놓이던 일이 떠올랐다. 거울 속에 비친 남자는 활짝 웃고 있다.[5](부호 및 진한 강조는 인용자)

이 묘사 시퀀스에서 첫 단락에는 묘사의 시작을 알리는 일련의 표지들이 들어 있다. 묘사자와 묘사 대상인 부채 사이의 관계 설정 및 묘사 대상의 지각을 가능케 하는 요인들이 서술되어 있는 것이다. 두 번째 단락의 2/3부분까지는 부채로 비유된 자신의 과거 삶 전체, 의식과 무의식 전체가 총람적으로 압축되어 있다. ⓐ에서 ⓔ까지 강조한 부분을 주의하여 읽어보면, '펼쳐진 부채'로 상징되는 생태 환경 혹은 존재 광장의 축소 괴멸 과정을 점층적으로 묘사한 것임을 알게 된다. 부채의 사북자리 끝까지 내몰렸던 주인공은 환멸 속에서 자기를 방기한 채 제3국으로 표류하고 있었던 것임을 ⓕ를 통해 반성하게 된다. 동굴 속에서 나누었던 은혜와의 사랑은, 전쟁 상황의 급박함이나 죽음의 풍경과는 아랑곳없이, 생태학적 동일성이 확보될 수 있었던 무의식의 풍경이었다. 그것이 은혜의 죽음으로 끝난 줄 알았는데, ⓕ는 죽음에서 새로운 삶을 예비하는 생태학적 환상을 환기한다. 자기 아이를 잉태했던 은혜의 죽음은 죽음으로 그친 것이 아니었다. 이런 ⓕ 단위로 인해 주인공은 ⓘ처럼 제정신이 들게 되고, 상징적인 '푸른 광장'을 보게 된다. 또 ⓙ의 손짓에 ⓚ처럼 간절하게 응답할 수 있게 된다. 그러기에 '신내림'의 분위기 속에서 '활짝 웃'으며 '푸른 광장'으로 몰입해 들어가게 되는 것이다.[6] ⓘ

---

5) 최인훈, 『광장/구운몽』, 문학과지성사, 1978/1996, 186~188쪽.

6) 이를 간단한 표로 제시하면 다음과 같다.

하늘(갈매기)
↑
한반도 → 경계(타고르호) → 제3국(인도)
↓
바다

의 앞 문장에 '돌아선다'는 서술어가 나오는데, 지금까지 그가 찾고자 했던 수평축에서의 '광장'이 밀실과 대립되는 현실의 광장이었다면, 그래서 실패할 수밖에 없었던 광장이었다면, 그가 돌아서서 볼 수 있었던 '푸른 광장'은 수직축에서 새롭게 열리는 영원의 광장이 되는 것이다. 그 푸른 광장은 광장과 밀실이 더 이상 대립하지 않고 조화를 이루며 생태학적 동일성을 이루는 세계를 상징한다. 그러므로 이제 수평축은 사라지게 된다. 수직축만이 의미 있는 공간 구도가 된다. ⓖ에서 "돌아서서 마스트를 올려다보"는 장면은 방향 전환 후의 지각 행위를 나타낸다. 위쪽에서 그녀들이 보이지 않는다. ⓗ에서 보이는 것처럼 "큰 새와 꼬마 새는 바다로 향하여 미끄러지듯 내려오고 있"었던 까닭이다. 여기서 지향점과 공간운동의 방향이 암시된다. 게다가 '바다'라는 한 단어가 한 문장을 구성하고 있지 않은가. 이런 시각적 지각 행위는 곧 ⓙ와 ⓚ의 내면적 교감과 대화로 이어진다.[7)]

현실에서 의미 있는 광장도, 밀실도 지닐 수 없었고, 더더욱 소망스런 '광장－밀실'의 조화로운 삶을 살 수도 없었던 이명준이 바다에 투신하기 직전에 보았다는 '푸른 광장'에 대해서는 조금 더 구체적인 논의가 필요하다. 물론 현상적으로 푸른 바다가 그렇게 보였을 것이다. 그러나 작가는 여기에 매우 다각적인 의미망을 형성해 놓는다. 무엇보다 '푸른 광장'은 분단시대의 작가 최인훈의 대안 상상력과 관련되는 문화적 약호다. 민족적으로 혹은 이데올로기적으로 남북 분단이 해소된 광장, 정치적으로 개인과 집단의 갈등이 해소된 조화로운 광장, 경제적으로 타락한 욕망과 부의 불평등이 해소된 광장, 문화적으로 창조의 열정이 꽃피는 광장 등을 포괄적으로 상징하는 기호다. 그것은 또한 이데올로기 때문에 사랑이 훼손되지 않는 광장의 모습이기도 하다. 나아가 생태학

---

7) 우찬제, 『텍스트의 수사학』, 서강대 출판부, 2005, 323~324쪽 참조.

적 동일성이 훼손되지 않은 삶의 환경에 대한 동경을 암시하기도 한다. 작가 최인훈은 '푸른 광장'이라는 문화적 약호를 통해 그가 소망하는 거의 모든 것을 함축하고자 했던 것으로 보인다. 그 최종 심급에서 이데올로기와 사랑의 경계를 넘어선 소망스런 삶의 지평을 떠올릴 수 있다면, 이제 '푸른 광장'은 비록 분단국 작가의 대안 상상력에서 비롯되었으되, 인간 존재 그 자체를 웅숭깊게 성찰하는 세계문학 작가의 대안 상상력으로 심화의 길을 걷는 문화적 약호로 재해석될 수 있겠다.

요컨대 『광장』의 주인공 이명준은 '광장－경계－밀실', '남한－경계－북한', '한반도－경계－제3국' 등의 수평적 삼원구조 안에서 고민한 인물이다. 그 고민들은 '좌절－방황－모색'의 계기체의 변화 있는 반복을 통해 구조화된다. 이 수평적 구조 또는 수평적 공간 이동을 통해 통합적 지향 공간을 발견할 수 없음을 알게 됨과 동시에 갈매기들의 정체를 환각 속에서나마 알게 된 그는, 수직적 공간 이동으로 선회하게 된다. 이때 '하늘－경계(배)－바다'라는 수직적 삼원구조가 개입한다. 갈매기들의 상하 수직운동을 따라 영원성의 '푸른 광장'으로 상징되는 바다로 투신하는 수직적 하강운동으로 주인공은 '좌절－방황－모색'의 계기체를 마감한다. 『광장』에서 수평적 삼원구조와 수직적 삼원구조가 결합되면서, '이데올로기－경계－사랑'의 종합이라는 지향의식이 생산된다. 그리고 그것은 가장 소망스런 정치적 무의식 및 생태학적 무의식을 반영한 것이다. 이데올로기가 강고하게 관철되던 냉전시대를 분단국에서 살던 작가 최인훈은 그 어떤 세계문학 작가보다도 예민하게 그 냉전 이데올로기를 넘어선 사랑의 총체성, 생태학적 동일성이 구현된 소망스런 '푸른 광장'을 동경하고 추구하기 위해 역설적으로 이명준을 죽음으로 안내하고 애도하지 않으면 안 되었던 것이다. 이명준에 대한 애도는 곧 아직 구현되지 않은 희망의 원리인 푸른 광장에 대한 애도이자 강렬한 소망이기도 하다.

3. 탈냉전시대에 냉전의 비극적 조건 재탐문하기: 박상연의 『DMZ』

『광장』에서 이명준의 현실적 절망은 자살로 마무리되었다. 제1의 길에서도, 제2의 길에서도 그에게 생태학적 동일성은 허락되지 않았다. 그래서 제3의 길로 향한 여행을 시도했던 것인데, 그 여로는 시작되자마자 그렇게 끝나고 말았다. 그럴 수밖에 없었다. 이명준이 제3의 길에서 꿈꾸었던 '푸른 광장'의 지난한 상징성 때문이었다. 바로 이 지점에서 박상연의 『DMZ』는 새로운 소설의 길을 찾아 떠난다.[8] 제3의 길 위에서 자살한 이명준을 되살려 그 이후의 세월을 조망하기 위함이다. 이제 최인훈의 이명준은, 박상연의 이연우가 된다. 그러나 이연우는 이명준과는 달리 이미 주인공의 자리를 차지할 수 없다. 길을 열어나가는 주체의 입장일 수 없다. 아들에 의해서 반성적으로 조망되는 한갓 피사체에 불과한 운명일 따름이다. 새롭게 주인공의 자리를 차지한 아들 베르사미에게 있어 그는 비판의 대상일 뿐이다. 냉전시대의 피해자인 아버지에 대해, 탈냉전시대를 사는 아들 베르사미는 다음과 같이 생각한다.

> 그는 『광장』이라는 소설을 이야기하며 나의 아버지와 비슷한 삶을 산 사람을 주인공으로 한 책이라는 설명을 덧붙였다. 그 소설의 주인공은 마지막에 자살을 한다고 한다. 아버지도 강중위가 말한 그 주인공처럼 '크레파스보다 더 진한 인도양'에 몸을 던졌어야 했다. 아버지의 인생이라는 소설도 그렇게 매력적인 결말을 가지는 게 나았다. 나와 쿠비, 아버지 자신을 위해서도 그게 좋았다……[9]

---

8) 필자는 이전에 「제3의 길을 찾아서: 박상연의 『DMZ』 읽기」(『고독한 공생』, 문학과지성사, 2003, 411~426쪽)에서 박상연의 『DMZ』에 대해 전반적으로 논의한 바 있다. 본고의 맥락에 따라 그 논의를 이어받았음을 밝힌다.

9) 박상연, 『DMZ』, 민음사, 1997, 162쪽.

『광장』보다 한 세대 후의 소설인 만큼 박상연의 『DMZ』는 이명준이 아니라 그 아들 세대가 이야기의 주역을 담당하는 것은 자연스럽다. 판문점 북쪽에서 벌어진 남한 병사에 의한 북한 병사 총기 난사 사건을 수사하는 과정의 이야기가 일종의 추리 기법으로 전개된다. 수사 담당자인 서술자-주인공은 한국-켈트 혼혈로 스위스 국적을 가진 중립국감독위 소속 소령이다. 주인공은 이 사건을 수사하는 과정에서 자신의 가족사와 한반도의 분단사 및 현 단계의 분단 상황을 포개어 놓는다. 현재의 비무장지대 출신인 주인공의 아버지는 한국전쟁 직전 남로당의 일원으로 월북하여 전쟁 때 인민군 소좌로 참전, 낙동강 전투에서 포로가 된다. 맹렬한 공산 포로의 선두에 섰던 그는 어처구니없게도 포로수용소에서 반공 포로였던 동생을 조건반사처럼 살육하고 만다. 그 후 인도를 거쳐 브라질에서 살다가 브라질 주재 스위스 여기자를 만나 결혼, 주인공을 낳는다. 이런 아버지의 마지막 열망은 남한도 북한도 아닌 통일된 한반도로 귀향하는 일이었다. 이런 아버지를 이해할 수 없었던 주인공은, 남/북의 군인들이 이데올로기와는 상관없이 휴전선 이북에서 몰래 만나 인간애를 나누다가 조건반사처럼 총기를 난사하고 그것에 대한 자책감에 시달리다 자살하는 사건을 체험하면서 서서히 아버지를 이해하게 되고 또 자기 정체성을 깨닫게 된다.

한반도에서의 절망으로 인해 제3국으로 떠났으면서도 끝내 수구초심을 버릴 수 없었던 아버지, 그래서 자식에서 한국인임과 한국어를 강조했던 아버지나, 그런 아버지를 이해하지 못하는 아들이나 비극적이기는 마찬가지다. 이에 베르사미의 아내 쿠비는 둘 다 피해자라며, 차라리 그 불행의 진원지인 극동에 가서 피하지 말고 많은 것을 느끼고 상처를 치유할 기회를 마련하라고 권한다. 이에 아내 쿠비가 들려준 아버지의 진군일기를 가지고 판문점으로 부임한 주인공은 한편으로는 김수혁을 수사하고, 다른 한편으로는 아버지의 일기를 보거나 아버지의 고향 마을을 다녀온다. 물론 그는 시종 냉담한 이방인의 시선으로 그 모든 것을 진행하지만, 의도와는 달리 그 모든 것들과 차츰 심리적으로 연루되기에 이른다. 그러면서 한반도의 분단 현실과 역사 그리고 그와 관련된 아버지의 궤적에 대한 나름의 이해 지평을 확보하게 된다. 이해 지평 속에서 죽이기의 대상이었던 아버지는 거듭 반추되면서 연민 어린 되살리기의 대상으로 옮겨진다.

> 난 지금 남에도 북에도 있지 않았다. 이 벽돌 위의 폭 15센티미터 정도의 자그마한 면적은 어느 나라의 것일까? 그 벽돌 위에서 왼쪽으로 넘어지면 조선인민공화국, 오른쪽으로 넘어지면 대한민국…… 이 좁은 벽돌 위로 중심을 잡고 균형 있게 걸어보았다. 그러다 대한민국 쪽으로 내려왔다. 이 벽돌 위에 누군가 살 수 있다면 아버지는 브라질까지 오지 않아도 되었을 것 같다. 아버진 이런 곳을 원한 것이 아닌가. 남도 북도 아닌 곳……10)

15센티미터 정도의 경계선 벽돌 위에서 분단 현실을 새삼 인식하고 나서 "아버진 이런 곳을 원한 것이 아닌가. 남도 북도 아닌 곳……"이라는 생각을 추스르는 아들은 이제 아버지를 아주 많이 이해하게 된다. 그 경계선이 없었다면 아버지의 생태학적 동일성이 그토록 험하게 훼손되지 않았을 것이며, 제3국으로 간 이후의 아버지의 삶도 그토록 힘겹지 않았을 것이라는 사실을 환기한다. 이와 같이 아버지의 비극적 삶이 비롯된 지점에서 주인공은 아버지에 대한 심경의 변화를 일으킨다.

> 아버지에게 혁명과 통일이 무엇이었는지 몰라도, 최후의 이데올로기의 전장 끄트머리에 서서 나는 이 땅이 갈라져 있는 것이 결코 바람직하지 않음을 뼈저리게 느낄 수 있었다. 도대체 뭐하는 짓들인가? 같은 민족끼리, 형제끼리 총을 겨누게 하고 세상에서 유일하게 같은 언어를 소유한 집단끼리 한마

10) 위의 책, 148쪽.

디 말도, 몸짓도 금지당해 언어가 정지된 곳…… 언어는 존재다. 이곳엔 싸늘하고 낡은 이데올로기의 그림자 이외엔 존재하지 않는다. 어떻게 이런 장소가 존재할 수 있단 말인가? 정말 아버진 이런 자신의 조국을 견딜 수 없어서 인도를 택했을까? 내가 상관할 바는 아니지만 이 땅은 참 안쓰러워 보였다.[11]

여기서 "내가 상관할 바는 아니지만 이 땅은 참 안스러워 보였다."라는 복합적인 목소리로 구성되어 있다. 이방인의 절제된 감정과 분단국 2세대의 연루된 감정이 병치되어 있는 가운데, "참 안쓰러워 보였다."의 지시대상이 "이 땅"에 한정되지 않고 "아버지"로도 대치될 수 있는 개연성을 보이고 있는 것이다. 그런 가운데 분단 상황의 현재와 과거, 이방인을 자처하는 아들과 비극적 정한의 과거사에서 헤어나기 어려운 아비가 대화적 관계를 형성하게 된다. 이런 대화적 상상력은 분단 한국의 역사적 대화이기도 하며, 분단 상황에 대한 세계의 이해를 구하는 대화 요청이기도 하다.

최인훈과는 달리 박상연은 탈냉전시대의 작가이다. 탈냉전시대의 작가로서 냉전시대의 비극을 떠올리면서 그것의 역사성과 현재성을 성찰하려는 것이 이 소설의 의도처럼 보인다. 냉전시대의 피해자인 아버지와 관련해 '아비 죽이기'에서 '아비 되살리기'에 이르는 복합적인 감정을 보이는 이유도 그 때문이다. 여기서 중요한 것은 분단된 환경의 생태조건에 대한 탐문을 사회생물학적으로 시도하고 있다는 사실이다. 아버지가 한반도를 떠난 것도, 자신이 혼혈로 태어난 것도 모두 한반도의 분단 환경에서 비롯된 것이었다. 이 분단 환경에서 변함없이 지속되어온 비극적 삶의 생태를, 작가는 '조작적 조건 형성, 오퍼런트 컨디셔닝'의 문제로 접근한다.

11) 위의 책, 228쪽.

소설 『DMZ』에서 서사적 현재의 핵심사는 김수혁의 북한 병사 살해 사건을 수사하는 과정이다. 묵비권을 행사하는 김수혁을 취조하는 데 핵심적인 단서가 됨과 동시에 분단 환경을 꿰는 하나의 잣대로 조작적 조건 형성이 문제된다. 심리학과 출신의 군견병인 김수혁은 전임자가 길들인 대로 자기 개를 식사시킨다. 며칠 굶겨 사나워진 개가 먹이를 보고 달려들면 몽둥이로 때린다. 몇 번이고 먹이만 보여주고 패는 과정을 되풀이하다가 개의 눈에 플래시 불빛을 비추고 먹이를 준다. 그러면 개는 얻어맞은 기억 때문에 망설이면서도 배고픔에 못 이겨 먹이를 먹는다. 이를 되풀이하다 보면 개는 플래시의 강렬한 불빛이 비춰지지 않으면 식사를 하지 않게 된다. 파블로프의 조건반사처럼 플래시 불빛만 비추면 침을 질질 흘리게 되는 것이다. 바로 이 같은 조작적 조건 형성의 문제에 대해 작가는 심각한 의문을 제기한다. 따분하고 지루한 군견병의 스트레스 때문에 인위적으로 비정상적인 조작을 가한 것이 빌미가 되어, 건강했던 개가 피폐해지고 마침내 미치고 마는 사태의 반생태적인 문제성을 주목한다. 조작적 조건에 휘말릴 수밖에 없었던 개의 영혼을 어찌 보상할 수 있겠는가.

이와 같이 동물과 인간 사이의 반생태적인 오퍼런트 컨디셔닝은 인간과 인간 사이에서도 비슷하게 전개된다. 같은 상황이 개에게 그것을 형성시켰던 군견병 김수혁에게도 되풀이된다. 다만 군견 마루와의 관계에서 조작 주체이던 그가 조작 대상이 된다는 점만 다르다. 김수혁은 DMZ 수색 도중 지뢰를 밟는 바람에 대열에서 낙오하고 만다. 설상가상으로 인민군과 조우하게 되어 영락없이 죽었구나 생각했었는데, 인정 많은 인민군 오경필에 의해 구조된다. 이 일을 계기로 인민군 오경필, 정우진과 남북을 넘나들며 교분을 맺게 되고 남성식까지 끌어들인다. 그러는 가운데 "내 나이 또래의 청년은 남에서나 북에서나 고민하는 종류와 정도가 비슷하다는 것에 동질감을" 느끼게 된다. 자연스런 인정의 교감이 진행되는 것과는 달리 남북의 대치 상황은 날로 악화되고 경계에 비상이 자주 걸리게 된다. 그러던 어느 날 휴전선 이북에서 다른 때처럼 만나 정을 나누다가 그들은 엄청난 사건을 저지르고 만다. 우연한 총기 오발 사고에 의한 총소리가 DMZ의 정적을 깨뜨리는 순간 김수혁이 권총을 뽑아 인민군 정우진과 오경필을 겨냥하는 조건반사적 반응을 보인 것이다. 잠깐 동안 나눈 인민군과의 인간적 교분에 앞서 서로 죽이고 죽을 수 있는 적성국가의 군인이라는 생각이 김수혁의 조건반사를 자극했고, 그에 따라 뿜어낸 총탄에 의해 인민군 정우진이 죽고 오경필이 중상을 입는 사건이 발생한다. 남과 북의 군인들이 허심탄회하게 정을 나눈다는 것은 탈냉전의 가능성을 함축한다. 그러나 그러다가도 조건반사처럼 총질을 했다는 것은 냉전시대의 적대적 이데올로기가 얼마나 강고했는가를 단적으로 보여주는 사례이이다.

작가는 김수혁과 남성식의 조건반사적 총질을 철저하게 조작적 조건형성의 시각에서 다룬다. 초동수사 단계에서 남성식은 "지난 50여 년 동안 치밀하게 짜여진 각본"을 지목했고, 김수혁은 자기 "삶 전체가 이 사건의 동기"가 되었다고 말한다. 다소 길게 전개되는 김수혁의 24년간의 삶의 이야기가 입증하는 것처럼, 반공 이데올로기에 의해 철저하게 길들여진 의식과 삶, 그리고 무엇보다 그 경계선을 조작하는 분단사회의 환경이 이 사건의 범인이라고 둘러대도 좋을 정도로 조작적 조건의 의미는 강조된다. 이는 시간을 거슬러 올라가 주인공의 아버지 이연우의 사건과 포개어진다. 포로수용소에서 반공 포로가 된 동생을 만난 공산포로 이연우는 동생의 목을 직접 베는 어처구니없는 난행을 저지른다. 정찰조에서 '미군이다'를 소리치자 그는 미군에 대한 공포로 인해 "등골이 오싹하면서 모든 세포가 거꾸로 서는 느낌"에 사로잡힌다. 그때, 꿇어앉아 있던 동생 연철이 급히 일어났는데, 그것이 칼을 빼앗아 형을 공격하기 위해서였는지, 그냥 단순히 이야기를 하기 위해서였는지 확인할 겨를도 없이 칼을 뽑고만 것이다. "선피를 쏟으며 반 이상 잘려나간 연철의 목이 나에게로 떨구어지던 기억…… 그 연철이의 마지막 고개짓……나 비명을 질렀지만 아무도 내 비명을 듣지 못했고 내 귀에도 그 비명은 들리지 않았다. 내가 무슨 짓을 했나……"[12] 이런 기록을 남길 수밖에 없었던 이연우, 자기가 무슨 짓을 하고 있는지 의식할 겨를도 없이 저지른 엄청난 충격에 절망할 수밖에 없었던 좌절한 혁명전사 이연우 역시 조작적 조건 형성의 가해자이자 피해자 중의 하나인 셈이다.

'유령처럼' 작동하는 조작적 조건 형성이 문제라는 것, 그런 환경 때문에 '그렇게 될' 수밖에 없었다는 것, 이런 반생태적인 현실에 대한 비판적 의식을 구성적으로 형상화해 놓은 것이 소설 『DMZ』의 문제성이다. 이를 중심으로 한반도의 분단사와 그 비극성의 한 단면을 묘파하고자 한 것이 이 소설의 중심적 의미망이다. 특히 이 소설에서 집중적으로 탐문한 오퍼런트 컨디셔닝 테마는 세계 체제나 국가 이데올로기에 의해 반생명적이고 반생태적인 비극을 인상적으로 강조하는 데 효과적이다. 소설에서 '조작적 조건 형성'의 피해자들은 모두 비극적인 최후를 맞이했다.[13] 특히 이연우는 죽어서도 그가 원하던 고국으로 돌아올 수 없었다. 그가 진정으로 원하던 곳, 즉 '남도 북도 아닌 곳'은 아직 마련되지 않았기 때문이다. 모두 경계선의 고정을 강조하는 영토화된 이데올로기, 혹은 그것이 형성해 놓은 조작적 조건에 의한 희생양의 형식이라 할 만하다. 이러한 경계선의 경향과 인물들의 비극은 인위적 경계나 조작적 조건 형성이 아니었다면, 다시 말해 생태학적 동일성이 보장되고 생태학적 무의식에 따라 자연스럽게 존재하고 행하는 '푸른 광장'에서였

12) 위의 책, 235쪽.

13) 김수혁은 모든 진실을 털어놓은 다음에 강중위의 권총을 빼앗아 자살했고, 그가 기르던 군견은 비참한 광태를 보이다가 주인공의 권총에 죽어갔다. 주인공의 아버지 이연우는 이역만리 정신병원에서 싸늘하게 육신을 거두어갔다.

다면 일어나지 않았을 수도 있다는 사실을 환기한다.

4. 디지털시대의 현실과 가상현실 사이의 경계: 강희진의 『유령』

근대 이후 산업사회에서 인간은 진정한 생태학적 의식을 견지하고 일상적 삶을 살기 어려웠다. 생태학적 의식은 각종 근대적 제도나 규율에 의해 억압되었고, 효율성을 강조하는 경제 논리에 의해 시대착오적인 것으로 치부되기도 했다. 후기산업사회 혹은 포스트모던 사회에서는 양면적 혹은 다면적 현상이 나타났다. 한편으로는 생태학적 의식을 억압했던 과거를 반성하는가 하면, 다른 한편에서는 억압 기제를 더욱 심화하여 심지어 생태학적 무의식마저 억압하려는 양상도 나타난다. 특히 디지털 가상공간에서 이루어지는 각종 스토리텔링들의 경우 한편으로는 생태학적 무의식으로 귀환하려는 상상의 노력을 펼치는 경우도 있지만, 다른 한편에서는 디지털 규범에 의해 그 무의식마저 억압하는 경향이 짙게 나타나는 경우가 많다. 물론 이러한 산업사회와 후기산업사회의 특성은 세계적이고 보편적인 현상일 수 있다. 이런 보편성에 분단국인 한국의 특수 상황을 결합하면 새로운 문제의식을 도출할 수 있다.

2011년 작 강희진의 『유령』은 바로 그런 상상력을 보이는 소설이다. 북한에서 탈북한 주인공과 그 동료들의 생태를 사실적이면서도 상징적으로 형상화했다.[14] 사실적이라고 한 것은, 탈북할 수밖에 없었던 북한

14) 『유령』 이전에도 탈북자들을 다룬 소설들은 여럿 있었다. 박덕규의 『고양이 살리기』(청동거울, 2005), 강영숙의 『리나』(랜덤하우스코리아, 2006), 황석영의 『바리데기』(창비, 2007), 권리의 『왼손잡이 미스터리』(문학수첩, 2007), 이대환의 『큰돈과 콘돔』(실천문학, 2008), 정도상의 『찔레꽃』(창비, 2008), 이호림의 『이매, 길을 묻다』(아이엘앤피, 2008) 등 이외에 몇몇 단편들이 있다. 이런 탈북자를 다룬 소설에 대한

의 정치적, 경제적 사정, 탈북 이후 남한의 경제적, 문화적 사정 등을 실감 있게 기술했다는 말이다. 상징적이라는 것은 단순한 탈북자들의 생리를 그린 것이 아니라 21세기 세계의 문제의식을 독특하게 구성해 놓고 있다는 뜻이다. 개인과 집단, 가족과 사회, 남한과 북한, 한국과 세계, 양성애자와 동성애자, 현실과 가상현실 사이의 경계를 중층적으로 탐문한다. 이러한 경계선의 인물인 문제적 주인공을 통해 작가는 분단문제와 가상현실 문제를 복합적으로 성찰한다.

『유령』의 주인공은 『광장』의 이명준보다 2세대 다음 세대이다. 한국전쟁 당시 주인공의 할머니는 아버지를 잉태한 몸이었다. 지주였던 할아버지는 전쟁 중에 월남했다. 북한에서 아버지는 월남한 지주의 자식이라는 오명 때문에, 노래를 잘 불러 배우로 중앙 무대에 서보고 싶었던 그의 꿈을 이루지 못하고 농민으로 전락해 어렵게 살았다. 그럼에도 아버지는 북한 공산주의 사상이 강해 함께 탈북하자는 아들의 말을 일언지하에 거절한다. 그러나 주인공은 먹고살기 어려운 북쪽의 삶을 과감히 포기하고 탈북하여 중국을 거쳐 남한에서 살게 된다. 북한에서 쓰던 본명 주철을 버리고 중국에서 아사한 친구 하림의 이름으로 산다. 대학에서 연극을 했던 그는 아버지가 북쪽에서 못 이룬 배우의 꿈을 남쪽에서 펼칠 수 있게 되었지만, 북쪽 가족에서 피해가 될까 두려워 TV에 나가는 것을 꺼리다 보니 어느새 단역 하나 맡기 어려운 룸펜이 되어 탈북자들이 모여 사는 허름한 곳에서 지낸다. 이렇게 현실에서는 비루한 처

논의로는 다음과 같은 것들이 있다. 이성희, 「탈북자 소설에 드러난 한국 자본주의의 문제점 연구」, 『한국문학논총』 51, 한국문학회, 2009; 고인환, 「탈북자 문제 형상화의 새로운 양상 연구」, 『한국문학논총』 52, 한국문학회, 2009; 홍용희, 「통일시대를 향한 탈북자 문제의 소설적 인식 연구」, 『한국언어문화』 40, 한국언어문화학회, 2009; 이경재, 「네이션과 2000년대 한국소설」, 『문학수첩』, 2009년 겨울호; 백지연, 「타자의 인식과 공공성의 성찰」, 『창작과 비평』, 2009년 겨울호; 김효석, 「'거울'의 서사와 '탈북'을 둘러싼 다양한 시선들」, 『문예운동』 105, 문예운동사, 2010.

지지만, 온라인 가상현실에서는 그렇지 않다. 리니지 게임 공간에서 그는 쿠사나기 군주로서 한 용맹한 혈맹을 이끈다. 현실의 비루함과 가상현실[15]의 행복함 사이의 대조가 그의 몸과 마음을 더욱 힘들게 한다. 그럴수록 현실과 가상현실의 경계를 지우려고 의식적으로 몸부림친다. "쿠사나기는 내 아바타가 아니다. 바로 나다."[16] 게임 속의 아바타인 쿠사나기가 바로 자신이라는 이런 인식은 디지털시대의 게임 폐인의 한 단면을 엿보게 한다. 외상후 스트레스 증후군으로 정신과 치료를 받으면서도 의사에게 "게임은 현실이에요. 꼭 같은 건데요."[17]라고 말할 정도이다. 그에게 게임이 왜 현실인가 라는 질문은 곧 왜 사느냐는 질문과 같다. 그에게 현실은 불안을 가중시키는 환경이지만, 게임이란 가상현실은 편안한 모태와도 같은 생명의 공간으로 받아들여진다.

> 나는 게임을 하면 편안하다. 정말 그렇다. 실은 그곳은 현실보다 더 피가 튀기는 공간이지만. 게임 속에 들어가 있을 때는 따뜻한 방안의 이불 속 같다. 솔직히 말하면 이불 속이 아니라 자궁 안 같다. 엄마의 자궁. 나는 그 속

---

15) 마리로르 라이언은 가상현실(버추얼 리얼리티)에 대한 기존 논의들을 종합하면서, '버추얼'의 의미 정립을 위해서 '실제(actual)'와 '가상(virtual)'의 대립적 자질들을 나열한 바 있다. "일어난/잠재적인, 사실적인/비사실적인, 이루어진/가능의, 닫힌/열린, 물질적인/정신적인, 구체적인/추상적인, 특별한/일반적인, 종결적인/비종결적인, 결정적인/비결정적인, 유형의/스펙트럼 상의, 현세적/비현세적, 공간내적/탈영토적, 단수의/복수의, 현재/과거와 미래, 여기/거기, 우리/그들 혹은 타인, 고체적인/휘발적인, 실체적/비실체적, 형상/기저, 가시적인/잠복된, 현존/부재, 면대면(面對面)/중개적인, 기계적인/전자적인, 물질/정보, 공간/가상공간, 계측적인/비계측적인, 존재/현상, 정체성/역할 놀이, 진지한 행동/가장하기, 생생한 경험/환상이나 꿈, 사실/허구, 본질/형상, 진정/거짓 혹은 시뮬레이션, 진실/환영, 원본/모사, 지시대상/이미지"(Marie-Laure Ryan, *Narrative as Virtual Reality: Immersion and Interactivity in Literature and Electronic Media*, The Johns Hopkins UP, 2001, p.28) 등이 바로 그 대립쌍들이다.

16) 강희진, 『유령』, 은행나무, 2011, 25쪽.

17) 위의 책, 51쪽.

에서 몸을 벌레처럼 돌돌 말고 있는 작은 생명체이다.[18)]

모태에서 생명은 충만한 기운을 지닌다. 그래서 신화적으로 모태는 생태학적 동일성이 보장된 공간으로 논의된다. 가상현실의 게임 공간이 주인공이나 그의 탈북자 동료 일반에게 그런 느낌을 주었다는 것은 관심거리다. 그가 속한 게임 그룹 '내복단' 명의로 정리된 바에 따르면, 내복 한 벌 달랑 걸치고 두만강이나 압록강을 건너 그들이 찾은 세상이 바로 '리니지라는 천국'이라는 것이다. 중국에서와 마찬가지로 남한에서 비루하게 살다가 만난 새 세상이 바로 리니지 가상공간이라고 말한다. 그곳은 일종의 '푸른 광장'이기도 하다.

> 우리는 좋은 말로 게임 매니아, 솔직히 말하면 게임 폐인이 된 겁니다. 비루한, 너무나 비루한 삶을 살아가는 우리에게 인터넷은, 게임은, 위대한 수령의 교시 같은 것이었습니다. 그것이 비록 한여름 밤의 꿈일지라도…… 최소한 그 순간은 행복하니까요. 그 순간만은 비루하고 못난 자신을 잊을 수 있으니까요. 우리가 힘들게 도달한 조국인 남조선은 우리에게 게임이란 천국을 허락한 것입니다. 드디어 우리는 천국을 찾았습니다.[19)]

이렇게 가상현실에서만 생명감, 행복감을 느끼는 탈북자들의 현실은 대체로 비루하다. 탈북 초기에는 남한 정부의 지원금에 의해 살아가지만, 그것도 충분하지 않고, 체제가 다른 남한에서 그들이 사회의 중심부에서 당당하게 활동하며 살기가 쉽지 않기 때문이다. 물론 소수의 예외가 있기는 하지만 많은 탈북자들이 남한 사회의 주변부에서 비루하게 살면서, 그들이 원했던 현실이 이게 아니었음을 떠올리며 불행해하는 경우

18) 위의 책, 51쪽.

19) 위의 책, 285~286쪽.

가 많다. 그들은 북한을 떠나왔기에 더 이상 북한 사람이 아니다. 그렇다고 남한 사람으로 온전하게 정착한 것도 아니다. 남한 사람들은 탈북자들을 동류로 공감하기보다 특별한 그룹의 사람들로 취급한다. 이해나 공감이 부족하고, 삶의 터전도 막막한 환경이라, 그들의 삶은 더욱 비루해질 수밖에 없다. 그래서 젊은 층들은 게임 폐인이 되거나, 마약 혹은 포르노 중독으로 피폐해지기도 하고, 중장년층들은 절망한 나머지 자살로 삶을 서둘러 마감하기도 한다. 정주 아주머니의 전남편이 그런 사례이다. 북한 평안북도 정주 출신의 시인 백석의 시 세계를 기려 서울에 조성한 백석공원의 플라타너스 나무에 목을 매고 그는 자살한다. 그는 북한에서 교사 생활을 하다가 정치적인 발언이 문제가 되어 농민으로 전락해, 아사가 북한을 덮칠 당시 아들을 잃고 탈북을 감행한 탈북자이다. 탈북 과정에서 아내와 딸을 압록강에서 잃었는데, 수장됐다고 믿었던 아내는 거꾸로 남편이 국경수비대의 총에 맞아 죽었다고 믿으며 한국에 들어와 목사의 아내로 살아가고 있다. 그러다가 둘이 서로 만나게 되고 이 기막힌 운명에 절망한 그는 결국 자살을 택하고 마는 것이다. 주인공 같은 젊은 세대와는 달리 정주 아주머니나 그녀의 남편은 잃어버린 고향에 대한 기억을 지니고 있는 세대이다. 북한이 공산화되기 이전의 시기에 백석이 그린 정겨운 고향의 풍경은 그야말로 생태학적 동일성으로 충만한 곳이었다. 생태학적 무의식이 억압되지 않아 조화와 상생의 풍경으로 기억되는 그곳을 정치적인 이유로 상실했다는 느낌, 이식된 남한 사회에서 그런 고향의 삶으로 돌아갈 수 없다는 절망감, 가족 파탄의 고통 등이 정주 아주머니의 전남편으로 하여금 비극적인 종말을 맞이하게 했던 것이다. 이 사건을 한 잡지 기사는 다음과 같이 정리한다.

> 그러나 탈북자들은 그 상실의 기억을 그대로 가지고 있다. 남한에 와서 그들이 발견한 것은 더 이상 고향을 그리워하지 않는 사람들, 고향이 무엇인지도 모르는 사람들, 밥이 없어 굶어 죽는 그곳이 무슨 고향이냐며 경멸하는

> 사람들이었을 것이다. 백석의 시는 탈북자들에게 그들이 잃어버린 것이 무엇인지를 보여주고 있다. 남한에서만 줄곧 살아온 나에게 백석의 시는 어휘부터가 너무나 낯설다. 그리고 이 시를 보면서 눈물을 흘렸다는 그 정서도 솔직히 이해하기 힘들다. '아름답고 아늑한 마을 공동체, 눈물나게 숨막히게, 살가운 마을을 노래한 민족시인 백석. 한동안 북한의 농촌 마을은 그런 세상이었습니다. 내것 네것 없는 완전한 세상이었습니다' 그가 남긴 유서의 마지막 문장이다. 이것 역시 이해하기 힘들다. 완전한 세상이란 게 가능한 일인지…… 그 '이해하기 힘듦', 공감의 부재 속에서 탈북자들은 오늘도 유령처럼 우리 옆을 떠돌고 있는 것은 아닌가.[20]

백석이 시에서 그렸던 생태학적 동일성의 세계를 상실한 탈북자들은 이제 가상공간에서나마 새로운 '가능 세계'[21]를 모색하려 한다. 그들이 리니지 게임에서 그토록 바츠 해방전쟁의 승리를 위해 고투하는 이유도 바로 그 때문이다. 그러면 그럴수록 그들은 더욱 생태학적 동일성의 세계로부터 멀어지는 경험을 한다. "온라인 게임 속으로 들어가 폐인이 되는 데는 이틀이면 충분하지만 폐인을 탈출하는 데는 한 달 이상이 걸린

20) 위의 책, 140쪽.

21) 라이언은 소박한 리얼리즘 사고를 넘어서 객관적 현실, 실제 세계, 비실제적 가능 세계의 관계를 고려하면서 가능 세계 모형을 제시한 바 있다.(Marie-Laure Ryan, *Narrative as Virtual Reality: Immersion and Interactivity in Literature and Electronic Media*, The Johns Hopkins UP., 2001, pp.99~102 참조.) 한편 돌레젤은 인간의 언어로 창조되는 세계를 가능 세계라고 보았다. 라이프니츠의 형이상학적 개념 안에서 가능 세계는 직관적인 것이었으며 전지적이면서도 신성한 정신 안에 존재하고 있었다고 그는 보고한다. 그런데 이런 기원과는 달리 이제 초월적인 영역에서 발견되기를 수동적으로 기다리는 것이 아니라고 한다. 인간의 창조적인 정신과 육체 활동을 통해 가능 세계는 다양하게 구성될 수 있다는 것이다. 가능 세계는 강력한 망원경으로 발견되는 것이 아니라, 우리가 말하고 생각하며 추측하고 믿는 것 혹은 바라는 것으로부터 변형 생성된다는 논지다. 아울러 돌레젤은 가능 세계는 실제 세계의 대안 세계적 성격을 지니며, 실제 세계에서 일어난 것과 일어날 것 모두를 포괄한다고 말한다.(Lubomir Dolezel, "Fictional and Historical Narrative: Meeting the Postmodernist Challenge", D. Herman ed., *Narratologies: New Perspectives on Narrative Analysis*, Ohio State UP, 1997, pp.253~255 참조.)

다. 어떨 땐, 두 달 동안을 비몽사몽 가상공간도 현실도 아닌 곳을 헤매고 다닌 적도 있었다. 그보다 더 오랫동안 술에 취한 것마냥 정신을 놓고 살기도 했다. 두 공간의 경계를 밟고 사는 것은 어렵고 고통스러운 일이다. 더구나 나는 차츰 기억을 잃어 가고 있는 마당이라 그 혼란이 더욱 힘들었다. 오래전부터 망각이란 놈이 서서히 내 영혼을 갉아먹고 있었다."[22] 그래서 예전에는 빼어난 기억력을 지니고 있던 주인공도 점점 쇠퇴하는 기억력으로 인해 고통받는다. 심지어 자신의 모습을 거울에 비추어 보면서도 자기인 줄을 모르기도 한다. 북한에 남은 가족을 위해 죽은 친구 하림의 이름을 쓰고 있는 주인공은, 이름뿐만 아니라 자기 몸도 하림이 되어 있는 망상에 시달리기도 하는 것이다. "꿈에서 가족이 나를 알아보지 못한 이유를 알았다. 보위부 군인 복장 때문이 아니었다. 나는 북조선에 있을 때의 얼굴이 아니었다. 눈을 똑바로 떴다. 정말 북한에 있을 때와 다른 얼굴인가? 거울을 다시 쳐다보았다. 북쪽의 변방에 살던 하림이 이런 얼굴을 하고 있었다. 나는 하림이 아닌 주철이다. 하림은 내 이름이 아니다. 북쪽의 가족 때문에 본명을 사용할 수 없어 빌려 쓴 이름이다."[23] 그가 시달리는 외상후 스트레스 증후군에 대해 서술자는 이런 주석을 붙인다. "이것은 과거가 현재와 미래를 괴롭히는 병이다. 어떤 상처는 빨리, 어떤 상처는 아주 천천히, 기억을, 마음을, 고스트를 갉아먹는다."[24] 이런 주인공의 성격을 다음 본문은 효과적으로 보여준다.

> 웬 놈이 아름드리 플라타너스 나무에 기대서서 이쪽을 노려보고 있었다. (…중략…) 불빛 사이로 놈의 얼굴이 언뜻 드러났다 사라진다. 하림이다. 내 콩팥 속에 숨어사는…… 그럼, 나는 누구인가? 내 이름은 하림인데…… 놈은

22) 강희진, 앞의 책, 117쪽.
23) 위의 책, 107~108쪽.
24) 위의 책, 136쪽.

나란 말인가? 아니다. 하림은 내 친구다. 그는 칼을 움켜쥐고 벤치 쪽으로 걸어온다.

— 주철아, 나 몰라?

놈의 입에서 말이 튀어나온다.

— ……

나는 아무런 대꾸도 하지 못하고 가쁘게 숨을 몰아쉰다. 나도 모르게 손가락을 움직인다. 눈앞에 나타난 것은 몬스터이다. 괴물을 물리쳐야 한다. 그렇지 않으면 내 모가지가 달아날지 모른다. 하림이라고? 내가 그 따위 구라에 속아 넘어갈 줄 알았나. 서둘러야 한다. 내 칼은, 쿠사나기의 투구는 어디로 갔나? 갑옷은…… 빨리 몸을 쿠사나기 캐릭터로 바꿔야 한다. 내 아바타로 놈의 목을 따야 한다. 한 칼에…… 바츠 해방전쟁 당시의 그 날렵한 솜씨로…… 그러지 않으면 내가 죽는다. 그것이 게임의 법칙이다. (…중략…) 그런데 마우스가 꼼짝하지 않는다. 온 힘을 손가락에 쏟아 부었다. 왜, 움직이지 않는 것일까? 고장인가? 하필 이때…… 나는 자리에서 벌떡 일어났다. 놈은 다크엘프, 암살자다. 분명하다. 그의 칼을 내 몸속에 박아 넣을지 모른다. 나는 목이 달아나 피를 쏟고 공원 바닥에 꼬꾸라질 것 같다. 그런데, 놈은 몬스터가 아니다. 하림이다. 뭐 저런 놈이 다 있어. 은혜도 모르는 배은망덕한 놈…… 그가 나를 잡기 위해 달려온다. 그의 한쪽 눈알이 땅바닥에 떨어진다. 사과만 한 눈알이 공처럼 구른다. 그는 개의치 않고 나를 향해 뛰어왔다. 나는 정신이 번쩍 들었다. 나도 뛰기 시작했다. 하림의 가면을 둘러쓴 적일지 모른다. 전설의 전사 쿠사나기의 모가지엔 현상금이 걸려 있다. 나는 이동할 때마다 손을 움찔대면서 마우스를 클릭하고 있다. 가면을 쓴 몬스터가 따라온다. 놈의 걸음이 빨라진다. 나는 마음속으로 중얼거리면서 마우스를 움직인다. 속도를 높이기 위해 손가락을 빠르게 누른다. 클릭 속도를 높여야 한다. 그래도 놈은 자꾸 따라온다. 꿈도 게임도 아니다.[25)]

먼저 정체성 혼란을 일으키며 분열증을 앓고 있는 주인공의 모습을 확인할 수 있다. 그는 자신이 하림인지, 주철인지 혼란스러워 한다. 그의

25) 위의 책, 22~23쪽.

안과 밖이 분열되어 있다. 또 자신을 향한 위협이 실제 세계에서 일어나는 일인지, 가상세계에서의 일인지 혼란스러워 한다. "꿈도 게임도 아니다."라고 말하고 있지만, 그는 게임 속에서 현실을 만나고, 현실에서 게임을 만나며 분열증을 일으킨다. 현실의 위협을 가상현실 속에서 해결하려 하고, 가상현실의 위협을 현실에서 느낀다. 현실이 가상현실이 되고, 가상현실이 현실이 된다는 점에서 일종의 뫼비우스의 띠 같기도 하다. 혹은 더 헝클어진 실타래처럼 분열되어 있다. 그런 혼란과 경계 착란 상태에서 한 달 넘게 게임방에 처박혀 폐인처럼 지내기도 한다. 그러다 보니 모든 것이 뒤죽박죽이다. 이 소설의 줄기 중의 하나가 회령 아저씨를 살해한 범인이 누구냐인데, 주인공은 경찰에서 외적인 알리바이로 혐의를 벗었음에도 불구하고, 자신이 그를 죽였는지 그렇지 않은지 기억하지 못한다. 또 자기가 회령 아저씨를 죽였다는 유서를 남기고 죽은 정주 아주머니의 유서를 보고도 그것이 자신이 위조한 유서인지 아니면 그녀의 필체인지 알지 못하는 것으로 얘기된다. 현실과 가상현실 사이에서 그에게 분명한 것은 아무것도 없다. 그는 더 이상 그가 아니다. 그 어떤 행위도 기억도 분명치 않다.[26] 분단 환경에서 이식된 탈북자의 비극적인 초상의 한 단면을 극적으로 환기한다. 북한을 탈출하면서 꿈꾸었을 푸른 광장에 대한 기억조차 상실한 모습이다. 1960년 이명준이 꿈꾸었던 '푸른 광장' 으로부터 2011년의 주철은 너무 멀리 떨어져 있다.

26) 이지훈은 고립된 게임의 유아론적 관점의 위험과 가상의 악을 지적하면서, '전체에 대한 통찰' 의 중요성을 강조한 바 있다.(이지훈, 「가상현실의 형이상학」, 『철학』 Vol. 58 No. 1, 한국철학회, 1999, 149쪽.) 그러나 '전체에 대한 통찰' 로 생태학적 동일성의 회복 도정에 이르기보다는 『유령』의 주인공처럼 반대의 경우가 현실적이며 문제적인 게 사실이다.

5. 결론

최인훈의 『광장』의 이명준은 분단 1세대이며 한국전쟁 참전자이다. 박상연의 『DMZ』의 베르사미는 참전자인 이연우의 아들로 분단 2세대이지만, 켈트 혼혈의 스위스 국적자로 이방인의 시선을 지니고 있다. 강희진의 『유령』에서 주철은 분단 3세대의 탈북자로서 현실과 가상현실 사이에서 유령처럼 살아간다. 이명준은 자살 직전 환각 속에서나마 '푸른 광장'을 응시했었다. 푸른 광장은 정치 · 경제 · 사회 · 문화 전반적으로 소망스런 공간의 상징이다. 인류의 집단 무의식이 오래 꿈꾸었던 유토피아에 가까운 공간이고, 거기에서라면 생태학적 동일성이 훼손되지 않았을 것이라고 추정되는 공간이다. 물론 남과 북의 경계가 사라진, 그러니까 분단 상황이 해소된 한반도의 모습을 상징하기도 한다. 그러니까 작가 최인훈이 제시한 푸른 광장의 상징성은 한국인의 오랜 정치적 무의식과 생태학적 무의식을 반영한 것이라고 할 수 있다. 분단시대를 사는 한국인들의 공통된 소망이 거기에 온축되어 있다. 그러기에 최인훈 이후 많은 작가들도 푸른 광장에 대한 재탐색을 계속했다. 냉전시대에 꾸었던 그런 소망은 탈냉전시대가 되어도 충족되기 어려웠다. 박상연은 『DMZ』에서 조작적 조건 형성 모티프를 통해 냉전시대의 비극이 계속 진행되고 있음을 시사하면서, 한국의 분단 환경에 대한 사회생물학적 성찰을 한다. 디지털시대를 배경으로 한 강희진의 『유령』에서는 현실에서 푸른 광장을 찾을 수 없었던 탈북자가 디지털 게임 공간에 빠져 현실과 가상현실의 경계에서 착란과 분열을 일으키며 고통스럽게 살아가는 모습이 나타난다. 그에게 있어서 가상현실은 불우한 현실에 대한 대안적 가능 세계이기도 하면서, 현실을 더욱 피폐하게 만드는 부정적 환경이기도 하다. 현실과 가상현실 사이에서의 유령 같은 존재는 생태학적 동일성의 세계를 담은 고향의 모습에서 너무 멀리 떨어져 있다.

푸른 광장에의 꿈으로부터 점점 더 멀어져만 가는 것이다.

물론 한국의 모든 생태 환경 문제가 분단 상황과 관련된 것은 아니다. 그러나 많은 이슈에서 분단 환경은 크고 작은 원인이 되고 있는 게 사실이다. 이산가족, 실향민, 군비 증강 경쟁, 천안함 사건이나 연평해전 같은 국지전적 분쟁 등 분단 환경이 야기한 이런저런 문제들은 분명히 생태학적 동일성을 훼손하는 결과를 초래한다. 무엇보다 분단 환경에서 맞서 있는 상황 자체가 생태학적 무의식을 억압하는 것이 아닐 수 없다. 그래서 푸른 광장으로 상징되는 과제가 한반도에서는 매우 긴요하게 받아들여지는 것이다. 그러나 그것은 비단 한반도에서 그치는 것이 아니라, 아직도 여전히 생태학적 동일성의 세계로부터 멀리 떨어져 경쟁하고 갈등하고 파괴하는 일이 벌어지고 있는 지구촌 많은 곳에서 공통적으로 꿈꾸는 소망이기도 할 것이다. 그래서 인류는 여전히 '오래된 미래' 인 '푸른 광장' 을 찾아 나선다.

참고문헌

강희진, 『유령』, 은행나무, 2001.
박상연, 『DMZ』, 민음사, 1997.
최인훈, 『광장/구운몽』, 문학과지성사, 1978/1996.

고인환, 「탈북자 문제 형상화의 새로운 양상 연구」, 『한국문학논총』 52, 한국문학회, 2009.
김효석, 「'거울' 의 서사와 '탈북' 을 둘러싼 다양한 시선들」, 『문예운동』 105, 문예운동사, 2010.
백지연, 「타자의 인식과 공공성의 성찰」, 『창작과 비평』, 2009년 겨울호.
우찬제, 『고독한 공생』, 문학과지성사, 2003.
_____, 『텍스트의 수사학』, 서강대 출판부, 2005.
이경재, 「네이션과 2000년대 한국소설」, 『문학수첩』, 2009년 겨울호.
이성희, 「탈북자 소설에 드러난 한국 자본주의의 문제점 연구」, 『한국문학논총』 51, 한국문학회, 2009.

이지훈, 「가상현실의 형이상학」, 『철학』 Vol. 58 No. 1, 한국철학회, 1999.
홍용희, 「통일시대를 향한 탈북자 문제의 소설적 인식 연구」, 『한국언어문화』 40, 한국언어문화학회, 2009.
Bookchin, Murray, *The Philosophy of Social Ecology: Essays on Dialectical Naturalism*, New York: Block Rose Books, 1995.
Dolezel, Lubomir, "Fictional and Historical Narrative: Meeting the Postmodernist Challenge", D. Herman ed., *Narratoligies: New Perspectives on Narrative Analysis*, Ohio State UP., 1997.
Metzner, Ralph, "The Psychopathology of the Human-Nature Relationship", Theodore Roszak, Mary E. Gomes, & Allen D. Kanner ed., *Ecopsychology: Restoring the Earth Healing the Mind*, San Francisco: Sierra Club Books, 1995.
Roszak, Theodore, *The Voice of the Earth*, New York: Simon & Schuster, 1992.
Ryan, Marie-Laure, *Narrative as Virtual Reality: Immersion and Interactivity in Literature and Electronic Media*, The Johns Hopkins UP., 2001.

탈북자 문제의 소설사회학

한 원 균

1. 한국문학과 현실주의의 유효성

개괄적으로 말한다면, 한국 근대문학의 역사는 '중심 모색'의 역사라고 말할 수 있다. 한국문학이 자기 시대의 중심모순에 대한 정치, 사회적 인식 아래 이루어졌다고 말하는 것은 과장이 아니다. 개항 이후 한국사회는 제국주의의 극복과 근대화라는 상충된 가치체계를 어떻게 조율, 수용하느냐 하는 중요한 문제에 봉착했었다. 일본을 통한 근대화 과정이 식민지 지배와 타율적 문화구조를 산출하는 결과를 초래하고 말았다는 점은 주지의 사실이다. 제국주의라는 강압적 질서 아래서 민족주의를 강조하는 일이 심정적 차원에서 우위에 선 것도 사실이다. 카프를 중심으로 이루어지던 과학적 세계관에 대한 '문단적 자의식'의 형성이 일제강점기 문학에서 제외될 수 없는 이유가 여기에 있다. 1930년대 모더니즘 문학운동 역시 카프문학의 위기에 맞추어 사상이 부재한 자리에 문단적 갈증이 작용한 결과이지만, 서구이론에 대한 피상적 이해와 현실 감각 결여로 성장의 한계를 노출하고 말았다.

해방 이후 오늘에 이르기까지 정치적 혼돈, 현실적 제문제는 한국문학의 '타자'로서 존재해 온 것이 사실이다. 세계문학이라는 추상적 범주에서 한국문학이라는 개별성을 고려할 때, 한국문학의 특수성이 강조되는 이유는 한국문학이 갖는 정치적 상상력의 밀도에 있다. 물론 문학 행위는 인간 문제에 대한 고찰이라는 점에서 기본적으로 사회성과 정치성을 갖는다고 할 수 있다. 그러나 70~80년대 한국문학의 경우, 정치적 환경과 영향이 문학 행위의 가장 핵심에 놓였고 상상력의 근간이었음을 부인하기 어렵다. 한국의 시인, 작가들의 경우 실존적 고통과 아픔을 사회적 차원으로 연결시키기가 상대적으로 용이했던 것은 정치적 환경의 열악함에서 비롯된다. '불행의식'이 유신 정권과 군사독재 정권으로 이어지는 기간 동안 한국문학의 중요한 창작방법론이 되었다는 점은 아이러니다. 정치, 사회의 모순이 작가들에게는 행운으로 작용했다고 볼 수 있기 때문이다. 한국문학이 '보편적 차원'의 인간 이해의 문학으로 쉽게 이행하기 어려운 원인은 여기에 있다.

이 같은 관점은, 한국문학이 자신의 시대가 제기하는 문제와 너무나 강하게 유착된 나머지 문학 상상력의 자유를 제한당하고, 뿐만 아니라 한국문학의 주변성 극복이라는 해묵은 과제에 매달리고 있다는 비판을 유발할 가능성도 있다. 그러나 한국문학은 여전히 서구문학을 가운데 두고 그 변두리만을 형성하는 것인가라는 회의적인 물음을 완전히 청산할 수 없는 현실을 직시해야 한다. 한국문학의 시대적인 의미와 한계에 대한 질문은 바로 한국문학이 짊어지고 온 문제들, 가령, 제국주의 극복 문제, 노동과 삶의 문제, 분단과 통일의 문제 등을 어떻게 인간 보편의 문제로 이행시킬 것인가라는 질문으로 이해될 필요가 있다. 바로 21세기 한국문학이 당면한 문제는 여전히 해결되지 못한 이와 같은 과제에 어떻게 접근해야 하는가라는 점에 모아져야 할 것이다. 90년대 소설이 여성화자와 주인공을 통한 여성적 삶의 의미 묻기에 집중된 현상 역시 90년대적인 중심 모색의 근간을 형성한 것으로 이해된다. '억압된 것들의 복원'이라는 포괄적인 의미로 90년대 문학담론을 이해할 경우 페미니즘 문학의 위상도 정립될 것이기 때문이다. 20세기 한국문학이란 사실 근대문학을 이르는 말이라 할 때, 한국의 근대문학은 매우 파행적인 삶과 질곡의 역사를 함께 걸어왔다고 볼 수 있다. 이 같은 어려움이 갖는 의미는 무엇이고, 21세기를 맞이하는 길목에서 한국문학, 특히 소설은 어떤 문제에 관심을 가져야 하는지 생각해 보는 것은 유의미한 일이다.

2. 소설적 과제의 철학적 근거

한국 근대문학, 특히 소설의 역사를 '중심 모색'의 역사라고 한다면, 보편적인 관심을 가질 만한 문제를 제기하고 소설적 관심을 표명하는 일이 강조되었음을 뜻한다. 이때 보편적인 문제란, 개인적인 영역보다는 공동체의 영역이 비교우위를 점유한다고 믿는 가치를 의미한다. 따라서 소설의 주인공에게 주어진 과제는 자신의 세계관을 자신이 속한 삶을 통해 관철해 나가는 것이었다. 소설 장르 자체의 성격이 대립과 갈등을 내재적인 것으로 갖고 있지만, 한국 근대소설의 경우 이와 같은 대결양상은 작가들에게 있어서 매우 자각적인 것이었다. 90년대 소설의 주요한 경향 가운데 하나인 사소설화 혹은 내면적 가치의 절대화에 주목하면서 '소설의 운명'을 논의한 다음의 글은 매우 중요한 시사점을 던져주고 있다.

역사는 과연 끝장난 것일까. 구소련이 붕괴되었을 때, 이런 물음이 정치사상 측에서 제기되었음은 썩 그럴 법한 일인데, 왜냐하면 정치사상사에서 다루는 것이 인류사의 방향성(운명)인 까닭이다. 이와 관련이 있는 예술형식이 소설이라 믿어온 쪽에서 보면 시민사회의 종언과 역사의 종언이 함께 걸리는 것이 아니겠는가.[1)]

여기서 역사란, 근대적인 삶의 형식이 발현돼 가는 과정을 말하는 것이다. 이 경우 자본주의와 사회주의의 양식은 모두 근대적인 삶의 범주에 속하는 것이다. 사회구성체의 이행 과정이 절대봉건주의에서 자본제적 시민사회로 이행해 갔다고 믿는 쪽에서 보면 근대화의 과정은 필연적으로 발전적 계기를 내포하는 것이다. 그렇다면 시민사회의 발전과 소설의 발생 과정은 매우 깊은 상관관계를 갖고 있는데, 사회주의의 붕괴가 더 이상 역사의 진행이라고 볼 수 없는 상황이라면, 시민사회의 발전 과정에 구조적 상동성을 갖는 소설도 이젠 더 이상 설 자리를 잃은 것이 아닌가라는 질문이 가능하다는 것이다. 여기서 김윤식은, 소설이란 상호승인의 인정투쟁이 이루어지는 장(場)이라고 설명하고 있다. 인정투쟁이란 타인보다 우월한 존재가 되고자 하는 우월욕망과 타인과 대등한 존재가 되고자하는 대등욕망의 다른 표현이라는 것이다. 나아가서 대등욕망이란 결국 타자를 경쟁자로 보면서 이를 넘어서고자 하는 것이므로 실상 그것은 우월욕망이 되고 만다는 것이다. 이와 같은 승인욕망의 무한 과정이 역사의 전 과정에서 일어나는데, 만약 '대등욕망도 우월욕망도 없는 장면'이 나타난다면 어떻게 될 것인가. 김윤식은 바로 역사의 종말을 선언한 일본의 후쿠야마와 일본을 방문하고 돌아와 방문기를 쓴 코제프의 주장을 소개하면서 이렇게 말한다.

코제프의 주장에 따르면, 일본 사무라이의 생존방식이야말로 헤겔의 저 주인과 노예의 변증법의 끈을 끊었다는 것이다. '죽음을 건' 투쟁도 하지 않

1) 김윤식, 「역사의 종언과 소설의 운명」, 『문학동네』, 1996년 여름호.

았고 그렇다고 노예가 되지 않았다는 것. 대등욕망이나 우월욕망을 벗어나면 응당 동물이 되어야 마땅함(니체)에도 불구하고, 사무라이식 인간은 동물 아닌 그 나름의 '삶'을 유지했다는 것. 그리하여 역사 이후 인간의 존재방식에 이르렀다는 것이 코제프의 논지이다.

일본 사회의 특징을 서양의 한 철학자는 인정투쟁이 사라져 버린 사회라고 말했다는 것이다. 역사가 인정투쟁의 산물이라면 일본 사회는 그것이 사라져 버린 사회, 역사 이후의 사회라는 것이다. 물론 이 같은 진단은 매우 피상적이고 현실과 동떨어진 것이었음을 우리는 이미 경험적으로 알고 있다. 이 주장의 타당성을 떠나서 우리가 주목할 것은 '역사 이후의 삶'을 살아가고 있는 사회의 한 특성을 '주인과 노예의 변증법이 사라져 버린 지점'이라고 명명하고 있는 대목이다. 다시 말해 '말기의 인간'이란 주-노의 변증법의 사라진 지점, 승인욕망이 사라진 지점, 시민사회든 사회주의 사회든 모든 역사가 종언을 고한 지점에 나타나는 인간유형이라는 것이다.

여기서 20세기 한국소설의 문제를 설명하고, 21세기를 전망하는 중요한 계기가 마련되었다. 과거의 소설이 바로 인정투쟁을 통한 보편적 삶의 영역 확대를 시도했다면 90년대에 등장한 일련의 소설들은 바로 이 같은 인정투쟁을 상실하거나 방기하고 있다고 설명할 수 있다. 여전히 현실에 풀어야 할 문제는 산적해 있고, 개인들의 삶 속에서는 끊임없이 인정투쟁이 존재하고 있는데, 소설에서 유독 인정투쟁이 사라진다면 그것은 거짓이거나 문제를 바로 보지 않으려는 속셈의 드러냄이 아니겠는가 하는 점이다. 한국 사회는 여전히 역사가 존재하는 사회, 아직도 근대적인 삶의 양식이 '기획'의 차원에서 고려되고 있는 사회, 일찍이 마르크스주의자들의 언급 그대로 임노동과 자본의 대립관계를 한국 사회에 맞는 모델로 구조화하지 못한 사회가 아닌가. 그렇다고 자본주의를 넘어서는 대안이 통용되기도 힘든 현실이 아닌가. 그야말로 '절대적 밖은 없다'라는 비관적 전망만을 가슴속에 묻어 두고 살아가야 하는 사회가 아닌가. 조세희의 '뫼비우스의 띠'로 상징화된 질문이 여전히 유효성을 지니는 것은 아닌가. 여기에 이르면 21세기 한국소설의 과제와 운명은 보다 선명해질 수 있다. 21세기의 과제는 당연하게도 20세기 혹은 90년대 한국소설의 문제점과 일치하고 있다는 판단이 가능한 것은 이 때문이다.

이 같은 관점에서 볼 때, 탈북자의 문제는 한국 사회에 새롭게 부각된 모순형태이며, 탈냉전 이후 동북아시아의 역학구도와 관련된 국지적 모순을 선명하게 보여주는 의미 있는 '기표'로 볼 수 있다. 따라서 이에 대한 소설적 관심이야말로 여전히 한국 사회가 '역사 이전'의 사회, 인정투쟁의 장이 되어야 한다는 점을 우회적으로 보여주고 있는 것이다. 탈북자 소설사회학은 이러한 관심 위에서 출발한다.

3. 탈북자의 현황과 소설사회학적 과제

최근 탈북하여 중국이나 제3국을 떠도는 사람들의 숫자가 크게 증가하고 있으며, 이것이 한국과 중국 정부 사이의 신경전으로 번지고 있다. 한국전쟁 이후 분단의 골이 더욱 심화된 상황에서 분단문학이란 전쟁으로 인한 상처를 드러내거나, 이데올로기로부터 소외된 삶을 그리거나, 통일에 대한 당위성을 강조하는 차원의 문학이었다. 그러나 탈북자의 문제가 사회적인 차원에서 대두되고 있는 요즘 분단문학은 새로운 차원에서 이해되어야 한다.

1990년대 중반 이후 탈북자 문제는 단순히 '그들의 문제'가 아니라, 국제적인 문제로 부각되고 있으며, 탈북자에 대한 사회적 관심은 분단극복이라는 염원을 실현하기 위한 새로운 화두로 떠오르고 있다. 특히 분단문학이라고 할 때, 이제 한국문학은 냉전적 대립과 휴머니즘적인 화해라는 이원적 구도를 탈피하여 국제적인 모순으로 등장한 탈북자 문제를 중심으로 새로운 지평을 열어야 할 시점으로 이르렀다.

북한을 이탈한 주민들을 '탈북자', '탈북인', '탈북 난민', '탈북 주민', '북한 이탈 주민' 등으로 다양하게 부르고 있지만 '탈북자(the defector from the North)'라는 용어가 가장 타당하다고 판단된다. 탈북자에 대한 연구는 최근 다양하게 시도되고 있으며, 한국 정부에서도 지난 1997년 이후 탈북자에 대한 선별적 수용정책을 취소하고 인도주의적인 차원에서 탈북자를 전원 수용한다는 원칙으로 선회하고 있다.[2] 하지만 북한을 이탈하여 중국에 머물고 있는 탈북자가 대체로 3만 명으로 추산되고 있는 상황[3]을 감안할 때 한국으로 입국이 이루어진 경우는 매우 드물다고 할 수 있다. 문제는 중국에 존재하는 탈북자들은 정치적으로 매우 민감한 경우를 불러일으키고 있으며, 이에 대한 관심은 향후 남북 분단극복의 중요한 척도가 될 것이라는 데에 있다. 중국에 체류하고 있는 탈북자는 국내법상으로는 대한민국 국민이지만, 국제법상으로는 북한 주민이라는 이중적인 상황에 놓여 있다. 한국의 헌법상 실효적 지배가 이루어지지 못하지만, 북한 주민은 명백히 한국 국민이며, 따라서 보호해야 할 의무가 있는 대상이다. 하지만 중국의 경우 탈북자는 북한과 중국 간의 발생한 외교적인 문제이기 때문에 한국이 공식적으로 개입한다는 것이 불가능하다는 입장을 보이고 있다.

---

2) 이예령, 「매중 탈북자의 국제법적 지위와 그 문제해결에 관한 연구」, 서울대 대학원 석사학위논문, 2004 참조.

3) 강권찬, 「기획망명 후의 탈북자 문제 해결방안」, 『민족연구』 제10집, 한국민족연구원, 2003. 탈북자의 수는 정확하게 파악되지 못한 추산치에 불과하다. 그들이 쫓기는 상황에 놓였다는 정황을 감한하면 통계적으로 파악되기 힘든 이유를 알 수 있다. 중국 측에서는 비공식적으로 7만~1만 명으로, 한국 정부는 1만 명, 유엔고등판무관실은 3만 명, 중국 현지에서 활동하는 NGO 단체들은 약 10만 명 정도로 추산하고 있다. 본고에서는 UNHCR의 추산치에 따르기로 한다.

2001년 이후 중국 내 외국공관으로 진입하거나 UNHCR(United Nations High Commissioner for Refugees: 유엔난민고등판무관) 북경사무소를 점령하여 국제적인 보호를 요청하는 탈북자들의 수가 증가하는 과정에서 탈북자에 대한 대응이 이제 '조용한 외교수단' 만으로 접근하기 어려운 국제적인 문제로 부상하고 있다. 여기서 논의의 초점은 그들을 난민(refugee)으로 인정하느냐의 여부이다. 난민이란 더 이상 자국에서 살아가기 어려운 사람들이 자국을 이탈한 존재를 가리킨다. 구체적으로는 국적국에 대한 충성관계를 포기하고 법률상 또는 사실상의 외교적 보호를 받을 수 없는 자들을 의미한다. 즉, 정치적 · 외교적 · 인종적 기타의 이유에 의한 본국의 박해로부터 도피하여 외국에 보호를 구하는 망명을 의미하며, 그러한 망명을 구하는 개인 또는 집단을 망명자 혹은 난민이라 부른다.[4)]

한국 정부와 민간단체는 탈북자들에게 난민지위를 부여하여 그들이 자유롭게 국가를 선택하도록 주장하는 반면, 중국 정부는 북한과의 특수한 관계를 고려하여 탈북자들을 단순히 경제적인 이유로 일시적으로 북한을 이탈한 주민으로 보면서 그들의 문제를 중국과 북한의 외교적인 문제로 인식하고 있다.

결국 탈북자에 대해서는 그들의 존재인식의 문제를 넘어서 국제법상의 난민지위를 부여하는 국내외적인 노력이 함께 수반되어야 하며, 구체적이고 체계적인 지원프로그램을 통해 한국 사회에 동화시키는 지원정책이 필요한 시점에 이르렀다.[5)] 문제는 탈북자들을 진정한 민족 구성

4) 이한기, 『국제법강의』, 박영사, 2001, 449쪽. 이예령, 앞의 글 재인용. 또한 난민에 대한 개념 및 분류는 김주자, 「대한민국의 난민정책을 둘러싼 반화요인과 환경분석」, 서강대 대학원 석사학위논문, 2003 참조.

5) 백종만, 「탈북자, 어떻게 접근할 것인가」, 『사회과학연구』 통권 제24호, 전북대 사회과학연구소, 1998.

으로 이해하고 공존하려는 의식적인 노력이 한국 사회 내에서 얼마나 이루어지고 있는지 하는 것과 이에 대한 '계몽적' 프로그램의 존재 여부이다. 탈북자의 소설사회학은 바로 이 같은 문화적 · 사회적인 공감대 구축을 또 하나의 목표로 삼아야 한다.

4. 천민자본주의의 맨 얼굴과 '타자되기'의 가능성: 박덕규 소설의 탈북자

분단을 극복해야 한다는 당위적 요구는 전혀 새롭지 않다. 정치 · 경제적인 통합보다 더욱 중요한 문제는 문화적인 제양상의 이질화 극복일 것이다. 그런데 그 방법론이 문제가 아닐 수 없다. 이런 이야기가 있다.

남편의 의처증과 폭력에 못 이겨 친정으로 돌아온 한 가정주부의 시선에 비친 벌목공 출신 귀순자가 있다. 그는 남한 자본주의에 적응하지 못해 다시 월북하여 가족을 데리고 와야 한다고 생각한다. 가정주부는 그의 이야기를 듣게 되지만 정작 힘들게 사는 것은 자신이었다. 아내를 때리는 남편을 아이에 대한 그리움 때문에 용서하게 되고, 또 한편 아이에 대한 그리움으로 목숨을 건 월북을 기도하는 남자를 보면서 어떤 이념적인 장애도 육친의 애정이라는 범주 속에서는 힘을 발휘하지 못한다는 사실을 알게 된다(김지수, 「무거운 생」, 『창작과 비평』, 1996년 가을호).

자유가 그리워 월남을 강행했지만 '콜라를 많이 마시면 이빨이 썩듯 자본주의 사회도 삶을 병들게 할 수도 있다는 점'을 그 남자 역시 알고 있다고 설정함으로써 분단 인식에 대한 나름대로의 균형감을 이 작품은 갖추고 있다. 물론 월남과 월북을 동시에 수행해야 하는 그 남자의 운명이 남편과 아이 사이에서 고민하는 여자의 삶으로 유추될 수밖에 없다는 점이 이 작품이 갖는 어색함이기도 하지만, 이 작품이 주는 의미는 예사롭지 않다.

박덕규는 1990년대 중반 이후 탈북자 문제에 대하여 지속적인 소설적 관심을 가져온 작가이다. 탈북자 문제를 처음 다루었던 「노루 사냥」(『한국소설』, 1996년 가을호)을 보자. 이 작품은 귀순자의 생활을 매우 흥미롭게 그리고 있다. 주인공 박당삼은 북한에서 호텔 주방장을 하던 사람이다. 월남 이후 그는 자신의 경력을 인정받아 호텔에서 북한요리 주방장으로 일해 오다가 '오지혜 요리학원'에서 마련한 북한요리 강좌를 맡게 된다. 그날은 텔레비전 공개강좌가 있는 날이어서 초대된 월남자들과 함께 시식회가 예정되어 있었다. 그가 준비한 요리는 남한에서 '오징어순대'로 알려진 음식이다. 북한에서는 이를 '노루고기'라고 부른다는 것, 또한 탈북자를 찾아다니는 일을 '노루 사냥'이라고 한다는 사실을 설명하고 난 후 시식회로 이어진다. 공개강좌의 마지막 시식회에서 박당삼이 만든 요리를 먹은 유성도가 쓰러지는 사건이 발생한다. 그가 실제로 '노루고기'에 '생아편'을 넣은 것이다. 이유는 간단했다. '죽이고 싶은 놈들이 여게 먼저 와서 우리보다 더 잘살고 있'기 때문이다. 그는 계속 말한다. '오늘 저 악질 보위원 놈이 먹는 노루고기에다 생아편을 적당히 섞어서리…….' 공개강좌는 마무리되지 못한 채 끝이 나고 오지혜는 박당삼에게 어서 달아나라고 소리친다.

박덕규가 다루는 탈북자의 문제는 인간의 존재방식에 대한 질문으로 곧잘 이어진다. 그것은 남북이 모두 안고 있는 어떤 함몰된 가치에 대한 탐구이기도 하며, 남북이 서로 확인하게 되는 타인의 얼굴에 대한 소설적 보고이기도 하다. 탈북자들의 눈에 비추어진 자본주의의 모습이라든가, 권력에 대한 욕망과 그 욕망으로 인해 오히려 자신이 파괴되는 양상을 박덕규는 흥미롭게 그려낸다.

가령, 「함께 있어도 외로움에 떠는 당신들」에서는 탈북자들을 색출하는 역할을 했던 한 여성이 그 탈북자들이 이용했던 통로를 따라 북한을 탈출했으며, 그 여성이 강제 송환하여 총살형에 이르게 했던 사람의 동생을 서울에서 우연히 만나게 되어 그 남자에게 칼부림을 당한다는 이야기를 담고 있다.

이 작품의 근간을 이루고 있는 이야기는 두 가지이다. 하나는 탈북자 염정실의 이야기이고, 다른 하나는 그들을 둘러싼 남자들의 이야기가 그것이다. 남자들은 염정실의 탈북을 도운 전직 기관원과 그 책을 출판하기로 한 출판사 사장, 그리고 염정실의 이야기를 소설로 쓰겠다고 하는 무명작가, 이렇게 셋이다. 남자들에게 염정실은 자신의 권력적 지지에 대한 보조적 수단이거나, 상업적 욕망을 충족하기 위한 매개물에 지나지 않는다. 노래방 하나 구하지 못한다는 염정실의 힐난에 전직 기관원은 '자신의 권력이 꺾이지 않았음을 과시하려는 듯이, 전에 없이 웃음소리도 컸고 농지거리도 아주 야해' 진다. 최 사장 역시 모종의 관계를 이용하여 세간의 관심을 모으는 책을 내보겠다고 생각하지만 역시 뜻대로 되지 못하고 체면치레의 술자리를 마련하는 정도로 만족해야 하는 인물이다. 무명작가 역시 쓰고 싶은 글만 쓰고 죽겠다는 젊은 날의 패기는 다 사라지고, '죽어도 그따위 글을 쓰지 않겠다고 생각했던 그 글이 아니면 한시도 생존이 불가능한 존재' 로 그려진다. 자본주의적 욕망을 비판하면서도 바로 그 자본의 음험한 생리가 아니면 한시도 견딜 수 없는 그들은 남한 자본주의 사회의 단면이자 상징이기도 하다. 그렇다면 염정실은 어떤가. 그녀 역시 자본주의 사회에 적응하면서 살아야 한다고 생각하지만, 알 수 없는 불안감에 사로잡히기만 한다.

> 별달리 생존의 위협을 느끼지 않는데도 한순간도 방심해서는 안 되는 세상이 있으리라고는 그녀는 한 번도 생각해 본 적이 없었다. 자유, 자유, 그것만으로도 더 이상 남을 한이 없겠지만, 더욱이 풍요롭기까지 한 세상이 아닌가. 그런데 이상한 일이었다. 약간의 노동력만 있으면 의식주가 다 해결되고, 남파된 무장공비며 각종 폭력범이 날뛰는 중에도 전쟁이나 폭력의 공포를 잊고 있어도 좋은 세상인데도, 불안하고 초조하고 갑갑한 느낌은 웬일일까. (…중

략…) 다들 바쁘게 살아가는데도 어째서 남이 하는 말, 남이 하는 행동에 대해서 서로 그렇게 눈총이 심하고 간섭이 많은지 몰랐다. (…중략…) 나는 지금 도대체 어디서 무엇을 하며 살고 있는가. 태어나 단 한 번도 품어 본 적이 없는 생각이 허공을 걸어 다니면서 무수한 잡념을 불러일으키고 있었다.

염정실의 이 같은 심리는 환경변화에 따른 정체성의 혼돈과 공동감(空洞感)으로부터 비롯된다. 사실상 그녀에게는 자본주의적 욕망을 비판할 수 있는 체계적인 논리가 준비되어 있는 것도 아니고, 남한 사회에 적응하는 방법을 제대로 숙지했다고 볼 수도 없다. '인간으로서는 견딜 수 없는 땅을 벗어나서, 이제 마음 놓고 숨 쉬고 사는 땅에 와서는 더욱더한 갈증에 시달리고 있는' 염정실에게 남한 자본주의는 전직 기관원과 최사장, 무명작가 정도의 모습으로만 비춰질 가능성이 높다. 한 연구에 의하면 탈북자들의 남한 사회 적응 과정에서 겪는 여러 가지 혼란 가운데, 다른 사람들을 이해하면서 자기희생적인 사고가 남한보다 북한 사회가 월등히 높다는 점에서 정체성의 위기에 자주 봉착한다는 보고가 있다. 언어적 소통에 비교적 무리가 없거나 기본적인 문화, 예절방식이 같다는 점을 제외하면 탈북자들이 겪는 적응상의 문제는 상당히 다면적인 것이다. 즉, 원래 살고 있는 곳에서 적응하지 못했다는 의식, 남한 정부가 자신들을 적극적으로 수용하고 있지 않다는 인상, 가족들과 이별하고 있는 점, 남한 사회 문화에 대한 사전 지식이 부족하다는 사실, 언어적 소통 외의 비언어적 소통의 어려움, 과거 사회연계체제와는 완전히 다른 새로운 사회연계체제의 형성이 미흡하다는 점, 북한에서 가졌던 직업과 상관성을 지니기 어렵다는 것, 사회적 신분이 하향되었다는 열등감 등이 탈북자들의 심리구조에 복합적으로 작용하고 있다는 것이다.[6]

---

6) 이에 대해서 전우택 · 민성길, 「탈북자들의 심리와 적응상의 문제」, 『탈북자의 삶, 문제와 대책』, 오름출판사, 1996 참조.

결국 염정실과 세 남자는 함께 있어도 서로 다른 곳에 있는 사람들이며, 냉정하게 자신의 모습만을 바라보고 있는 배타적인 타인들을 뿐이다. 작가는 이들의 입장을 단란주점이라는 '가장 한국적인' 쾌락문화의 공간을 통해 보여주고 있다.

「동화 읽는 여자」는 남한에서 생활했던 한 탈북자가 북에 있는 아내를 그리워하다가 다시 북으로 잠입하는 이야기를 소재로 하고 있다. 오준태는 노모와 아들을 데리고 탈북하여 살다가 그들을 보호시설에 맡기고는 홀연히 사라진다. 노모는 뇌경색으로 식물인간이 되고 아들 명수는 보호시설의 부탁으로 은경이라는 미혼녀가 맡게 된다. 은경과 모종의 관계를 맺고 있는 다큐멘터리 작가 호준은 베트남을 여행하다 우연히 길에서 남루한 차림의 북한 여인을 만나게 되어 한국 대사관으로 데려다 준다. 탈북한 남편과 그를 따라 뒤늦게 탈북한 아내의 길은 서로 엇갈린 셈이 된 것이다. 이 작품에서는 탈북자의 비극적인 운명이 한편에 놓이고, 한국 사회 내에 존재하는 이기적이면서도 표리부동한 문화적 상황에 대한 예리한 비판이 다른 한편에 자리 잡는다.

이 소설에서는 동화 읽는 여자가 세 사람이 등장한다. 한 명은 돈을 위해 아이를 납치했지만 남편이 아이의 부모를 협박하는 동안 그 아이를 잘 보살펴주면서 밤에는 동화책까지 읽어준 어느 여성 납치범이고, 또 한 명은 오준태의 아들 명수를 집에서 보살펴 주어야만 했던 표은경, 나머지 한 명은 베트남 한국대사관에서 보호되고 있는 탈북 여인의 병실에서 호준이 읽는, 여성 잡지에 실린 어느 여성 시인의 동화 읽어주기이다. 소설은 마지막 동화에서 탈북자 부부의 비극적인 운명을 암시하면서 끝난다. 여기서 '동화읽기'라는 코드는 한국 사회의 문화적 문제와 탈북자의 현실적 상황을 겹쳐 읽게 하는 하나의 컨텍스트[inter-textuality]로 기능하고 있다.

이와 같은 관점은 「세 사람」(『동서문학』, 1998년 봄호)에서도 이미 드러나 있다. 탈북해서 독일에 머물다 힘겹게 남한으로 귀순하여 냉면집을 운영하고 있는 주철남과 일본인으로서 우연한 기회에 남한의 사업가 문지훈과 인연이 닿아 그를 만나고자 서울에 온 여자 마리코, 그리고 실패한 전직 방송사 프로듀서 양호용, 이 세 사람의 우연한 만남을 그린 이 작품의 핵심은, 이들이 모두 엉뚱한 공간에서 서로 다른 코드를 갖고 제각기 다른 생각을 하고 있다는 사실이다. 특히 IMF구제금융기의 한국이라는 시간적 배경과, 영 · 정조 때를 배경으로 하고 있는 융건릉이라는 공간은, 이들의 혼란이 어떤 대안모색으로서의 한국적 상황과 긴밀히 대응되고 있다는 점을 시사한다. 그들의 우연한 관계만큼이나 본질이란 무엇인가라는 질문은 역시 중요한 무게로 다가오고 있기 때문이다.

결국 박덕규는 남한 사회 내에 존재하는 천민자본주의 의식과 탈북자들의 삶을 냉정한 시각으로 보여줌으로써, 진정한 분단극복은 남북 모두의 삶을 각자 서로의 '타자'로 인식하면서 의식적, 문화적 습합을 통해 이루어질 수 있음을 강조하고 있다. 생활 세계의 다양한 층위에서 탈북자들의 모습이 그려진 작품을 좀 더 기대해 볼 수 있을 것이다.

5. 고통과 죽음의 서사: 김정현의 장편, 『길 없는 사람들』

김정현의 장편 『길 없는 사람들 1, 2, 3』(문이당, 2003)은 탈북자들의 고단한 여정을 그린 본격 장편소설이다. 북한을 이탈하여 중국과 동남아시아 등지를 거쳐서 한국으로 입국하는 머나먼 여정에서 온갖 고난과 죽음에 비견되는 고통을 매우 사실적으로 그린 이 작품에서 작가는 탈북자 문제를 접근하는 나름대로의 방법론도 펼쳐 보인다.

이 소설의 이야기 축은 크게 세 가지로 나누어 볼 수 있다. 첫째, 주인공 권장혁과 김지숙의 북한 탈출기, 둘째 권장혁의 아버지 권오철과 김지숙의 아버지 김영식의 이야기, 셋째 유재열이 중심이 된 민족주의적 통일론의 제시가 그것이다.

1) 탈북자의 삶과 사랑

권장혁은 국군 포로로 40여 년 동안 조국에 돌아가지 못한 아버지 권오철의 바람을 실현하기 위해 탈북을 감행한다. 압록강을 건너 중국 지역으로 넘어 왔을 때 죽음의 지경에 이른 자신을 구해준 황 노인의 도움을 받아 중국 내륙으로 진입하는 과정에서 우연히 탈북자를 송환하는 북한 기관원들을 한 식당에서 마주친다. 비좁은 식당 내에서 숨을 곳이 없어진 권장혁은 우발적으로 북한 체포조 두 명을 살해하고 그들이 호송 중이던 김지숙을 구출한다. 그들의 운명은 그렇게 시작된다. 권장혁과 김지숙은 그로부터 3여 년이라는 긴 시간 동안 죽음에 비견되는 고통스러운 경험을 하게 되는데, 그 과정에서 그들은 깊은 신뢰를 바탕으로 사랑을 이루게 된다. 그리고 김지숙은 임신까지 하게 되지만 미얀마 정부군과 대립하고 있는 마약조직과 조우하는 과정에서 김지숙은 아이를 유산하고 척추까지 다쳐 하반신이 마비되기에 이른다. 우여곡절 끝에 김지숙은 서울로 들어가지만, 장혁은 또 다른 임무를 위해 서울행을 유보한다.

작가는 이들의 머나먼 여정을 마치 다큐멘터리 보여주듯이 묘사해 간다. 실제 중국에 떠돌고 있는 탈북자들의 현실을 취재하듯이 그려 보이는 과정에서 작가는 탈북자들이 얼마나 고통스러운 상황에 처해 있는가 하는 문제를 보여주면서 그들이 국제법상 난민의 지위를 얻어야 한다고 주장한다.

장혁과 지숙의 운명은 북한에 있는 국군 포로와 대남 공작원 출신 미전향 장기수가 처한 삶과 다르지 않다. 장혁은 국군 포로의 아들이고 지숙은 대남 공작원 출신의 딸이기 때문이다. 그들의 운명은 한반도의 분단을 상징하며, 국가라는 현실권력 속에서 희생된 삶을 웅변한다.

2) 탈북자에 대한 정부에 대응방법과 역사의 희생물

장혁 일행이 중국의 베이징에 도착했을 무렵은 한중 수교가 체결되던 1992년으로 그려지고 있다. 그들이 탈북하여 중국의 한국 연락 사무소와 접촉할 것이라는 정보를 얻은 북측의 리영철은 그들을 체포하기 위해 여러 가지 방법을 동원한다. 장혁 일행은 한국 참사 김석기와 접촉을 시도한다. 그들을 도와 한국행을 성사시키기 위해 노력했던 유재열 전 안기부 국장은 중국과의 수교에 나쁜 영향을 미칠 수 있기 때문에 장혁 일행의 대한민국 행을 주선할 수 없다는 김석기의 말에 분노한다. 장혁과 지숙은 대한민국 정부의 처사에 대해 분노와 배신감에 사로잡힌다. 지난 수십 년 동안 정부는 국군 포로의 문제를 제기하지 않았으며, 그 아들이 탈북하여 대한민국 행을 원하고 있는 상황에서도 국익에 도움이 되지 않는다는 이유로 그들을 외면한 것은 또 다른 배신이라는 것이다. 북한 측도 역시 대남 공작원의 북한 송환을 공식적으로 주장할 수 없는 상황에 처한 것은 마찬가지이다. 대남 공작원은 전쟁 포로와 상황이 다르기 때문이다. 공작원의 송환을 요청한다는 것은 간첩 행위를 스스로 인정하는 꼴이 되기 때문이다. 아웅산 폭탄테러 사건의 주범을 태국의 한 감옥 속에 철저히 방치하고 있는 북한 정권의 태도에 대한 장혁의 분노 역시 이와 궤를 같이 한다.

3) 인도주의와 현실정치 사이의 간극

작가는 국익이란 무엇인가 하는 문제를 제기한다. 유재열로 대표되는 민족주의적 시각에 상당 부분 작가의 관점을 보태고 있는 소설에서 탈북자는 국익에 우선하여 처리해야 한다고 작가는 주장한다. 유재열은 정치적 통일보다는 민족이라는 이름으로 공존의 논리가 더욱 중요하다고 역설한다. 중국 수교라는 정치적 현실로 인해 대사관 등의 공식적인 송환노력을 기대할 수 없는 상황에서 이루어진 장혁 일행의 한국행 기도는 민족주의적 인도주의의 발로라고 작가는 주장한다. 유재열의 시각을 통해서 작가는 탈북자의 문제는 인권의 문제이며, 그것은 그 어떤 국익보다도 우선시되어야 하며, 대한민국과 비정부기구들은 이들의 난민 지위 획득을 위한 노력에 더욱 심혈을 기울여야 한다고 말한다.

4) 북한 정권 붕괴론

이 작품에서 흥미로운 부분은, 유재열이 북한 정권의 교체를 위해 김정일의 암살을 기도한다는 설정이다. 소설은 김정일에 반대하는 북한 장성의 도움을 받아 오랫동안 러시아, 중국 등지로 탈북하여 반김정일 정서를 갖고 있는 비정규군을 조직하여 김정일의 열차를 폭파하면서 동시에 북한 주요시설에 대한 군사적 공격을 감행한다는 설정을 갖고 있다. 하지만 폭파된 열차는 김정일이 타지 않는 위장된 열차였고, 비공식 외교적 접촉으로 북한 당국이나 남한, 미국 등은 아무 일도 일어나지 않은 것으로 처리하면서, 장혁 일행은 대한민국이 아닌 제3국으로 출국한다고 마무리한다.

이러한 설정을 통해 작가는 김정일 정권의 비인도적, 비도덕적 상황을 질타하면서 탈북자의 문제가 어떤 '선택적 소수'의 문제가 아니라, 새로운 민족 문제로 인식되어야 하고, 그것은 당장의 물리적 통일에 앞서 이념적 대립을 넘어선, 민족적인 화합과 정서적 통일의 기반이 되어야 한다고 주장한다.

6. 결론: 탈북자 문제의 소설사회학을 위하여

21세기 한국소설은 공동체 삶의 문제에 대한 비판적 관심을 회복하는 방향으로 나아가야 한다. 1990년대를 풍미했던 포스트모더니즘 이론이 경박한 문화주의의 외피를 쓰고 나타났다가 슬그머니 꼬리를 감추게 된 원인 역시 비판을 배제한 채, 모든 가치를 상대화하여 한국 사회의 실정에 맞는 윤리 감각을 계발하는 방향으로 이어지지 못했다는 점에서 찾을 수 있다. 억압과 복원이라는 관점에서 한국 사회의 문제를 진단하고 극복하고자 했던 노력이 성과를 보이고 있는 것도 사실이지만, 사회 각 부분에 대한 철저한 비판과 대안 모색이 부재하여 보다 심화된 사회운동으로 연결되지 못했음은 지적할 필요가 있다.

이제 분단 문제는 제2기의 문학적 성과를 요구하고 있다. 남북관계가 새로운 국면을 맞이하고 있다는 조심스런 전망이 이루어지기도 하고, 경제적 어려움을 극복하고 있다는 평가도 나오고 있다. 문제는 이러한 환경변화가 작가들에게 좀 더 세심한 관심과 미래에 대한 예측을 요구하고 있다는 점이다. 문학 상상력의 사회적 의미란 자유에 대한 갈망과 그를 통한 삶의 질 개선에 있다고 판단되기 때문이다. 21세기는 한국 사회에 존재하는 가장 중요한 문제인 분단을 극복하고 이질화된 삶을 엮어가는 소설적 방법론을 개발하는 시기이다. 한국소설이 인류의 보편적 문제에 다가설 수 있으려면 가장 한국적인 문제 하나를 해결하지 않으면 안 될 것이다. 개인의 욕망도, 내면적인 가치의 아름다움도, 일상의 세세한 틈에 가려진 진실도 모두 소설적 주제가 될 수 있으며, 그로부터 세계관 자체가 바뀌는 충격도 받을 수 있다. 그러나 인간 자체를 억압하는 이념에 대한 비판, 특히 북한 사회의 비인간적 실상에 대한 관심, 혹은 정권의 유지를 위해 오랫동안 대중을 호도했던 권력의 욕망과 실상에 대한 준엄한 시각 등이 21세기 작가들에게 주어진 과제이자 운명이라고 할 수 있다.

역사가 끝났는가라는 질문은 여전히 관심을 가져야 할 현실모순은 사라졌는가라는 물음으로 환원될 수 있다. 한편에서는 고도로 진행된 정보화로 생활 세계의 패러다임을 근본적으로 바꾸어 가고 있는데, 다른 한편에서는 기본적인 생존권조차 확보되지 못한 상황이고, 이 같은 이질적 환경을 고려할 때 통일을 해야 한다는 당위적인 목소리는 비현실적이라는 것이 『길 없는 사람들』의 주장이다. 또한 천민자본주의 의식의 극복 없이는 진정한 통일도 이룰 수 없다는 것이 박덕규의 소설적 메시지이기도 하다. 탈북자의 문제는 그들을 어떻게 한국으로 '입국' 시키는가의 문제를 넘어서 그들을 한국 사회로 어떻게 '수용', '동화' 하는가의 문제로 인식되어야 한다(이때 문화적인 차이는 생존권의 확보라는 차원에서 잠시 유보될 필요도 있다). 따라서 탈북자의 문제를 형상화하는 일 자체가 이미 잔존하는 현실적 모순에 대한 '관심' 이며, 이로부터 탈북자 소설사회학은 이루어질 수 있을 것이다. 이것이 제2기 분단문학론의 출발점이 될 것이다.

분단체제에 대한 2000년대 한국소설의 서사적 응전

고 명 철

1. 머리말

대한민국과 조선민주주의인민공화국의 최고 정치권력은 21세기 들어 두 차례의 회합을 통해 한반도를 포함한 동북아의 평화를 향한 역사적 행보를 시작하였다.[1] 국민의 정부와 참여정부가 햇볕정책의 기조 아래 남과 북의 긴장을 완화하고 화해와 협력을 위해 사회 여러 부문에서 교류를 활발히 펼쳤다는 사실은 새삼스러운 게 아니다. 그리하여 남과 북의 주민들은 이 시기를 이른바 '6 · 15 시대'로 호명하면서 한반도의 역사는 자연스레 '6 · 15 시대' 이전과 이후로 나뉘어 이해될 정도로 남과

1) 대한민국과 조선민주주의인민공화국은 2000년대에 들어 남과 북의 최고 정치권력이 두 차례 회합을 가졌다. 김대중 대통령과 김정일 국방위원장의 첫 만남을 계기로 '6 · 15공동선언문'(2000)이 채택된 이후 이른바 6 · 15 시대의 서막이 열리면서 노무현 대통령과 김정일 국방위원장의 만남이 이뤄져 '10 · 4공동선언'(2007)을 채택하였다. 대한민국의 북한에 대한 햇볕정책 기조 아래 두 차례의 남과 북 정상회담을 통해 그동안 적대적 대립관계로부터 평화체제로 이행해가는 과정을 밟았던 것은 주지의 사실이다.

북의 정치사회적 관계는 실로 획기적 진전을 이뤄나갔다.[2)]

돌이켜보건대, 문화예술 분야에서 문학이야말로 '6 · 15 시대'와 가장 적실히 교응했다 해도 과언이 아니다. 출판계의 활발한 교류로 인해 북쪽의 홍석중 소설가의 장편소설 『황진이』(2002)가 남쪽에 출판되면서 많은 독자들이 북의 문학에 대한 새로운 진실을 접하는 소중한 기회를 가졌다. 그런가 하면 남과 북의 작가들은 분단 60년에 드리워진 내면의 휴전선을 걷어내는 일환으로 '6 · 15공동선언 실천을 위한 민족작가대회'(2005. 7. 20~25)를 갖는가 하면, 이후 그 가시적 성과로 '6 · 15민족문학인협회'(2006. 10. 30)를 설립하여 기관지 『통일문학』을 2호 발행하기도 하였다.[3)]

---

2) 6 · 15 시대를 맞이한 이후 남과 북은 좀 더 구체적이면서 현실적인 측면에서 분단체제 극복의 도정에 동참하게 된다. 이에 대해 백낙청의 다음과 같은 논의는 시사하는 바 크다고 필자는 생각한다. "분단체제 극복으로서의 통일은 원래, 남북 각각의 사회가 분단된 상태에서도 가능한 일상적인 삶의 개선을 최대한으로 추구하는 '단기 목표'와, 세계체제 전체를 좀 더 나은 체제로 바꾸는 '장기 목표' 사이에 놓인 '중간 목표'의 성격을 띤다. 따라서 남한 사회 내에서 통일운동과 직접적인 연관 없이 진행되어온 갖가지 개혁작업-군사독재 정권의 타도에서부터 지역주의 타파, 인권신장, 부패추방, 언론개혁, 환경보호, 성차별 철폐, 빈부격차 축소 등등을 위한 수많은 싸움들-이 모두 '제대로 된 통일'의 필수적 요건이다. 동시에 이런 문제들이 분단체제가 남한 사회에서 작동하는 구체적인 양상이면서 더 크게는 세계체제의 모순이 분단체제를 매개로 남한 사회에서 구현되는 양상이기도 함을 인식하지 않고서는 이들 개혁작업이 거둘 수 있는 성과는 극히 한정되기 마련이다. 새로운 인류 문명 건설이라는 원대한 기획과 한반도에서 분단체제보다 나은 체제를 건설한다는 조금 더 근접한 과제를 남한 땅에 사는 개개인의 그날그날의 싸움과 동시에 수행하는 일이야말로 세계사적 위업을 수행하는 국민이자 민족으로서 우리가 잠깨어 있는 길일 것이다."(백낙청, 「6 · 15선언 이후의 분단 체제 극복작업」, 『한반도식 통일, 현재진행형』, 창비, 2006, 97쪽.) 이와 함께 최근 흥미로운 것은 이명박 정부 이후 냉각된 남북관계를 해체하고, 지연된 6 · 15 시대의 과제 해결을 위해 백낙청은 「'2013년 체제'를 준비하자」(『실천문학』, 2011년 여름호)를 설득력 있게 제안한다.

3) 필자는 남북문학 교류를 위한 실무에 참여하면서 남과 북의 신뢰를 쌓고 이를 토대로 교류의 실질적이면서 가시적 성과를 내기 위해서는 어떠한 것이 절실한지 숙고하였다. 이 문제의식의 일환으로 필자는 '6 · 15민족문학인협회'의 결성에 이르는 거의

이렇듯, 남과 북의 문학 교류는 흡족하지는 않지만, 그동안 분단체제의 삶을 살고 있는 작가들의 직접적 만남과 출판 교류를 통해 서로의 내면을 성찰할 수 있는 값진 기회를 얻었다. 그 험난한 도정을 통해 분단체제를 흔들리게 할 수 있는, 그리하여 한반도의 대립과 긴장 국면을 서서히 와해시킴으로써 이러한 교류의 시간이 축적되다보면, 그 시간의 힘에 의해 자연스레 분단체제가 허물어져 평화체제로 이행될 수 있다는 구체적 청사진을 그려볼 수 있었다. 물론, 아직까지 이러한 성과가 문학작품으로 충분히 육화되고 있지는 않다. 하지만, 분단체제를 교류와 비평담론의 차원이 아닌 창작의 성과물로 다루고 있는 작품들이 지속적으로 발표되고 있는 것은 매우 고무적인 일이 아닐 수 없다.[4)]

천안함 침몰과 연평도 포격 사건으로 그 어느 때보다 분단체제를 피부로 실감하고 있는 현실에서 2000년대의 한국소설은 분단체제에 대해 서사적 대응을 어떻게 보이고 있는지, 그 윤곽을 살펴보는 게 이 글의 목적이다.

2. 분단체제의 '2등 국민'이 살아야 할 묵시록적 현실

분단체제를 다룬 2000년대의 한국소설에서 눈여겨보아야 할 대목은

모든 세부 과정을 일지 형식으로 기록하였다. 이에 대해서는 고명철, 「'6 · 15민족문학인협회' 결성, 분단체제를 넘어서는 문화적 과정」, 『잠 못 이루는 리얼리스트』, 삶이 보이는 창, 2010 참조.

4) 가령, 영상 쪽에서 남북관계에 대한 새로운 인식을 보여주는 작품이 2000년대에 잇달아 발표된바, 〈공동경비구역 JSA〉(2000), 〈태극기 휘날리며〉(2004), 〈웰컴 투 동막골〉(2005), 〈아이리쉬〉(2009), 〈의형제〉(2010), 〈포화 속으로〉(2010), 〈꿈은 이루어진다〉(2010), 〈적과의 동침〉(2011), 〈풍산개〉(2011) 등이 대중의 폭넓은 사랑을 받았듯, 남북관계에 대한 상투적 접근과 경직된 상상력을 넘어선 지금 이곳의 현실과 밀착한 새로운 사회적 상상력이 절실히 요구되고 있다.

그동안 금기의 영역으로 구획된 채 감히 인식의 지평으로 구체화할 수 없던 북한 사람들을 직접적으로 다루게 되었다는 점이다. 우리에게 낯익은 20세기의 이른바 분단문학[5]의 차원에서는 냉엄한 분단 이데올로기가 작동되는 현실에서 휴전선 이북에 살고 있는 사람들을 서사의 직접적 대상으로 삼을 수 없었다. 정작 작가들이 다루고 싶어도 북한 사람들의 일상을 접할 수 있는 기회가 정치사회적 이데올로기의 장벽으로 막혀있을 뿐만 아니라 그나마 접할 수 있는 정보마저 대한민국의 실정법이 허락하는 범위 안에서 가능하다보니,[6] 남과 북을 총체적으로 인식할 수 작품을 쓰는 일은 대단히 어려운 일이었다.

이러한 문제는 '6 · 15 시대'를 맞이하면서 광범위하고 활발한 남북교류를 통해 어느 정도 해소의 계기를 갖게 된다. 무엇보다 서로 다른 정치사회체제를 살아온 한반도의 주민들이 그 엄혹한 체제의 경계를 넘어 직접 부딪치며 이뤄지는 삶의 구체성에 대한 상상력을 작가들이 마음껏 펼치고 있다는 것은 주목할 만하다. 이응준의 장편소설 『국가의 사생활』(민음사, 2009)과 권리의 장편소설 『왼손잡이 미스터리』(문학수첩, 2007)에서는 남과 북의 주민들이 한데 뒤엉키는 삶을 통해 분단의 문제

---

5) 분단의 현실에 대한 문학적 탐구는 1980년대까지 한국문학의 주요한 몫이었다(김승환 · 신범순 편, 『분단문학의 비평』, 청하, 1987). 그러다가 "1990년대 이후 작가들에게 분단 현실은 주목받지 못했다. 다원성 · 개성을 전면에 내세운 개별화된 담론의 급성장은 우리 현실의 사회 · 역사적 문제보다는 개인의 억눌린 무의식적 욕망을 표출하는 데 주력하게 했기 때문이다. 우리의 현실을 규정하는 근원적 모순이라 할 수 있는 분단 상황에 대한 천착은 지나간 시대의 유물인 양 소홀히 취급되기도 했다." (고인환, 「'함께 있어도 외로움에 떠는' 그들」, 『공감과 곤혹 사이』, 실천문학사, 2007, 76쪽.)

6) 분단의 현실은 한국문학에 창조적 응전을 요구했다. 하지만 한국문학은 국가보안법의 정치적 폭압 속에서 분단의 고통을 감내하지 않을 수 없었다. 어떻게 보면 한국문학사의 분단의 극복은 국가보안법에 대한 한국문학의 치열한 저항과 응전이었다 해도 과언이 아니다. 이에 대해서는 고명철, 「분단체제 혹은 국가보안법을 넘는 한국문학」, 『뼈꽃이 피다』, 케포이북스, 2009 참조.

를 새로운 사회적 상상력으로 접근하고 있다.

그런데, 이들 작품에서 각별히 유의해서 살펴보아야 할 것은 그들이 북한 주민들을 어떻게 인식하고 있는가 하는 점이다. 이응준의 『국가의 사생활』은 "대한민국의 조선민주주의인민공화국 흡수통일"[7] 이후의 현실을 다루고 있는 일종의 가상역사소설이며, 권리의 『왼손잡이 미스터리』는 탈북하여 대한민국으로 이주한 탈북민이 컴퓨터 게임에 푹 빠져 실재와 가상현실의 착종을 보여주고 있다. 여기서 공통적으로 주목해야 할 것은 흡수통일 이후의 현실, 즉 '통일 대한민국'과 분단체제에 있는 대한민국에서 일상을 살고 있는 북한 주민들에 대한 작가의 인식이다. 두 작품 모두 북한 주민들은 그들에게 익숙한 삶의 터전이 아닌 대한민국에서 삶의 터전을 일궈내고자 애를 쓴다. 이응준과 권리는 한국전쟁을 미체험한 젊은 세대이고, '6 · 15 시대' 이후 진전된 남북 교류의 혜택을 듬뿍 받은 세대이고, 무엇보다 냉전 시대의 정치사회적 이념으로부터 벗어남으로써 이에 자유롭지 못한 냉전의 아비투스와 단호히 결별한 세대이기 때문에 북한 주민들에 대한 자못 흥미로운 인식을 보여준다.

이응준과 권리는 대한민국 일방의 정치사회적 헤게모니 지배로 귀결되는 분단체제의 동요가 낳은 혹은 배태될 수 있는 현실을 예각적으로 보여준다. 그것은 북한의 주민들이 '2등 국민'으로 전락하고 있으며, 실제 그렇게 될 수 있는 가능성이 농후하다는 것을 정면으로 문제 삼고 있다.

> 통일 대한민국은 이북 사람들에게 뼈아픈 상실 그 자체였다. 따뜻한 남쪽나라의 동포가 미리 건설해 놓은 자본주의에 편입만 하면 언젠가는 그들과 마찬가지로 부를 누릴 수 있을 거라는 희망은 여지없이 무너졌다. 이남 사람들은 자신들이 통일 대한민국의 국민이 아니라 지금은 유령이 되어 버린 조선민주주의인민공화국의 인민일 뿐이라고 생각하게 되었다. 미루어 대강 짐

7) 이응준, 『국가의 사생활』, 민음사, 2009, 11쪽.

작은 하고 있었지만, 이북 사람들과 이남 사람들은 서로가 달라도 이토록 처절하고 이 갈리게 다를 줄은 미처 몰랐던 것이다.[8)]

이응준은 북한의 최정예군들이 '통일 대한민국' 이후 조폭으로 전락한 채 이북 출신의 여성만을 접대부로 고용하여 남쪽 출신의 정재계 지배권력자들의 욕망을 충족시켜주는 데 만족하는 모습을 보여준다. 그리하여, "이북 사람들은 자신들이 통일 대한민국의 국민이 아니라 지금은 유령이 되어 버린 조선민주주의인민공화국의 인민일 뿐이라고 생각하"는 신세로 전락하고, '통일 대한민국'에서 어떻게 해서든지 살아남기 위해 혈안이 된 채 "얼마 전까지 공산주의자들이었던 이북 사람들이 버젓이 극우파가 되어 외국인 노동자들을 무시하고 해치는 웃지 못할 사건들"[9)]을 벌인다. 이북 사람들은 실감한다. "통일 대한민국은 내면적으로 여전히 분단 상태였고 전라도와 경상도 사이보다 더 지독한 지역감정 하나가 추가되"[10)]고 있는 가운데 이북 사람들은 '통일 대한민국'에서 '2등 국민'으로 취급되고 있는 것이다. 비록 이응준의 『국가의 사생활』이 대한민국에 의한 흡수통일 이후의 현실을 형상화하고 있다는 점에서는 관점에 따라 '반북주의적 태도'를 이데올로기화한 것으로 볼 수 있지만, "이 소설을 통해 '결과가 아닌 과정으로서의 남북통합'에 대해 진지하게 고민할 필요성을 느끼게 된다"[11)]는 점에서 그 의의를 결코 과소평가할 수는 없다.

무서운 것은 이러한 가상역사소설에서 미리 보는 현실이 지금, 이곳에서 쉽게 목도할 수 있다는 사실이다. 권리가 주목하고 있는, 대한민국

8) 위의 책, 100쪽.
9) 위의 책, 99쪽.
10) 위의 책, 77쪽.
11) 오창은, 「분단 디아스포라와 민족문학」, 『모욕당한 자들을 위한 사유』, 실천문학사, 2011, 234~235쪽.

으로 이주한 탈북자들은 "여기서 내는 탈북자고 이등인이지, 한국인이 아니야. 처음에는 외국인 대하듯 호기심을 갖다가 나중에는 밥그릇 빼앗긴다고 욕하니까."[12]와 같은 말에서 단적으로 알 수 있듯, 대한민국으로부터 철저히 소외된 이방인이면서 대한민국의 국민과 구별되는 '2등 국민' 임을 뼈아프게 인식하고 있다.

> "앞에서는 인권, 인권 해도 정작 실질적인 도움은 안 주는 정부가 문제야. 보수파와 미국은 탈북자는 난민으로 둔갑시켜 탈북자 인권을 정치적으로 팔아먹고, 진보파는 북한체제 붕괴될까 봐 인권 문제는 아예 외면해 버리고 있잖니? 당리당략만 하다가 김정일이 미사일 발사 실험에 뒤통수나 맞질 않나. 내는 김정일이 독재 정권, 수령 절대주의 싫어서 내 발로 나온 사람이지만, 사회 돌아가는 모양 보면 내 생각이 옳았나 헷갈려. 저럴 시간 있으면 차라리 우리한테 정직한 직업이나 얻게 해줬으면 좋겠어."
>
> "요샌 기획 탈북 막자고 정착금도 분할 지급한다는데, 기케 하면 가게 하나 차릴 수 있겠어? 다 탈북자 수를 줄이려는 속셈이지."
>
> "헬싱키 그룹이 또 한 건 하는 건가? 인권 문제로 압박해서 소련과 동구권을 무너뜨리려구."
>
> "옳지. 이게 다 미제 놈들 때문이야. 탈북자 다 받아 주면 중국이 국경 단속 세게 할 거구, 결국 탈북자들 더는 못 나오게 될 거야. 경제 봉쇄 조치해서 고난의 행군하게 만들더니, 인차 북한에 인권 공세로 밀어붙인 다음, 조선 반도를 이라크로 만들 셈인 게지. 미국 가면 집도 주고 직업도 주고 시민권도 주고 해서, 출세까지 한다지만 난 절대 미국 안 가, 흥!"[13]

여기서 단적으로 읽을 수 있듯, 무엇보다 무서운 현실은, 대한민국의 보수파와 미국뿐만 아니라 대한민국의 진보파 모두 탈북자를 각자의 이해관계 속에서 정치적으로 이용만 할 뿐, 탈북자가 대한민국에서 '2등 국

---

12) 권리, 『왼손잡이 미스터리』, 문학수첩, 2007, 111쪽.

13) 위의 책, 111~112쪽.

민' 으로 전락하고 있다는 데 대해 누구도 이 문제의 심각성을 제대로 인식하지 못하다는 작가의 지적은 온당하다. 때문에 권리는 탈북자의 시선을 빌려 "안개 속에 살면 안개에 익숙해져 아무것도 보려 하지 않는 나라"[14]가 곧 대한민국이며, 탈북자가 이러한 안개의 나라에서 '2등 국민' 으로 살아야 한다는 묵시록적 현실을 매우 차분하면서도 냉정히 드러낸다.

이응준과 권리의 작품을 통해 성찰할 수 있는 것은 설마 그러한 일이 일어날까 하는 기우(杞憂)가 기우가 아닐 수 있다는 것을 서사를 통해 헤아려볼 수 있다는 점이다. 예방주사를 맞았다는 표현이 적합할지 모르겠으나, 분단체제를 동요시키는 과정에서 가시적으로 맞닥뜨려야 할 북한 주민들과의 새로운 관계를 정립하기 위한 슬기와 지혜가 요구된다.

3. 세계자본주의 체제의 난민(難民), 분단체제의 약소자

매우 초보적 논의일지 모르지만, '분단시대' 가 아닌 '분단체제' 라고 언급할 때는 분단에 대한 문제가 한반도에 존재하는 대한민국과 조선민주주의인민공화국이란 두 개의 국민국가로 나뉜 영토 분할의 관점에 초점을 둔 게 아니라 이들 국가를 아우른 세계자본주의 체제를 염두에 둔, 그 하위체제의 성격을 지닌 것으로 논의하는 게 적실하다.[15] 따라서

14) 위의 책, 148쪽.

15) 백낙청은 민족문학론을 개진하면서 한국전쟁 이후 민족사의 문제적 현실을 총체적으로 인식하는 문제틀을 정립한다. 『분단체제 변혁의 공부길』(창작과비평사, 1994)에서 본격으로 논의된 것을 시발점으로 하여 『흔들리는 분단체제』(창작과비평사, 1998)에 이르기까지 지속적인 문제의식을 보이는 '분단체제' 는, 종래 '냉전체제' 뿐만 아니라 남북한 각각의 이질적 정치체제와 본질적으로 그 성격을 달리한다. '분단체제' 는 어디까지나 세계자본주의 체제의 하위체제로서 남북한 민중을 억압하는 남북한의 반민중적 기득권층과 한반도를 둘러싼 세계정치의 역학구도 아래 분단시대의 질곡을 살고 있는 민족사의 모순을 총체적으로 인식하고자 하는 데서 비롯된 문제틀이다.

2000년대의 주요 문제작인 황석영의 장편소설 『바리데기』(창비, 2007)와 정도상의 연작소설 『찔레꽃』(창비, 2008)에 쏟아진 문학 안팎의 관심은, 이제 드디어 이들 작품을 통해 분단체제가 비평담론의 논의틀에서 벗어나 창작의 영역을 포괄하여 그 담론의 적실성을 보증받게 되었다는 것을 간과할 수 없다.[16)]

『바리데기』와 『찔레꽃』은 모두 탈북자를 다루고 있되, 그들이 서사적으로 총력을 기울이고 있는 것은 분단의 문제를 한반도의 남과 북의 이념적 대립과 갈등의 차원으로 인식하는 게 아니라, 좀 더 거시적 지평에서 분단의 문제를 바라보고 있다는 점이다. 기존의 이른바 분단 서사에 낯익은 독자들에게 그들의 소설은 새롭다. 무엇보다 새로운 것은 그들의 소설에서 탈북자가 (대한민국과 조선민주주의인민공화국) 국민국가의 상상력에 갇혀 있는 소수자의 문제로서가 아니라, 전 지구적 자본주의 세계체제와 긴밀히 연동되어 있는 현실 속에서 약소자[17)]의 문제로 인식되고 있다는 점이다. 이것은 우리가 주목해야 할 탈북자에 대한, 그

16) 이하 『바리데기』와 『찔레꽃』에 대한 논의의 핵심은 고명철의 「2000년대의 한국문학과 리얼리즘, 저항과 변혁의 상상력으로」, 『뼈꽃이 피다』, 케포이북스, 2009, 199~201쪽 참조.

17) 흔히들 탈북자, 외국인 이주노동자, 장애인, 비정규직 노동자, 노약자, 불량청소년, 성적 소수자, 동성애자 등을 소수자(minority)라고 지칭한다. 그런데 좀 더 이 용어를 엄밀히 이해할 경우 "소수자는 수적 소수자만을 의미하지 않으며 강자와 주류 기득권 세력에 의해서 차별받는 사회적 약자를 필요 조건을 갖추어야 함을 의미한다. 이에 따라 소수자라는 용어를 약소자라고 부르는 것이 더 정확하다는 지적도 나오고 있다."(전영평 외, 『한국의 소수자 정책 담론과 사례』, 서울대 출판문화원, 2010, 15쪽.) 그런 의미에서 "약소자는 1)유력자의 권력을 드러내면서도, 2)유력자의 '관용'에 의존하지 않고 체계의 밖에서 체계의 부정성을 증언한다. 이를 통해 3)윤리적 반성 과정에서 주체성을 획득하며, 그 윤리성과 주체성에 입각해 4)새로운 연대의 틀을 구성함으로써 현대 정치의 중요한 특징인 '상징조작'에 저항한다."(오창은, 「지구적 자본주의와 약소자들」, 『실천문학』, 2006년 가을호, 326쪽.) 이후 이 글에서는 탈북자를 이 같은 의미를 내포한 '약소자'로 지칭한다.

리고 분단체제를 넘어 평화체제를 추구하려는 문학적 인식과 실천의 소중한 자산이다.

지금까지 우리에게 익히 알려진 탈북자에 대한 이모저모는 북한의 정치경제적 억압을 못 견뎌 대한민국의 자유민주주의를 자발적으로 선택한 것이라는, 다분히 반공주의적 관점 일변도의 이념형 탈북으로 규정 내려왔다. 하지만, 황석영과 정도상의 소설에서는 이 같은 이념형 탈북이 아닌, 북한에 대한 국제사회의 경제적 고립 속에서 북한의 경제적 빈곤이 가속화되었고,[18] 이러한 국제 정세 속에서 북한의 기득권 세력은 인민의 삶을 온전히 돌보지 못하고 있다는 비판적 성찰이 놓여 있다. 북한에 대한 황석영과 정도상의 이러한 서사는 반공주의적 관점에서 북한사회를 배제적 시선으로 보는 것을 넘어 서서, 북한을 둘러싼 국제사회의 정세 속에서 약소자로 있는 북한의 인민을 향한 인류애적 시선을 보여준다.

> 신랑은 공작처럼 멋지고 신부는 꽃보다 더 예뻐라
> 신이여 두 사람을 받으소서 축복하소서
> (…중략…)
> 우리가 무슬림들이 모여사는 동네에 도착하자 집 앞에 벌써 많은 사람들이 나와서 기다리고 있었다. 알리의 형제자매가 다 모였고 부모님과 친척들

18) 북한은 1995년 여름부터 엄습한 수해로 막대한 피해를 입으면서 식량기근을 겪게 된다. 이러한 북한의 현실은 1996년 신년도 『로동신문』, 『조선인민군』, 『로동청년』 등의 공동사설 「붉은 기를 높이 들고 새해의 진군을 힘차게 다그쳐 나가자」에서 인민들에게 이른바 '고난의 행군'을 호소한다. 이처럼 "식량난은 북조선에 한국전쟁 이래 가혹한 시련을 안겨주었다. 그 수에 대해서 여러 가지 추측이 있지만 상당한 아사자가 나온 것도 부인할 수 없는 사실이다. 중앙으로부터 식량은 물론 생활필수품이 제대로 공급되지 못하면서 북조선 계획경제의 근간을 이루는 중앙공급체계가 거의 마비되는 사태가 조성되었다. 체제이완 현상이 광범하게 만연하여, 당 및 행정조직, 사회단체들이 상부 지시대로 움직일 수 없게 되었다."(서동만저작집간행위원회 편, 『북조선 연구』, 창비, 2010, 321쪽.)

친구들에다 동네 사람들이며 이슬람 모스크의 신도들까지 백여 명에 가까운 사람들이었다. 알리네 부모님은 옆집에까지 양해를 구하여 집 아랫마당에는 몰려온 동네 사람들을 위한 차일 천막을 쳐놓았고 옥상에 친척 친지들의 자리를 마련했다.

(…중략…)

할머니의 이야기 중에 장승이와 바리공주의 약속이 생각났다. 길값, 나무값, 물값으로 석삼년 아홉 해를 아들 낳아주고 살림 살아주어야 하는 세월.

나는 사람이 살아간다는 건 시간을 기다리고 견디는 일이라는 것을 깨닫게 되었다. 늘 기대보다는 못 미치지만 어쨌든 살아 있는 한 시간은 흐르고 모든 것은 지나간다.[19]

황석영에 의해 그려지고 있는 문제적 인물 '바리데기'는 중국을 거쳐 영국으로 이주하는 동안 아랍인을 만나 결혼을 하여 행복을 꿈꾸게 되는데, 이러한 구도는 황석영에 의해 일국적 차원의 민족 문제(즉, 민족국가 하나 되기－통일국가)로만 분단체제를 허무는 것도 아니고, 남한 혹은 미국 중심의 서구에 의해서만 허물어지는 게 아닌, 현재 지구상에서 정치경제적으로 가장 차별적 대우를 감내하고 있는 북한과 아랍민족의 소통 · 연대를 모색함으로써 분단체제가 허물어질 수 있는 어떤 가능성을 전망하고 있다는 점에서 주목할 만하다.[20)]

---

19) 황석영, 『바리데기』, 창비, 2007, 220~223쪽.

20) 물론 이에 대해 부정적 평가 또한 간과할 수 없다. 바리와 알리가 결혼을 하여 살고, 바리의 주변 약소자들과 만나면서 "비극적 현실의 장면들을 불러내는 바리의 서사가 종종 위태로워지는 까닭은 절박한 구체성이나 인과 없이 이어 붙여진 장면들의 과잉 때문이기도 하지만, 그것보다 더 중요한 것은 바리가 지상에서 초월하여 화해와 구원의 여신으로 격상해버린다는"(서영인, 「천국보다 낯선, 이 고요한 지옥」, 『타인을 읽는 슬픔』, 실천문학사, 2008, 318쪽) 것은 예각적 비판이다. 하지만, 이 문제는 바리의 초월적 화해와 구원이 갖는 성격을 어떻게 보는 것인가에 따라 평가가 달라질 수 있다. 바리가 탈북하여 온갖 시련 끝에 도달한 영국에서 비슷한 경험을 한 약소자들과 논리적으로 연대하는 게 아닌, 아픈 상처를 공유한 사람들 사이에 소통할 수 있는 논리를 넘어선 초월적 연대가 가능하다는 것 또한 간과할 수 없다.

또한 정도상에 의해 그려지고 있는 주요인물 '충심'은 탈북자에 대한 편협한 반공주의적 인식을 바로 잡게 하고, 탈북자들이 겪는 온갖 고충에 대한 연민의 시선을 통해 분단체제를 허물기 위해서는 정녕 무엇을 어떻게 숙고해야 하는지에 대한 발본적 문제의식을 던져준다.

"자 내가 불러주는 대로 연습 한번 합시다."
충심이모가 와서 영수의 손에 크레용을 쥐여주었다. 박선교사는 비디오카메라로 영수의 얼굴과 옷차림을 촬영하기 시작했다.
"조선으로 가고 싶지 않아요. 김정일은 나쁜 사람이에요. 예수님의 도움을 받아 한국으로 가고 싶어요. 자유를 정말 원해요. 조선은 지옥이고 많이 굶었어요. 밥도 많이 먹고 싶고, 자유를 원해요. 도와주세요."
박선교사가 부르는 대로 충심이모의 손짓에 따라 영수는 편지를 썼다. 충심이모는 얼굴을 찡그렸다.
"꼭 이렇게까지 해야만 하나요?"
충심이모가 물었다. 아무도 충심이모의 말에 대답하지 않았다. 영수도 얼른 글씨를 쓰고 싶었다.
"좋았어. 그런데 옷이 너무 깨끗해. 좀 더러운 거 없어요?"
박선교사 말하자 만복삼촌이 눈초리가 사납게 변하더니 혀를 끌끌 찼다. 순덕이모가 얼른 크레용으로 옷을 더럽게 만들더니 조금 찢었다.
"좋았어. 이제 갑시다!"
영수는 충심이모의 도움 없이 삐뚤빼뚤한 글씨로 편지를 써내려갔다. 이마에 땀이 뻘뻘 났다. 박선교사는 환한 얼굴로 촬영에 열중했다.[21]

여기서 정도상이 심각하게 제기하는 문제는 북한의 인권을 보호한다는 미명 아래 탈북을 기획하여 그것을 상업화하는, 즉 탈북 브로커들의

21) 정도상, 『찔레꽃』, 창비, 2008, 183쪽.

반인권적 행태를 적나라하게 꼬집는다.[22] 탈북 브로커들에게 인권의 문제의식은 애초부터 없다. 오직 그들의 관심은 탈북을 기획하여 벌어들이는 돈뿐이다. 그래서 정도상은 우리들에게 묻는다. 혹 우리는 북의 인권 문제를 북한에 대한 남한의 체제경쟁에서 승리했다는 속류적 차원에서 인식하고 있는 것은 아닌지, 이에 대한 근본적 문제를 정도상은 제기하고 있다.

어떻게 보면, 황석영과 정도상에 의해 2000년대의 한국소설을 분단의 문제를 보다 넓고 깊게 성찰할 수 있는 새로운 지평을 열었다 해도 과언이 아니다. 황석영에 의해 분단체제의 고통을 극복하는 길은 지구적 차원과 연동되어 있으며, 정도상에 의해 그것은 남과 북의 섣부른 통일(統

---

22) 북한 이탈을 조직적으로 도모하는 탈북 브로커들의 존재는 공공연한 사실을 넘어 엄연한 현실이다. 최근 인천 남부경찰서는 법원 현관에서 폭행을 벌인 탈북자들을 조사 중이라고 하는데, 북한을 탈출한 모자와 탈출을 도운 50대 탈북 브로커는 탈북 브로커 대금으로 추정되는 대여금 반환청구소송을 벌이다가, 재판이 끝난 후 감정이 격한 상태에서 시비가 일어나 폭행이 일어났는가 하면(「탈북 브로커 대금 소송 관련 북한 이탈 주민 간 폭행 일어」, 『인천신문』, 2011. 5. 27), 『시사저널』(1113호, 2011. 2. 22)에서는 '탈북 브로커, 200여 명 활동'이란 내용으로 탈북 브로커의 활동을 소개하고 있다. 그런데 이와 관련하여 가장 큰 문제는 탈북 브로커에 의해 기획된 탈북이 '북의 인권탄압'이라는 미국의 이해관계에 따라 정략적으로 이용되면서 한반도에서 남과 북의 정치사회적 긴장을 오히려 부추기고 있다는 점이다. 여기서 탈북 브로커들이 탈북자들을 대상으로 한 상업적 이득을 취하고 있는 것은 새로운 사회 문제가 아닐 수 없다. 이에 대해서는 권리의 『왼손잡이 미스터리』에서 다음과 같이 나타난다. "방콕에서 그는 20대 후반의 남자 전도사를 만났다. (…중략…) 전도사는 우리에게 비싼 의수를 선물하며 미국 언론과의 인터뷰에 응해줄 것을 은근히 요구했다. (…중략…) //"정치범 수용소에서 고문당했다가 잘린 것처럼 해요. 이렇게 홍보가 되어야지 빨리 한국으로 갈 수가 있어요."// (…중략…) 하지만 막상 인터뷰에 들어가자, 그는 자신도 모르게 의수를 벗어 뭉툭한 오른손을 보여주는 능청을 부렸다.//"나는 북조선 인민으로 태어나, 남조선 국민으로 살다가, 세계시민으로 죽을 것이다."//외신들은 "와우! 지저스! 울랄라! 아라라!" 등의 감탄사를 내며 플래시를 터뜨렸다. (…중략…) 우리는 그제서야 그 전도사가 탈북자를 인질 삼아, 미국 정부의 지원을 타 먹으려고 용을 쓰는 사이비 전도업자란 사실을 깨달았다."(권리, 『왼손잡이 미스터리』, 151~153쪽.)

一)을 지양한 서로 다른 존재들이 공생공존하는 화이부동과 통이(統二/通二)의 상상력을 제공받는 것이다.[23)]

여기서 또 다른 문제작 강영숙의 장편소설 『리나』(랜덤하우스코리아, 2006)를 주시할 필요가 있다. '바리데기'와 '충심'이란 인물은 모두 자신의 고향을 떠나 세계자본주의 체제에 알몸으로 던져진 약소자 그 이상도 이하도 아닌바, 『리나』의 주인공 '리나' 역시 동병상련을 앓고 있는 인물이다. 말하자면 이들 모두는 자신들이 태어난 나라를 떠나 다른 나라의 국경을 옮겨 다니는 비국민(非國民)으로서 '난민(難民)'이다.

> 오늘의 이야기. 열여덟 살에 국경을 넘어 당신들의 나라에 들어와 스물네 살이 된 여자 이야기.
>
> 커다란 지구 아래쪽엔 가난한 여자들 천지. 가난한 여자들은 어디에나 있다구요? 말하고 싶어도 조금만 참으세요. (…중략…)
>
> 국경을 넘자마자 브로커가 날 팔았어. 다 찌그러진 자동차 껍데기조차 살 수 없는 돈에 팔았지. 날 산 남자는 도망가면 곤란하다며 매일매일 데리고 잤어. 난 한밤중엔 팬티만 입고 도망쳤지. 그리고 수더분하게 생긴 여자를 만났어. 이 여자가 날 또 팔았지. 얼마나 받았을까. 난 자동차로 열 시간을 달려 도시로 팔려갔어. 도시에서 뭘 했는지는 기억도 안 나. 너희 같은 것들 열 명을 모아서 팔아봤자 제대로 된 여자 하나 사기도 어려워. 우리를 늘 감시하던 남자가 말하곤 했지. 비리비리해진 나는 또 팔려갔어.
>
> 온통 논과 밭뿐인 깡시골에 내렸어. 얼굴이 작고 마른 남자가 보라색 도라지꽃을 주며 날 맞았지. 농사일을 도울 여자가 필요했대. 남자는 때리지도

---

23) "남북통일은 반드시 통이(通異, 統二－인용자)가 전제되어야만 한다. 통일보다 더 중요한 것은 '통이'다. 통이는 타자성을 인식하는 과정을 통해야만 겨우 가닿을 수 있는 문화적 과정이다. 본디 하나였으니 무조건 합치자는 구호의 범람은 통일에 심각한 장애만 형성할 뿐이다. 통이의 과정이 없는 통일은 또 다른 비극을 불러올 가능성이 농후하다. 통일은 통이의 과정, 그것이 문화적 과정일 때 비로소 이 땅에 살고 있는 모든 사람들에게 '미래의 문화적 고향'이 될 것이다."(정도상, 「통이(通異, 統二)를 위한 기나긴 그리움의 길 위에서」, 『내일을 여는 작가』, 2004년 여름호, 331쪽.)

않았고 밥을 굶기지도 않았어. 낮에는 농사를 짓느라, 밤에는 남자에게 시달리느라 길을 걸으면서도 졸았어. 그리고 애를 낳았지. 애는 세 살 때부터 지껄이고 다녔어.[24)]

리나가 우리에게 충격적인 것은, 난민으로서 이곳저곳 떠도는 것 자체가 낭만과는 아예 동떨어진 끔찍한 지옥의 연속이라는 점이다. 인신매매, 살인, 강간, 시체유기, 성매매 등 '리나'가 몸소 겪은 일들을 듣는 사람들은 "도저히 믿을 수 없는 거짓말"[25)]로 치부할 정도로 반인간적 폭력에 '리나'는 노출돼 있다. 새삼 강조할 필요도 없이 '리나'가 겪은 언어절(言語絕)의 온갖 폭력은 제3세계의 비국민으로서 난민을 대상으로 한 세계자본주의 체제의 무한 탐욕에 기인한다. 제3세계의 난민, 그것도 '리나'와 같은 여성은 무한히 팽창하는 성적 욕망을 만족시키려는 온갖 성산업 구조의 상품에 지나지 않는다. '리나'가 지나친 곳은 예외가 아니다. 비참한 현실이지만, '리나'가 난민으로서 떠돌 수 있는 것은 그나마 그가 매춘이 상품 가치를 갖고 있기 때문이다. '리나'는 어디로인지 떠나지만, 그의 떠남이 희망을 상실한, 잇따른 세계의 절망과 환멸을 몸으로 다시 확인하는 것이기에 그 떠남을 지켜보는 독자는 분단체제가 빚어낸 이 끔찍한 세계의 고통에 진저리를 칠 터이다.[26)] 왜냐하면 '리나'

---

24) 강영숙, 『리나』, 랜덤하우스코리아, 2006, 93~94쪽.

25) 위의 책, 117쪽.

26) 오창은은 "강영숙은 탈북 소녀 리나를 알기 위해서 이 장편소설을 쓴 것이 아니라, 리나 안에 있는 여성으로서의 자아를 발견하기 위해 『리나』를 창작했다. 이는 분단문제를 전유해, 자신의 삶을 찾고자 하는 시도로 의미화할 수 있다."(오창은, 「분단 디아스포라와 민족문화」, 『모욕당한 자들을 위한 사유』, 실천문학사, 2011, 239쪽) 라고 하는데, 무엇을 염두에 둔 논의인지 이해할 수 있다. 하지만 『리나』에서 가볍게 넘겨볼 수 없는 것은 '리나'의 주체적 삶을 찾는 여정의 발단은 분단체제가 빚어낸 자신의 조국을 떠나 비국민으로서 난민의 신세로 전락할 수밖에 없는 엄연한 현실이다.

의 이러한 난민으로서의 여정에 지금보다 더욱 섬뜩한 폭력이 기다릴지 모르는데, 더욱 두려운 일은 '리나'에게 이제 웬만한 폭력과 고통은 아무것도 아닌, 점차 세계의 숱한 폭력에 내성화될 수도 있기 때문이다.

이렇게 '바리데기', '충심', '리나'와 같은 탈북자들이 겪는 분단체제의 고통은 세계자본주의 체제의 악무한의 현실을 뚜렷이 환기시켜준다.

4. '존이구동(存異求同)'과 '화이부동(和而不同)'의 서사

분단체제를 허무는 일은 어디에서부터 시작되어야 할까. 서로 다른 정치사회체제를 살고 있는 한반도의 주민들이 갑자기 자신들에게 익숙한 삶의 방식을 부정할 리도 없으며, 특정 정치사회적 헤게모니에 의해 강요된 삶을 살 수도 없는 일이다. 분단체제의 작동원리를 알고 있는 사람들은 알고 있지 않은가. 어느 일방의 입장에 의해 흡수통일하는 것처럼 어리석은 일이 없는바, 어떻게 하면 가장 자연스레 무리수를 두지 않고 남과 북의 주민들이 치명적 상처와 고통을 동반하지 않은 채 평화체제를 구축할 수 있을까.

이 문제와 관련해서 수사적으로 들릴 수 있지만, '존이구동(存異求同)'과 '화이부동(和而不同)'의 지혜와 실천이 한반도의 주민들에게 절실히 요구된다. '서로 다른 것들이 함께 존재하는 삶', '조화를 이루되 동일하지 않는 삶', 이것이야말로 한반도의 주민들이 분단체제를 일상에서 허물 수 있는 작지만 결코 작지 않은 삶의 지혜와 실천이 아닌가, 하고 곰곰 숙고해보곤 한다.

전성태의 단편 「목란식당」(『늑대』, 창비, 2009)과 손홍규의 단편 「도플갱어」(『봉섭이 가라사대』, 창비, 2008), 그리고 최용탁의 단편 「바하무트라는 이름의 물고기」(『미궁의 눈』, 삶이 보이는 창, 2007)는 '존이구동'과 '화이부동'의 소설적 전언을 들려준다. 이들 세 단편은 지금, 이곳의 일상에서 분단체제를 어떻게 내파(破內)해야 하는 것인가를 성찰한다.

"흥 내가 모를 줄 알아. 냉면요리사는 안 왔어!"

교인들은 기도하다 말고 고개를 들었는지 모두 두 손을 모으고 있었다. 박사장과 삼촌은 어리둥절해서 서로 얼굴을 바라보았다. 여사장이 놀라서 뛰어나왔다. 우리는 여사장이 무슨 변명을 해주리라 싶어 그녀를 뚫어지게 바라보았다. 그녀는 한숨을 내쉬었다.

(…중략…)

"오, 주여! 이게 저들의 방식입니다."

(…중략…)

그러자 목사가 외쳤다.

"사실을 호도하는 자나 거짓을 두둔하는 자나 다 민족 앞에 죄인입니다. 오늘날 이런 사태가 벌어진 것은 바로 저런 사악한 사탄의 마음 때문입니다."

"허허, 여긴 그거 밥 먹는 식당입니다."

삼촌이 두 손을 들어 다독이는 몸짓을 했다.

"식당이니까 내 하는 말이오. 성도 여러분, 우리는 오늘 불경한 음식을 먹고 말았습니다. 모두 나갑시다."

교인들이 목사를 따라 우르르 몰려나갔다.

박사장이 몰려나가는 교인들을 향해 한발짝 나서며 소리쳤다.

"여보시오! 그것도 말이라고 나불댑니까? 냉면 하나 가지고 우리가 왜 사탄이 돼야 한단 말이오?[27]

몽골의 소문난 북한음식점 '목란식당'은 북한의 공훈 냉면요리사를 직접 초빙했다는 것을 대대적으로 광고하여 손님들을 끈다. 한국의 기독교 관광객들은 공훈 냉면요리사의 냉면 맛을 보기 위해 '목란식당'을 찾았는데, 그들이 먹은 냉면이 공훈 요리사의 것이 아니라는 사실을 알게 되자 그들은 마치 사탄의 음식을 먹은 것인 양 식당 주인을 비난한다. 그 사실을 알기 전까지는 세상에서 가장 맛있는 냉면을 먹은 듯 만

27) 전성태, 「목란식당」, 『늑대』, 창비, 2009, 30~31쪽.

족했다가 별안간 태도를 돌변한다. 그 순간 기독교인들은 해묵은 냉전과 분단의 논리를 종교의 교리와 착종시키는 가운데 '북한=사탄/남한=하느님'이란 어처구니없는 대립적 이분법의 논리에 휩싸인다. 이렇게 우리들의 일상 깊숙이 분단의 차별적 논리가 똬리를 틀고 있음을 전성태는 직시한다. 냉면 한 그릇을 먹는 일에까지 분단체제의 논리가 작동되고 있는 것이다. 이에 대해 작가는 촌철살인과 같은 해법을 제시한다. 이 장면을 목도한 인물의 입을 통해 "목란은 그냥 식당인데……."[28]와 같은 의미심장한 말을 내뱉는다. 남과 북의 정치사회적 이념 대립을 무화시키고 그 차이를 존중하면서 함께 모여 각자의 식성대로 맛있게 식사를 할 수 있는 곳이 곧 '목란식당'의 본연의 역할이듯, 분단체제를 허무는 일은 이처럼 대립과 분단의 논리를 앞세우는 게 아닌, 차이와 조화의 논리를 일상에 착근시키는 일이다.

그러기 위해서는 남과 북 서로 다른 곳에 엄연히 존재하는 타자의 타자성을 관념이 아닌 삶의 실재로서 인정해야 한다. 손홍규의 「도플갱어」가 흥미롭게 읽히는 것은 '북위 37° 동경 126°'에 존재하는 남쪽의 준영과 '북위 39° 동경 125°'에 존재하는 북한의 준영이 각기 서로 다른 정치사회체제의 일상 속에서 그들 나름대로 각자가 부딪치는 관계 속에서 현존을 휩싸는 파토스에 괴로워한다는 사실이다.[29]

28) 위의 책, 32쪽.

29) 가령, 다음과 같은 내적 고민이 그 대표적 예에 해당할 것이다. "그는 흙탕물을 바라보며 생각했다. 내가 만약 저 강물에 휩쓸려 남포갑문을 지나 망망한 서해로 흘러간다면, 누군가 나를 닮은 이가 평양에 있어, 내가 살지 못한 삶을 대신해줄 수 있을까. 희숙을 닮은 누군가가 이곳에 살고 있어, 희숙의 삶을 대신해줄 수 있을까, 그는 고개를 끄덕일 수도 저을 수도 없다. 사회정치적 생명도 육체적 생명이 있어야 가능하다. 이 세상에 자신과 희숙을 닮은 아니 똑같은 사람이 있을 수는 있지만, 자신과 희숙의 삶을 대신 살아줄 수는 없을 것이다."(손홍규, 「도플갱어」, 『봉섭이 가라사대』, 창비, 2008, 191쪽.)

작가의 의도적 작위성을 논외로 한다면, 남과 북 준영이 사이에는 "통과할 수 없는 투명한 벽이 생기고 그 벽을 중심으로 이쪽과 저쪽은 전혀 다른 세계"[30]라는 점을 배타적으로 인정하는 게 아니라, 상호주관적으로 존중하는 것이라면, 이 또한 남과 북의 타자성을 적대적 대립관계가 아닌 서로 다른 위상학(位相學)의 가치를 인정하는 전향적 관계로 정립해 볼 수 있을 것이다.

이렇게 재정립된 관계는 당장 분단체제에 심한 파열을 가해오지는 않되, 더디지만 서서히 분단체제의 안쪽에서 균열이 시작돼 어느 순간 가뭇없이 스러질 것이라고 기대한다.

> 우리는 이후 영국과 아일랜드를 거쳐 미국으로 갔다. 백악관 앞에서 사흘간 단식농성을 한 다음 유엔총회가 열리는 뉴욕으로 향했다. 유엔 본부 앞 광장에는 현지 한인회 등이 주최하는 남북동시 가입 축하 공연과 남북 분리가입을 반대하는 일부 동포들의 시위가 함께 벌어지고 있었다. 마침내 인공기와 태극기가 동시에 올라가는 순간, 우리는 절규하듯 '조국은 하나다!' 라고 울부짖으며 서로를 부둥켜안았다. 지난 한 달간의 문화선전대 활동을 마감하는 마지막 눈물이었다. 게양되는 두 개의 국기는 내 젊음과 열정을 마감하는 조기(弔旗)였다. 독일이 통일되고 소련이 무너지면서 조금씩 닳아져가던 생애의 어떤 끈이 툭 끊어져 내리는 순간이었다. 그날 밤 나는 동료들에게 간단한 메모 한 장을 남긴 채 뉴욕에 살고 있는 이모의 집을 찾아갔다.[31]

최용탁의 「바하무트라는 이름의 물고기」에서 한국의 좌파적 문화선전대 활동을 하던 인물이 UN본부 앞에서 UN에 동시 가입한 남과 북의 국기가 동시에 게양되는 장면을 지켜보며 흘리는 눈물에는 분단체제를

30) 위의 책, 180쪽.
31) 최용탁, 「바하무트라는 이름의 물고기」, 『미궁의 눈』, 삶이 보이는 창, 2007, 128쪽.

새롭게 환기시키는 진실이 배어 있다.[32] 분단의 문제는 국제사회에서 남과 북의 배타적 관계를 넘어선 교호적 관계로 진전해야 할 과제를 끊임없이 제기하고 있는 것이다.

5. 결론

이 글의 목적은 분단체제에 대한 유의미한 서사적 대응을 중심으로 한 윤곽을 그려보는 데 있다. 20세기의 분단과 관련한 서사들이 분단문학의 범주 안에서 한국전쟁의 원인과 그 과정에서 생긴 비극과 상처에 관심을 쏟음으로써 분단의 문제를 해결하기 위한 문학적 성취를 일궈내었다. 무엇보다 분단 이데올로기와 레드 콤플렉스를 극복하여 분단으로 인한 뒤틀린 역사를 바로 세우고자 한 서사적 노력을 소홀히 할 수 없다. 하지만 20세기의 이러한 서사들이 일국적 경계의 안에서 집중되다 보니, 남과 북의 문제를 좀 더 큰 틀에서 총체적으로 사유하지 못한 한계를 보인 것 또한 간과할 수 없다.

그런데 2000년대의 분단 관련 서사들은 '분단체제'의 문제틀에 의해 종래의 분단 문제보다 더욱 예각적이면서 심층적이고 웅숭깊은 서사를 탐구해야 할 새로운 과제를 떠안고 있다. 이 문제를 낡고 구태의연한 시각으로 접근해서는 곤란하다. 분단체제를 허물기 위한 서사적 응전은 지속되어야 하되, 급변한 현실 속에서 예전처럼 북한에 대한 정보가 차단돼 있지 않은 것을 적극 활용하여 남과 북의 정치사회적 추이를 예의 주시함은 물론, 세계자본주의 체제와 밀접히 연동되어 있는 분단체제의

32) 대한민국과 조선민주주의인민공화국은 1991년 9월 17일 국제연합에 동시에 가입하면서 국제사회에서 평화를 추구하고 유지하는 책임 있는 주권 국가의 구성원이 되었다.

작동을 면밀히 파악하고, 무엇보다 분단을 정략적으로 이용하여 배타적 차별의 논리와 적대적 대립 관계 속에서 영구 분단을 고착화시키는 남과 북의 분단기득권을 부정하고 넘어서는 새로운 사회적 상상력의 구체성을 서사화해야 할 것이다. 그리하여 분단체제를 허무는 사회적 상상력을 통해 한반도의 평화체제를 자연스레 모색하고 꿈꾸는 다양한 서사들이 한국소설의 대지를 풍요롭게 해주었으면 하는 마음 간절하다.

참고문헌

「탈북 브로커대금 소송 관련 북한 이탈 주민 간 폭행 일어」, 『인천신문』, 2011. 5. 27.

「탈북 브로커, 200여 명 활동」, 『시사저널』 1113호, 2011. 2. 22.

강영숙, 『리나』, 랜덤하우스코리아, 2006.

고명철, 「'6 · 15민족문학인협회' 결성, 분단체제를 넘어서는 문화적 과정」, 『잠 못 이루는 리얼리스트』, 삶이 보이는 창, 2010.

______, 「2000년대의 한국문학과 리얼리즘, 저항과 변혁의 상상력으로」, 『뼈꽃이 피다』, 케포이북스, 2009.

______, 「분단체제 혹은 국가보안법을 넘는 한국문학」, 『뼈꽃이 피다』, 케포이북스, 2009.

고인환, 「'함께 있어도 외로움에 떠는' 그들」, 『공감과 곤혹 사이』, 실천문학사, 2007.

권 리, 『왼손잡이 미스터리』, 문학수첩, 2007.

김승환 · 신범순 편, 『분단문학의 비평』, 청하, 1987.

백낙청, 「'2013년체제'를 준비하자」, 『실천문학』, 2011년 여름호.

______, 「6 · 15선언 이후의 분단체제 극복작업」, 『한반도식 통일, 현대진행형』, 창비, 2006.

______, 『흔들리는 분단체제』, 창작과비평사, 1998.

______, 『분단체제 변혁의 공부길』, 창작과비평사, 1994.

서동만저작집간행위원회 편, 『북조선 연구』, 창비, 2010.

서영인, 「천국보다 낯선, 이 고요한 지옥」, 『타인을 읽는 슬픔』, 실천문학사, 2008.

손홍규, 「도플갱어」, 『봉섭이 가라사대』, 창비, 2008.

오창은, 「분단 디아스포라와 민족문화」, 『모욕당한 자들을 위한 사유』, 실천문학사, 2011.

______, 「지구적 자본주의와 약소자들」, 『실천문학』, 2006년 가을호.

이응준, 『국가의 사생활』, 민음사, 2009.
전성태, 「목란식당」, 『늑대』, 창비, 2009.
전영평 외, 『한국의 소수자 정책 담론과 사례』, 서울대 출판문화원, 2010.
정도상, 「찔레꽃」, 창비, 2008.
______, 「통이(通異, 統二)를 위한 기나긴 그리움의 길 위에서」, 『내일을 여는 작가』, 2004년 여름호.
최용탁, 「바하무트라는 이름의 물고기」, 『미궁의 눈』, 삶이 보이는 창, 2007.
황석영, 『바리데기』, 창비, 2007.

제2부

탈북, 정착과 혼돈의 세계

탈북 디아스포라의 타자정체성과 자본주의 생태의 비극성

2000년대 탈북 소재 소설 연구

오 윤 호

1. 서론: 2000년대 탈북 디아스포라와 소설적 재현

본고는 2000년대 이후 탈북 디아스포라 소설에 나타난 초국가적 '경계 넘기'의 상상력을 분석하면서 탈북자들이 겪게 되는 디아스포라 상황을 이해하고 왜곡된 자본주의적 생태의 비극성과 그 문학적 재현의 의의를 밝히는 것을 목적으로 한다. 그 과정에서 트랜스내셔널 문학 이론을 통해 제3세계 난민을 소재로 한 문학의 해석 가능성을 찾을 것이며, 탈북 환경과 제3세계 난민의 삶이 맺고 있는 왜곡된 자본주의적 관계를 비판적으로 검토할 것이다.

잦은 수해와 경제 위기, 공산주의 체제의 한계 속에서 식량난과 정치적 억압을 경험하던 북한 주민들은 1990년대 중반 이후 대거 탈북을 시도하게 된다. 이들은 '국경'을 넘어 중국, 몽골, 러시아, 그리고 태국이나 필리핀 같은 동아시아 전반에 걸쳐 수십만 명이 살게 되고, 그중 일부는 우리나라에 들어오게 된다.[1] 경제적 빈민이며, 정치적 난민인 탈북자는 남북한의 정치적 · 경제적 이해관계 속에 있는 '한' 민족의 관심을 넘어서서, 동아시아 전반에 걸친 '난민'의 문제가 되고 있다.

탈북 디아스포라의 원인은 한 가지로 설명할 수 없을 정도로 복합적이고 다원적이지만, 내부 요인과 외부 요인으로 정리할 수 있다.[2] 내부 요인으로 살펴보자면, 1990년대 초반에 계속된 북한의 마이너스 경제 성장과 1995년 이후 계속된 수해와 가뭄으로 인한 식량난은 북한의 식량배급 체제를 위협하였고, 사회질서 및 기강을 해이하게 만들었다. 외부 요인으로 보자면, 외국 유학생, 해외 근로자, 조선족 보따리장수, 탈북-재입북-재탈북하는 사람들을 통해 북한과 외부 세계 사이의 정치 · 문화적 차이를 북한 사람들이 인식하게 되었다. 이미 탈북한 가족이 인적 · 물적 네트워크를 통해 다른 가족을 탈북시키는 현상도 늘어나게 되었다.

북한과 중국 정부의 강력한 정치적 탄압에도 불구하고 지속적으로 이루어지는 '탈북'은 외국으로 이주해서 시민권을 획득하고 살아가는 통상의 '이민'과 다르다. 자신의 생명을 담보로 인간의 기본적인 삶을 찾기 위한 '디아스포라'로 명명할 수 있다.

이주란 더 나은 삶의 환경을 찾아 삶의 터전을 옮기는 과정이며, 이주민들이 새로운 사회에 통합되거나 정착해야 한다는 것은 이주국 사회의 요구이기 이전에 이주민들 자신들의 희망이다.[3] 그러나 탈북 디아스포

---

1) "누적 기준으로 국내 입국 탈북자는 1999년 1천 명을 넘어선 후 2007년에는 1만 명을 돌파했으며, 이후 3년 만에 2만 명대를 뚫었다."(「국내 입국 탈북자 2만 명 돌파」, 『연합뉴스』, 2010. 11. 15.)

2) 김영수는 탈북자 발생 원인을 6가지 정도로 나누었으며, 여기에 덧붙여 북한체제의 상황, 주변국의 탈북자 정책, 한국 정부의 입장, 탈북 동포 자신의 인식 변화 등이 매우 복잡하게 얽혀 있다고 주장한다. 본고에서 설명하는 탈북의 국내외적인 원인은 김영수의 해당 내용을 요약 정리한 것이다. (김영수, 「탈북자 문제의 발생 원인과 현황」, 『탈북자 문제의 이해』(한국방송학회 세미나 및 보고서), 한국방송학회, 2003, 11~12쪽.)

3) 이용일, 「'트랜스내셔널 전환'과 새로운 역사적 이민연구」, 『서양사론』 제103호, 한국서양사학회, 2009, 337쪽.

라의 대부분은 이주국에서 기초 생계조차 유지할 수 없으며, 불법체류자라는 신변 불안 속에서 심각한 인권 침해 환경에 놓여 있다. 러시아와 동남아 지역, 몽골 쪽은 그나마 심하지 않지만, 중국의 경우 이들을 불법체류자로 간주하고 있어, 탈북자에 대한 인신매매와 성폭행, 임금착취, 불법감금과 폭행, 강제송환 등이 만연되어 있다.

이러한 현실을 반영하듯, 2000년대 이후 우리나라 소설에서 탈북자에 대한 관심과 소설적 재현이 다양하게 이루어졌다. 국경을 넘는 타자로서의 여성이 경험하는 전 지구적 자본주의화의 문제를 심도 깊게 다룬 강영숙의 『리나』(2006), '바리데기'의 신화적 상상력을 통해, 제3세계 타자(탈북자)의 유럽 이주기를 재현하는 황석영의 『바리데기』(2007), 탈북자에 대한 인신매매와 기획 입국 문제를 부각시키며 21세기의 유민들을 온전히 그려내려고 한 정도상의 『찔레꽃』(2008), 탈북자들의 남한 적응기를 통해 탈북 네트워크와 자본주의화 되어가는 탈북자의 정체성을 다룬 이대환의 『큰돈과 콘돔』(2008), 북한 여대생인 설화가 겪은 북한의 참상을 다룬 정수인의 『탈북여대생』(2009) 등이 주요 작품들이다. 이러한 작품들은 탈북자 자신이 직접 쓴 소설이 아니라는 점에서 일정한 한계를 내포하고 있지만, 탈북 현상을 단지 일회적 사건으로 보지 않고, 신자유주의 시대의 왜곡된 자본주의 현상과 제3세계 난민의 지속적인 디아스포라 상황에 주목하고 있다는 점에서 큰 의의가 있다.

먼저 이 소설들은 탈북 디아스포라에 초점을 두고서, 1990년대 이후의 북한의 실상, 탈북 경로와 이주국에서의 가치관 혼란과 문화적 혼종 속에서 이루어지는 타자화된 삶(특히 여성 탈북자)을 형상화하고 있다. 소영현은 '국경을 넘는 여성들'에 주목하여 『리나』와 『바리데기』에 재현된 탈북 여성들이 다층적인 억압구조 속에서 제3세계형 빈민국의 일원으로 구체화되는 과정을 분석하며 초국적 자본주의화의 확산과 하위주체의 정체성 규명과 재현에 대한 근본적인 질문[4]을 던지고 있다. 김윤정은 『찔레꽃』에 대해 디아스포라 여성인물이 탈영토화(탈북)－재영토화(남한 정착) 과정 속에서 자신의 타자성을 능동적으로 변형시켜 자아정체성을 형성해 나가는 다문화주의의 실천적 모습을 보여준다고 평가[5]하기도 한다. 그러나 『찔레꽃』에 제시된 다양한 문화적 혼종이 탈북 여성의 삶에 얼마나 긍정적인 조건이 될 수 있을지는 의문이다. 그러한 한계를 넘어서서 탈북 디아스포라의 삶을 규명하기 위해서는 탈북자를 '트랜스내셔널 디아스포라'라고 규정할 필요가 있다. 트랜스내셔널과 디아스포라라는 용어의 조합이 생경하긴 하지만 민족·국가의 경계를 넘어서 사람과 문화가 상호 역동적으로 관계를 맺는 현실 속에서, '(탈북) 디아스포라'가 지배적 민족국가 체계를 타의든 자의든 탈영토화하는 존재라는 사실을 이해하고, 그들이 보여주는 혼종적이고 유동적인 정체성이 탈국가적 의미를 내포한다는 점에 주목할 필요가 있다.

또한 탈북 디아스포라 소설은 트랜스내셔널 문학의 양상을 보여주고 있다. 고인환은 "분단문학의 경계를 세계문학으로 확장시키는 탈북 디아스포라 문학의 새로운 양상에 주목해야할 시점"이라고 언급하며, "같은 민족이었다는 공동체적 감수성을 환기하는 것만으로는 코리아 디아스포라 문학의 정체성을 포괄하기 어렵다"[6]고 지적한다. 코리안 디아스포라에 대한 민족문학 및 국민문학적인 시각의 연구가 갖는 의의도 크

4) 소영현, 「마이너리티, 디아스포라－국경을 넘는 여성들」, 『여성문학연구』 22호, 한국여성문학학회, 2009, 80쪽.

5) 김윤정, 「디아스포라 여성의 타자적 정체성 연구」, 『세계한국어문학』 제3집, 세계한국어문학회, 2010, 139쪽.

6) 고인환, 「코리아 디아스포라 문학의 한 양상－정철훈의 『인간의 악보』를 중심으로」, 『비평문학』, 한국비평문학회, 2010, 56쪽.

지만, 탈북 디아스포라 소설을 다룸에 있어서 민족적 시혜의식과 국민문학의 폐쇄적인 시각에서 벗어나서 트랜스내셔널 문학적인 시각에서 볼 필요가 있다.

김성곤은 트랜스내셔널리즘 문학이 이러한 시대적 상황 속에서 "자신이 태어나지 않은 나라에서 살고 있는 사람들의 사회적 공간과 지리적 공간의 의미, 그들의 다중정체성, 그리고 그들의 방황과 고뇌를 성찰하는 문학"[7]으로 "문화적 접촉과 상호작용을 비판적으로 그러나 동시에 긍정적으로 연구하는 새로운 문예사조"[8]를 형성하는 것이라고 말한다. "트랜스내셔널 문학은 문학에 대한 범주론이나 방법론이라기보다는 문학을 사유하고 논의하는 방식(특히 문학을 국민문학으로 추구하는 서구내셔널리즘의 패러다임)을 재고하는 인식론"[9]이다. 트랜스내셔널 문학의 시각에서, 탈북 디아스포라 소설에 재현된 탈북자들은 탈경계 문화현상과 그 현상을 가로지르는 트랜스이주자[10]이다. 이들은 경계인으로서의 위험성을 내포하고 있는 제3세계 난민이면서 초국가 시대의 타자인 것이다. 탈북자의 타자성이 내포한 문화혼종성과 탈국가적 정체성에 대한 문제의식은 동아시아 지역의 지구지역성 및 자본주의적 문화혼종성에 대한 보다 심도 깊은 논의를 요구한다.

마지막으로 탈북 디아스포라 소설은 탈북자를 탈북 과정에서 철저하

7) 김성곤, 『하이브리드시대의 문학』, 서울대 출판부, 2009, 28~29쪽.

8) 위의 책, 32쪽.

9) 박선주, 「트랜스내셔널 문학-(국민)문학의 보편문법에 대한 문제제기」, 『안과밖: 영미문학연구』 제28호, 영미문학연구회, 2010, 169쪽.

10) "오늘날 많은 이주민들이 지리적, 문화적, 정치적 경계들을 횡단하는 트랜스내셔널 사회장을 만들고 있다. 경계들을 이어주는 다양한 관계들-가족적, 경제적, 사회적, 조직적, 종교적, 정치적 관계들-을 발전시키고 유지하는 이주민들을 트랜스이주민이라 부른다." "트랜스이주민은 두 개의 혹은 여러 개의 민족국가들과 자신들을 연결시켜주는 관계네트워크 안에서 활동하며 자신의 개성과 정체성을 발전시킨다." (Basch, *Nation Unbound*, p.7) 이용일, 앞의 글, 329쪽에서 재인용.

게 자본의 권력적 힘으로 구성된 자본주의적 생태 속으로 던져 놓고 그들의 타자적 적응성을 문제적으로 바라본다. 신철하는 『바리데기』의 '디아스포라적 도주 과정은 미국식 신자유주의의 강요로 파생된 제3세계 민중의 엄혹한 생존 조건'이라고 말하며, 사회생태학적 시각에서 생태적 자치주의를 강조한다.[11] 이러한 시각은 제3세계 난민의 문제를 이데올로기적 차원을 넘어 '환경' 및 '생태' 문제로 바라본다는 점에서 의의가 크다.

사회생태학은 자연에 관한 이론과 사회적 삶을 이론적으로 통합하며, "과학기술/국가/자본 등을 통해 야기된 결과들, 그리고 인간과 인간의 관계를 문제삼으며, 삶의 조건에 대한 물음들"[12]을 다룬다. 또한 거대국가시스템을 거부하며 소비주의와 비도덕성을 만연시키는 자본주의적 산업주의를 해체할 것을 요구한다.[13] 탈북 디아스포라 소설은 개발도상국의 산업발전을 위해 착취당하는 제3세계 난민과 황폐하게 이용당하는 자연환경을 재현(『리나』)하기도 하고, 국가시스템과 자본주의화된 사회·문화의 폐해를 폭로하기도 하고(『찔레꽃』, 『바리데기』), 국경과 인종을 넘어서서 대안 공동체 혹은 대안 가족(『바리데기』)을 꿈꾸기도 한다. 이러한 양상은 '자연' 그 자체를 대상으로 한 것은 아니지만, 탈북 디아스포라 소설이 인간(제3세계 난민)과 사회·문화적 환경(왜곡된 자본주의 생태)이 관계 맺는 삶의 모습을 근본적으로 문제 삼는 생태문학[14]적 시각을 가지고 있음을 잘 보여준다.

이에 본고는 『리나』, 『바리데기』, 『찔레꽃』, 『큰돈과 콘돔』을 중심으로 다양한 탈북 경로(디아스포라 경로)를 살펴보고 그 과정에 개입되어

11) 신철하, 「『바리데기』, 해석적 모험」, 『한국학연구』 제30집, 한국학연구소, 2009, 207쪽.
12) 문순홍, 『생태학의 담론』, 아르케, 2006, 61쪽.
13) 위의 책, 66쪽.
14) 김욱동, 『생태학적 상상력』, 나무심는사람, 2003, 52~53쪽.

있는 왜곡된 탈북 네트워크와 자본주의 생태를 비판적으로 검토할 것이다. 탈북자가 경험하는 디아스포라 공간을 분절하여 살펴봄으로써 '국경'을 재개념화하는 양상을 찾을 것이며, 탈북 디아스포라의 문화혼종적 양상과 유동적인 타자정체성을 분석할 것이다. 이러한 논의를 통해 탈북 디아스포라의 타자적 정체성을 규명하도록 하겠다.

2. 탈북 과정의 왜곡된 네트워크화와 자본주의적 생태

탈북자의 탈북 경로 1차 관문은 기본적으로 두만강과 압록강에 인접한 국경 지역 모두를 포함하여 '북한을 벗어' 나는 것이다. 탈북 디아스포라 소설에 재현된 탈북 경로는 집단 월경, 납치에 의한 월경, 개인적인 월경으로 나뉠 수 있는데, 대부분 탈북 '브로커'를 끼고서 이루어진다. 탈북자들은 대부분 직접 국경 근처 인민군 수비대를 피해서 넘거나, 탈북 브로커의 주선에 따라 인민군 수비대에게 일정한 '돈'을 지불하고 건너게 된다.

국경을 넘기 위해 죽음의 사투를 벌이는 여인의 탈북 여정기인 『리나』는 탈북 경로와 탈북 브로커가 만들어내는 참상을 잘 보여준다. 『리나』는 '국경' 앞에서 탈출의 여정을 시작하는 16살 리나가 꿈꾸는 탈출 욕망으로부터 시작한다. 그 탈출 욕망은 '회색 빨래가 걸려 있는 탄광촌의 비좁은 집'과 '창녀가 되어 외국물을 먹는 것'의 차이를 분별하지 못할 만큼 강렬하다.

먼저 『리나』에서는 구체적으로 나라명이 언급되진 않았지만[15], 서남쪽 도시를 경유하여 '선교사들'의 도움으로 P국에 갈 수 있는 탈북 경로

15) 소설 속에서 리나의 국적이나 이주국에 대한 정확한 명명은 나오지 않지만, 본고에서는 잠정적으로 리나가 북한 사람이고, P국은 한국이라고 규정하고 논의하려고 한다.

가 제시되어 있다.

"여러분이 지금 있는 곳에서 여덟 시간을 걸으면 이 나라의 남쪽 국경에 도착해요. 하지만 어린 애기들도 있고 배도 고프고, 국경을 넘어서 또 다른 나라로 들어가 P국의 선교사들이 운영하는 교회까지 가려면 여덟 시간이 뭡니까. 길을 잘못 들면 며칠이 걸릴 수도 있어요. 하지만 그곳에 도착만 하면 따뜻한 밥을 먹을 수 있어요. 탈출자들을 돕기 위해 파견 나와 있는 선교사들이 만들어주는 여권을 가지고 안전하게 P국으로 입국할 수 있어요. 물론 비행기로 들어가는 겁니다."(『리나』, 38쪽)

탈북 브로커는 북한을 탈출한 직후 앞으로 펼쳐질 새로운 탈출 경로를 소개한다. 탈북 과정은 단순히 인민군을 매수하여 뇌물을 주고, 국경을 넘는다고 끝나지는 않는다. "최종적으로 가야 하는 P국까지는 직선 경로로는 갈 수 없었고 몇 개의 제3국을 우회해야 했다."(『리나』, 13쪽) 중국이나 러시아로 탈출한 탈북자들은 또다시 한국으로 가기 위해 갖은 고난 속에 캄보디아, 태국, 몽골 등을 경유한 새로운 탈출 경로를 개척해야 한다.[16] 『찔레꽃』에서는 인신매매 조직에 의해 강을 건너게 된 탈북 여성 충심이 중국 조선족 남자에 팔렸다가 탈출하여 중국 내 한국인을 대상으로 하는 유흥업소에 다시 팔렸다가 몽골 초원을 거쳐 한국으로 가는 지옥과도 같은 여정을 거치는 탈북 경로가 제시되어 있다. 진정한 탈북은 경제적으로도, 신체적으로도, 정신적으로도 고통을 감내하며 중국에서 한국으로 넘어오는 고난의 과정인 것이다.

탈북 과정에서 탈북 브로커로 나오는 선교사 및 인신매매 조직은 탈북자들의 탈북 과정을 더욱 어렵게 하는 원인이 된다. 이들은 탈북자에게 탈북을 주선하며 돈을 요구하거나, 자신들의 이득에 따라 탈북자를

16) 김영수, 앞의 글, 15쪽.

협박하고 폭행하면서 중국 조선족 및 여러 유흥업소에 팔아버린다. 그들에게 탈북자가 원하는 생존권 및 정치적, 경제적 자유는 돈으로 환산할 수 있는 경제적 가치 그 이상도 그 이하도 아니다. 『찔레꽃』에서는 탈북한 충심과 미향이 처녀라는 이유로 인신매매 조직에 의해 오만 위안에 조선족 총각에게 팔려가게 된다.[17) 『리나』에서도 리나는 북한으로 추방당하기 전에 공안에 의해 낯선 나라의 화학공업단지로 팔려간다.

탈북 브로커들의 '검은 손'은 탈북 과정이 끝난 다음에도 이어진다.

> 게다가 한국으로 오면서 진 빚이 당장 문제였다. 질 나쁜 브로커들은 잔금을 받겠다며 아예 정착금 통장을 빼앗아가서 깡을 하기도 했다. 게다가 그들이 북으로 송금까지 해주고 있었으니, 가족의 목소리를 듣고 싶으면 무조건 잔금부터 갚아야 했다.(『찔레꽃』, 55쪽)

어렵사리 한국으로 들어왔지만, 탈북 브로커의 횡포는 북한 고향 마을에서부터, 한국 땅까지 긴밀하게 연결되어 있다. 선교사가 브로커 짓을 하고 그 선교사가 보낸 폭력배가 잔금을 받기 위해 집안에 난입하고 폭력을 행사하고 결국 통장을 뺏겨야 끝나는 싸움을 계속할 수밖에 없다. 그들을 통하지 않고서는, 북한에 있는 가족과 연락할 수 없으며 돈을 부칠 수도 없다. 충심이 역시 자신을 조선족 총각에게 팔았던 인신매매범 갑봉을 통해서 어렵사리 어머니와 통화하게 된다. 국가권력시스템과는 다른 이러한 인적 네트워크는 탈북자에게 본국과 이주국을 연결해주는 역할을 하는 네트워크이면서도, 두 이질적인 문화와 국가시스템을

17) "북조선에서 데리고 온 여자 둘 모두 새가이였고 게다가 숫처녀로 보였다. 새가이라면 삼만 위안에 넘기기로 했던 애초의 계획을 갑봉이 일방적으로 틀어버렸다. 남자 손길이 타지 않은 완벽한 숫처녀이기 때문에 적어도 오만 위안은 받아야 한다는 게 갑봉의 주장이었다. 춘구는 손해 볼 것이 없었기에 적당한 임자가 나타나기만을 기다렸다."(『찔레꽃』, 84쪽)

가로지르며 균열을 내고 봉합하는 왜곡된 디지털 네트워크이기도 하다.

『찔레꽃』이 충심이 북한을 벗어나 중국을 거쳐 한국에 도착하는 탈북 경로를 따라 이야기가 전개된다면, 기존 바리데기 무가의 모티프를 변용하여 북한 민중의 탈북 현실을 재현한 『바리데기』는 중국으로 탈북한 바리가 다시 공안을 피해 영국 밀항선을 타고 영국에 정착하는 탈북 경로를 재현하고 있다. 탈북 경로는 다르지만 탈북 과정에서 인신매매 조직이 깊숙이 관여하고 있다는 점에서는 대동소이하다. 그러나 『바리데기』에서는 중국인들이 영국으로 가는 과정에서 밀항 브로커가 인신매매 조직이기 때문에 겪는 고통, 아랍에서 영국으로 이민 온 사람들이 겪는 인종차별 및 생활고 등이 표현됨으로써, 탈북자가 탈북 경로에서 겪는 고통이 제3세계 난민의 고통과 같음을 확인할 수 있다. 이때 탈북자나 밀항하는 사람에게 기생하는 다양한 브로커들(선교사, 인신매매자, 보따리장수 등)은 파렴치한 자본주의의 악인을 상징한다. 탈북 디아스포라의 '국경' 넘기는 왜곡된 자본주의적 가치에 의해 그 진정성이 훼손되고 전유된다.

대부분의 탈북 디아스포라 소설이 이주국의 자본주의 환경에 휩쓸려 고통받는 탈북자의 삶을 그리려고 한다면, 『리나』는 제3세계 난민의 국경 넘기를 중심으로 쓰여진 소설이면서도, 탈북자가 경험하는 왜곡된 자본주의 노동 현장에 대한 고발 소설이기도 하다. 『리나』는 동아시아 자본주의화를 비판적으로 다루기 위해 화공약품공장, 창녀촌 시링과 경제자유구역의 화학공업도시를 제3세계 난민의 성과 노동을 착취하고, 여성성이 왜곡된 채 발현되는 '공간'으로 설정하고 비판한다.

리나가 탈출 경로를 벗어나 처음으로 잡혀간 디아스포라 공간은 '독하고 역겨운 냄새가 진동하는 화공약품제조공장'이었다. 그곳에서 50여 명의 노동자들은 작은 온돌방에 켜켜이 겹쳐 앉아 잠을 잤으며, 죽과 왕소금만 나오는 식사와 반복되는 무자비한 폭행을 견뎌내야만 했다. 열악한 노동 환경과 납치와 강간, 폭행으로부터 비롯된 인권 침해가 이루어지고, 정화시설이나 의료시설이 전무한 무분별한 공장이 가동되는 장면은 개발도상국의 자본주의 논리가 만들어낸 산업화의 폭력성을 여실히 보여준다.

두 번째 이주 공간인 창녀촌 시링은 20세기 초에 철도 공사를 위해 타지로부터 이 지역으로 이주해 왔으나 결국 고향으로 돌아가지 못했던 남자들과 그들을 찾아 이곳에 왔던 여자들, 그 떠돌이들과 그(녀)들의 아이들로 구성된 공간이다. 성－상품으로 착취당하는 하위계층－여성의 역사가 도시와 인근 창녀촌 마을, 포주와 창녀, 손님 사이에서 성을 매개로 이루어지는 자본주의 논리와 긴밀하게 연결되어 있다.

세 번째 이주 공간은 리나가 대륙의 동북쪽으로 추방당하다가, 경찰에 의해 다시 팔려간 '거대한 화학공업도시' 다. 자신이 살던 가난했던 탄광촌과 그리 멀지 않은 곳에 위치한 세계적인 규모의 공업도시를 바라보며 리나는 '묘한 아이러니' 에 빠진다. 리나가 일하는 곳은 화학 가스 저장용 탱크시설을 만드는 플랜트 공단 지대다. 새해가 되면 최대의 화학공장으로 가동되어야 하는 곳이다. 다른 노동 현장과 마찬가지로 저임금과 초과근무, 열악한 복지시설, 특히 환경오염의 위협 속에서 제3세계 난민과 하층민 노동자들은 더욱 가혹한 노동 현실을 경험해야 한다.

『리나』는 이러한 자본주의의 총화라고 할 수 있는 화학공장단지가 폭발하여 잿더미로 변하는 과정을 제시함으로써 약육강식의 자본주의 산업시스템을 비판하고 해체한다.

> 삐는 안개를 뚫고 높이 솟아오르는 거대한 불꽃을 보았다. 흰 얼음산에 화산이 터진 것처럼 불꽃이 하얀 하늘 위로 솟구쳤다가 아래로 떨어져 내렸다. 불꽃은 그 이후로도 몇 차례나 더 터져올랐다. 삐는 불꽃이 타오르는 동안 방독면을 쓴 채 눈물을 흘렸다. 동쪽의 원료 저장 탱크 단지였다. 수시로 원료 가스가 누출되는 사고가 일어나 관리자들을 늘 긴장시켰던 탱크 6번이었다.

(…중략…)

갑자기 지금까지 들렸던 소리들보다 훨씬 큰 폭발음이 들렸다. 둘 다 침대 밑으로 기어들어가서 폭발음이 그칠 때까지 기다렸다. 폭발음이 끝나자마자 공동숙소 건물이 부서지기 시작했다.(『리나』, 278~279쪽)

무리한 공사 일정으로 산업재해가 반복적으로 발생하게 되면서, 끝내 화학공장단지는 거대한 폭발로 산산조각이 나고 만다. 이 산업단지 폭발 장면은 인간 생존권을 무시한 산업사회와 제3세계 시민의 노동력을 착취하는 서유럽 자본의 탐욕을 폭로하는 소설적 저항을 잘 보여준다. 『리나』의 뒷부분은 이러한 산업재해가 몰고 온 거대한 환경 재앙 앞에서 살아남은 리나에 천착하면서, 자본주의의 희생양이며 산업재해로 인한 환경오염의 피해자인 '리나'의 인간으로서의 생존권을 재음미한다.

3. 탈북 환경의 문화혼종성과 국경의 재개념화

탈북 디아스포라 소설은 다양한 인종과 문화를 경험할 수 있는 구체화된 공간인 '자본주의화된 게토'와 상상과 관념을 통해 추상된 '국경'에 대해 공간적 재현을 한다. 전 지구적인 디아스포라 상황에서 디아스포라는 이주국에서 자신의 경제적 상황과 문화적 환경에 따라 초국가적 특성을 내포한 '게토화된 공간'[18]에 머무르게 된다. 탈북자들 또한 '탈북'이라는 존재 상황 때문에 비장소적이고(ungrounded), 탈영토적인 특

18) 게토(ghetto)란 중세 이후 유럽에서 유대인을 강제로 격리시켰던 유대인 거주 지역으로, 그 안에서 그들만의 공동체 활동은 인정하지만, 시민권은 허용하지 않았다. 본고에서는 '게토'를 국가시스템이 미미하게 영향을 미치는 가운데, 긍정적이든 부정적이든 내적으로 작동하는 자본주의 시스템이 내면화되어 있는 집단 거주 공간으로 개념화하려고 한다.

성을 갖고서, 문화혼종성과 초국가성을 내포하고 있는 여러 게토를 경험하게 된다.

『바리데기』에서 바리는 영국으로 이주한 후, 차이나타운에서 전 세계로부터 이주해 온 사람들과 함께 '하나의 공간' 에서 살게 된다.

> 이곳이 이제부터 나의 세계가 되었으니 집 안 사람들을 소개해야겠다. (…중략…) 지하층의 우리 이웃에는 나이지리아에서 온 흑인 부부가 살았다. (…중략…)
>
> 일층 오른쪽에는 중국인 요리사와 필리핀인 청소부가 우리처럼 파트너가 되어 방을 나누어 쓰고 있었으며 일층 왼쪽에는 스리랑카인 가족이 살았는데 부극에서 작은 인도식당을 하고 있었다.
>
> 이층 오른쪽에 폴란드인 가족이 살았고 남편은 계절별로 고향에서 일꾼을 불러다가 팀을 짜서 집수리를 하러 다녔다. 부인은 딸과 함께 상점 점원으로 일했다. 이층 왼쪽에 파키스탄에서 온 압둘 할아버지가 살았는데 내가 입주하자마자 루나 언니가 할아버지에게 데려가서 인사를 시켰기 때문에 유일하게 이름을 외우게 되었다.(『바리데기』, 153쪽)

바리가 사는 곳은 인종적으로는 흑인, 황인종, 백인 등 모든 인종이 모여 있으며, 아메리카 대륙을 제외한 유라시아 대륙의 나라들에서 온 사람들로 구성되어 있다. 불법체류자라는 공통된 정체성이 이들의 문화적 공존을 긍정적으로 발전시키지는 않는다. 빈곤과 실업, 열악한 주거환경, 사회 생활 전반에 걸친 차별과 불균등이 이들이 살고 있는 게토의 특징이다. 이주노동자를 불법체류자로 방치하고 단속하는 영국 당국의 행정 처분 때문에 고통 받는 사람들이 모여 사는 곳일 뿐이다. "루나 언니가 할아버지에게 데려가서 인사를 시켰기 때문에 유일하게 이름을 외우게 되었다."는 바리의 진술에서도 알 수 있듯, 이 공간에서 각각의 난민들은 게토 공간의 문화적 정체성을 공유하고 내적 네트워크를 확장시키지 못한다. 내국인과 외국인, 시민권을 가진 자와 가지지 못한 자, 돈을 가진 자와 가지지 못한 자 등 자본주의 국가의 분절 기준은 이들이 '타자'로 살아갈 수밖에 없는 이유이다. 이렇듯 자본주의 문화 환경과 왜곡된 디아스포라의 타자화된 삶이 이러한 게토의 형상화에 잘 나타나 있다.

또한 『리나』의 창녀촌 시링이나 화학공장단지 역시 자본주의화된 게토 공간이라고 말할 수 있다. 하위주체인 창녀와 노동자가 인권의 보호를 받지 못한 상태에서 집단 거주하며 공존한다. 리나가 보여주는 탈북 경로는 '게토에서 게토로의 이동'이다. 바리가 안마사 일을 했던 대련이나 샤먼에서 네일 살롱의 발마사지사로 일하는 영국 차이나타운으로 이주하는 것이나, 충심이 중국 내 단란주점에서 한국 내 노래방으로 이주하는 것 역시 마찬가지이다. 이들에게 있어서 국경 넘기란 이데올로기적인 결단이나 문화 변동에 대한 확고한 신념으로부터 비롯된 전략적 행동이라기보다는 '생존'을 위해 행하는 '게토에서 게토로의 디아스포라'인 것이다.

이러한 게토에 대한 이해는 국경이나 국경 넘기 자체를 비판적으로 사유하게 만든다. 근본적인 삶의 양태를 분별하여 보여주지 않는 '국경'이란 욕망의 신기루이며, 상상으로 이루어진 경계에 불과하다.

> 통행증이나 여권 혹은 비자가 필요한 국경이 아니었다면, 강을 사이에 둔 두 마을 사람들은 삶과 운명을 함께 나누는 공동체로 살아가고 있을 터였다. 그러나 강은 국경이 되고 말았다. 국경이 되어 운명을 함께 나누던 발걸음을 막고 있는 것이다.(『찔레꽃』, 25쪽)

충심이 보기에 북한과 연변 지역을 가로지르는 강은 누구나 건널 수 있고, 서로 소통할 수 있는 자연물일 뿐이었다. 그러나 '국경'으로 명명되는 순간에 '통행증이나 여권 혹은 비자'가 있어야만 되는 인위적이고 폭력적인 불침범의 공간이 되고 만다. 자연물 위에 그려진 무형의 국경은 '한 개인'을 그 경계 안에 가두고, 시민으로서 혹은 불법체류자로 규정한다. 국경과 상동적 의미를 갖고 있는 '통행증이나 여권 혹은 비자'와 같은 신분증은 국경을 넘는 행위 이상으로 '한 개인'의 정체성을 구체화하고 국민국가의 시민으로 조건화한다.

그렇기 때문에 탈북자들은 국경 넘기만큼이나 '신분증' 갖기를 열망한다. 충심은 신분증이 없기 때문에 중국 내에서의 삶이 고달프다는 것을 깨닫고, 한국으로 들어가기를 바란다. 그녀에게는 '사랑'이라는 것도 삶의 기본적인 향유할 수 있는 현실이 아니라 가진 자의 사치일 뿐이며, 신분증만이 유일한 희망이 된다.[19)]

이러한 국경에 대한 비판적 인식과 함께, 국경 넘기에 지쳐버린 리나는 자신을 둘러싼 억압적 시선과 폭력적인 현실 앞에서 '국경 넘기'를 비판하며 국가의 의미, 자연인으로서의 삶을 재인식한다.

> "정말이지 이렇게 운 없는 사람들이 또 있을까? 우린 여기서 남쪽으로 가야 한다니까. 남쪽으로 가야 날씨도 좋고 우리를 받아주는 나라가 있다니까. 우린 이미 북쪽에서 내려왔거든. 왜 우리더러 다시 위로 올라가라는 거야. 저 북쪽 나라 인간들은 우리만 보면 도망쳐 온 나라로 다시 돌려보내지 못해 안달이란 말이야. 겨우 서남쪽으로 해서 대륙 국경을 넘었는데 다시 대륙으로 들어가라고, 들어가서 어디로 가라고? 서쪽으로, 아님 남쪽으로, 아님 바다로? 이건 말도 안돼. 그리고 난 꼭 P국으로 가고 싶지도 않아. 그냥 아무 데서나 살아도 돼. 왜 우리를 또 추방시키는 거야. 그냥 여기다 놔두면 여기서 돈 벌어 우리가 알아서 남쪽 나라로 갈 거야. 가서 돈 벌어서 비행기 타고 P국으로 가겠다는데 왜 이렇게 우릴 괴롭혀. 정말 나빠."(『리나』, 177~178쪽)

---

19) "사랑이라니? 그런 어마어마한 사치를 꿈꾸진 않았다. 필요한 것은 사랑이 아니라 신분증이었다. 중국 공안에 끌려가지 않을 신분증만 있다면 평생 사랑 없이 살아도 좋았다. 신분증만 있다면 굳이 한국에 갈 필요가 없었다. 그러나 한국에 가야만 합법적으로 신분증을 가질 수 있다는 것을 불행히도 아주 늦게야 알았다."(『찔레꽃』, 154쪽)

이 장면에서 국가시스템과 거기에 맞선 한 개인의 대립 상황을 확인할 수 있다. 불법체류자로 잡힌 리나는 다시 대륙으로 추방당하게 되자, 추방에 맞서 자신의 처지를, 자신의 신념을 정확하게 설명한다. 돈을 벌어 비행기를 타고 P국으로 가는 이주 경로와 다시 떠나온 곳으로 돌아가야 하는 추방 경로는 상반된다. 떠나오는 동안의 고통도 고통이지만 다시 돌아가면서 겪게 될 고통은 견디기 힘든 것이다. 결국 자발적인 국경 넘기든 공권력에 의한 국경 넘기든 리나의 삶을 송두리째 흔들어놓는 일이기 때문에 리나는 자신이 떠나왔던 곳으로 다시 돌아가기를 거부한다. 국경이란 임의적인 정치적 경계일 뿐 리나에게 있어 어느 나라든 돈을 벌기 위한 노동 활동과 하층민의 고달픈 삶은 똑같을 뿐이다. 그래서 자신이 살고자 하는 지역을 떠나라고 하는 정치적 · 폭력적 행위에 대해서 모두 거부반응을 보이게 된다.

그럼에도 불구하고 소설의 마지막 부분에서 리나는 선교사의 도움으로 북방 나라로 탈출하기 위해 국경 넘기를 시도한다. 그 과정에서 리나는 환영과 환상을 경험하며, 이름도 없고 국적도 없이 국경에서 죽는 것을 두려워 한다.[20] 리나의 이러한 이율배반적인 감정은 탈북 디아스포라의 정체성 혼란을 여실히 보여준다. 『리나』는 상상적이면서도 존재론적인 '디아스포라' 라는 행위가 갖고 있는 욕망과 위험성을 이중적으로 고발한다.

20) "리나가 옆에 앉은 새에게 다정하게 물었다. "늘 나는 걱정했어. 이렇게 알몸인 채로 국경에서 죽으면 어쩌나? 이름도 없고 국적도 없는 채로 국경에서 죽으면 이 몸뚱이를 누가 처리하나?" 새는 고개를 까닥거렸지만 그냥 저 혼자 하는 짓일 뿐 리나와는 상관없었다."(『리나』, 346쪽)

4. 탈북 트라우마와 유동적 정체성

2000년대 이후 탈북자들의 구성비를 놓고 볼 때, 탈북 남성이 1이라면 탈북 여성이 9로 훨씬 많다. 또한 이들 여성은 "남성보다 인권 유린, 감금, 폭행, 강제노동, 성폭력, 인신매매, 매춘 등의 처우를 받음으로써 정신적, 신체적 압박감을 받는 경우"[21]가 많다. "소수자로 존재하는 탈북 여성은 다수자 남성과 주권자로부터 복수적 타자의 위치를 강제 당한다. 이들은 정치적 가치를 결여한 난민이면서 사회적으로 소외된 타자이며, 문화적 성적으로 억압받는 소수자"[22]가 된다.

2000년대 한국소설에서 재현되는 탈북 디아스포라 서사는 탈북 여성의 수난사라 말해도 과언이 아니다. 『찔레꽃』에서는 순박한 미래의 꿈을 꾸던 충심이가 중국 조선족 인신매매단에 납치를 당해, 중국과 한국의 유흥업소를 전전하고, 『리나』에서는 이주국에서의 행복한 삶을 꿈꾸는 리나가 국경 넘기에 실패하면서 화공약품 공간, 창녀촌, 자유무역산업단지에서 비참한 노동자의 삶을 경험하게 된다. 이 과정에서 탈북 여성들은 국경 넘기의 두려움, 가족 상실에 대한 슬픔, 강간과 폭력에 대한 두려움, 인신매매와 강제결혼[23]의 공포, 이주국에서의 적응 어려움을 경험하며 '트라우마'에 시달리게 된다. 하위주체인 탈북 여성들은 생존을 위한 극한 상황에서 인권상실을 경험할 뿐만 아니라 성적 문제를 바탕에 깔고 있어, 내면 깊숙이 자리한 트라우마를

---

21) 최현실, 「탈북 여성들의 트라우마와 한국사회 정착지원에 관한 현상학적 연구」, 『여성학연구』 제21권 제1호, 부산대 여성연구소, 2011. 2, 162쪽.

22) 김윤정, 앞의 글, 140쪽.

23) "대부분의 조선 여자들은 고향의 가족을 위해 약간의 돈을 만들고 싶어 두만강을 건넜지만, 흑룡강성의 촌구석에서 보낸 첫날밤에서야 비로소 팔려온 여자라는 것을 뼈에 사무치도록 깨달았다."(『찔레꽃』, 114쪽)

지니게 된다.[24)]

> 제발, 정신이 돌아오기를…… 빌고 있는데 미향이 히죽 웃는다.
> 돌아보면, 지난 일 년은 참으로 길고 아득했다. 충심은 쪼그려 앉아 해바라기를 하고 있는 지금 이순간이 싫었고, 자기 자신이 미웠다. 봄날의 새싹처럼 파릇파릇하게 꾸었던 그 많은 꿈들은 물거품처럼 사라졌고, 꿈이 사라진 가슴은 찬바람이 일어나는 초겨울의 들판으로 변하고 말았다. 누구를 탓할 수도 없었다. 설사 탓할 상대가 명백하게 존재하여 책임을 묻는다 한들 무슨 소용이란 말인가?(『찔레꽃』, 133쪽)

이 장면에서 충심은 자신과 함께 납치와 강간, 인신매매, 강제결혼을 하면서 받은 충격 때문에 미친 미향을 바라보고 있다. 미쳐버린 미향이 안타깝기도 하고, 어디에도 하소연할 수 없는 자신들의 처지가 허망하기도 하다. 재춘과 풋풋한 청춘의 미래를 꿈꾸던 충심은 중국 땅에서 1년 사이에 비참하게 변해버린 자신의 모습을 미향을 통해 응시하며 자포자기에 빠진다. 자신의 몸과 마음이 더렵혀졌다고 생각하기 때문에 고향인 함흥으로도 돌아갈 수 없으며, 그렇다고 강제로 결혼한 조선족 남자와 결혼 생활을 계속할 수도 없다. 미향은 현실의 고통에서 벗어나기 위해, 꿈을 꾸며 미쳐버렸다면, 낙담한 충심도 이와 다르지 않다.

『찔레꽃』은 탈북 여성의 삶의 모습이 탈북 과정에서 자본화된 육체로 전락하는 과정을 재현하고 있다. 탈북 여성 충심은 가족을 잃고, 친구를 잃고, 몸과 이름을 잃는다. 탈북 여성의 존재론적인 위기는 이름이 바뀌는 것에서 상징적으로 드러난다. 나라마다 다르게 불려지는 이름들은 충심의 문화적 · 언어적 정체성을 규정하는 것으로 문화적 혼란과 분열

24) "제3국을 통해 탈북한 여성들의 70~80% 이상은 인신매매를 경험하며, 극도의 수치심과 분노, 고통을 내면화하고, 체념과 우울상태에 빠지는 경우가 많다."(최현실, 앞의 글, 195쪽.)

된 정체성을 의미한다.

> 함흥을 떠난 이래, 한번도 땅에 발을 붙여보질 못했다. 중국을 떠돌 때에는 비법월경자였기에 발을 내려놓지 못했고, 한국에 와서는 물에 섞이지 못하는 기름처럼 떠돌았다. 북조선에 있을 때는 충심이었고, 중국에서는 메이나였다가 별명으로 소소를 얻었고 한국에 와서는 은미로 이름을 바꾸었다. 주민등록증에도 김충심이 아니라 이은미로 올라가 있다. 한국의 통일부나 국정원에서 어차피 진짜 이름을 조회할 순 없는 노릇이었고, 은실의 은과 미향의 미를 따서 은미라고 이름을 내세웠다. 혹시라도 있을 피해로부터 북의 가족을 보호하고 싶었다.(『찔레꽃』, 200쪽)

결국 이주국인 한국에 입국했고 시민으로서의 법률적 지위를 보장받는다 하더라도, 탈북자에게 주어지는 편견의 시선[25]은 탈북자를 여전히 위험스러운 생의 현장으로 소환해낸다. 충심은 탈북 과정에서 충심 → 메이나 → 소소 → 은미로 바뀌어간다. '비법월경자', '무적자' 라는 신분의 한계는 충심의 고유한 이름을 폐기처분하고, 임의적이고 위선적인 이름으로 바꾸어 놓았다. 청순한 여학생에서 조선족 남자의 아내로 술집 작부에서 노래방 도우미로 이어지는 충심의 삶은 주변 환경에 따라 급격하게 변화하고 있어 어떤 단일한 정체성으로 구체화하기 어렵다. 탈북 여성의 디아스포라 삶이 내포한 비극성은 디아스포라의 궤적을 따라, 제3세계에서 이주국의 중심부까지 가로지르며, 공명하고 있다. 충심이 그나마 자신의 진정성을 회복하는 계기는 소설의 마지막 장면에서

25) 탈북자 교육시설 하나원을 나오자마자 깨달은 것은 탈북자는 이방인에 불과하다는 사실이었다. 같은 민족이었지만 외국인 노동자보다도 차별이 더 심했다. 조금이라도 번듯해 보이는 회사에 가서 면접을 보면, 탈북자라는 사실에 모두들 고개를 저었다. 심지어 식당에서도 탈북자라면 고개를 외로 꼬았다. 공장에 가서 재봉틀을 돌리거나 다른 일을 하고 싶었지만 먼저 지나간 탈북자들의 행세가 나쁘다는 소문 때문에 그것도 여의치 않았다.(『찔레꽃』, 49쪽)

인신매매단을 통한 탈북 네트워크를 통해 함흥에 있는 어머니와의 전화 통화이다. '가족'은 (전)근대적인 낡은 개념이지만, 탈북 디아스포라에게 있어서는 국경과 국가를 넘어선 절대선의 영역으로 자리 잡고 있다.

충심은 탈북 디아스포라 과정에서 여러 이름을 소유했지만, 그렇다고 해서 그 이름들이 반영하는 각각의 문화정체성을 내면화하진 못하고, 늘 열등하고 소외된 타자로 분절될 뿐이다. 그러나 바리는 자신의 이름을 고수하는 가운데 디아스포라를 하고 있다. 『바리데기』의 탈북 과정은 가족이 해체되어 가는 과정이면서 다른 한편으로는 제3세계 시민들과의 연대를 통해 '새로운 가족을 재구성'하는 과정이기도 하다. 청진에서 태어나 아버지의 승진으로 무산에 살게 된 바리는 넉넉한 살림에 행복한 시기를 보낸다. 그러나 외삼촌의 남한 입국이 불러온 연좌제는 바리네 열 식구의 생이별과 죽음에 이르는 원인이 된다. 무산에서 숭선으로 아버지를 찾아 무산으로 재월경했다가 큰 산불로 다시 숭선으로 이어지는 월경과 재월경의 반복 속에서, 바리는 할머니와 여동생, 아버지, 칠성이(개) 등 자신의 영혼이며 삶이었던 가족을 잃게 된다. 중국에서 화룡을 거쳐 연길로 대련과 샤먼을 떠돌며 '가정부'와 '안마사' 일을 하는 바리는 하층민의 노동과 자본의 가치로 환원된 삶 그 자체이다. 중국 밀항선을 타고 영국의 차이나타운에 도착한 바리는 네일싸롱에서 발마사지사로 일하게 되고, 파키스탄 이민자인 '알리'와 결혼하면서, 제3세계 난민으로 구성된 새로운 '가족'을 얻게 된다. 이러한 일련의 과정은 '세계사적 격랑의 한가운데 선 약소국 시민의 생존방식'을 보여준다.

『바리데기』는 한국적 전통의 가족 구하기 서사를 전유하여 제3세계 난민을 구원하는 서사로 바꾸어 놓는다. 한국식 넋풀이는 다문화적 인종 갈등과 자본주의 사회의 차별을 극복하는 서사적 전략을 담고 있다. 『바리데기』는 두 가지 디아스포라로 전개되는데, 하나는 현실에서 일어나는 탈북 디아스포라 과정으로 북한에 살던 바리가 영국 런던 차이나

타운의 알리와 결혼하는 과정이고, 다른 하나는 꿈 혹은 몽환 속에서 가족을 구하기 위해 지옥을 여행하는 디아스포라이다.

> 품안에 손을 넣어 넋살이 꽃을 꺼낸다. 그러고는 허공을 향하여 힘껏 던진다. 꽃송이가 위로 오르더니 바람을 타고 천천히 맴돈다. 꽃이 펑하고 가볍게 터지면서 수만 개의 꽃잎이 흩어져 눈송이처럼 흩날리다가 밝고 흰 빛으로 변한다. 나는 저절로 입에서 나오는 대로 노래한다.
>
> 넋이야 넋이로다 / 서천의 하늘 땅끝
> 무간 팔만사천 지옥 / 해꾸지하고 해꾸지 당한
> 서로서로 묶인 넋들 / 오넋 이넋 삼넋 들어
> 살아나고 살아나라 / 아홉 겹 하늘 위로
> 하얀 새 날아가듯 / 풀려나고 풀려나라
> 훨훨 훠이훠이 / 훨훨 훠이훠이(『바리데기』, 277쪽)

위의 노래는 서천의 끝, 팔만사천 지옥에서 죽은 영혼들을 구원하면서 부르는 노래이다. 바리는 딸인 홀리야 순이를 묻고 "길고 연속된 꿈을 꾸고나서 다시 토막토막 끊어진 꿈들을 꾸었는데 그것들을 연결하며 줄거리"를 만드는데, 줄거리의 내용은 무속 신화 『바리데기』처럼 생명수를 얻기 위한 '지옥 여행'이다. 지옥에 있는 영혼들에게 노래를 불러줌으로써 그 넋을 위로하고, 배를 타고 다시 이승으로 돌아오면서, 구천을 떠도는 귀신과 영혼들에게 '해답'을 제공한다. "고향에서 우리 가족을 산산히 흩어놓았던 관리들도 타고 있고, 따렌의 돈놀이꾼들, 밀항선의 뱀단 사내들, 포주 아줌마, 그리고 샹" 등이 타고 있는 배를 바라보며 바리는 자신의 마음속에 스며들어와 있는 딸의 목소리를 받아들이고, 그들의 구원을 위해 '미워하는 감정'을 거두어들인다.

바리의 지옥 여행은 생명수를 얻기 위한 것이었지만, 생명수는 바리 자신이었다. 압둘 할아버지는 타인과 사람에 대한 희망을 버리지 말고,

스스로를 구원하기 위해 남을 위해 눈물을 흘려야 한다고 말한다. 우리나라 고전 무가의 가르침과 압둘 할아버지가 전하는 아랍 세계의 지혜가 일맥상통하면서, 고통스러운 현재를 살아가는 '지혜'가 소설의 의미로 제시된다.[26] 마지막 장면에서 알리가 돌아오고, 바리는 다시 아이를 갖게 된다. 그러나 런던에 폭탄 테러가 발생하면서 이방인인 바리가 불안해하면서 소설은 끝을 맺고 있다. 바리는 두 디아스포라를 경험하며 민족적 정체성을 버리고 세계 시민의 성숙한 의식을 소유하게 되면서, 자신의 신체 위에 새겨진 자본주의적 상처를 극복하고, 자신의 유동적 정체성을 효과적으로 드러내고 있다.[27]

5. 결론

이상에서 탈북자를 소재로 한 2000년대 소설을 분석하며, 탈경계 문화 경험을 형상화하는 트랜스내셔널 문학으로서의 가능성과 제3세계 난민이 경험하는 자본주의적 생태의 비극성을 살펴보았다.

『리나』, 『바리데기』, 『찔레꽃』은 타자로서의 탈북자를 어떻게 이해할 수 있는지를 고민하게 만들고, 그들을 자본주의적 환경 속에서 하나의

26) "'바리데기'는 오늘의 새로운 현상인 '이동'을 주제로 삼고 있습니다. 다시 되풀이되는 전쟁과 갈등의 새 세기에 문화와 종교와 민족과 빈부 차이의 이데올로기를 넘어선 어떤 다원적 조화의 가능성을 엿보고 싶었습니다."(황석영, 「작가인터뷰-분쟁과 대립을 넘어 21세기의 생명수를 찾아서」, 『바리데기』, 2007, 창비, 295쪽.)

27) 세계화 시대, 다양한 문화와 종족들과의 접촉을 경험하는 이민자들은 고정된 정체성의 벽을 넘어서 그 경계선 자체를 가변화시키거나 교착 내지 중첩시킴으로써 정체성에 붙박여 영토화된 사고와 행동을 탈영토화한다. 어떤 면에서 이는 새로운 정체성, 하지만 지속적으로 가변화되기에 고정시키지 않는 유목적(nomadic) 정체성을 형성한다.(임채완, 「세계화 시대 '디아스포라 현상' 접근: 초국가네트워크 사례를 중심으로」, 『한국동북아논총』 제49집, 한국동북아학회, 2008, 474쪽.)

존재자로서 인식(배려)하고 재규정하는 문학적 상상력[28]을 잘 보여주고 있다. 이 소설들이 탈북자를 사회빈곤층이면서 열등한 타자로 재현하는 타자담론화의 양상을 드러내고 있으며 여전히 민족적 시혜의식이나 동족의식이 서술자의 목소리 이면에 전제되어 있다는 점은 아쉽다.

그러나 탈북 디아스포라 소설은 제3세계 난민이 경험하는 왜곡된 '삶의 조건'을 재현하며, '국경'과 '국가'의 경계를 해체하고 재개념화하며 타자들의 유동적 정체성을 드러내 보여준다는 점에서 트랜스내셔널 문학의 탈국가성을 확보하고 있다는 점에서 큰 의의가 있다. 즉 소설 속에 재현된 탈북 디아스포라의 삶은 문화적 혼종과 언어적 혼종을 넘어서서 보편문학이 내포한 권위와 상상력에 균열을 내며, 제3세계 소수자 문학의 가능성을 보여준다.

또한 이 소설들은 자본주의적 생태의 문제점을 비판적으로 재현하고 게토화된 공간이 갖고 있는 왜곡된 문화혼종성과 제3세계 난민의 열악한 삶을 드러낸다는 점에서 문명비판적이다. 이것은 소재적 차원에서 이루어지는 생태문학이라기보다는 신자유주의 시대의 인간의 삶과 사회문화적 조건을 생태문학적 상상력으로 바라보는 문제적 시각을 잘 담고 있다.

북한의 정치적 환경이 급변하지 않는 이상, 북한 주민의 탈북 현상은 동아시아 전역에 걸쳐 지속적으로 전개될 것이며 '제3세계 난민'으로서의 정체성과 문화혼종성의 문제는 심화 확대될 것으로 보인다. 이에 한국인만이 바라보는 탈북자 재현 양상뿐만이 아니라, 러시아와 중국, 동남아시아와 중앙아시아 등 여러 국가에서 인식하는 탈북자의 삶과 문화적 양식에 대한 전반적인 연구가 공동으로 진행되어야 할 것이다.

28) 가야트리 차크라보르티 스피박, 문학이론연구회 옮김, 『경계선 넘기－새로운 문학 연구의 모색』, 인간사랑, 2008, 18쪽.

■ 참고문헌

1. 기본서

강영숙, 『리나』, 랜덤하우스코리아, 2006.

황석영, 『바리데기』, 창비, 2007.

정도상, 『찔레꽃』, 창비, 2008.

2. 논문 및 연구서

「국내 입국 탈북자 2만 명 돌파」, 『연합뉴스』, 2010. 11. 15.

고인환, 「코리아 디아스포라 문학의 한 양상-정철훈의 『인간의 악보』를 중심으로」, 『비평문학』, 한국비평문학회, 2010.

김성곤, 『하이브리드시대의 문학』, 서울대 출판부, 2009.

김영수, 「탈북자 문제의 발생 원인과 현황」, 한국방송학회, 2003.

김욱동, 『생태학적 상상력』, 나무심는사람, 2003.

김윤정, 「디아스포라 여성의 타자적 정체성 연구」, 『세계한국어문학』 제3집, 세계한국어문학회, 2010.

문순홍, 『생태학의 담론』, 아르케, 2006.

박선주, 「트랜스내셔널 문학-(국민)문학의 보편문법에 대한 문제제기」, 『안과밖:영미문학연구』, 영미문학연구회, 2010.

소영현, 「마이너리티, 디아스포라 - 국경을 넘는 여성들」, 『여성문학연구』 22, 한국여성문학학회, 2009.

신철하, 「『바리데기』, 해석적 모험」, 『한국학연구』 제30집, 한국학연구소, 2009.

이용일, 「'트랜스내셔널 전환' 과 새로운 역사적 이민연구」, 『서양사론』 제103호, 한국서양사학회, 2009.

임채완, 「세계화 시대 '디아스포라 현상' 접근: 초국가네트워크 사례를 중심으로」, 『한국동북아논총』 제49집, 한국동북아학회, 2008.

최현실, 「탈북 여성들의 트라우마와 한국사회 정착지원에 관한 현상학적 연구」, 『여성학연구』 제21권 제1호, 부산대 여성연구소, 2011. 2.

가야트리 차크라보르티 스피박, 『경계선넘기 - 새로운 문학연구의 모색』, 인간사랑, 2008.

Jana Evans Braziel, Diaspora : *An Introduction*, Blackwell Publishing, 2008.

Myria Georgiou, *Diaspora, Identity, and the Media*, Hampton Press, Inc, 2006.

탈북자 소설에 드러난 한국 자본주의의 문제점 연구

박덕규 소설을 중심으로

이 성 희

1. 들어가며

남북한의 통일은 크게 두 가지로 나누어 생각해 볼 수 있는데, 하나는 땅의 통일이고 다른 하나는 사람의 통일이다. 일반적으로 땅의 통일은 통상적이고 거시적인 통일의 최종 모습으로 여겨진다. 그러나 우리가 더 세심하게 고려해야 할 통일의 모습은 사람의 통일이라 생각한다. 사람의 통일이란 60여 년의 분단 기간을 통하여 극단적으로 이질화 과정을 겪어 왔던 남북한 사람들이 함께 어울려 건강한 생활 공동체를 만들어 가게 되는 통일을 말한다.

이제 우리는 분단체제의 관성에서 벗어나 새롭게 변화된 국내외 상황을 진정한 민족적 화해와 통합을 위한 긍정적 요소로 적극 활용하는 통일지향적인 자세가 요구된다. 이러한 문제의식에 입각하여 통일시대를 맞이하기 위해서는 무엇보다 남북한의 이질성을 확인하고 인식하는 절차가 선결되어야 할 것이다. 남북한 양 체제의 이질성을 가장 극적으로 보여주는 요소가 '자본'에 대한 문제라고 할 때, 그 양극을 모두 체험한 사람은 탈북자라 할 수 있을 것이다.

따라서 본고는 자본주의와 분단문학, 더 나아가 통일문학을 지향하기 위해 한국적 자본주의의 그늘을 파헤치는 것, 그리고 우리 민족이 처한 현실을 집약적으로 보여주는 것, 또한 그것이 전에 없는 눈을 제공하기 위해 등장한 존재가 대표적으로 탈북자[1]임에 주목했다. 왜냐하면 탈북자야말로 한국인이면서 그 자본주의적 삶을 극적으로 경험한 인물이기 때문이다.

그동안 탈북자의 삶은 다룬 소설은, 1990년대 최윤을 시작으로 탈북자의 증가가 본격화되는 2000년대 김정현, 김영하, 김원일, 정도상 등에 이르기까지 양적 · 질적 성장을 거듭해 왔다. 주목할 것은, 과거 '1세대 분단소설'이 6 · 25, 현대사 등의 역사적 상처와 '이념'에 초점을 맞추었다면 '2세대 분단소설'[2]은 현재 진행형인 탈북자들의 아픔과 '인간'

---

1) 북한을 탈출하여 남한으로 온 사람에 대해 과거에는 '귀순용사', '귀순자' 등으로 불렀으나 1990년도 중반 이후 일반적으로 '탈북자'라고 부르고 있으며, 1997년 북한 이탈 주민의 보호 및 정착지원에 관한 법률 제정 이후 법률적 용어는 '북한 이탈 주민'이라고 부르고 있고, 일부 탈북자들은 '자유이주민'으로 불러 줄 것을 요구하기도 한다. 탈북자라는 용어가 어감이 부정적으로 인식될 수 있으므로 다른 용어로 바꾸어야 한다는 의견이 분분하다. 그리하여 2005년 1월 9일 대한민국 통일부는 한국 거주 탈북자를 순화용어로 새터민으로 바꾼다고 발표했다. 그렇지만 아직 통일된 용어는 없다. 본 논문에서는 가치중립적인 용어이고, 문학적 함의가 있다고 판단되는 '탈북자'란 용어를 사용하였다. 조용관 · 김병로, 『북한 한 걸음 다가서기』, 예술전도단, 2002, 109쪽.

2) 여기서 말하는 '2세대 분단소설'이란 소설 속에 등장한 탈북자가 본격적으로 주인공으로 자리 잡기 시작한 시기를 의미한다. 작품으로는 최윤의 「아버지 감시」(1992), 김정현의 『길 없는 사람들』(2003), 전성태의 「강을 건너는 사람들」(2005), 강영숙의 『리나』(2006), 김영하의 『빛의 제국』(2006), 김원일의 「카타콤」(2006), 정도상의 「함흥 · 2001 · 안개」(2006), 「소소, 눈사람이 되다」(2006), 문순태의 「울타리」(2006), 황석영의 『바리데기』(2007) 등이 있다. 물론 소설뿐만 아니라 뮤지컬과 영화에도 탈북자를 주인공으로 한 작품이 있지만 본고에서는 탈북소설만 언급하기로 한다. 탈북문학에 대

에 초점을 맞추고 있다. 따라서 탈북자 소설은 이데올로기의 해체가 이어지는 현 시점에서, 이념과 일상이 길항하는 지점을 통과하는 의미 있는 작업이 될 것이다.

이러한 점을 염두에 둘 때, 본고는 박덕규[3]에 주목하고자 한다. 박덕규는 자본주의 사회의 물신성 아래에서 신음하는 문화생산의 메커니즘과 문화생산자들의 일상을 소설의 주된 소재로 삼으면서 주인공에 함몰되지 않고, 경원시하지 않고, 엄정한 눈을 가지고 주인공의 삶의 추이를 관찰[4]한다는 평가를 받는 소설가다. 또한 그의 소설은 본고가 문제 삼고자 하는 탈북자들의 남한 사회 적응과 한국 자본주의[5]의 속물성에 관심을 집중하고 있기 때문이다.

박덕규의 소설에서 탈북자의 남한 삶을 다룬 작품들은 몇 가지 특징적인 문제점을 보이는데, 그것은 그들의 문제점이기도 하지만, 그들이 체험한 한국 자본주의 전체의 문제점이기도 한 것이다. 나아가 우리 사회가 통일 역량을 얼마나 갖추고 있는가를 비판적으로 성찰해 볼 수 있

한 이론적 작업은 아직 체계적으로 이루어지지 않아 미흡한 실정이고, 탈북문학에 대한 학위논문이나 학술논문도 찾기 힘든 실정이다. 김태훈, 「'탈북자 문학' 한국소설의 새 영역으로」, 조선일보DB, 2008. 11. 30; 김소라, 「남한의 북한인권 담론연구」, 북한대학원대학교 석사학위논문, 2008, 98~109쪽.

3) 박덕규(1958~). 1980년 『시운동』 동인지 창간호에 「낙하산」 등의 시를 발표해 시인으로 등단, 1982년 『중앙일보』 신춘문예와 『한국문학』 신인상에 문학평론이 당선해 비평 활동을 시작했다. 또한 1994년 『상상』에 소설 「날아라 지섭!」을 발표하면서 소설가로도 활동하는 등, 다양한 영역에서 재능을 보여주고 있다. 박덕규의 소설은 경쾌하고 날렵한 풍자의 서술이 특징이다. 그의 작품은 소비 산업시대의 문화 현상에 대한 예리한 진단을 동반하면서 강렬한 시사성을 전달하며, 그는 현대의 부조리하고 혼탁한 문화의 생산 · 소비 현장을 비판적으로 다루려는 작가 중의 한 명으로 평가되고 있다. 가람기획 편집부 엮음, 『한국현대문학 작은 사전』, 가람기획, 2000, 211쪽.

4) 하응백, 「한 문화주의자의 글쓰기」, 『낮은 목소리의 비평』, 문학과지성사, 1999, 65쪽.

5) 기존에 북한민이었던 탈북자의 입장에서 살펴보면 '남한 자본주의'라는 용어가 적당하겠지만, 통일문학을 지향하는 입장에서 본고는 용어의 통일로 한국 자본주의로 명명하고자 한다. 이때 자본주의라는 말은 일반적인 자본주의의 성격을 함의하고 있다.

는 계기가 될 수 있을 것이다.

연구 방법으로 문화인류학적 방법[6]을 부분적으로 수용할 것이다. 원래 문화인류학적 방법은 다른 문화권에 들어가 시행하는 연구를 할 때 사용하는 방법이다. 탈북자들은 완전히 이질적인 사회인 북한에서 태어나 자라나고 적응하였던 사람들이므로 그들이 남한 사회에 적응하면서 겪는 현상을 총체적으로 연구하는 데 적합한 방법이라 판단되었기 때문이다.

따라서 본고가 사람의 통일을 위한 작은 시작이라 믿으면서, 박덕규의 탈북자를 주인공으로 한 소설을 대상으로, 그들이 자본주의 체제에 노출되면서 겪는 이질감이라는 심리적 적응의 측면과 그들이 체감한 한국 자본주의의 문제점을 사회적 적응의 측면으로 나누어 살펴봄으로써 통일문학을 지향하는 새로운 분단문학의 방향성을 살펴보고자 한다.

2. 자본주의 체제의 노출과 삶의 이질성 내면화

2008년 현재 탈북자의 월남은 매우 빈번하고 대규모[7]로 감행되고 있다. 북한은 1990년대 초부터 구소련과 동구권 여러 사회주의 국가들이 급격히 몰락하면서 사회주의 우호경제의 붕괴, 북한의 중공업 위주 계

---

6) 본고는 문화인류학자인 로저 키징의 『현대문화인류학』의 도움을 받고자 한다. 이 책은 현대사회에서의 인간의 문제를 다각도로 점검하는 시도들을 인류학적 측면에서 전개함으로써 미래지향적인 인간 생존의 문제를 제시한 '관점으로서의 인류학' 이라는 평가를 받고 있는바, 탈북자의 자본주의 사회에서의 생존 문제를 설명하기에 적절하다고 판단한다. 로저 키징, 전경수 역, 『현대문화인류학』, 현음사, 1985. 한국문화인류학회에서 출간한 개론서인 『처음 만나는 문화인류학』도 참고하고자 한다.

7) 2008년 현재 1만 3천 명을 넘어선 것으로 집계되고 있다. 최순호, 『탈북자 그들의 이야기』, 시공사, 2008.

획경제 생산성 저하, 북한 농업체제의 비효율성과 연속된 천재지변에 의한 농산물 생산량 감소 등의 다양한 원인이 동시다발적으로 발생하여 심각한 수준의 경제난과 식량위기가 도래하였다. 또한 미국과 일본을 주축으로 하는 서방 세계는 북한의 핵무기와 장거리 미사일 개발 포기와 관련하여 6자 회담을 통해 정상적인 절차에 의한 외교적 해결 노력을 기울였다. 그러나 얻어진 결과가 지지부진한 것에 대한 대책으로 북한에 보다 강력한 제재 조치와 전방위 압력을 행사하기 위해 '대북 경제 봉쇄'와 '북한 인권 문제 제기' 등 외교적 고립에 적극적으로 개입[8]하기 시작하였다. 여기에 북한 정권의 사회적 통제력 상실과 심리적 이완 심화가 더해지면서 탈북은 더욱 가속화되기 시작한 것이다.

이렇듯 탈북은 어느 하나의 특정한 원인 때문이 아니라, 매우 복잡하고 다양한 원인이 있다고 볼 수 있다. 이러한 상황 속에서 이들이 한국행을 택하게 되는 대표적 이유는 자유로운 생활과 안정된 신분보장에의 희구, 그리고 같은 민족으로서 동질성과 동포애[9] 등이다. 그러나 탈북자가 자본주의라는 낯선 사회적 · 경제적 환경에서 적응하는 것은 쉽지 않은 일일 것이다.

사회적 통제와 순응의 압력이라는 측면에서 로저 키징은 모든 생활방식, 모든 사회체계는 내적인 모순과 스트레스를 부과한다고 한다. 집합

8) 박은주, 「최근 탈북자 국내 · 외 망명 동향과 정책적 대안」, 서강대 공공정책대학원, 2007, 12~28쪽 · 80~81쪽. 허지연, 「탈북자의 탈북요인과 중국 · 한국 이동경로에 관한 연구: 이상적 정착지와 행위 변화를 중심으로」, 고려대 대학원 석사학위논문, 2003, 43~48쪽. 미국은 탈북자 신병처리 문제와 북한 인권 문제 등에 대한 직접 개입이 핵 및 장거리 미사일 개발 문제로 동북아 정세를 복잡하게 만드는 북한에 대해 전방위 압력을 행사할 수 있는 효과적인 수단이 될 수 있다고 판단하고, 김정일 정권이 부도덕하고, 반인륜적인 독재 정권이라는 것을 전 세계에 널리 알려 국제적인 공조와 공감대를 형성하여 향후 북한과의 대립 상황에 처할 경우 보복과 응징에 대한 명분과 정당성을 축적하는 데 도움이 될 것이라는 판단을 한 것으로 여겨진다.

9) 위의 책, 47~50쪽.

적 행동을 위해서는 반드시 협동해야 할 사람들이 자원, 신분, 계승 등에 대해 서로 경쟁하는 입장[10]에 있기에 보이지 않는 이질성을 불가피하게 내면화해야 한다는 의미다. 하물며 공산주의 체제에서 자본주의 체제로의 급격한 변화를 겪게 되는 사람이 있다면, 이는 더한 내적 갈등의 상황에 놓이게 될 것이다.

한국에서 캐나다에 가는 것은 이미 서양 문화의 영향을 받았기 때문에, 북한에서 남한으로 오는 충격보다 덜할 것이다. 또한 그들이 난민이 아닌 이산민이기에 연민을 가지고 있음에도 불구하고 실상 남한 사람들이 북한 사람들에 갖는 감정은 이질감과 두려움 또한 공존한다. 왜냐하면 탈북자는 어떤 의미에서는 체제에의 배신을 감행한 인물이기 때문에, '우리 안의 타자'라는 인식이 부지불식간에 내면화되는 것이다.

자의식은 스스로에 대한 객관적 거리를 바탕으로 형성된다. 스스로를 타자(他者)화하는 아픔, 즉 타자를 통한 스스로의 위상 정립과 맞물려 있는 절체절명의 과제[11] 속에서 형성될 것이다. 자본주의 사회에서 탈북자의 자의식도 마찬가지다. 판단의 이중 잣대로 말미암아 우리의 일상생활 속 감정적 분단이 발생하는 것과 마찬가지로, 박덕규 소설 속 탈북자들은 남한인의 불안한 시선과 생활 변화의 적응이라는 이중의 무게로 한국 자본주의에 심정적으로 안착하지 못한다. 본고는 이 장에서 박덕규 소설에서 탈북자들이 느끼는 한국 자본주의 삶의 이질감[12]을 심리적 적응의 측면에서 3가지로 요약해 보았다.

우선, 경제적 불균형에서 오는 심리적 불평등을 들 수 있다. 자본주의

10) 로저 키징, 앞의 책, 410쪽.

11) 고인환, 「남북문학의 이질성과 문학 교류의 방향」, 『공감과 곤혹 사이』, 실천문학사, 2007, 58쪽.

12) 본고의 주제가 한국 자본주의를 경험한 탈북자를 대상으로 한다. 따라서 해외 망명에 대한 입장은 논외로 한다.

사회의 사회계급에 따른 분화는 '만인은 법 앞에 평등하다'는 이념을 전제하면서, 재산이나 소득 또는 직업 등 경제적인 영역에서 나타나는 개인 간의 차이를 기초로 성립하는 불평등체제[13]다. 박덕규는 남한인이 탈북자를 대하는 태도가 '차이'의 인정보다 '차별'적 시선에 가까움을 지적한다. 「노루 사냥」의 주인공 박당삼은 청진에 있는 호텔 주방장으로 일하다 1994년 남한으로 귀순한 탈북자다. 현행 법률에서는 탈북자의 북한에서의 학력, 경력, 자격증을 인정한다고 하지만 실질적으로 인정되는 경우는 드물고 그로 인해 자신의 인적 자원을 적재적소에서 활용하지 못하는 경우가 많다.[14] 박당삼 또한 북한에서는 호텔 요리사였지만 남한에서는 큰 분식집 정도로 취급받던 차에, 요리학원의 홍보라는 '나'의 상업적 목적으로 케이블 텔레비전 프로그램에 요리 공개 특강에 나선다. 이 요리 특강에서 돌발적으로 벌어진 사건이 「노루 사냥」에서 보이는 남북한 현실의 집약된 불균형을 보여준다.

박당삼은 요리 내내 함경도 사투리를 지우기 위해 의도적으로 서울말씨를 쓰는데, 그때마다 방청석에서는 킥킥거린다. 또한 남한식 유머에 적응하지 못하고 겁먹은 눈을 굴리는 그에게 '나'의 남편은 '인민군 패잔병' 같다고 한다. 요리 프로의 사회자 또한 박당삼이 명태 간에 붙어 있는 기름인 간유를 소개하면서 북한에서는 고위층에서나 먹는 고급재료라는 말에 사회자를 비롯한 방청객은 모두 의아한 반응을 보인다. 「노루 사냥」은 북한 탈출에는 성공하지만 '패잔병'의 신분밖에 주어지지 않는 '노루 박당삼'을 향한 남한 사회의 '우월식 사냥'을 보여준다.

또한 「청둥오리」에서 이 같은 의식은 보다 극명하게 나타나는데, 라

13) 한국문화인류학회, 「차이와 불평등」, 『처음 만나는 문화인류학』, 일조각, 2003, 188쪽.
14) 정원전, 「탈북자 정책 지원 활성화 방안연구」, 원광대 대학원 석사학위논문, 2006, 95~97쪽.

디오 프로듀서 최성규와 탈북자 김봉혁이 청둥오리 집에서 점심식사를 하는데, 최성규의 위압적이고 빈정거리는 태도에서 사건은 촉발된다.

> "야 이 새끼야, 여기가 니네집 안방인 줄 알아?" (…중략…)
> "내가 니네 종이네? 아까부터 와 이래라저래라 반말이가?"
> "이 새끼 좀 봐. 먹여 살려 줬더니 행패를 부려?"
> "이런 제국주의 쓰레기 같은 종간나새끼래 누구 누굴 멕여 줬다고 기래?"
> "뭐? 이 거지발싸개 같은 게 어디서!"[15](「청둥오리」, 73쪽)

탈북을 계기로 만난 남북의 사람들 사이에 빚어지는 모순을 풍자적으로 그린 이 소설에서 두 사람은 알 수 없는 대립의 감정으로 서로 주먹다짐을 하기에 이른다. 최성규는 '니네집 안방', '거지발싸개' 라는 말로 김봉혁을 거침없이 몰아붙이고, 탈북자 김봉혁 또한 '제국주의 쓰레기' 라고 최성규는 맞받아친다. 김봉혁은 북한에서 자본가와 자본가 계급, 제국주의 등을 증오의 대상으로 설정하고 그에 대한 강렬한 복수심과 적개심을 갖도록 내면화한 것을 여과 없이 드러낸 것이다. 이는 최성규의 발언 즉, 남한의 경제적인 우월함 과시에 대한 즉각적 반응이기 때문에 이들의 정직한 발언은 탈북자를 대하는 우리의 부정적 자세를 가늠해 볼 수 있는 것과 더불어 그들의 경제력에 억눌린 심리를 대변하는 것이라 할 수 있다.

탈북자를 민족이라는 이름 아래 생활은 하지만, 한수 아래라는 차별적 시각이 공존한다는 것이다. 두 사람의 다툼으로 엎질러진 오리탕에서 청둥오리가 솟아오른다는 다소 환상적인 결말처리는 피 흘리며 위태롭고도 위험한 비행을 하는 청둥오리를 통해 가진 자의 횡포에 익숙한

15) 박덕규, 「청둥오리」, 『고양이 살리기』, 청동거울, 2004. 이하 인용문 끝에 소설 제목과 쪽수를 밝히기로 한다.

남한의 자본주의적인 발상이 탈북자에게도 그대로 적용되고 있는 현 실태의 불균형을 상징한다고 볼 수 있다.

「노루 사냥」과 「청둥오리」는 함께 먹으면서 친분을 쌓는 우리의 보편적 의식과 문화에서 소재를 채택하지만, 아이러니하게도 음식을 앞에 둔 남북한 사람의 감정적 거리를 적나라하게 드러낸다. 이것은 곧 경제적인 불균형을 감정적으로 극복하지 못하는 우리의 태도를 비판하고 있는 것이다.

둘째, 중간자의 입장에서 느끼는 이중의 정체성이다. 내가 누구인지를 구성하는 토대는 개인적 자아 형성에서부터 한 사회의 구성원으로서 획득해 나가는 사회적 역할까지 다양한 특질[16]로 이루어져 있다. 따라서 모든 사람들은 자신이 속한 집단과 상황에 따라 여러 가지 다른 정체성을 동시에 갖게 된다. '삼팔선'은 절대 넘기면 안 되는 자본주의 사회에서 그들은 '이등시민'이라는 딱지를 떼기 위해 전면적인 자기 쇄신을 좌우명으로 삼고 있다. 그리고 이 과정에서 충돌하고, 경합하며 긴장을 만들어 내고 있는 다양한 정체성들과 협상하고 타협하는 일상의 전략들을 갖게 된다. 이러한 감정의 교류는 결국 그들에게 자신들이 중간자임을 인정하는 절차인 것이다.

「함께 있어도 외로움에 떠는 당신들」은 북한에서 정치보위부에 근무하면서 탈북자를 잡는 일을 하던 염정실이 스스로 탈북자의 경로로 탈출에 성공하여 그녀의 수기를 책으로 완성하는 과정에서 그녀의 후견인격인 특수기관 수사관과 출판사 사장 그리고 무명작가가 단합을 다질 겸 한 노래방에서 벌어지는 상황이 소설의 내용이다. 겉보기에는 아무 문제 없이 잘 어울리는 염정실이지만 그녀의 마음속 상황은 다음과 같이 독백된다.

16) 한국문화인류학회, 앞의 글, 120~121쪽.

별다른 생존의 위협을 느끼지 않는데도 한순간도 방심해서는 안 되는 세상이 있으리라고는 그녀는 한 번도 생각해 본 적이 없었다. 자유, 자유, 그것만으로도 더 이상 남을 한이 없겠건만, 더욱이 풍요롭기까지 한 세상이 아닌가. 그런데 이상한 일이었다. 약간의 노동력만 있으면 의식주가 해결되고, 남파된 무장공비며 각종 폭력범이 날뛰는 중에도 전쟁이나 폭력의 공포를 잊고 있어도 좋은 세상인데도, 불안하고 초조하고 갑갑한 느낌은 웬일일까.(「함께 있어도 외로움에 떠는 당신들」, 118쪽)

탈북자들의 대부분은 남한에서 주체적이고 능동적인 삶의 영위가 희박하다. 이들이 처해 있는 사회적 조건과 제약들이 이들을 남한 사회 내에서 약자로 위치 지우고, 이러한 재현이 고착화될 경우 이들을 주어진 환경에 수동적으로 반응하는 존재로만 유형화할 위험을 가지고 있다는 점에서 문제적이다. 그들은 탈북자의 이미지가 남한 사회에서 부정적으로 인식되고 있으며, 탈북자라는 딱지가 자신들에게 붙어 있는 한 남한 사회에서 자신들이 성취할 수 있는 것들의 한계가 분명하다는 점을 알고 있다. 이들은 국경을 넘는 과정 중 발생하는 해외 체류의 직접 체험과 학습을 바탕으로한 간접 경험을 통해 남북간 문화적 차이를 인식하고 있기 때문에 자본주의 사회에서의 생존 법칙을 이미 내면화하고 있다.

예컨대, 노래방이 만원이라 되돌아 나와야 할 상황에서 '이까짓 방 하나 잡을 힘이 없느냐'고 되묻는 염정실이 한국의 자본주의에도 적응해 가고 있는 듯 보이지만 실상은 그렇지 못한 것이다. 남한에서 그녀의 생활은 생존의 위협 없어도 방심해서는 안 되는 이중적 안전장치가 필요한 사회다. 그래서 탈북자들은 남한인과 잘 융화되어 사는 듯 보여야 한다는 강박과 동시에 실상 북한에서 길들여진 내면의 익숙함을 위장해야 하는 두 겹의 정체성을 가지게 되는 것이다.

이들의 인식이 '무기력한 타자'라는 방식으로 일면적으로만 설명되지 않는 현실 감각과 전략들을 가지고 있는 것처럼, 남한인의 인식에서도 그들은 완전한 타자로 인식되는 외국인 노동자와는 달리 이론적으로 완전한 시민권을 가진 '잠재적인 간첩'이라는 이중적 시각은 존재한다.

셋째, 소통의 비공유자로서 느끼는 소외감이다. 사회주의 사회의 기본적 가치는 집단주의이므로 학교의 학습 활동이나 생활도 집단주의적 원칙에 의하여 모든 것이 이루어진다. 북한에서도 이러한 원리에 입각하여 조직 생활 즉 집단 생활을 강조하고 있다.[17] 따라서 남한 사회에서 서울이 모든 문화적 · 경제적 자본이 집중되어 있는 곳이기 때문에 기반이 없는 탈북 이주민들이 서울을 유일한 '기회의 공간'으로 여기는 것은 어쩌면 다수의견을 통한 공동체 생활에 익숙한 그들에게는 자연스러운 선택 과정이다.[18]

탈북 이주민들은 전무한 사회적 자본을 획득하기 위해서 또한, 익숙한 그들의 집단적 사회 생활의 네트워크를 제공할 수 있는 교회나 다른 사회단체들에서 활동하기도 한다. 정부에서 제공하는 사회 복지의 '수동적 수혜자' 이상의 어떤 '경쟁력'을 확보하기에는 턱없이 부족하기 때문이다.

특히 탈북자들에게 교회는 이주와 정착의 과정에서 물적 · 정신적 자원을 공급하고, 사회적 연결망을 구축할 수 있는 통로가 되는 등 다른 사회로 이주한 사람들에게 일차적으로 실제적 도움을 주는 기능을 한다. 그러나 실상 탈북자들이 남한에 와서 신앙 생활을 통한 집단 생활에

17) 김동규, 「북한 교육학의 기본원리」, 김형찬 편, 『북한의 교육』, 을유문화사, 1990, 198쪽.

18) 이는 첫째, 주택공급이고, 둘째, 경제적 · 사회적 기회를 더욱 많이 제공한다는 생각으로 인한 결과로 보여진다. 전우택 · 윤덕용 · 엄진섭, 「탈북자들의 남한사회 적응생활 실태조사-2001년도 553명의 탈북자들에 대한 조사를 중심으로」, 『통일연구』 제7권 제1호, 연세대 통일연구원, 2003, 183쪽.

쉽게 적응하지 못하는 경우가 많다.[19)]

「동화 읽는 여자」의 오준태는 아들과 어머니를 데리고 탈북에 성공하고 교회를 매개로 한 남한 사람들, 사실은 북한 사람들과의 교류를 갖기 위해서 교회에 나간다.[20)] 그러나 가정의 안정은 곧 결혼이라고 믿고 교회 사람들의 추천으로 여성들을 만나는 과정에 뛰어들면서 오준태는 상처를 입고 결국 아내를 데려온다며 다시 월북하기에 이른다. 또한 그의 아들 명수는 교회 신도들의 집과 집을 오가며 외면받고 PC방과 학원을 전전하며 시간을 보내는 등 정상적인 학교 생활에 장애를 겪는다. 오준태는 자신의 탈북을 도와 준 사람들의 권유에 따라 수동적으로 종교 생활을 하고, 교회에서 경제적 지원을 해 주는 것에 관심이 많으며, 종교 교리에 대한 이해를 그다지 많이 하고 있지 못한 것으로 보인다. 오준태의 적응을 위한 새로운 장(場)인 교회뿐만 아니라 탈북자의 독립을 위해 우선적으로 고려되어야 할 힘이 되어줄 수 있는 사회적 네트워크의 미비와 그로 인한 소수자의 소외는 탈북자 가족을 불행하게 만들고 마는

19) 이는 탈북자들이 어릴 때부터 종교를 전혀 접해 본 적이 없고 모든 종교는 저급한 미신이며 비과학적이라는 교육 탓으로 종교 자체에 익숙하지 않기 때문이다. 또 예배의식 등 교회의 모임 형태가 북한에서 경험한 사상학습 방법 또는 형태와 유사하다고 느끼는 순간 당황하고 거부감을 갖게 되는 것이다. 특히 기독교를 믿을수록 주체사상에서 가르치는 김일성이 하나님의 자리를 대신하고 있어 거부감이 일어나 하나님이 어렵다고 고백한다. 조용관, 「북한 정치교육의 내면화가 탈북자 남한사회적응에 미친 영향」, 『한국정치외교사논총』 제25집 2호, 한국정치외교사학회, 2004, 168~169쪽.

20) 이들은 북한을 떠난 이후 중국에서 선교 활동을 하는 이들의 도움을 받는 과정에서, 혹은 제3국을 거쳐오는 과정에서 개입하고 있는 동남아 현지의 교회 조직을 통해서, 혹은 남한에 입국한 후 하나원 교육 과정에서 알게 된 교회 인사들을 통해서 기독교를 접한다. 이들은 신앙과 교리에 대해서 자신의 영적 체험과 믿음체제로 생각하는 부분은 크지 않았고, '같은 북한 사람을 만날 수 있어서'라는 이유를 공통적으로 이야기했다. 권나혜, 「남한 내 탈북 이주민 대학생의 정체성과 생활경험」, 연세대 대학원 석사학위논문, 2006.

것이다.

이처럼 사회적 · 인적 망을 형성하지 못해 자신처럼 북한을 떠나와 한국 자본주의에 적응하지 못하고 사는 탈북자를 위해 「기러기 공화국」[21]의 장용철은 사람들에게 겨울 철새가 전해주는 북한 냄새를 권하고 싶었기에 규합을 도모하고자 철새 보호구역을 추진하고자 한다.

> 북한이 대만에서 핵 폐기물을 수입하기로 했다는 기사에 가슴이 답답해서 신문을 찢듯이 넘기다가, 스포츠 신문 신춘문예 시상식 공고를 보게 되었다. 그 뒤로는 망설이지 않았다. 자신이 할 일은 명지호 같은 사람이거나 남한으로 넘어온 귀순자들과 함께 철새를 지키고 자연을 보존하고 환경을 순화시키는 일이라고 그는 마음속으로 선언했다. (…중략…) 남한 자본주의에 적응하지 못하는 그들을 위해 보호구역이면서 철새들의 보호구역이 바로 지금 필요하다고 그는 생각했다. 일단 조용히 사람을 모으고 보겠노라고 그는 두 손을 모았다.[22]

장용철은 남파 간첩으로 월남, 공작선이 난파되어 행려병자의 주민등록증으로 살고는 있지만, 실제 자신은 세상에 존재하지 않는 사람이다. 탈북자 뉴스에 유난히 신경을 쓰는 장용철이 회사 동료에게 이름을 빌려줘 신춘문예에 당선된 사람을 마치 자신과 뜻을 같이 할 동지를 만난 듯 기뻐하는 것을 감안할 때, 작가는 남한 사회에서 그들만이 공유한 삶의 이해 또는 소통이 그들에게 얼마나 절실한 문제인가를 보여준다. 탈북자는 떠나온 북한을 회상할 때 '배고픔'의 생지옥 그리고 그리운 고향의 이미지를 동시에 떠올리는 이중성을 갖는다.

---

21) 「기러기 공화국」은 전체 4장에 중심인물 한 명을 화자로 배치하여 남북한 이산가족이 철새를 이용해서 서로의 소식을 전한다는 내용의 신춘문예 작품을 둘러싼 서로 다른 스토리가 전개된다.

22) 「특집2 · 21세기를 여는 한국의 새로운 소설가들/박덕규 「기러기 공화국」」, 『문학정신』, 1997년 봄호, 104쪽.

작가 박덕규는 탈북소설을 통해 탈북자의 문제를 남한 사회 내 소수자의 인권 문제로 인식하고, 보다 근본적으로 이들의 부적응의 원인을 일관적 정책의 부재에서 찾고 있다. 작가는 탈북소설을 탈북자의 관점으로 접근함으로 그들을 향한 남한인의 감정적 경계심을 작품을 통해 반성하게 한다.

3. 탈북자의 자원화와 한국 자본주의의 고발

생물학적 체계로서의 생태계보다 경제적 토대가 한 사회의 기본구조와 이데올로기들의 종류와 그 성격을 최종적으로 결정한다[23]는 것은 다소 과장되어 있기는 하지만, 경제적 토대가 생존의 문제와 직결된다는 것은 자본주의 사회에서 부정하기 힘든 현실이다.

탈북의 원인은 다양하고 복잡한 양상을 보이지만, 탈북자들의 탈북 동기를 묻는 질문에 그들이 예외 없이 꼽는 가장 중요한 이유는 식량난[24]이다. 하지만 경제적 어려움과 식량난을 이야기할 때, 한편으로 경계해야 하는 것은 우리가 이것들을 단순히 생존의 문제로만 해석하는 것이다.

---

23) 로저 키징, 앞의 책, 470쪽.

24) 대부분 사회과학 분야의 학술지에서 탈북 요인의 1순위로 꼽는 것이 북한의 식량난이다. 조용관, 「북한 정치교육의 내면화가 탈북자 남한사회적응에 미친 영향」, 『한국정치외교사논총』 제25집 2호, 한국정치외교사학회, 2004, 168~169쪽. 전우택 · 윤덕용 · 엄진섭, 「탈북자들의 남한사회 적응생활 실태조사-2001년도 553명의 탈북자들에 대한 조사를 중심으로」, 『통일연구』 제7권 제1호, 연세대 통일연구원, 2003, 155~208쪽. 정주신, 「탈북의 발생요인과 탈북자 문제의 국제화」, 『정책과학연구』 제16권 제2호, 단국대 정책과학연구소, 2006, 69~83쪽. 특히 최창동의 경우 이들의 법적 지위는 '현대적 난민' 인 '정치적 환경난민' 이라고 지칭한다. 왜냐하면 이상기후, 인위적 환경파괴로 자신의 국적국에서 불가피하게 이탈할 수밖에 없는 21세기형 난민이기 때문이다. 최창동, 『탈북자 어떻게 할 것인가』, 두리, 2000, 103~140쪽. 오인혜, 「탈북자의 고향의식과 그 변화」, 서울대 대학원 석사학위논문, 2007, 35~36쪽.

물론 이것이 가장 중요하고 일차적인 원인으로 꼽히는 데에는 반론이 존재하지 않는다. 그럼에도 불구하고 놓치지 말아야 할 것은 식량난과 경제난으로 인해서 촉발된 불만과 비판의식이 자신이 속한 사회에 의문을 갖게 하고 외부에서 유입된 정보와 함께 다른 '기회'를 찾고자 하는 갈망으로 연결되고 있는 부분이다. 북한의 경제난으로 인하여, 생존을 위한 북한 주민의 이런 사회 일탈 현상과 가치관의 변화는 이미 식량배급조차 제때에 주지 못하는 국가권위의 실추와 함께 물리적 통제의 범위를 어느 정도 넘어선 것으로 짐작된다. 또한 탈북 루트로 주로 경유하는 중국에서 돈의 위력이 권력 기관 앞에서 얼마나 효과적으로 작용될 수 있는지를 알았고, 남한 사회에 대해서도 기본적으로 권력과 자본의 유착관계에 대해서 비판적으로 생각하고 있다.

이 장에서는 탈북자라는 색다른 신분 또는 한국 자본주의의 속성에 무사히 안착하지 못함을 역으로 이용하는 남한인의 모습과 우리 사회에 만연해 있는 자본주의의 문제점을 그들의 사회적 적응이라는 측면에서 살펴 볼 것이다. 개인의 이익을 위해서는 어떠한 민족적 당위성과 동포애적 명분도 쉽게 저버리는 남한 사회에 만연해 있는 자본주의의 천박한 요소가 탈북자의 생활상을 통해 극명하게 드러난다.

첫째, 탈북자의 자원화가 그것이다. 「노루 사냥」에서 '인민군 패잔병의 이미지'를 지닌 박당삼과, 익살스런 진행의 강길동, 그리고 잘 뻗은 늘씬한 슈퍼모델 다리의 여미지를 대비시키는 작가의 시선은 남과 북의 현실을 날카롭게 해부하고 있다. 북의 요리사를 강사로 두고 있는 유일한 곳이라는 선전을 명분으로 박당삼을 취직시킨 화자의 요리학원 또한 자본의 논리[25]를 보여주는 대목이다. 특히, 요리학원장 '나'의 남편은 박당삼의 존재가 오로지 '이용가치'의 측면에서만 의미가 있다.

25) 고인환, 앞의 글, 96쪽.

"저 자식이 뭐 써먹을 게 있다고 자꾸 끼고 노나 그래. 차라리 내가 데리고 있다가 잘 구슬려서 북한 부동산 얘기나 쓰게 하는 게 나을 것 같지 않아?" (…중략…) 남편은 정말 그에게 북한의 땅 얘기를 써 보라고 한 것 같았다. 그렇게 해보겠노라던 박당삼이 하루 만에 "쓸라고 보니까니, 잘 모르겠습메다" 하고는 두 손 들더라는 남편의 설명이었다.(「노루 사냥」, 81~82쪽)

북한의 명승고적을 전부 김일성이가 다 제 별장으로 삼아 버렸다는 말이 나올 때마다 "저기다가 콘도를 세우고 스키장을 만들면 끝내 주는 건데……." (…중략…) "텔레비전이며, 온갖 신문, 잡지에 다 나가는 거니까, 유명 인사들을 다 끌어와서 특별 시식 시간을 넣는 거야. 대기업 재벌들, 북한에 진출하지 못해서 안달이 난 친구들 있잖아, 그 사람들 중에서 북한이 고향인 사람들 많다구. 정치인 중에도 있고.(위의 글, 83쪽)

"이 새끼, 미친놈이잖아. 이 새끼 땜에 우리 사업 다 망쳤어. 확, 죽여 버릴까, 이걸!"(위의 글, 91쪽)

박당삼의 순박한 모습은 천박한 자본의 논리가 판을 치는 남한의 현실을 비추는 거울의 기능을 한다. 반면, 위와 같이 이와 대비되는 '나'의 남편은 박당삼의 상품성에 주목하면서 '북한의 부동산 이야기', '콘도', '스키장', '요리 특강' 등 박당삼을 통한 잉여가치[26]의 생산 계획을 구상하기에 바쁘다. 그러다가 박당삼이 '요리 공개 특강'에 초대한 월북한 북한 고위간부 아들의 요리에 생아편을 넣어 쓰러지게 만들자마자 '박당삼의 상품가치'는 '미친놈', '새끼'로 급락하게 되고 마는 것이다.

「세 사람」에서도 요리사인 주철남이 방송가에서 만나 알게 된 한 매

26) 잉여가치란 마르크스의 용어이며, 생산 과정에서 투입된 자본보다 더 이윤을 얻은 것을 의미한다. 이는 자본에 의한 노동력의 착취를 의미하는 것으로 본고에서는 요리사인 박당삼의 본연의 업무 외에 탈북자라는 신분을 이용할 수 있는 한 이용하는 '나'의 남편의 착취를 표현하고자 한 것이다. 칼 마르크스, 손철성 엮음, 『자본론: 자본의 감추어진 진실 혹은 거짓』, 풀빛, 2005.

니저 출신의 사기에 넘어가 믿고 맡긴 돈을 고스란히 날려 남한의 누구에게도 속마음을 열지 않기로 다짐[27]하는 대목이 있다. 또한 「함께 있어도 외로움에 떠는 당신들」에서 염정실의 탈북 과정을 소설로 엮는 작업에 연관된 출판사 최 사장과, 무명작가 고창규, 그리고 그녀의 탈북을 도운 김 선생의 각자 다른 잇속의 대비를 통해 탈북자를 하나의 상품성 있는 대상으로밖에 바라보지 않는 남한인의 철저한 자본주의적 사고의 현실을 보여준다.

> "여간첩 마타하리 식에다가, 애정소설 패턴을 얹는다면 충분히 승산 있을 것 같은데, 어때요?" "이번 여름 시장에 한번 밀어 붙여 보겠어!"하고 어금니를 물어 보이기까지 했던 최 사장이었다. "요즘 귀순자들이 책을 너무 많이 내서 말이지요, 화제성도 점점 떨어지고 판매도 영 그래요." 영업부장의 설명이 사실 그럴 듯하게 들려왔다. 경영 수완이 남다르다고 소문난 최 사장이 그 정도 일로 적지 않은 돈을 투자하며 오래 계획해 온 일에 회의를 느낀다면 정말 곤란했다. 가장 현실적으로, 원고료 잔금을 못 챙기게 되지 않을까 하는 불안감도 고창규의 마음을 자꾸 불편하게 하고 있었다. (…중략…) 한국에 와서 기자회견도 없이 숨겨져 있던 북한 사회 안전부 소속 여자 안전원의 비밀스런 공작 활동 이야기라면 먼저 나온 어떤 책들보다 호기심을 끌 수 있는 소지가 분명 있었다. 먼저 언론에서 다투어 이 책의 내용을 받아 실을 거였다. 중요한 건 그 뒤였다. 이번 책을 시작으로 앞으로 낼 몇 권의 책들이 실은 김 선생에 의해 관계기관에 소개되고 단체 구매될 것들이었다.(「함께 있어도 외로움에 떠는 당신들」, 112~113쪽)

---

27) 마르크스는 미덕 · 사랑 · 지식 · 양심과 같이 상품화될 수 없고 상품화되어서는 안 되는 것까지 마구잡이로 상품화한다는 것을 신랄하게 비판했다. 이런 것들은 "소통되었지 교환되지 않았고, 줄 수는 있었지만 팔지는 않았으며, 획득할 수는 있었어도 사지는 않았던" 것들인데, 그는 이런 것들까지 사고팔게 된 자본주의 사회를 '보편적 타락'이라고 통렬하게 비판했던 것이다. 홍성욱, 「21세기에 다시 읽는 칼 마르크스」, 『하이브리드 세상읽기』, 안그라픽스, 2003, 109쪽.

자신의 직업적 소임은 자본주의 사회에서는 모두 화폐로 환산된다. 고창규에게 작가 정신은 원고료 잔금을 받은 다음에 드는 것이고, 최 사장은 책을 투자 개념으로, 김 선생은 책이 화제가 되면 정부기관에서 다시 자신을 주목할지도 모른다는 명예욕으로 각각 염정실을 앞세운다. 남한 사회에서 새로운 인물로 등장한 탈북자들은 자본의 생산을 위한 자원화 개념으로 여겨지기도 하는 것이다. 물론 탈북자들 또한 그들의 속내를 모르는 바 아니고, 이러한 자본주의적 발상과 물질중심주의에 환멸을 느끼기도 한다.

그것이 둘째, 물질만능의 역겨움과 속물성이다. 세상의 변화에 가장 민감한 곳, 한국 자본주의 사회의 속물성을 가장 집약적으로 보여주는 장소로, 박덕규는 한국의 단란주점에 주목한다.

> 세상이 얼마나 바뀌고 있는가를 알려면 한국의 단란주점에 가면 된다. (…중략…) 중국은 말할 것도 없고, 홍콩도 미국도 일본도 한국에서의 변화만큼 급격하고 휘황찬란하지는 않았다. 머리 위에서 현란하게 돌아가는 미러볼하며, 색정적인 내용으로 구성된 화면 배경, 잠시도 가만 있지 않고 꽝꽝꽝 울려대는 음악 소리며, 초미니 스커트를 입고 치어걸처럼 테니스공처럼 튀어다니는 접대부 아가씨들, 그런 여자를 껴안고 겨드랑이나 유방을 집적거려 가며 찍찍거리는 사내들, 잠시 앉아서도 어느 새 수십 병씩 해치우는 주량들, 아직 술과 안주가 잔뜩 남아 있는데도 툭하면 들어와 재떨이를 교환하면서 더 주문할 것을 종용하는 웨이터, 마침내 폭탄주가 돌아가고 누가 손님이고 누가 접대분지 누가 여자고 누가 남잔지 누가 선배고 누가 졸병인지 분간할 수 없는 시간이 와서, 누구는 쓰러져 자고 누구는 싫다는 여자애를 침을 질질 흘려 가며 빨아대고 누구는 불쾌하다는 표정으로 먼저 나가 버리고 누구는 그래도 무슨 질서를 잡아 보겠다고 마이크를 잡고 구령을 외쳐대는 이 기상천외한 풍습을, 이 나라 방방곡곡 사람 모여 사는 곳이면 어디에서든 얼마든지 발견할 수 있었다.(「함께 있어도 외로움에 떠는 당신들」, 115~116쪽)

인간의 욕망이란 원래 그런 것인지도 몰랐다. 살아남아 있는 모든 인간들은 끝없는 편리와 끝없는 풍요를 향해 달리는 질주족들이었다. 인간으로서는 견딜 수 없는 땅을 벗어나서, 이제 마음놓고 숨쉬고 사는 땅에 와서는 더욱 더한 갈증에 시달리고 있는 염정실이나, 굶어 죽을 염려까지는 안 해도 되는 처지이면서도 하염없는 공복감에 시달리는 고창규 자신이나 별다를 게 없었다. 빌어먹을! 아직도 제가 무슨 대단한 기관에 있는 몸인 줄 착각하는 김선생이나, 어리석게도 그런 사람에게 빌붙어서 뭔가 부를 획득해 보려는 최사장이나 모두가 그런 족속들이었다. 이 세상 모두가 49호 병동 그 자체였다.(위의 글, 124쪽)

「함께 있어도 외로움에 떠는 당신들」에서 탈북자 염정실의 눈에 비친 한국 자본주의의 모습은 '무장공비가 몰려온다 해도 환락에 열중할' 사람들로 묘사되고 있다. 염정실은 살아남아 있는 자체의 의미를 몸소 체험한 인물로 한국에서 발견한 모든 사람들을 '끝없는 편리와 끝없는 풍요를 향해 달리는 질주족들'이라고 비판한다. 또한 고창규는 쓰고 싶은 글만 쓰겠다던 젊은 날의 패기를 팽개치고, 죽어도 그따위 글을 쓰지 않겠다고 다짐했던 그런 글이 아니면 한시도 생존이 불가능한 존재로 전락해 있으며, 최 사장은 힘을 잃은 김 선생의 처지 때문에 자신의 사업에 차질이 생길까 전전긍긍하는 모습을 보이는데, 박덕규는 이를 통해 물질만능의 씁쓸함과 자본주의 일상의 속물성을 보여주고자 한다.

북한에서 정신병자를 수용하는 49병동은 성한 사람도 정신병자로 몰아넣을 수 있다. 따라서 「함께 있어도 외로움에 떠는 당신들」에 등장하는 사람들 즉, 인간으로서 견딜 수 없는 땅을 벗어나서, 이제 마음 놓고 숨 쉬고 사는 땅에 와서 더욱 갈증에 시달리고 있는 염정실이나, 굶어 죽을 염려까지는 안 해도 되는 처지이면서도 하염없는 공복감에 시달리는 대필 작가 고창규나, 아직도 대단한 기관에 있는 몸인 줄 착각하는 김 선생이나, 어리석게도 그런 사람에게 빌붙어서 뭔가 부를 획득해 보려는 최 사장 모두가 49병동 그 자체임과 더불어 물질적 풍요 속에 정신적 빈곤을 겪고 있는 인간 군상들의 삶을, 박덕규는 탈북자들의 현실과 포개어 놓는 것이다.

「기러기 공화국」에서는 남파 공작원 출신으로 한국 자본주의에 제대로 적응하지 못하는 자신과 탈북자들이 함께 일한 '철새들의 보호구역'을 마련하고자 하는 장용철과 부패한 교육 현실과 가정의 안락을 도모해야 하는 처지에 놓인 시인이자 문학평론가인 대학강사 이진수와 운동권 출신으로 이미 달라진 세계자본주의의 현실 앞에서 이념의 실종 상태를 스스로의 심각한 의식분열로 드러내는 조동엽 등이 각각 작중 화자로 등장한다. 조동엽은 한때 민족시인과 자신의 이름이 유사하다는 이유로 사회주의 이론에 경도되어 운동권에도 몸담았으나, 소박하게 살고자 감행한 중국행에서 자본주의 사회에서 그것은 환상과 꿈에 지나지 않는다는 후회를 시작한다. 또한 이진수는 지식인이자 시대의 엘리트임에도 불구하고 임용을 위해 가방에 돈뭉치를 준비하고 다니는 등 자본주의에 굴복하는 나약한 소시민의 행태를 보인다.

"나도 상금 한 번 받아서 이런 미인한테 술 한 잔 샀으면 죽어도 한이 없겠다."
김청 기자의 야릇한 농에 이진수를 비롯한 몇 사람이 어색하게 소리 내 웃고 있었다. 자본주의란, 저런 값싼 모자와 귀걸이를 하고서 귀부인 멋을 내는 천박한 여자들을 양산하다가 멸망해버릴 거라고 조동엽은 진심으로 소리치고 싶었다. 왼손을 들어 허공을 가르면서 열변을 토하던 그때 그 시절로 돌아가고 싶었다.(「기러기 공화국」, 91쪽)

자신의 몸에서 떨어져 나갔다가 뒤이어 달려오는 트럭에 치여 더 높이 공중으로 치솟게 된 자신의 가방을 힐끔 쳐다보고는, 묘하게 웃음 띤 얼굴로 아스팔트 바닥에 처박히고 있었다. (…중략…) 그러는 동안 사내의 검은 가방 속에서 함께 뿜어져 나온 종이뭉치 하나가 공중으로 높이 솟더니 갑자기 수많은 종이쪽으로 풀어져 흩어지기 시작했다. 지폐였다. 내리는 눈송이 속으로 흩어진 종이돈들은 마치, 갑작스런 방화에 놀라 저수지 상공으로 날아

오른 새들처럼, 수천 마리 기러기 떼처럼, 겨울 도시 허공을 날아가고 있었다.(위의 글, 106쪽)

조동엽은 사회주의의 실종상태인 현실을 진심으로 받아들이지는 않고, 이진수는 자신의 학문이 돈과 교환되는 지점에 비애를 느낀다. 그러나 두 사람 모두 자본주의 질서의 일탈을 꿈꾸지는 않는다. 박덕규가 이진수의 죽음 장면에서 날리는 종이돈을 기러기로 묘사하는 것은, 종이돈 공화국을 사는 우리에게 겨울 상공을 가르는 기러기 공화국을 통해 돈의 위력을 내려놓지 못하는 비판을 상징적으로 표현한 것이다. 또한 자본주의적 질서에 대한 적응이 미흡해 자세한 내막을 알지 못하는 장용철의 순수한 시선을 속물인 이들의 시선과 대비시킴으로써 자본주의의 문제점을 더욱 여실히 보여주고 있다.

따라서 박덕규는 그의 탈북자를 주인공으로 한 작품을 통해 양심과 동포애를 쉽게 저버리고 욕망의 공모자로 전락하기도 하고, 그로 인해 삶의 진정성을 상실한 채 살아가는 현재 우리의 모습을 들여다보게 하기 위해 새로운 체제에서 온 탈북자의 시선을 투사(透寫)함으로써, 우리로 하여금 자본주의에 대한 반성적 평가를 내리게 한다.

4. 나오며

지금 우리는 새로운 국내외 상황 변화에 대응하여 남북한의 이질성을 극복하고 새로운 통일시대를 맞이하려는 시기에 와 있다. 분단문학도 통일문학을 지향하고 있는바, 본고는 북한민의 신분에서 남한민으로 새로운 체제를 경험한 탈북자에 주목하게 되었다.

경제 위기 이후 북한 사회의 변화는 생산 경제의 급속한 악화를 수반했고, 이로 인해 북한 주민들의 경제적 삶의 조건은 낮아질 수밖에 없었다. 이로 인해 공공하게 유지되고 있었던 정부의 관리체제가 느슨해지면서 국경지대를 중심으로 중국과의 비공식적 교류가 부분적으로 확대되고 있는 실정이다. 이러한 변화는 북한 사회 내에서 담론의 변화 내지는 개인적 차원에서 인식의 전환을 가져오는 계기가 되었고, 탈북이 가속화되는 원인의 커다란 한 축을 이루고 있다. 앞으로 이들의 존재가 남한 사회에, 혹은 통일에 장기적으로 미칠 영향들에 대한 많은 논의가 이루어져야 할 때라고 판단한다.

그리하여 탈북자에 대한 지속적이고 진지한 성찰을 해 온 소설가 박덕규를 통해 남한의 자본주의 성격을 점검해 보는 시간을 갖고자 했다. 본고는 새로운 체제에서 탈북자의 이질감이라는 심리적 적응 차원에서, 그리고 한국 자본주의에 직면해서 발견한 우리의 모습을 사회적 적응이라는 측면에서 살펴보았다.

우선 그들이 갑자기 자본주의에 노출되어 겪게 되는 이질감을 중심으로 경제적 우위를 심리적 우위로 착각하는 남한민의 고압적인 자세, 탈북자 일상 속에서 체득한 중간자라는 이중의 정체성, 그리고 그들만의 또는 남한민과의 소통의 비공유자로서 느끼는 소외 등을 대상으로 살펴보았다. 이와 같은 탈북자들이 남한 사회에서 느끼는 갈등과 고통의 양상은 남북한의 삶의 이질성의 현황을 단면적으로 드러내 주는 실례라고 할 것이다.

또한 탈북자의 시각에서 파악되는 한국적 자본주의의 속성을 중심으로 탈북자를 하나의 상품으로 여기고 그들의 자원화에 몰두하는 자본주의의 천박성을 살펴보았다. 두 번째로 물질만능과 속물성에 둘러싸인 남한민에 대한 탈북자의 비판적 시각을 통해 물질의 노예가 되어 사는 오늘날 우리의 모습을 반성해 볼 수 있었다. 왜냐하면 우리 스스로가 자본주의 제도가 펼쳐놓은 그물망 속에서의 욕망의 공모자이기 때문이다. 따라서 박덕규의 소설은 한국 자본주의에 대한 반성적 사유의 결과물이다.

세계가 하나의 전산망으로 연결되는 '잡종(hybrid)'의 시대다. 이분법적 척도의 이질적인 태도에서 벗어나, 다양한 공존의 열린 성찰로 발상을 전환해야 할 때다. 이러한 시기에 탈북자들의 남한에서의 삶을 살펴본 문학은 분단극복 내지 민족통합의 길 찾기에 매우 긴요한 역할을 수행할 수 있을 것이다. 앞으로 탈북자 문학은 이러한 문제의식에 입각하여 남북한의 문화적 이질성을 좁히는 방안, 인간적 덕성이 상실되어 가는 남한 사회의 냉철한 자기반성, 탈북자의 재교육 문제 등의 다양한 내용으로 분단문학을 너머 진일보한 통일문학으로 확산되어야 할 것이다.

참고문헌

박덕규, 『고양이 살리기』, 청동거울, 2004.

______, 「특집 2 · 21세기를 여는 한국의 새로운 소설가들/박덕규 「기러기 공화국」」, 『문학정신』, 1997년 봄호.

「기억의 저편, 아름다운 상처에 대한 기록-김원일, 박덕규 편」, 『낭독의 발견』, KBS, 2006년 방송.

김태훈, 「'탈북자 문학' 한국 소설의 새 영역으로」, 조선일보 DB, 2008. 11. 30.

가람기획 편집부 엮음, 『한국현대문학 작은 사전』, 가람기획, 2000.

고인환, 「남북문학의 이질성과 문학 교류의 방향」, 『공감과 곤혹 사이』, 실천문학사, 2007.

권나혜, 「남한 내 탈북 이주민 대학생의 정체성과 생활경험」, 연세대 대학원 석사학위논문, 2006.

권영민 편, 『한국 현대문학대사전』, 서울대 출판부, 2004.

김동규, 「북한 교육학의 기본원리」, 김형찬 편, 『북한의 교육』, 을유문화사, 1990.

김소라, 「남한의 북한인권 담론연구」, 북한대학원대학교 석사학위논문, 2008.

김재홍 · 홍용희 편저, 『그날이 오늘이라면-통일시대의 남북한 문학』, 청동거울, 1999.

로저 키징, 전경수 역, 『현대문화인류학』, 현음사, 1985.

박은주, 「최근 탈북자 국내 · 외 망명 동향과 정책적 대안」, 서강대 공공정책대학원 석사학위논문, 2007.
오인혜, 『탈북자의 고향의식과 그 변화』, 서울대 대학원 석사학위논문, 2007.
임현진 · 정영철, 『21세기 통일한국을 향한 모색』, 서울대 출판부, 2005.
전우택 · 윤덕용 · 엄진섭, 「탈북자들의 남한사회 적응생활 실태조사-2001년도 553명의 탈북자들에 대한 조사를 중심으로」, 『통일연구』 제7권 제1호, 통일연구협회, 2003.
정원전, 「탈북자 정책 지원 활성화 방안연구」, 원광대 대학원 석사학위논문, 2006.
정주신, 「탈북의 발생요인과 탈북자 문제의 국제화」, 『정책과학연구』 제16권 제2호, 단국대 정책과학연구소, 2006.
조용관, 「북한 정치교육의 내면화가 탈북자 남한사회적응에 미친 영향」, 『한국정치외교사논총』 제25집 2호, 한국정치외교사학회, 2004.
조용관 · 김병로, 『북한 한걸음 다가서기』, 예술전도단, 2002.
최순호, 『탈북자 그들의 이야기』, 시공사, 2008.
최창동, 『탈북자 어떻게 할 것인가』, 두리, 2000.
칼 마르크스, 손철성 엮음, 『자본론:자본의 감추어진 진실 혹은 거짓』, 풀빛, 2005.
하응백, 「한 문화주의자의 글쓰기」, 『낮은 목소리의 비평』, 문학과지성사, 1999.
한국문화인류학회, 「차이와 불평등」, 『처음 만나는 문화인류학』, 일조각, 2003.
허지연, 「탈북자의 탈북요인과 중국 · 한국 이동경로에 관한 연구:이상적 정착지와 행위변화를 중심으로」, 고려대 대학원 석사학위논문, 2003.
홍성욱, 「21세기에 다시 읽는 칼 마르크스」, 『하이브리드 세상읽기』, 안그라픽스, 2003.

통일시대와 탈북자 문제의 소설적 인식

정도상, 『찔레꽃』, 이대환, 『큰돈과 콘돔』을 중심으로

홍용희

1. 서론: 분단체제의 균열과 탈북자 문제

탈북자 문제는 단순히 과거와 현재의 사건에 그치지 않고 앞으로 더욱 심각하게 다가올 미래형의 사건일 수 있다는 점에서 매우 중요한 의미를 지닌다. 1990년대 중반 이전의 탈북자 문제는 귀순자라는 지칭에서 보듯 북한의 지배체제에 대한 비판을 내세운 이념형이 주류를 이루었으나, 1990년대 중반 이후부터는 절대빈곤에 의한 생계형이 주류를 이루고 있다. 탈북자의 숫자는 그 사안의 특성상 정확한 파악이 어려운 실정이지만 2005년경에 이미 대략 10만에서 40만으로 추정되었다.[1] 탈북자가 이처럼 증가하고 있다는 사실은 북한체제의 심각한 위기를 보여

1) 이금순, 「북한 인권과 탈북자 문제」, 『통일전략』 제8집, 한국통일전략학회, 2005. 12. 30, 91쪽.
2008년 엠네스티 인터내셔널(Amnesty International)의 경우 중국 내의 탈북자의 규모를 대략 5만 명으로 정하고 있다. 최대석 · 조영주, 「탈북자 문제의 주요쟁점과 전망」, 『북한학보』 제33집 2호, 북한연구소, 2008, 97쪽.

주는 징후이다. 북한 사회는 더 이상 국민 국가로서의 제도적인 관리시스템과 사회 통합의 규정력을 제대로 작동시키지 못하고 있는 것이다. 북한체제의 위기와 탈북자 문제의 발생은 기본적으로 한반도의 민족모순으로서의 분단체제에서 비롯된다. 따라서 탈북자는 잠정적인 대한민국 국민이다. 현실적으로 탈북자가 선택할 수 있는 진로는 ① 북한으로의 복귀, ② 현지국 정착, ③ 한국 입국 등의 세 가지를 가정해 볼 수 있다. ①, ②는 엄중한 처벌과 불법체류자 및 국제 난민으로서의 신분적 한계로 인해 궁극적인 대안이 되기 어렵다. 탈북자들은 ③의 한국 입국을 통해서만이 가장 쉽게 민족의 구성원이며 국민국가의 일원으로서 신변의 안전과 복지와 권리의 수혜자가 될 수 있는 것이다. 따라서 탈북자 문제는 우리에게 더 이상 '타자'가 아니라 직접적인 '주체'이다.

탈북자 문제에 대한 소설적 인식은 1990년대 중반 이래 상당히 폭넓고 다채롭게 전개되었다.[2] 탈북자 문제를 다룬 소설의 성격과 내용은 크게 시기와 그들의 선택지에 따라 나누어진다. 먼저, 시기적으로 살펴보면 2000년대 이전과 이후로 나누어 볼 수 있다. 2000년대 이전 소설에서 탈북자들은 주로 이념형의 월경에 해당하는 귀순자인데 반해, 그 이

---

2) 1990년대 중반부터 본격적으로 창작되기 시작한 탈북자 문제를 형상화한 대표적인 소설을 열거하면 다음과 같다. 최윤, 「아버지 감시」, 『저기 소리없이 한 점 꽃잎이 지고』, 문학과지성사, 1992; 김지수, 「무거운 생」, 『창작과 비평』, 1996년 가을호; 박덕규, 「노루 사냥」, 『한국소설』, 1996년 가을호; 「함께 있어도 외로움에 떠는 당신들」, 『함께 있어도 외로운 사람들』, 웅진, 1999; 「동화 읽는 여자」, 「세 사람」, 『동서문학』, 1998년 봄호; 『고양이 살리기』, 청동거울, 2004; 정을병, 「남과 북」, 『꽃과 그늘』, 개미, 2001; 김정현, 『길 없는 사람들 1, 2, 3』, 문이당, 2003; 김남일, 「중국 베트남어 회화」, 『실천문학』, 2004년 여름호; 전성태, 「강을 건너는 사람들」, 『문학수첩』, 2005년 가을호; 문순태, 「울타리」, 『울타리』, 이룸, 2006; 정철훈, 『인간의 악보』, 민음사, 2006; 권리, 『왼손잡이 미스터리』, 문학수첩, 2007; 정도상, 『찔레꽃』, 창작과비평사, 2008; 이대환, 『큰돈과 콘돔』, 실천문학사, 2008; 리지명, 『삶은 어디에』, 아이엘엔피, 2008 등.

후의 소설에는 생계형의 월경이 중심을 이룬다. 2000년대 이전에 발표된 주요 작품으로는 최윤, 「아버지 감시」, 김지수, 「무거운 생」, 박덕규, 「노루 사냥」, 「함께 있어도 외로움에 떠는 당신들」, 정을병, 「남과 북」 등을 들 수 있다. 이들 작품들은 주로 물리적인 탈북 과정보다 이념적인 가치 지향과 생활 정서에 무게중심을 두었다. 그래서 이들 작품의 주된 내용은 귀순자들의 비극적인 삶의 과정과 남한 사회의 일상화된 천민자본주의의 속성에 대한 성찰과 비판이 중심을 이룬다. 북한식 사회주의 속에 갇혀 있었던 귀순자들은 남한 사회의 물신화된 자본주의적 행태를 극명하게 성찰적으로 비춰주는 거울이 되었던 것이다.

1990년대 중반을 지나 1998년과 1999년을 거치면서 급증한 탈북자들은 대체로 북한 사회가 '고난의 행군'[3]시기를 맞게 되면서 빚어진 절대 가난으로 인해 월경을 감행한 자이다. 그래서 2000년대 이후 탈북자 소설은 월경의 과정과 제3국에서의 수난사가 중심을 이룬다. 여기에서는 물리적인 생존의 문제가 정신적인 삶의 지향성과 가치를 완전히 압도한다. 그래서 이들 작품은 북한으로부터 월경, 제3국에서의 불법체류, 남한 사회에서의 소수자로서의 수난과 소외의식이 중심을 이룬다.

한편, 탈북자 소설의 형식과 주제의식은 탈북자의 선택지에 따라 다르게 나타난다. 탈북자의 선택지는 앞에서 지적한 바대로 ① 북한으로의 복귀, ② 현지국 정착, ③ 한국 입국 등이다. 여기에서 자발적인 선택

3) 1996년 1월에 김정일이 내세운 '고난의 행군'이란 김일성이 이끄는 항일 유격대가 일제의 대규모 공격을 피하기 위해 1938년 1월부터 1939년 2월까지 몽강현 남패자에서 장백현 북대정자까지 보통 행군속도로 일주일이면 가는 거리를 무려 백 일이나 걸려 행군했던 역사적 사건을 가리킨다. 이것은 "혹한과 굶주림, 그리고 야수 같은 일제에 끊임없이 쫓기면서도 한 명의 낙오자도 없이 목적지까지 가 닿았던 당시 간고했던 투쟁정신"을 되살려 1990년대 중반 큰 홍수로 인한 현재의 극심한 식량난을 이겨내자는 처절한 자기 결의이다. 홍용희, 「고난의 행군과 북한의 시」, 『근대문학』, 2006년 4월호 참조.

과 실현이 어려운 ①의 경우를 제외하면, ②, ③의 경우가 선택지로 남는다. ②의 현지국 정착이란 궁극적인 종착지로서 남한이 전제되지 않은 경우이다. 이때, 등장인물은 자의적이든 타의적이든 중국은 물론 세계의 곳곳을 횡단하는 탈국경의 서사의 주체가 된다. 이때, 탈북자 문제는 민족모순의 범주를 넘어서서 전지구적 차원의 제국주의적 자본과 권력 모순 속에서 조망할 수 있는 가능성을 열어 놓는다. 한반도의 분단체제가 단순히 남북한의 대립과 갈등의 산물이 아니듯이 탈북자 문제 역시 전지구적 차원의 독점자본과 권력구도 속에서 온전히 해석될 수 있을 것이다. 또한 이러한 탈북자들의 이동 경로는 아직 축적된 경험을 지니지 못하고 있기 때문에 소설적 양식과 기법의 무한 자율성이 열려 있는 편이다. 2000년대 중반에 발표된 황석영의 『바리데기』, 강영숙의 『리나』는 그 대표적인 성과물이다. 장편소설 『바리데기』는 제3세계 민중과 피억압 디아스포라의 국제적인 연대를, 『리나』는 포스트모던 서사의 환상과 혼종적 언어를 통해 "포스트 식민 시대 전지구의 압박 아래 놓인 지역의 문제성을 가장 첨예한 방식으로 형상화한다."[4]

한편, 탈북자의 선택지가 한국으로 분명하게 설정된 경우는 현실적 재현의 중압으로부터 크게 자유롭지 못하다. 1만여 명에 이르는 남한 사회의 새터민의 삶의 체험이 이들 작품의 구성원리의 기반으로 작동하고 있는 것이다. 이들 작품은 분단체제의 균열과 통일시대라는 민족사적 문제의식이 구체적이고 실질적으로 제기된다. 작품의 서사를 이끌어 가고 있는 등장인물들이 분단 모순과 남한 사회에서의 소수자로서의 극심한 소외감에 시달리는 당사자이기 때문이다.

여기에서는 후자의 경우처럼 탈북자 소설 중에 국내 입국의 경우를 장편소설의 형식을 통해 본격적으로 다룬 정도상의 『찔레꽃』과 이대환

4) 차미령, 「국경의 바깥–전성태와 강영숙의 근작들」, 『문예중앙』, 2006년 겨울호 참조.

의 『큰돈과 콘돔』을 중심으로 살펴보기로 한다. 이들 작품은 오늘날 탈북자 문제의 중심부를 가장 정면으로 관통하면서 그 성격과 의미를 역동적으로 환기시키고 있다. 특히 작품의 초점이 정도상의 『찔레꽃』은 탈북 과정에 집중되고 있다면 이대환의 『큰돈과 콘돔』은 남한에서 정착한 이후의 삶에 집중되고 있다. 그래서 탈북자 문제에 대해 전자는 사실적인 현장성이 우위에 놓인다면 후자는 기억과 반추의 형식이 지닌 객관적인 거리를 통해 남북한체제에 대한 비판의식이 우위에 놓인다. 따라서 이들 작품을 한자리에서 다루는 것은 탈북자 문제를 서로 다른 원근법에서 입체적이고 종합적으로 이해하는 데 도움이 될 것이다.

2. 『찔레꽃』, 월경의 서사와 사물화의 강요

정도상의 장편 연작소설 『찔레꽃』은 사실적인 문체로 탈북자들의 생활 감각과 정서를 구체적이고 섬세하게 살려내고 있다. 이것은 남한소설에서 북한 현상이 정도상에 이르러 더 이상 낯선 '타자'가 아니라 내면화된 '주체'로 이동해 왔음을 보여준다. 『찔레꽃』은 북한 현상을 다룬 이전의 많은 경우와 달리 '바라보는 자의 시선'이 아니라 '더불어 사는 자'의 정서적 동질성과 핍진성을 확보해내고 있다. 이것은 무엇보다 작가 자신이 남북 민간교류사업에 오랫동안 기여하면서 스스로 북한과 중국의 인접 지역에 대한 체험적 인식을 심화시켜 왔기 때문일 것이다. 또한 이점은 그동안 전개되어온 남북한 교류사업의 성과로도 해석된다. 2000년 6 · 15선언 이후 남북한의 민족적 친화성의 회복을 위한 노력이 공식, 비공식적으로 꾸준히 전개되어 왔던 것이다.

정도상의 『찔레꽃』은 주인공 충심이 북한에서 인신매매단에 속아 강제 월경을 한 이후 중국에서 온갖 수난을 겪고, 몽고를 거쳐 남한으로 내려오게 되는 탈북－월경－남한 정착의 과정을 기본 구도로 하고 있다. 이 작품의 주인공 충심은 오늘날의 북한의 실상, 탈북자들의 비법(非法)월경자로서 겪게 되는 중국에서의 삶, 남한 사회에서 겪게 되는 소수자로서의 고통 등을 온몸으로 관통하는 문제적 개인이다. 그래서 이 작품에는 북한체제의 파행, 탈북자의 인권 문제, 남한 속의 소수자로서의 탈북자 문제 등이 체험적 삶의 언어를 통해 밀도 높게 감각화되고 있다.

작품 줄거리의 원점에 해당하는 비법월경의 배경은 다음과 같다. 함흥 음악학교 재학생인 충심은 남양 이모댁에 다니러 갔다가 사촌 미향과 함께 인신매매단의 함정에 쉽게 걸려들게 된다. 그들이 인신매매단에 쉽게 걸려든 것은 북한 사회에 확산되고 있는 절대가난 때문이다. "아버지 생일"이지만 "니밥이라도 한그릇 해드"리기 어려운 "고약한 세월"(43쪽)이 지속되면서 이들은 조선족 여자가 중국 도문에 가서 식당 복무원으로 일하면 단시간에 큰돈을 만질 수 있다는 말에 쉽게 빠져든다. 절대가난의 만연으로 인해 북한 사회는 인신매매범들의 좋은 표적이 된 것이다.

실제로 북한 사회는 1990년대 중반 들어 정기적인 배급체계가 무너지면서 350만 명 이상이 굶주림으로 아사하는 초유의 사태를 맞이한다. 이러한 식량난은 가정의 해체, 교육의 마비, 의료체계의 마비, 사회치안의 부재 등의 기본적인 사회 안전망의 파탄을 초래하였다. 북한체제는 식량난을 겪으면서 여성의 치명적인 인권 침해와 유린에도 제대로 대처하지 못한다. 그래서 탈북자는 물론 북한 사회의 여성에 대한 인신매매가 급증한다. 인신매매의 확산은 식량난으로 인해 중국으로 시집가기를 원하는 여성의 증가, 중국의 도시화에 따른 농촌 총각 문제, 북한 · 중국 변경 무역 중단 이후 상인들의 불법 영업으로의 전환 등이 서로 맞물리면서 극대화된다. 국경 인근 지역의 인신매매단은 북한 여성을 북한 내부에서부터 붙잡아 오기도 하고, 월경 이후 시장이나 역전에서 강제적으로 붙잡기도 한다.

주인공 충심의 월경은 북한 내부에서부터 인신매매단에게 붙잡힌 경우이다. 충심은 돈을 벌 수 있다는 유혹에 재춘 오빠와의 순정한 사랑도 유보한 채 따라나선 것이다. 그에게 월경은 자의가 아니라 타의에 의한 강요된 선택이었다. 타의에 의해 강요된 월경은 이후로 주체적 삶과 인격을 상실하는 원점이 된다. 그의 월경의 과정은 앞으로 그의 반인간적인 수난의 삶의 전조를 암시한다.

> 몸을 최대한 낮추고 강변으로 조심스레 내려갔다. 물결의 흐름이 빠른 여울목이 나타났다. 여울목 쪽에는 초소가 있어 조금 더 올라가야 한다며 남자가 뒤를 밀었다. 밤안개가 몸을 숨겨주자 조선족 아낙네가 주머니에서 뭔가를 꺼냈다. 손에 들고 다닐 수 있다는 작은 전화기였다.
>
> "여보시요. 밤안개가 아주 좋다. 지금 물건 개꾸 간다. 준비하라우."
>
> 조선족 아낙네가 두 처녀를 돌아보며 전화기를 주머니에 넣었다.
>
> 미향도 겁에 질린 듯 사시나무 떨듯 했다.
>
> "건너가자우."
>
> 조선족 아낙네가 말했다.
>
> "안 가면 안 되나요?"
>
> 미향이 울상이 되어 발을 뺐다.(68쪽)

충심과 미향의 월경은 이렇게 이루어진다. 이들은 월경의 순간 조선족 아낙네의 표현처럼 "물건"으로 전락된다. 실제로 이들의 중국에서의 삶은 탈인격적인 "물건" 이상으로 취급되지 않는다. 이들은 비법월경자라고 하는 범죄자의 꼬리표가 붙은 상품 기호가 된다. 그래서 재앙과 야만의 공간 속에 무방비로 노출되는 것이다. 중국은 북한 이탈자에 대해 비법월경자로 취급하여 북한 송환을 원칙으로 한다. '유엔회원국이자 국제사회에서 독립주권국으로 또 내부 정치 상황이 안정된 한 나라의 국민을 난민으로 판정할 어떤 이유를 갖고 있지 않다'는 것이 일관된 중국 정부의 주장이다. 그래서 국경을 넘어서는 순간 북한 주민들은 어떤 사회적 보장이나 인권 침해로부터도 보호받지 못하게 된다. 그래서 탈북자들의 삶은 반문명적인 치외법권의 대상이 된다. "국민국가라는 체계 속에서 이른바 신성불가침의 인권이라는 것은 특정 국가의 시민들에게 귀속된 권리로서의 형태를 취하지 못하는 즉시 아무런 현실성이 없는 것"[5)]이기 때문이다.

월경 이후 충심과 미향은 인신매매단의 분류법에 따라 7만 위안의 '새가이'(처녀, 아가씨)로 계산되는 물품이 된다. 춘구, 갑봉, 삼식이가 조를 이룬 인신매매단에게 탈북 여성은 "새끼 낳기 전엔 금(金)유방, 새끼 낳고 나면 개(狗)유방"이라는 몸값의 셈법이 있을 따름이다. 이들은 젊은 여자들이 돈을 벌기 위해 "한국바람"에 휩쓸려 한국으로 가거나 "북경으로 혹은 청도나 연태로" 빠져나간 조선족 마을의 실상과 돈을 벌기 위해 월경한 북한 경제 유민의 현실을 이용해 인신매매를 자행하는 범죄자들이다.

충심과 미향의 중국에서의 수난은 헤이룽쟝성 조선족 마을로 팔려가 강제결혼을 하는 데에서부터 시작된다. 연작 「늪」과 「풍풍우우」에서 집중적으로 다루어지는 이들의 참담한 현실은 생지옥의 모습으로 묘사된다. 충심은 신흥촌의 저능한 남자로부터 탈출하였으나 아편쟁이 영출에게 다시 팔리고 미향은 한집의 부자(父子)가 성 행위를 요구하는 패륜적인 현실 앞에서 정신병자가 되어버린다. 중국 공안의 단속을 피해 충심은 미향을 데리고 도망치는 데 성공하지만 미향은 도문으로 가는 기차 안에서 그만 목숨을 잃고 만다. 충심은 대동강 월경에서의 재춘 오빠에 이어 가까운 사람의 죽음을 두 번째로 겪는다.

「소소, 눈사람이 되다」는 충심의 연변의 삶을 다루고 있다. 한성안마에서 안마사로 취직한 충심은 자신이 믿었던 사람으로부터 배신을 당해

5) 조르조 아감벤, 박진우 역, 『호모 사케르』, 새물결, 2008, 248쪽.

공안에게 쫓기는 신세가 된다. 비법월경자로 호구(구민증)가 없다는 약점이 주변에 범법자들을 끊임없이 몰려들게 하는 유인 물질이 된 것이다. 이제 그가 "사람답게, 나이에 어울리게 살고 싶"은 소망은 "금기"가 된다.

> 사람답게 나이에 어울리게 살고 싶었다. 좋은 남자를 만나 사랑을 하고, 가족들과 함께 즐겁게 저녁을 먹고, 예쁜 옷을 입고, 곱게 화장하고, 동무들과 밤마실을 다니며 수다떨고 남의 흉도 보면서, 어린 시절부터 꿈꾸던 것들을 위해 열심히 살며, 무엇보다도 신분증 없이 떠돌지 않으며, 아무리 늦어도 돌아갈 집이 있는 삶을 간절히 소망했다. 그러나 충심의 그 작은 소망은 모조리 금기에 속했다.(157쪽)

충심이 원하는 삶은 너무도 소박하고 평범하다. 여기에는 어떤 정치적, 이념적 거대담론이 스며들 여지가 없다. 그저 "나이에 어울리"는 인간적 삶의 일상만이 있을 따름이다. 그러나 이제 충심에게 이토록 평범한 일상에 대한 소망마저 금기가 된다. 북한으로 귀환하여 가족과의 조우에 성공한다고 할지라도 이것은 불가능하다. "교양을 받고 본래의 직장으로 재배치"된다 해도 "직장 사람들이나 마을 사람들이 배신자 취급을 해서 견딜 수가 없"게 되기 때문이다.

그렇다면, 차선책으로 남한행만이 남는다. 남한으로 가면 적어도 "신분증 없이 떠돌지"는 않을 수 있으므로 쫓기는 신세에서 벗어날 수 있기 때문이다. 그는 한국행을 선택하지 않을 수 없게 된 것이다. 그러나 그의 한국행을 돕기 위해 나서는 사람들은 대부분 다음과 같은 불순한 기획입국자들이다.

> 한국에서 온 선교사들인가 무슨 북한민주화운동을 한다는 사람인가를 만났는데, 그 사람들 시키는 대로 서울에 가서 김정일 장군님 욕을 하고 내 고향 욕을 한다는 조건을 받아들이면 데려다 준다고 했어요. 진짜로 나는 고향

을 배신하고 싶지 않았어요. 내가 왜 내 얼굴에 침을 뱉어야 하나요?(161쪽)

충심의 한국에서 온 사업가와의 대화를 통해 드러나는 남한행의 가능성은 이처럼 정치적 목적을 내세운 기획입국이 주종을 이룬다. "탈북자 혹은 북한 인권은 그들 스스로의 실존적 상황 때문이 아니라 누군가의 '요청과 의도'에 의해서 구성되고 존재하는 것으로 기획된 측면이" 지배적이었다. 탈북이 "삶의 온전성을 파괴하는"[6] 반인권적인 기획과 의도 속에서 전개되었듯이 남한으로의 입국 역시 이와 크게 다르지 않다. 그래서 충심의 남한 입국 역시 결코 간단치 않은 우여곡절 속에서 이루어진다. 여기에서도 비정한 자본의 연쇄 고리가 철저히 작동한다.

"충심씨가 나를 믿지 못하는 것처럼 나도 충심씨를 믿지 못해요. 저 꼬마 비용은 현금차용증을 씁시다."

박선교사의 목소리에는 얼음덩어리가 든 것 같았다. 손톱을 너무 깊게 깨물어 피가 다시 나기 시작했지만 그래도 영수는 멈추지 않았다.

"그게 뭔데요?"

충심 이모가 물었다.

"현금차용증이란 돈을 빌렸다는 증서인데, 언제까지 갚겠다는 약속을 문서로 하는 겁니다. 만일 약속한 날짜에 갚지 않으면 감옥에 가야 하구요." (182쪽)

탈북자의 한국행 입국은 한국에서의 정착금을 담보로 계약된다. 충심이 부모 없는 8살 어린 아이 영수를 데려가려고 하자 선교사는 어른과 같은 오백만 원의 돈을 요구한다. 돈을 지불하지 않으면 어떤 어려운 처지에 있는 사람이라 할지라도 한국행 행렬에서 배제된다. 선교단체의 자선사업이 정작 자선과는 이미 거리가 멀다. 종교적 휴머니즘을 내세

6) 정도상, 「작가의 말」, 『찔레꽃』, 242쪽.

워 밀입국 비용 착취와 선전용 자료 만들기에 급급한 거짓과 위선만이 표나게 드러난다. 탈북자의 비법월경자로서 당하는 비인간적인 수난은 여기에서도 결코 예외가 아닌 것이다.

탈북자들의 한국행 루트는 크게 세 가지 정도로 나뉜다. ① 중국 내에서 여권과 공민증을 위조하거나 밀항하는 방법, ② 주변국으로 이동하여 그 나라 정부와 주재하는 한국 공관의 협조를 얻는 방법, ③ 중국에서 외국 공관으로 들어가 난민 신청을 하는 것이다.[7] 충심을 포함한 탈북자들의 한국행 월경의 서사는 ②의 방법에 해당하는데, 몽골 초원을 횡단하는 죽음의 여로를 통해 전개된다. 탈북자 일행과 보조를 맞추지 못한 어린 영수는 초원에서 엄마를 부르며 홀로 죽어간다. 북한 월경에서의 재춘 오빠, 중국에서의 미향에 이어 충심이 겪는 세 번째 죽음이다. 탈북-중국-한국행으로 이어지는 여정의 고비를 넘어설 때마다 참혹한 죽음의 대가를 지불하고 있는 것이다.

남한에 입국한 충심은 "지나온 모든 고통이여 안녕, 이라고 마음속으로 소리"친다. 그러나 남한에서의 "탈북자는 이방인에 불과"했다. 통일부 하나원의 교육을 마치고 나온 이후 박선교사 일당에게 소개비를 갚고, 북쪽의 부모님과 미향 이모에게 돈을 부치기로 하면서 충심은 또다시 몸을 파는 일에 종사하게 된다.

남한 사회 속에 일상화된 시장 지상주의의 무한 경쟁 논리는 지속적으로 배제된 '비-국민'을 탄생시킨다. 국민들은 배제당한 '비-국민'들을 보면서 자신도 '비-국민'으로 전락할지 모른다는 두려움과 함께 비-국민들로부터의 '거리두기'를 시도하고, 비-국민들은 자기혐오와 '국민'에 대한 선망에 사로잡힌다. 이러한 신자유주의의 지배원리가 일

7) 양영길, 「탈북자 인권 문제와 우리의 과제」, 『통일전략』 제8집, 한국통일전략학회, 2006 참조.

상 생활 속에 견고하게 자리잡은 남한 사회에서 탈북자는 출발부터 '비-국민'의 타자이다. 신자유주의의 '경쟁력 강화' 논리에 빠르게 부응할 수 없는 탈북자는 처음부터 국민의 신성한 권리와 보호로부터 배제된다. 그래서 충심이 노래방 도우미 일을 하면서 몸을 파는 매춘부로 전락된 것은 강요된 선택의 일종으로 해석된다. 북한에서의 강요된 월경, 중국에서의 강요된 결혼, 남한사회에서의 강요된 '비-국민'으로 이어지는 충심의 삶은 탈북자의 인권 문제는 물론 통일시대의 남북한 공동체 모델 찾기의 진지한 모색을 화두처럼 던진다.

3. 『큰돈과 콘돔』, 비판적 언술과 소수자의 초상

이대환의 『큰돈과 콘돔』은 정도상의 『찔레꽃』과는 조금 다른 거점에서 탈북자 문제를 다루고 있다. 이대환의 작품 역시 정도상의 작품처럼 '북한-중국-제3국-남한'이라는 탈북 과정의 여정은 동일하다. 그러나 그의 작품은 정도상의 경우보다 비교적 객관적인 거리감을 지속적으로 유지하고 있다. 그래서 정도상의 『찔레꽃』과 함께 이대환의 『큰돈과 콘돔』을 다루는 것은 탈북자 문제를 서로 다른 원근법에서 다층적이고 입체적으로 이해하는 데 도움이 된다.

이대환의 『큰돈과 콘돔』이 정도상의 『찔레꽃』에 비해 탈북자들의 현실과 객관적인 거리를 유지할 수 있게 된 주된 배경은 첫째, 이미 남한 사회에 적응하고 있는 새터민의 지나온 세월에 대한 반추의 형식을 통해 탈북자 문제를 다루고 있다는 점이다. 작품의 기본축이 보험설계사인 표창숙과 북한의 교사 출신인 막노동꾼 김남호가 남한의 한 임대아파트에서 살아가는 하루 동안의 일상이다. 작품의 진행은 삶의 현장으로부터 어느 정도 거리를 둔 기억과 강연의 형식을 중심으로 전개된다. 그래서 탈북 과정의 내력, 북한체제에 대한 비판, 남한에서의 삶의 소회가 상당히 논리적으로 개진된다. 둘째, 주인공 부부의 운명을 결정한 탈북 과정에 주인공의 주체적 능동성이 상당히 엿보인다. 정도상의 『찔레꽃』처럼 인신매매범의 납치에 의한 월경이 아니라 주인공 표창숙의 경우 직장인 식품가공공장이 원료부족, 전력부족으로 인해 멈춰서면서 "재미없고 따분한 일상에서 탈출하려는 욕망"이 일어나는 데에서 연원한다. 그녀는 이웃집 아주머니의 동생 고영란이 있는 무산에 장사를 하러 갔다가 "나랑 중국 들어가겠니? 열흘만 복무해도 중국 돈 500원은 버는데, 인차 건너오면 일 없어."(57쪽)라는 권유에 따라 월경을 감행하게 된다. 이 점은 표창숙의 남편, 김금호의 경우도 크게 다르지 않다. 연길쪽의 TV 방송을 자주 보았던 김금호는 "세상이 어떻게 돌아가나 이걸 확인하고 싶어 연길로 나갔다."(163쪽) 이들의 탈북 과정은 이념형은 아니지만 그렇다고 해서 절박한 생존형도 아니다. 그러나 기본적으로 북한체제의 위기적 상황과 그로 인한 불만이 작용하고 있음은 물론이다. 삶의 운명을 결정지은 탈북 과정이 타의적 강요보다는 어느 정도의 능동적, 주체적 선택에 의해 이루어진다. 그래서 이후에 전개되는 등장인물들의 삶의 과정 역시 주체적인 사고와 태도가 상당히 견지된다. 이를테면, 표창숙이 고영란을 따라 북한으로 귀환할 기회를 포기하는 과정부터 시작해서 중국에서 처음 만난 리봉규와 헤어진 이후 '남편 같은 남자'를 통해 신분증을 획득하고, 노래방 주방에 취직하여 돈을 모으고, 다시 남한행을 선택하는 과정이 모두 적극적이고 능동적인 선택으로 이루어진다.

이러한 몇 가지 요소들이 서로 어우러져 만들어진 객관적 거리는 탈북자 문제에 대한 생생한 재현과 더불어 풍자와 해학의 언술을 가능하게 한다. 이 작품의 제목 "큰돈과 콘돔" 역시 생활 속의 날카로운 풍자와 해학이 배어 있다. 제목의 내력은 다음과 같다. 김금호는 작업장 동료의 대화 중에 나온 '콘돔'을 '큰돈'으로 잘못 알아듣는다. 콘돔이라는 말이 중국에서는 '안전투', 북한에서는 '위생고무'였기 때문에 너무 생소했던 것이다. 표창숙은 이러한 사연을 듣고 앞으로 "콘돔 쓰는 날"을 "큰돈 버는 날"이라고 하자고 제안한다. 콘돔을 쓰는 것이 한국에서 아이를 낳고 키우는 데 필요한 '큰돈을 번다'는 뜻으로 해석된다는 것이다. 표창숙의 자본주의적 순발력을 읽을 수 있는 대목이다. 그녀가 남한에서 가장 자본주의적인 성격이 강한 '보험설계사'라는 직업으로 성공해가는 잠재적 소질을 엿보게 한다. 주인공 '표창숙'의 이름에서도 자본주의에 대한 발 빠른 적응력이 드러난다. 그녀가 북한에서 사용하던 본명과 다른 이름을 명함에 새긴 것은 한국에서 일 잘하는 사람을 '표창'한다는 데에서 발상을 얻은 것이다.

이처럼 표창숙의 빠른 현지 적응 능력과 생활 감각은 탈북자로서의 '소수자의 다수자화'를 위한 일방적인 노력으로 해석된다.

> 표창숙은 말씨에 매달린다. 텔레비전 연속극을 자주 보는 중요한 목적은 서울말을 배우려는 것이다. 말씨를 따라가야 꿩 우리 속의 닭 신세를 면할 수 있다. 말씨를 제대로 따라갈 때 드디어 겉으로 드러난 '북쪽 땟국'을 다 씻고 '새터민'이라는 허울도 벗어던지는 거다.(14쪽)

남한 사회의 '새터민'에 대한 완강한 배타성이 은연중에 드러나는 대목이다. 남한 사회는 2005년 1월부터 탈북자를 '새터민'으로 개칭한다. '새터민'은 '새로운 터전에서 삶의 희망을 갖고 사는 사람'을 가리킨다. 그러나 정작 이들을 소수의 '타자'로 인식하는 사회적 편견은 줄어들고 있지 않다. 소수자들의 권익과 인격이 존중되는 다문화 공동체는 당위적 요청일 뿐 현실적 삶 속에서는 힘을 잃고 만다. 소수자에 대한 배제의 원리는 역설적이게도 '합의의 정치'와 긴밀히 맞물려 있다. 특히 남한 사회에 견고하게 내면화된 신자유주의의 무한 경쟁이 강조되면서 소수자는 '합의를 통한 배제', '합의로부터의 배제'의 대상이 된다. 소수자의 문화와 권익을 논의하는 자리에 소수자의 목소리가 들어가지도 못한 채 다수에 의한 합의가 이루어진다. 그럼에도 불구하고 배제당한 소수자들은 그 합의의 결정에 따르지 않을 수 없게 된다. 따라서 새터민과 같은 소수자들은 스스로 자신의 정체성을 부정하고 속이면서 소수자의 다수자화를 일방적으로 선망하고 추구하는 이중적 고통을 감내해야 한다.

특히, 이와 같은 배타적인 자본주의 체제 논리가 탈북자 문제와 만나게 되면 통일시대를 열어가는 민족적 통합의 저해 요소로 작동하게 된다. 탈북자 문제는 "통일해야 된다고 큰소리치는 사람들이" 자각해야 할 통일의 "촉매분자"(177쪽)이기 때문이다. 탈북자는 남북한의 민족적 통합 모델의 실험적인 전위로서 의미를 지니는 것이다.

물론, 남한 사회 속의 탈북자의 위상은 남한 사회뿐만이 아니라 탈북자 자신의 창조적인 변화도 요구된다. 이대환의 『큰돈과 콘돔』에 등장하는 교조화된 북한식 사회주의 체제에 대해 탈북자 스스로 비판의식을 날카롭게 제기하고 있는 모습은 이러한 문면에서 중요한 의미를 지닌다. 탈북자들은 북한체제의 모순과 한계를 온몸으로 체득한 당사자이다. 다시 말해, 탈북자의 양산은 그 자체로 북한체제의 위기적 모순과 한계를 극명하게 드러내는 증거인 것이다. 표창숙이 곤명, 미얀마, 태국을 거쳐 한국으로 들어오는 과정에서 동행했던 강형섭, 허옥희 등의 지식인을 비롯한 이웃 새터민들의 다양한 목소리는 이를 분명하게 드러낸다.

북한체제 위기의 구조적 요인의 요체는 주체사상, 유일지도체제, 북한식 사회주의 경제체제 등을 꼽을 수 있다. 주체사상은 본래 인간이 모든 것의 주체라는 명제로부터 출발하여 인간의 주체성, 의식성, 창조성을 강조했으나, 이것이 유일지도체제와 만나면서 전체주의적인 '사회주의대가정론', '사회정치생명체론', '후계자론' 등으로 변화된다. 그리고 여기에서 더 나아가 당이 국가보다 우선하고 당은 수령의 명령과 지시 및 통제를 받도록 되어 있는 수령의 절대지배체제가 확립된다. 이는 어떤 정책조정이나 토론을 불가능하게 만들고 수령의 신격화[8]를 조장하는 결과를 초래한다. 수령의 절대지배체제에서 경제정책은 재산의 공적 소유와 폐쇄적인 중앙명령 계획경제체제이다. 현재 북한의 경제난은 기본적으로 여기에서 비롯된다. 그러나 이것은 북한체제의 근간이 변화하지 않는 한 수정하기 어려운 구조적인 변수이다.

탈북자들이 북한을 벗어나는 순간 이러한 체제 속의 구조적 모순을 어렵지 않게 각성하게 된다. 곤명에서 표창숙과 수양자매관계를 맺은 탈북 동료 허옥희는 중국 청도에서의 몇 년간 생활을 통해 각성한 북한체제에 대한 비판의식을 매우 날카롭게 드러낸다.

> 우리 공화국이 중국처럼 개혁 개방을 했다고 가정해봐. 그 많은 한국 기업들이 중국으로 갔겠어, 공화국으로 갔겠어? (…중략…) 청도에 몇 년 살았다고, 우리 공화국이 신천지로 나갈 수 있는 길이 손바닥처럼 보여. 그런데 왜 '우리식' 으로 굴어 죽자고 윽박지르고 옭아매나. 당을 위해서, 당 고위를 위해서, 오직 한 사람을 위해서? 그런 체제를 위해서…….(122쪽)

허옥희의 북한체제 비판은 매우 정확하고 날카롭다. 개혁 개방의 필요성과 당위성이 역설되고 있다. 그러나 북한체제는 이를 단행하지 못한다. 그것은 "당을 위해서, 당 고위를 위해서" 그리고 궁극적으로는 "오직 한 사람"을 위해서이다. 여기에서 "오직 한 사람"이란 말할 것도 없이 김정일 지도자를 가리킨다. 북한체제의 지배권력은 모두 이 "오직 한 사람"으로 귀결되고 있는 것이다. 신격화에 이르는 절대적 유일지도체제에서 비판, 조정, 토론은 결코 허용되지 않는다. 그래서 북한체제는 더욱 급속도록 파행으로 치닫게 된다.

다음은 김금호가 남한 사회에서 자각한 북한체제의 구조적 모순에 대

---

8) 이강석, 『북한의 어제 오늘 내일』, 21세기 군사연구소, 2005, 128쪽.

한 인식이다.

> 고인물이 썩는다고 하잖아? 개혁 개방이라는 게, 웅덩이에 숱한 구멍들을 내서 외부의 물이 들락날락하게 해주고 내부의 물이 외부의 물과 섞이게 해주고 내부의 물이 외부로 나가게 해주는 그러한 원리와 같다는 생각이 들어. 공화국은 너무 오래 고여 있는 웅덩이야. 인민들의 차원에서는 밀수, 탈북, 이런 개구멍 말고는 구멍도 없는데다, 한국처럼 데모를 못 하니까 웅덩이 물을 내부적으로 출렁거리게 해서 썩어가는 속도를 늦춰줄 힘도 없는 거지.(246쪽)

북한 사회가 350만여 명의 목숨을 잃는 식량난을 겪게 된 배경이 날카롭게 지적되고 있다. 북한 사회는 폐쇄주의와 관료주의가 어우러지면서 위기 상황에 대한 대처방식과 저항력을 갖지 못했던 것이다.

탈북자들의 생각이 여기에 이르면, 북한에서 그토록 소중하게 간직했던 "당원증"을 전면적으로 부정하는 모습을 보인다. 태국–미얀마 국경을 넘기 직전 60줄의 북한 의사 강형섭은 조선노동당 당원증을 불태우며, "백성은 굶어 죽어도 임금과 사대부 양반계급이 호의호식했던" 조선과 다를 바 없는 북 체제를 "공산주의에 대한 모독"이라고 비판한다. 그리고 거기에 저항하지 못한 자들의 당원증은 "기득권에 연연했던 위선의 증명서"였을 뿐이라고 말한다. 이 점은 허옥희나 김금호에게도 크게 다르지 않다. "당원증"을 불에 태우는 것은 북한체제에 대한 전면적인 부정에 해당한다. 탈북 이후 바깥에서 바라본 북한체제는 그들에게 더 이상 인민을 위한 우리식 사회주의가 아니라 "인민이 그것들을 지탱하기 위해 살아가야 하는 사회"로 인식된 것이다.

한편, 탈북자들에게 비친 남한 사회는 어떠한가? 가정해체 문제는 북한 사회나 남한 사회나 공통적으로 심각하다. 다만, 북한은 이혼사유가 표창숙이 중국에서 처음 만난 리봉규의 경우처럼 자식을 굶겨 죽이지 않기 위해 아내가 몸을 파는 것이 이유였으나 남한은 자식의 과외비를 대기 위해 노래방 도우미 일을 하여 문제가 되고 있다. 탈북자들에게 이러한 것은 남한 사회만의 기괴한 풍속도로 비친다. 또한 곤명에서 남한으로 가기 위해 대기하던 탈북자 아이들에게 허옥희는 "한국은 공부 경쟁이 아주 심해. 공화국 학교에서 당성 경쟁하는 것보다 더 심해. 우리, 내일부터 오전 오후 나눠서 하루 세 시간씩 공부하자. 내가 담임 선생님이야."라고 말한다. 한국의 현지 지사로 파견온 기업체 간부와 사랑을 나누었던 짧은 기간에 이미 파악한 사실이었던 것이다.

한편, 새터민 동료 원산댁의 남편에 대한 회고에서 "남쪽에 와서 당원이 되려고 했던 그 열성과 노력으로 일을 했으면 떵떵 사는 부자가 되고도 남았을 사람이야."(94쪽)라는 말처럼 북한에서는 "당원증"을 위해 맹목적이라면 남한에서는 부자를 위해 맹목적임을 드러낸다. 물론, 당원증과 부자가 되는 것의 성격은 근본적으로 서로 다르지만 맹목성이라는 점은 서로 유사하다. 남한 사회의 지배구조는 돈과 경쟁력이라는 이름으로 국가의 국민이자 한 사회의 구성원으로 누려야 할 당연한 권리들도 배제시킨다. 남한 사람들은 돈을 벌고 경쟁력을 키우는 데 매일 목숨을 걸고 전력을 기울이지만 이것들이 누구를 위한 것인지 묻고 있지는 않는다. 이것은 마치 북한에서 당원증을 따고 당성을 경쟁하는 것이 궁극적으로 왜, 누구를 위한 것인지 의문조차 갖지 않는 것과 다르지 않은 것이다.

이대환의 『큰돈과 콘돔』은 탈북자의 시선을 통해 교조적이고 폐쇄적인 북한체제의 모순과 더불어 경쟁력을 키우기 위해 잠시도 몰입하지 않으면 불안에 떠는 남한 사회의 자본주의적 실태를 가슴 아프게 환기시켜 준다.

그럼에도 불구하고, 이대환의 작품은 남한 사회의 자본주의적 생리와 북한체제의 모순을 체험적 깊이로 승화시키지는 못하고 있다. 등장인물의 삶의 과정을 통한 '보여주기' 보다는 직정적인 '설명하기' 가 주조를 이루고 있다. 작품의 기본 구도를 이루는 허옥희와 소희란(표창숙), 김금호와 표창숙, 표창숙과 200여 명의 보험설계사 등의 관계도 빈번하게 가르치고 배우는 수직적인 관계를 이룬다. 이러한 소설적 구도는 논리가 체험을 압도하는 상황을 더욱 강화한다. 이 점은 아직 북한체제, 남한 사회, 통일시대 등을 관통하는 새터민의 일상이 체험적인 생활 언어로 숙성되고 내면화되기에는 이른 단계라는 것을 드러내고 있는 것으로 보인다. 또한 남한 사회에서의 탈북자들이 일방적으로 '소수자의 다수자화' 로 치닫는 면모가 강조된다. '소수자의 다수자화' 가 아니라 다문화 공동체를 만들 수 있는 '창조적 소수자화' 가 구현되는 진지한 문제의식이 요구된다.

4. 결론

1990년대 중반 이후 우리나라 분단문학은 통일문학으로 전환된다. 분단문학이 전쟁의 비극성과 분단체제 이데올로기에 대한 비판에 초점을 둔다면 통일문학은 분단의 역사가 침전시킨 이질성의 벽을 허물고 진정한 민족적 화해와 동질성의 회복을 추구하는 데에 집중한다. 탈북자 문제는 특히 후자에 해당하는 대표적인 중심 소재이다. 탈북자의 급증은 탈냉전시대의 전지구적 시장화에 상응하여 새롭게 요구되는 한반도 질서와 그 주변의 변화를 드러내는 징후로 파악된다. 다시 말해, 탈북자 문제는 위기의 북한체제, 남한 사회의 시장 지상주의와 소수자 문제, 통일시대의 가능성, 동북아의 국제질서와 인권 문제, 세계의 제국주의적 자본질서 등을 가로지르는 문제적 사건인 것이다.

1990년대 중반 이후 급격히 늘어난 탈북자 문학의 기본 구도를 이루는 여정은 북한－중국(제3국)－현지 정착의 경우와 북한－중국(제3

국)－한국행으로 크게 나누어진다. 황석영의 『바리데기』, 강영숙의 『리나』의 경우가 전자의 대표적인 경우라면, 정도상의 『찔레꽃』, 이대환의 『큰돈과 콘돔』은 후자에 해당하는 대표적인 경우이다. 전자의 경우, 탈북자 문제에 대해 민족모순의 범주를 넘어 전세계에 걸친 제국주의적 독점 자본과 권력의 차원에서 본격적으로 조망할 수 있는 지평을 열어가기에 용이하다. 반면에 후자의 경우, 탈북자 문제는 한반도의 분단체제의 극복과 통일시대의 가능성에 비교적 집중된다. 특히, 전자는 아직 축적된 경험을 지니지 못한 미답의 서사로서 상상력의 무한 자율성이 허용된다면 후자는 이미 1만여 명이 넘는 새터민들의 삶의 일상의 토대로부터 크게 자유롭지 못하다.

한편, 이 논문에서 중점적으로 다룬 정도상의 『찔레꽃』이 북한에서의 강요된 월경, 중국에서의 강요된 결혼, 남한 사회에서의 강요된 '비－국민'으로 살아가는 피억압자의 시각에서 전개되고 있다면, 『큰돈과 콘돔』은 비교적 능동적인 선택에 의한 월경, 결혼, 남한 삶을 보여준다. 따라서, 정도상의 『찔레꽃』과 함께 이대환의 『큰돈과 콘돔』을 다루는 것은 탈북자 문제를 서로 다른 원근법에서 다층적이고 입체적으로 이해하는 데 도움이 된다.

앞으로 탈북자 문학은 좀 더 적극적으로 통일시대를 향한 민족적 통합 모델을 모색하고 설정하는 단계로 나아가는 발상의 전환이 요구된다. 탈북자 문제는 분명 흔들리는 분단체제의 징후이며 통일시대의 전조이기 때문이다. 따라서 탈북자 문제에 대해 남한 사회 안에서 '타자'로 존재하는 일방적인 '소수자의 다수자화'가 아니라 '창조적 소수자'로 나아갈 수 있는 방법적 모색이 추구되어야 할 것이다. 이때, 탈북자 문제의 해결은 북한체제뿐만이 아니라 남한 사회까지 질적 고양을 이루어 내는 계기로 작용할 수 있을 것이다.

참고문헌

권　리, 『왼손잡이 미스터리』, 문학수첩, 2007.

김남일, 「중국 베트남어 회화」, 『실천문학』, 2004년 여름호.

김정현, 『길 없는 사람들 1, 2, 3』, 문이당, 2003.

김지수, 「무거운 생」, 『창작과 비평』, 1996년 가을호.

리지명, 『삶은 어디에』, 아이엘엔피, 2008.

문순태, 「울타리」, 『울타리』, 이룸, 2006.

박덕규, 「노루 사냥」, 『한국소설』, 1996년 가을호.

______, 「세 사람」, 『동서문학』, 1998년 봄호.

______, 「함께 있어도 외로움에 떠는 당신들」, 『함께 있어도 외로운 사람들』, 웅진, 1998.

양영길, 「탈북자 인권문제와 우리의 과제」, 『통일전략』 제8집, 한국통일전략학회, 2006.

이강석, 『북한의 어제 오늘 내일』, 21세기 군사연구소, 2005.

이금순, 「북한인권과 탈북자문제」, 『통일전략』 제8집, 한국통일전략학회, 2005.

이대환, 『큰돈과 콘돔』, 실천문학사, 2008,

전성태, 「강을 건너는 사람들」, 『문학수첩』, 2005년 가을호.

정도상, 『찔레꽃』, 창작과비평사, 2008.

정을병, 「남과 북」, 『꽃과 그늘』, 개미, 2001.

정철훈, 『인간의 악보』, 민음사, 2006.

조르조 아감벤, 박진우 역, 『호모 사케르』, 새물결, 2008.

차미령, 「국경의 바깥 – 전성태와 강영숙의 근작들」, 『문예중앙』, 2006년 겨울호.

최대석 · 조영주, 「탈북자 문제의 주요쟁점과 전망」, 『북한학보』 제33집 2호, 2008.

최　윤, 「아버지 감시」, 『저기 소리없이 한잎 꽃잎이 지고』, 문학과지성사, 1992.

홍용희, 「고난의 행군과 북한의 시」, 『근대문학』, 2006. 4.

'함께 있어도 외로움에 떠는' 그들

고 인 환

1. 분단 현실과 탈북자 소설

탈북자들의 삶을 다룬 소설은, 늘 마음 한구석을 불편하게 한다. 가슴 속에 꾹꾹 눌러두고, 끄집어내기 싫은 그 무엇을 소환하기 때문이다. 이를테면, '인간의 본질은 무엇인가 혹은 문명 · 문화란 무엇인가' 라는 질문 같은 것 말이다. 어느 사회에서나 '인간답게' 살기는 어렵다. 인간은 언제나 허위의 가면을 쓰고 살아가기 때문이다. 하지만 우리는 탈북자 소설에서 인간의 '맨얼굴'을 만난다. 적나라한 인간의 탐욕 혹은 세계화의 허울을 쓴 신자유주의의 음험한 욕망. 이를테면, '미국→한국(남한)→중국(조선족)→북한' 순으로, 서열화되는 문명의 야만 말이다. 문명 · 문화 나아가 인간의 다양성조차 집어삼키는 근대의 괴물 앞에 어찌할 바를 몰라 바르르 떠는 나약한 인간의 내면을 만날 때 우리는 슬쩍 눈길을 돌린다. 이 때문에 마음이 편치 않은 것일까?

또한 탈북자의 문제는 다음과 같은 분단의 꼬리표를 소환하며, 불편한 내면을 들쑤신다. 탈북자 소설이 해방 이후 한반도의 분단 현실과 맞물려 있다는 점 또한 부인할 수 없는 사실이 아닌가? 근대적 일상과 분단 현실, 세계사적 보편성과 민족사적 특수성이 얽혀 있는 복합적인 문제가 아닌가?

그렇다면 탈북자의 문학적 형상화를 살펴보기 전에, 우리의 분단문학을 음미해 볼 필요가 있다. 1990년대 이후 작가들에게 분단 현실은 주목받지 못했다. 다원성 · 개성을 전면에 내세운 개별화된 담론의 급성장은 우리 현실의 사회 · 역사적 문제보다는 개인의 억눌린 무의식적 욕망을 표출하는 데 주력하게 했다. 우리의 현실을 규정하는 근원적 모순이라 할 수 있는 분단 상황에 대한 천착은 지나간 시대의 유물인 양 소홀히 취급되기도 했다.

이에 분단문학의 지향은 변모를 겪지 않을 수 없었다. 이데올로기는 상징의 가면을 벗고 분단 현실에 상처 받고 희생된 인물 옆에 나란히 내려앉는다. 위안받을, 돌아갈 정신적 고향이 없는 세대의 분단소설은 이 지점에서 시작된다. 이념의 흔적이나 흉터를 통해 분단 현실은 일상 속으로 스며든다.

이러한 상황에서 황석영의 『손님』(2001)은 다분히 문제적이다. 이념과 일상 사이에서 진동하는 분단소설의 현주소를 보여주는 작품이기 때문이다. 황석영은 과거의 역사를 지금까지와는 다른 독특한 목소리로 재구성함으로써 동시대 현실과 대화의 장을 마련하고 있다. 이러한 과거와 현재의 대화는 체험과 상상, 해체와 재구성, 단절과 연속 사이를 길항하며 분단문학의 새로운 가능성을 타진하고 있다. 『손님』은 체험에 바탕한 기존의 리얼리즘적 분단 인식과, 분단 현실을 관념 · 상상을 통해 해체 · 재구성하려는 모색 사이를 매개하며 새로운 분단 인식을 보여준다는 점에서 주목을 요한다.

탈북자들의 삶을 논의하면서 『손님』을 언급한 이유는 분단소설의 자리를 되짚어보기 위해서이다. 이제 우리의 분단문학은 이데올로기의 신화를 해체하는 방향으로 나아감은 물론, '북한'이라는 금기의 땅을 시·공간적으로 넘나들고 있으며, 이념과 일상이 길항·공명하는 지점을 응시하고 있다. 따라서 탈북자 문학의 자리는 근대적 일상의 신화를 상대화하는 작업과, 이념이 스러진 공백을 메우는 분단문학의 연장선에서 모색되어야 한다.

2. 이념과 일상의 경계

먼저, 최윤의 「아버지 감시」(『저기 소리 없이 한 점 꽃잎이 지고』, 문학과지성사, 1992)가 시선을 끈다. 탈북한 아비를 만나는 장면 때문이다. 월북한 아버지는 탈북하여 중국에 살고 있으며, 아버지로 인해 남한에서 무수한 고통을 겪은 아들은 프랑스에 정착해 살고 있다. 이 두 사람이 상봉하는 곳은 프랑스이다.

제3국 프랑스의 한 모퉁이에서 만난 아버지는 이미 예전의 화려하고도 떳떳한 공산주의자로서의 모습을 상실했다. 중국으로 탈주한 이후의 생활을 묻는 아들의 질문에 아버지는 '나는 야인이다. 그리고 야인의 생활에 만족한다'라고 대답한다.

아버지는 더 이상 과거의 이데올로기적 존재가 아니다. 아버지는 과거에 선택한 이데올로기에 대하여 미련을 가지고 있지도 않고, 그렇다고 월북 행위를 후회하고 있지도 않다. 아버지는 어느 누구에게 무릎 꿇고 용서를 빌 만한 일을 한 적이 한 번도 없다고 말하고 있으며, 뜻 없이 건성으로 사는 일이 그 당시나 지금이나 가장 큰 부끄러움이라고 말한다. 아버지의 월북 행위는 여기에서 인간 본연의 신념, 자존심의 문제로 전화된다.

아버지의 탈북 동기에 대해서는 구체적으로 드러나지 않으나, 아들과의 선문답식 대화를 통해 추측해 보면 '가도가도 내리막길이 없는 오르막길'을 오르는 데 지쳐버렸기 때문이다. 이는 월북한 당시 아버지가 생각했던 이념을 북한에서 실현하기 어려웠다는 의미로 해석할 수 있다. 사회주의 지식인이 꿈꾸는 유토피아와 북한의 현실 사회주의 사이의 괴리에 따른 좌절에 다름 아니다. 이는 분단 현실을 인식하는 관점이 이데올로기 대립이라는 이항 구도에서 신념의 실천이라는 구체적 문제로 전화하고 있음을 시사한다.

이 작품에서 아들의 시각은 아버지의 처지에 비해 이데올로기적으로 우월한 위치에 있다. 이는 아버지 '감시'라는 제목에서도 그대로 드러난다. 국가 사회주의권의 몰락과 자본주의의 승리라는 국제 정세를 반영하고 있는 이와 같은 인물 설정은 신자유주의의 경제 논리에 기초하고 있다.

「아버지 감시」는 아버지가 아들에게 파리에 있는 '페르 라 셰즈'라는 공동묘지에 동행할 것을 요구하며, 함께 그 묘지를 찾아가는 여정으로 마무리된다. '페르 라 셰즈'는 파리 코뮌의 막바지에 파리에 스며든 국민병을 정부군이 생포 사살하여 매장한 역사적인 장소이다. 한바탕 불어 닥치는 바람에 옷깃을 올릴 생각도 잊고 70세의 노인답지 않은 빠른 걸음으로 앞서 가는 아버지의 구부정한 뒷모습에서 아들은 '행여 아버지를 만날 수 있을지도 모른다는 기대 속에서 하루하루를 살아오기라도 한 것 같은 감정의 착각'에 사로잡힌다. 십여 년 전 유학 시절 친구들과 방문하여 우연히 만난 북한 사람들을 보며, 기억에도 없는 젊은 시절의 아버지를 그려본 일이 떠오른 것이다. 아버지의 부재로 유복자 생활을 해온 아들의 곱지 않은 시선이 낳은 아버지 '감시'는 이 대목에서 비록 '감정의 착각'이라는 단서가 붙지만 아버지의 삶과의 소통 가능성을 보여준다. 이는 아버지에 대한 아들의 시선이 '감시'에서 서서히 '이해'로 바뀌는 과정과 동궤에 놓인다. 이러한 상호소통은 이데올로기라는 잣대를 버리고 서로의 삶을 동등하게 인정할 때 가능하다.

최윤은 이 작품에서 특정 이데올로기를 감시하는 아들의 모습은 또 다른 이데올로기, 즉 자본주의의 우월성을 드러내는 행위일 수 있다는 사실을 보여준다. 그리고 소통의 가능성을 '감정의 착각' 을 통해 제시한 점은 분단의 문제가 혈육의 정에 바탕한 당위적 구호를 통해서는 극복하기 어렵다는 것을, 화해는 지난한 시행착오를 거쳐야 비로소 이루어질 것이라는 각성을 역설적으로 표현한 고육지책이라 할 수 있다.

김지수의 「무거운 생」(『창작과 비평』, 1996년 가을호)은 여기에서 한 걸음 더 나아간다. 이념의 문제는 가정 폭력이라는 구체적 일상의 문제로 몸을 바꾼다. '인격의 파괴조차도 넘어선 존재에 대한 능멸' 인 남편의 폭력 때문에 집을 박차고 나온 화자와, 추위와 굶주림 그리고 매질을 견디기 힘들어 '오직 목숨만 건질 수 있다면 어떤 일이라도 해낼 것' 같은 심정으로 탈북한 시베리아 벌목공의 삶을 포개 놓은 작품이다. 이씨는 한의사였는데, 치료 중 당 간부의 아들을 죽게 해서 시베리아 벌목공으로 가게 되고, 거기서 탈출한 탈북 노동자다.

화자에게 이씨(리명운)는 침울함과 어색함이 뒤엉킨 미묘한 인상의 '색다른 느낌' 을 풍긴다. 이씨의 삶을 관찰하는 화자의 시선을 통해 '어떤 무거운 숙명을 지고 가는 듯이 한껏 침잠된 고통스런 표정' 의 탈북자의 삶이 사실적으로 그려진다.

무언가 색다른 사람들이 살고 있을 것 같은 북녘에서 온 그도 자신과 똑같이 소심하고 똑같이 인간적이고 똑같이 고뇌하는 것처럼 보인다. 이러한 공감은 화자의 처지와 비슷한 데서 비롯된다. 지은 죄도 없이 경찰 앞에서 벌벌 떠는 그의 태도에서 남편 앞에 내팽개쳐진 자신의 모습이 연상되었기 때문이다. 불가항력의 절대적 힘에 대한 나약한 공포, 극대화된 위협 앞에 어찌할 길 없는 본능적 자기보호, 깊은 상처를 입은 짐승이 앓은 신음 소리, 이불을 뒤집어쓰고 통곡하는 소리, 뿌리 잃은 자들이 드러낼 만한 진한 외로움과 부러움의 그림자 등은 이들을 연결시켜 주는 이미지이다.

> "다행히도 이렇게 탈출에는 성공했지만…… 가끔 너무 힘듭네다."
>
> 정은은 무언가에 성공한 사람에게서는 도저히 읽을 수 없는, 헤아리기 어려운 낙담과 쓸쓸함이 그의 온몸에 절실히 서려 있는 것을 보았다.
>
> "아까 말한 것처럼 텔레비 수리공이나 의사의 신분 차이 같은 사소한 것에서부터, 엄청난 문화 차이, 시장경제체제, 아니 그런 것 말고도 그쪽에서는 도저히 상상할 수도 없었던 집권당에 대한 비판 같은, 우선 당장 마음껏 주어진 이 자유라는 것부터가 어느 선에서 스스로 통제하고 누려야 하는 건지 매번 당황하게 됩네다."(「무거운 생」, 140쪽)

이들을 연결시켜 주는 매개는 가족이다. 화자는 깊은 고뇌 끝에 한 번 더 남편을 믿어보기로 하고 그리던 아들이 있는 집으로 돌아간다. 이씨는 북에 두고 온 가족에 대한 그리움을 주체하지 못하고, 연변을 통해 밀입국하려다가 발각돼 구속된다.

화자의 귀가가 아무런 해결책도 갖지 못한 점과, 리명운이 맹목적이고 무모한 행동에 그치고 있는 점이 아쉬움으로 남는다. 결국 「무거운 생」은 탈북자의 현실을 구체적 일상의 문제와 연관하여 본격적으로 다루었다는 성과에도 불구하고, 심정적 · 감정적 화해(남과 북을 가로지르는 가족 이데올로기는 혈연적 동질감에 호소하는 민족 이데올로기와 그리 멀리 떨어져 있지 않다)의 차원에서 멈춘다.

그렇다면 문순태의 「울타리」(『울타리』, 이룸, 2006)는 어떨까? 탈북자 특집 취재를 맡은 기자가 그들의 삶을 추적하며 느낀 소회를 기록한 형식의 소설이다. 그러면 취재 대상이 되는 '김노인' 은 어떤 인물인가? 그가 살아온 삶은 극적이다. 김노인은 분단 현실의 중심에 놓인 문제적 인물이다.

그를 취재 모델로 선정한 이유는, 첫째 가장 최근에 '하나원'에서 퇴원하여 정착을 시작했고, 둘째는 베이징에서 가족이 둘로 찢어져 12세 손자와 함께 탈북한 것, 셋째는 김노인이 6·25 때 월북자라는 것에 마음이 끌렸기 때문이었다.(「울타리」, 145~146쪽)

작가의 세대적 관심이 투영되어 있는 부분은 셋째다. 이 셋째 이유 때문에 「울타리」는 기존 분단소설의 문제의식을 이어받는다. 6·25전쟁 당시 소년 빨치산이 되어 지리산으로 입산한 친구와 '우정과 이념에 대한 신념의 징표'로 금반지를 나눠 낀 사실이 그것이다. 탈북자의 구체적 일상에 이념의 문제를 슬쩍 끼워 넣은 것이다.

이러한 이념과 일상(삶)의 긴장은 김노인과 최동호의 대비로 선명하게 나타난다. 최동호는 30년 전 남파 간첩으로 체포되어 옥살이를 한 인물로, 북송 희망자 30명 중 한 사람이다. '꿈을 포기해버린 사람(김노인)은 고향으로 돌아왔고, 아직도 과거의 꿈속에 살고 있는 다른 사람(최동호)은 고향을 떠나려 하고 있다'. 화자는 북이 싫다고 목숨을 걸고 탈출한 김노인에게서 '곧 주저앉을 것 같은 연약함'을, 북으로 돌아가기를 희망하는 최동호 씨에게는 '뻔뻔스러울 만큼 당당한 오만함'을 읽어낸다.

급기야 화자는 이들의 모습이 겹쳐지는 장면을 경험한다. 이는 과거와 현재, 가족과 이념의 만남을 상징한다. 두 사람의 차이점이 결국은 동일한 뿌리에서 발생했다는 것이다. 이러한 암시는 김노인의 방과 최동호 씨의 집에서 '애틋하면서도 조촐한 아름다움'을 풍기는, '오래된 과거의 시간에 머물러 있는' 듯한 '봉선화'의 이미지로 제시되어 있다.

두 사람의 모습이 자꾸만 헷갈렸다. 두 사람의 얼굴이 머릿속에 거듭 출몰하다가는 순식간에 소멸하여 누가 누구인지 분별할 수가 없게 되었다. 최동호 씨의 안경 낀 얼굴을 떠올리려고 하자, 김노인의 게슴츠레하게 매달린 눈

꼬리가 생각났고, 김노인의 근육질 얼굴을 생각해 내려고 하자, 최동호 씨의 각진 삼각 턱이 뇌리에 가득 찼다. 최동호 씨의 얼굴 위로 김노인의 얼굴이 겹치면서 두 사람의 얼굴이 하나가 되기도 했다. 똑같은 색깔과 모양의 봉선화 잎에 또 하나의 봉선화 잎이 겹치는 것처럼 두 노인의 지배적 이미지는 따로 분리되지 않았다. 고난의 시대를 전투적으로 살아온 사람들에게서 공통적으로 느껴지는 뾰족뾰족한 인상만이 강하게 남았다. 나는 결국 지금까지 한 사람을 만나고 있는 것인지도 모른다는 생각을 했다.

(…중략…)

사선을 뚫고 남으로 내려온 김기두 씨나, 한사코 사상의 고향으로 돌아가겠다는 최동호 씨, 그리고 가정보다 자신의 일을 더 중요하게 생각하는 아내와, 자존심 때문에 아내를 만나지 않으면서도, 김기두 씨와 최동호 씨를 만나게 해 주고 싶어 하는 나. 이 모두가 경계 안에 갇혀 살기를 싫어하는 것은 아닌가. 나를 포함한 이들 모두는 경계 없는 세상에서 살기를 원하는 것은 아닐까. 삶과 죽음의 경계, 갈등과 이념의 경계, 암컷과 수컷의 경계, 큰 것과 작은 것의 경계, 생물과 인간의 경계를 허물고 싶어 하는 것은 아닐까.(「울타리」, 184~185쪽)

옳고 그름의 문제를 떠나, 결국 두 사람은 같은 길을 가고 있다는 것이다. 화자가 할 수 있는 일은 두 사람을 만나게 해주는 것이다.

김노인과 최동호의 삶은 화자의 내면에 소리 없이 스며들어 의식의 변화를 일으킨다. 이 작품의 참주제가 아닌 듯싶다. 먼저, 김노인과 화자의 소통을 살펴보자. 김노인은 '가족'과 '고향'에 커다란 의미를 부여한다. 그가 북을 탈출한 동기도 '가족' 때문이다. '배고픔'의 지옥으로부터 '가족의 안전과 미래의 행복'을 위해 목숨을 건 것이다. '죽기 전에 남쪽에 있는 가족을 만나고도 싶'었다는 말을 덧붙인다. 가정이야말로 지상의 천국이며, 가족은 마지막 희망이고 가장 위대한 힘이며 아름다운 구명의 밧줄이다. 뭐 하나 해 주지 않는 고향이지만, 김노인은 '고향이 그곳에 있는 것만으로' 위안을 받는다.

하지만 화자는 이에 쉽게 동의할 수가 없다. 김노인의 가족 이야기는 별로 신선하지도 감동적이지도 않다. 오히려 진부하게 느껴진다. 고향 역시 가족이라는 말처럼 '오래된 사전' 속에 잠들어 있는 진부한 단어일 뿐이다. '개인이 곧 세계'가 된 21세기에 '가족'이니 '고향'이 무슨 의미가 있겠는가? '고향 상실의 시대'에 '고향을 의식하지 않고 살고 있기 때문'이리라(작품에 제시된 화자의 부부관계나 김노인을 어색해하고 부담스러워 하는 남쪽의 가족, 그리고 최동호 씨를 외면한 남쪽의 가족 등은 이를 잘 보여주는 예이다). 화자에 의하면 이러한 김노인의 태도는 '아버지 세대가 갖고 있는 마지막 힘이며 미덕'일 따름이다.

화자와 최동호 씨 사이의 내면적 대화 또한 김노인의 방식과 유사하다. 화자에게 최동호 씨는 이념이 붕괴된 시대, 이념을 추구하는 시대착오적인 인물로 비친다. 최동호 씨는 '이념의 시대가 끝났다'고 하지만, 자신에게는 '아직 끝나지 않았다'고 말한다. 그는 이념을 삶의 일부로 받아들인다.

이렇듯, 김노인과 최동호 씨의 삶은 화자에게 분단 현실을 곱씹어보는 계기를 마련한다. 이들의 삶은 우리가 쉽게 망각했던 과거의 이름으로 현재를 심문한다. 이 심문이 큰 울림을 발산하는 것은 '사람답게 사는 것'(인간의 존엄성)이라는 이름으로 현재의 경박한 삶을 질타하기 때문이다. 이 작품의 무게중심은 바로 여기에 있다.

그렇다면 21세기를 살아가는 근대인들이 인간의 존엄성을 지키며 살아가는 방법은 무엇일까? 작가는 경계인의 삶을 제안한다. '경계의 벽을 허물어, 만나고 싶어 하는 사람 만나게 해주고, 가고 싶어 하는 사람 가게 해 주는 역할을 하는 경계인.'

> 어쩌면 세상 사람들은 서로 간에 경계를 만들기 위하여 울타리를 막는 사람과 그것을 무너뜨리는 사람으로 구별되는 것인지도 모를 일이다. 그렇다

면 김기두 씨와 최동호 씨, 그리고 아내와 나는 어느 쪽이 울타리를 막는 사람이며 어느 쪽이 울타리를 무너뜨리는 사람이란 말인가.(「울타리」, 187쪽)

울타리를 무너뜨리기 위해 아내에게 달려가는 것으로 작품은 마무리된다. 이는 가족(김노인)과 이념(최동호)을 포용・내면화하기에 다름 아니며, 일상에서 할 수 있는 작은 벽부터 허무는 경계인의 삶을 실천하는 것이다.

3. 분단의 경계를 허무는 사람들

전성태와 정도상의 작품은 북한의 현실을 생생하게 그리고 있어 주목을 요한다. 필자는 최근의 북한소설을 접해 볼 기회가 여러 번 있었는데, 북측의 관점에서 그려진 작품을 읽고 늘 가슴 한구석이 답답했다. 보통 사람들의 삶이 잘 드러나지 않았기 때문이다. 어쩔 수 없이 표면적으로 드러난 풍경의 이면을 통해 간접적으로 유추하는 방식으로 작품을 읽곤 했다. 이를테면 다음과 같은 식이다.

장군님께서는 걸상에 비스듬히 앉으시어 설날에 쌍둥이네 가정에서 펼쳐지게 될 그 즐거운 광경을 그려 보이셨다.

축복의 꽃보라인양 함박눈이 내리는데 전기난방이 된 아담한 살림집에서는 천연색 텔레비죤이 춤노래를 펼친다. 천 리 떨어진 평양에서 진행되고 있는 학생 소년들의 설맞이공연을 바라보면서 온 가족이 푸짐한 밥상에 둘러앉는다.

매 사람 앞에 기름진 통닭이 한 마리씩 차려진다.

밥상 한가운데는 삶아서 껍질을 벗긴 하얀 닭알이 피라미드 모양으로 쌓아 져 있다. 쌍둥이네 할아버지인 박관식 기사가 띄우개식 발전소를 설계한 그 재능 있는 손에 잔을 들고 방금 맏아들이 부어준 강계포도술을 마시려는데 동생들이 가족을 이끌고 연줄연줄 들어 선다. 저마다 손에는 통닭과 닭알

꾸러미를 들었다.

박 기사네 형제들까지 다 합치면 공장에 나가는 사람이 30명이나 된다지. 그러니 설명 절에 공급받을 닭고기가 60킬로요, 닭알은 300알이다.

얼어 드는 방 안에 등잔불을 켜놓고 칡뿌리를 섞은 대용식품이란 걸 억지로 먹을 때 그들이 불과 몇해어간에 이렇게 따뜻한 방 안에서 천연색 텔레비논을 켜놓고 닭고기잔치를 벌이게 될줄 상상이나 하였을까? 장자강 기슭에 궁전처럼 솟아 난 닭내포국집으로 온 가족이 앞서거니 뒤서거니 하며 찾아가게 될줄을 꿈이나 꾸어 보았을까?(김대성, 「정든 고장」, 『청년문학』, 2002년 12월호, 18쪽)

김정일 위원장이 '자강도 로동계급'의 미래의 삶을 **상상**(강조는 필자)하는 장면이다. 인용문에는 이례적으로 북한 사회의 현실을 유추할 수 있는 실마리가 음각되어 있다. 김정일의 꿈은 '시련의 나날에 결사관철의 정신으로 당을 받들어 온 자강도 로동계급의 밥상'에 '늘쌍' 닭고기와 '닭알'이 오르는 것이다. 이러한 모습은 식량 사정이 악화되어, 명절날에도 끼니 걱정을 해야 하는 북한 사회의 실상을 역설적으로 반증한다.

이렇듯, 거대 서사와 거기에 비낀 일상적 삶의 역설적 공존을 감내해야 하는 것이 사회주의 이념을 고수하는 북한 사회의 현실적 운명이다. 이념이 현실을 장악하고 있으나, 바로 그 이념이 디테일한 일상적 삶의 소멸을 초래하는 비극, 즉 이념은 스스로를 긍정하면 할수록 동시에 자신의 텃밭인 현실을 부정해야 하는 모순적 운명에 처하게 되는 것이다.

전성태의 「강을 건너는 사람들」(『문학수첩』, 2005년 가을호)은 이념이 붕괴된 자리에 일상적 삶이 스며드는 과정을 섬뜩하게 그리고 있다. 겉으로는 국경을 탈출하는 탈북자들의 모습을 스케치한 소품으로 보이지만, 이념의 붕괴가 야기한 북한 사회의 실상이 적나라하게 음각되어 있다는 점에서 문제적이다.

여기 제 운명에 대해 스스로 손쓸 일이 하나도 없는 상황에 처한 다섯 사람이 있다. 그들은 강을 건너 줄 길잡이를 기다리고 있다. 도강을 앞둔 다섯 사람은 농장의 사무실로 쓰인 듯한 외딴 가옥에 이레째 머물고 있다. 벽에는 생산과 작업을 독려하는 구호들이 붉은 페인트 글씨로 씌어 있었지만 그 누구도 그 수치를 현실감 있게 받아들이지 않는다. 미국의 경제봉쇄 이후 수치는 유명무실해졌던 것이다. 그들은 겨울을 나는 석 달 동안 밀가루 한 홉 받아본 적이 없다. 구호식량이 들어온다는 소문만 몇 달째 떠돌고 있을 뿐. 하지만 '회 바른 벽' '액자를 떼어낸 자리' (김일성이나 김정일의 사진이었을 것이다)는 여전히 '그들을 움츠러들' 게 한다. 이는 다음과 같은 진술에서 잘 드러난다.

> 가옥에 머무는 사람들 중에 누구도 자신이 이 땅을 떠난다고 말하지는 않았다. 안경잡이 가족은 병원을 찾아간다고 했고, 청년은 중국에 사는 친척을 만나러 간다고 했다.(「강을 건너는 사람들」, 289쪽)

전성태가 주목한 북한의 현실은 비참하다. 그는 이념이나 통치체제를 비판하는 것이 아니라 인간의 근본 조건을 심문한다. '아이들 씨가 마를 지경' 이라든가 '여자들도 몸을 닫아서 달거리를 안 한다' 는 점, 심지어 아이들의 '돌무덤' 을 헤쳤다는 진술 등은 '인간의 존재 조건' 에 대한 문제제기라는 점에서 발본적이다. 작가는 '석 달 전에 둘째를 잃' 은 안경잡이 아내의 '동공이 열려 있는 상태로 얼이 빠' 진 눈빛과, '나흘 전에 일을 당' 한 '길잡이의 눈빛' 을 포개놓음으로써, 아이를 앞세운 어미의 심정을 돌올하게 부각시키고 있다.

이들이 강을 건너는 풍경을 잠시 엿보기로 하자.

> 마치 강변에 누구를 두고 가는 사람들처럼 그들은 아무것도 보이지 않는 안개 속에다가 시선을 던져놓고 있었다. 난데없이 안경잡이 사내가 큭, 하고

울음을 토해냈다. 그게 무슨 주문이라도 된 듯 그의 아내가 입을 틀어막았고, 청년이 뱃전에 얼굴을 묻었다.(「강을 건너는 사람들」, 301쪽)

이념의 강을 건너는 탈북자들의 내면이 응축된 시선으로 직조되어 있다. 더 무슨 말이 필요하겠는가. 작가는 이러한 상황 속에서 조그마한 희망의 전언을 띄운다. 안경잡이의 아내가 달거리를 시작해서 길잡이한테 기저귀를 부탁한 대목이 그것이다. 굶주림 속에서 죽어가는 아이들 앞에, 이 장면은 너무나도 희미한 빛이지만, 이마저 없다면 우리의 삶은 얼마나 황량할 것인가?

정도상의 「함흥 · 2001 · 안개」(『문학수첩』, 2006년 여름호)와 「소소, 눈사람이 되다」(『창작과 비평』, 2006년 봄호)는 외부적 힘에 의해 강제적으로 탈북한 한 여성의 삶을 다룬 연작이다. 먼저, 「함흥 · 2001 · 안개」를 살펴보자. 작품 전체를 지배하고 있는 안개의 이미지가 시선을 끌어당긴다. 모두(冒頭)에 제시된 안개는 '사람과 사람 사이의 거리' 를 채우고, 도시의 '붉은 구호/어둡고 우울한 얼굴' 을 깊이깊이 숨긴다. 화자는 이러한 안개가 도시를 떠나지 않았으면 좋겠다고 생각한다.

하지만, '두만강에서 스멀스멀 올라온 밤안개는 국경지대를 흐릿하게 덮으며' 충심을 국경 바깥으로 떠민다. '여보이요. 밤안개가 아주 둏다. 지금 물건 개꾸 간다. 준비하라우' 라는 인신매매단의 말은 이를 보여주는 예이다. 이렇듯 안개는 충심과 재춘을 갈라놓는 기능도 한다. 이러한 양면성은 달을 바라보는 가난한 연인의 가슴에도 묻어난다. '얼마나 배고픈지 볼이 움푹 파여 있네. 달도 날마다 굶어서 저렇게 작아지는데……' 가슴 한구석을 찡하게 하는 표현이다.

이 작품의 가장 큰 미덕은 북한 사회의 현실을 구체적으로 포착하고 있다는 점이다. 충심과 재춘의 사랑은 풋풋한 향내를 머금고 있다. 재춘은 소위 '왈패' (문제아)다. 총화 때문에 집합하라고 해도 주머니에 손을 넣고 느릿느릿 걸어와 맨 뒷줄에 도마뱀 꼬리처럼 붙어 있다가 툭 떨어져나가는 그런 사람이다. 늘 외톨이며, 유일하게 잘하는 것은 축구와 싸움이다. 충심은 우연히 그가 싸우는 모습을 목격한다. 아주 깔끔했고 춤처럼 아름다웠다. 그 모습에 충심은 마음을 빼앗긴다. 재춘은 짓밟히는 순간에도 몸을 일으키려고 버둥거린다. 충심이 다가가자 사납게 손을 뿌리친다. 앞서가던 재춘은 느닷없이 돌아서며 충심을 끌어안고 입을 맞춘다.

이들의 사랑은 이렇게 시작되었다. 충심은 가슴속에서 풍선이 부풀어 오르는 것만 같았다. 막무가내로 저고리 속에 손을 넣어 젖가슴을 만지려는 재춘, 젖가슴이 턱없이 작다는 사실이 부끄러워 손길을 완강하게 거부하는 충심. 얼마나 풋풋한가. 재춘의 순정한 마음을 이해한 충심은 '방' 만 있다면, 그에게 모든 것을 바치고 싶다고 생각한다.

"이거 맨 뇡이(자두의 함경남도 방언)만 하네. 이렇게 작은 젖가슴은 첨이다마."

재춘 오빠의 놀림에 충심은 화들짝 놀랐다.

"오빠."

충심은 버럭 화를 내며 젖가슴을 어루만지는 그의 손길을 거칠게 뿌리쳤다. 젖가슴이 작다고 놀림을 받다니, 죽고 싶도록 부끄러웠다. 다시는 젖가슴을 만지지 못하게 하겠다며 결심했다.

"외서?"

그가 충심의 몸을 껴안으며 웃는 투로 되물었다. 기분 나빴다. 충심은 그의 몸을 밀어냈다. 하지만 그는 막무가내로 충심의 몸을 끌어안고 억지로 입맞춤을 퍼부었다. 그의 입술이 귓바퀴를 슬쩍 건드리고 지나가자 아랫도리가 젖는 느낌이었다. 자신도 모르게 충심도 그를 으스러져라 끌어안았다.

"한 번만 더 놀리면, 다신 못 만지게 할 테야."

충심의 경고에 그는 웃으며 목덜미를 살짝 깨물었다. 짜릿짜릿 몸이 떨려왔다. 밤안개 속에서 젊은 연인은 길고 오랜 사랑을 나누었다. 충심은 태어나서 처음으로 몸이 주는 기쁨을, 흥건하게 젖어드는 몸의 감미로움을 실감

했다. 다행히 밤안개가 부끄러움과 쑥스러움을 감춰주었다. 그제야 비로소 지난봄, 버려진 창고에서 재춘 오빠가 어찌하여 그토록 춘심의 몸을 원했는지 알 것만 같았다.(「함흥 · 2001 · 안개」, 198쪽)

안개는 '세상의 모든 것, 심지어는 어둠까지도 덮어' 주며 가난한 연인들의 방이 되어준다. 신경림의 「가난한 사랑노래」가 연상될 정도로 애처롭고, 그래서 그만큼 아름다운 장면이다.

다음으로 경제난에 시달리는 북의 현실을 드러내고 있는 부분을 살펴보자. 이를테면 충심과 은실이 도시락을 꺼내 먹는 장면. 은실의 아버지는 당간부에다 전력사업소의 간부이다. 그런데도 은실은 튀밥 구경을 해본 지 오래다. 이들이 꺼내는 '곽밥 보자기' 에서 '갈색의 대동강 맥주병'(충심)과 '플라스틱 물병'(은실)이 나온다. 나물죽을 끓여 담은 것이다. 충심은 맛이 없지만 참고 넘겨야 한다고 다짐한다. 실수로 죽을 쏟는다. 뜨끔했다. 나물죽에 불과하지만 음식을 헤프게 다뤘다는 죄책감 때문이다. 충심은 재빨리 주변의 흙을 모아 죽을 덮는다. '하루 세끼 죽도 못 먹어서 떠도는 사람들' 이 많다는 사실은 알지만, '행동을 잘못해서 비판받는 것' 은 정말 싫기 때문이다. 죄책감과 비판 사이에서 진동하는 충심의 내면이 잘 그려져 있다.

한편, 가난한 연인의 이별 여행은 북의 열악한 현실을 그대로 보여준다. 열차는 예정된 시간보다 네 시간이나 지난 뒤에 들어온다. 사람들은 먼저 타려고 난리법석이다. 미처 열차에 오르지 못한 사람들은 지붕으로 올라간다. 원하는 역에 언제 도착할지 아무도 모른다. 전기 공급 사정이 여의치 않기 때문이다. 파김치가 되어 남양에 도착했을 때는 함흥을 떠난 지 닷새가 지난 후였다.

이어지는 남양의 시장 풍경 또한 북한의 현실을 보여주는 하나의 척도가 될 수 있다. 도문에서 건너온 조선족은, 화려한 색상의 옷으로 치장하고 당당한 태도를 취한다. 충심(북)이 이러한 조선족을 바라보는 선망의 눈빛은, 조선족이 우리(남한)를 바라보는 시선을 연상시킨다. 그리고 북의 처녀들이 도문으로 건너가 엄청난 돈을 벌었다는 소문은, 조선족 아가씨들이 한국에 와서 일하는 풍경과 겹쳐진다.

이렇듯, 충심에게 도문은 잘 사는 도시처럼 보인다. 하지만 충심은 '장군님과 당이 어련히 알아서 잘 하겠지. 공화국의 미래를 믿어야지'라고 체념하면서 도문시를 바라보던 부러움의 눈길을 돌린다. 하지만, 도문에 가보고 싶다는 생각만은 누를 수 없다. 세계화의 가면을 쓴 신자유주의의 경제 논리는 이렇게 충심의 내면을 후벼 판다.

「소소, 눈사람이 되다」(『창작과 비평』, 2006년 봄호)는 조선족 인신매매단에 팔려 중국으로 건너온 충심의 삶을 형상화하고 있는 작품이다. 「함흥 · 2001 · 안개」의 '안개' 처럼 '눈' 의 이미지가 시선을 끌어당긴다. 작가는 눈 내리는 연변가의 풍경과 고향의 남루한 거리를 슬며시 교차시키며, 충심의 내면을 직조한다. '눈사람' 의 다리를 만들어주며, 충심은 '녹아 사라지지 말고 어디로든 갔' 으면, '더구나 그것이 진정 원하는 곳' 이기를 짧게 기도한다. 이러한 초반부의 설정은 다음과 같은 마지막 장면과 포개지며 진한 여운을 남긴다.

> 눈 내리는 밤, 충심은 어디로든 떠나고 싶었다. 문득 다시는 그 남자와 만나지 않아도 좋다는 생각이 들었다. 운이 좋아 전화가 오거나 만나게 되면 약속에 대해 먼저 말하지 않으리라 다짐했다. 다른 사람의 도움 없이 스스로 길을 찾고 싶었다. 그 순간 끼이익, 택시가 미끄러지더니 빙글 돌며 가로수에 부딪쳤다. 속도를 내지 않았기 때문에 운전사와 충심이 다치진 않았지만 택시는 많이 망가지고 말았다. 충심은 택시에서 내려 심양역을 향해 걸었다. 쏟아지는 눈이 충심의 발자국을 재빠르게 지워버렸다. 눈발에 가려 가물가물 흐릿해진 역을 향해 느리게 걸어가는 충심의 머리와 어깨 위로 큼직한 눈송이가 소리 없이 쌓였다. 멀리서 기적 소리가 들려왔다.(「소소, 눈사람이 되다」, 157~158쪽)

이러한 처음과 끝 사이에 충심의 삶이 펼쳐진다. '지난 이 년 동안 몸 파는 것을 빼놓고 온갖 궂은일을 하면서 모은 전 재산'을, 조선족인 김화동 · 최옥화 부부에게 빌려준다. 하지만 충심은 이들에게 배신당한다. 돈을 갚기 싫어 불법체류자인 충심을 신고한 것이다. 이러한 에피소드를 통해 돈의 노예(자본의 논리)가 되어가는 세태를 꼬집고 있다.

삼 년 전, 목단강을 떠나올 때 충심은 다시는 울지 않겠다고 다짐했다. 울음과 눈물을 참아내야만 인간의 위신을 지킬 수 있기 때문이다. 하지만 맹세는 번번이 깨졌다.

> 사람답게, 나이에 어울리게 살고 싶었다. 좋은 남자를 만나 사랑을 하고, 가족들과 함께 즐겁게 저녁을 먹고, 예쁜 옷을 입고, 곱게 화장하고, 동무들과 밤마실을 다니며 수다 떨고 남의 흉도 보면서, 어린 시절부터 꿈꾸었던 것들을 위해 열심히 살며, 무엇보다도 신분증 없이 떠돌지 않으며, 아무리 늦어도 돌아갈 집이 있는 삶을 충심은 간절히 소망했다. 그러나 충심의 그 작은 소망은 모조리 금기에 속했다.
>
> 금기를 풀기 위해 충심은 그를 선택했다. 물론 우연이었지만 피할 수 없다는 생각이 들었고 그래서 받아들였다.(「소소, 눈사람이 되다」, 148~149쪽)

삶은 속수무책일 때가 많다. 한 달만 같이 살면 서울로 데려다 준다는, '심양을 오가며 작은 무역을 하는 사업가'의 제안을 받아들인 이유에 대해, 충심은 '다른 길로 가고 싶었지만 뜻대로 되지 않았다고 대답할 수밖에 없'다. 충심은 '사랑'이란 '어마어마한 사치'를 꿈꾸지 않았다. 필요한 것은 사랑이 아니라 '신분증'이었기 때문이다. 이러한 환경에서 '인간의 위신'을 지키기가 얼마나 어려운가. 북에서도 마찬가지다.

> 서탑에서 몸을 팔고 있는 은주나 청도에서 노래방에 나가고 있는 언니는 목단강에서 잡혀 단동을 통해 조선으로 돌아갔었다. 조선으로 돌아가 두 달 정도 교양을 받고 본래의 직장으로 재배치되었는데, 직장 사람들이나 마을

사람들이 배신자 취급을 해서 견딜 수가 없었다고 했다. 고난의 행군을 함께 하지 않고 조국을 배신했다는 따가운 눈초리와 따돌림 때문에 인간의 위신을 지킬 수가 없어 다시 강을 건너오고 말았다는 것이다.(「소소, 눈사람이 되다」, 152~153쪽)

'인간의 위신'을 지키기 위한 안간힘은 북에서도, 연변(중국)에서도, 남에서도 여전히 진행 중이다. 다만 그 방식과 층위가 다를 뿐이다. '다른 사람의 도움 없이 스스로 길을 찾'아 떠나는 충심의 발길을 계속 지켜보기로 하자.

4. 남의 현실과 겹쳐 읽는 탈북자의 삶

탈북자 문제에 지속적인 관심을 가지고 꾸준히 창작을 진행해온 작가로 박덕규를 들 수 있다. 그는 '우리나라에서 탈북자를 가장 많이 다룬 소설가'이다. 박덕규는 탈북자들의 남한 사회 적응 문제에 관심을 집중하고 있다. 남한 자본주의의 속물성과 북한의 현실을 대비하면서, 남·북을 동시에 심문하고 있는 것이다. 먼저 「노루 사냥」(『고양이 살리기』, 청동거울, 2004)을 살펴보자.

1994년 탈북해서 한국에 온 박당삼은, 한국의 한 요리학원에 취직하여 북한 요리 특강 프로그램에 출현한다. '인민군 패잔병의 이미지'를 지닌 박당삼과, 익살스런 진행의 강길동/잘 뻗은 날씬한 슈퍼모델 다리의 여미지를 대비시키는 작가의 시선은, 남·북의 현실을 날카롭게 해부하고 있다. 북의 요리사를 강사로 두고 있는 유일한 곳이라는 선전을 명분으로 박당삼을 취직시킨 화자의 요리학원 또한 자본의 논리를 보여주는 예이다.

작가는 여기에 북쪽의 현실을 겹쳐 놓는다. 얼마 전 망명해 온 북한 최고위층 간부의 아들 유성도를 시식자로 배치해 놓은 것.

"재는 지네 아버지 빽 믿고 북한에서 어지간히 잘 먹고 잘 살았나 보더라고. 아버지가 보위부장인가 뭔가, 여기로 말하면 기무사령관에 국가정보원장을 더한 직책쯤 되었던가 봐."

(…중략…)

"재가 함흥에 마누라를 두고는 평양 가서는 처녀 여럿 울렸대. 그걸 별 거리낌없이 얘기하더라니까. 고위층 가족 얘기는 저 친구만큼 아는 놈이 없더라구. 새끼, 북쪽에서도 떵떵거리고 잘 살다가, 그걸 남쪽에다 정보로 팔아먹고, 기자회견하고, 책 내서 인세 받아먹고, 연예인들이랑 어울려서 잘 살고……. 개판이야, 개새끼들!"(「노루 사냥」, 87~88쪽)

유성도는 북쪽에서 떵떵거리고 잘 살다가, 탈북하여 정보를 팔아먹은 대가로, 남쪽에서도 남부럽지 않게 살고 있는 인물이다. 이러한 배치를 통해 작가는 남 · 북의 현실을 동시에 문제 삼는다. 박당삼은 방송 도중 북한의 현실을 날것으로 표출한다. 성질이 급하고, 감정 조절이 서툰 탓이다.

"북한에선 말입니다. 탈출하는 사람 잡는 걸 노루 사냥이라고 합메. 당에서 좋은 음식만 먹는 거이, 인민의 피를 빨아먹는 거이라 해서 우린 그저 있는 대로 해다 바치면서도 무조건 노루고기라 하지요. 특히 이 명태순대 같은 거이 노루고기라 이름을 붙여서리, 우리는 여게다가 마음속으로 청산가리나 생아편 같은 빠개 뿌리고 해서리……."(「노루 사냥」, 87~88쪽)

북에서는 '청산가리나 생아편'을 '마음속으로' 넣었지만, 남에서는 숨겨 온 '생아편'을 직접 넣는다. 북쪽에서 당간부였던 유성도가 남쪽에 와서도 떵떵거리며 살고 있기 때문이다. 이렇듯, 그의 분노는 남 · 북의 현실 모두에게로 향해 있다. 분노의 수위가 증폭되어 통제 불가능한 상황으로 치달은 것이다.

"저런 악질 당 간부새낀 쳐죽여야지요, 기럼요."

여전히 내뱉고 있는 사람은 박당삼이었다. 약간 희열에 찬 기색으로 박당삼이 다시 뭐라고 말하려는데, 언제 뛰어들고 있었는지 남편이 무대로 나가 박당삼의 면상을 향해 주먹을 날리고 있었다. 퍽, 하는 소리가 내 귀에까지 울렸다.

(…중략…)

"내레 북조선을 탈출할 때 만일에 노루 사냥에 걸리기라도 하면 먹고서 자살할 생각까지 하구서리 이 소매 안에 생아편을 쪼개 넣어 왔는데, 여게 와서 보니까니, 죽이고 싶은 놈들이 여게 먼저 와서 우리보다 더 잘 살고 있단 말입니다. 오늘 저 악질 보위원 놈이 먹는 노루고기에다가 생아편을 적당히 섞어서리……."

(…중략…)

"어서 도망가, 이 등신아!"(「노루 사냥」, 91~92쪽)

이러한 박당삼의 모습은 천박한 자본의 논리가 판을 치는 남한의 현실을 되비추어 보는 거울의 기능을 한다.

「함께 있어도 외로움에 떠는 당신들」(『고양이 살리기』, 청동거울, 2004) 또한 비슷한 문제의식을 담고 있다. 세상의 변화에 가장 민감한 곳, 남한 자본주의 사회의 속물성을 가장 집약적으로 보여주는 장소, 한국의 단란주점이다. 여기에 네 명의 인물이 모였다. 그들이 합동으로 기획한 한 권의 책이 탈고된 기념으로 마련된 자리이다. 사회안전부 간부로 발탁돼 활약하다가 스스로 사냥하던 노루들의 탈출 경로를 따라 탈북에 성공한 염정실의 삶을 드라마틱하게 각색한 책이다. 이들의 표정을 엿보기로 하자.

인간의 욕망이란 원래 그런 것인지도 몰랐다. 살아남아 있는 모든 인간들은 끝없는 편리와 끝없는 풍요를 향해 달리는 질주족들이었다. 인간으로서는 견딜 수 없는 땅을 벗어나서, 이제 마음놓고 숨 쉬고 사는 땅에 와서는 더욱 더한 갈증에 시달리고 있는 염정실이나, 굶어 죽을 염려까지는 안 해도 되는 처지이면서도 하염없는 공복감에 시달리는 고창규 자신이나 별다를 게 없었다. 빌어먹을! 아직도 제가 무슨 대단한 기관에 있는 몸인 줄 착각하는 김선생이나, 어리석게도 그런 사람에게서 빌붙어서 뭔가 부를 획득해 보려는 최사장이나 모두가 그런 족속들이었다. 이 세상 모두가 49호 병동 그 자체였다.(「함께 있어도 외로움에 떠는 당신들」, 124쪽)

염정실은 '나는 도대체 지금 어디에서 무엇을 하며 살고 있는가' 정체성의 혼란을 겪고 있으며, 김선생은 '바깥세상에 나가 세계와 호흡'하고 돌아온 자신이 '우물 안 개구리'였다는 사실에 당혹해 하고 있으며, 고창규는 쓰고 싶은 글만 쓰겠다던 젊은 날의 패기를 팽개치고, 죽어도 그 따위 글을 쓰지 않겠다고 다짐했던 그런 글이 아니면 한시도 생존이 불가능한 존재로 전락해 있으며, 최사장은 힘을 잃은 김선생의 처지 때문에 자신의 사업에 차질이 생길까 전전긍긍한다. 근대적 일상의 속물성을 잘 보여주는 인간 군상들이다.

여기에 또 한 사람의 탈북자가 등장한다. 외화벌이꾼으로 가장해 북한을 탈출하려던 형이 연길에서 붙잡혀 공개 처형당하는 모습을 보고, 형의 길과 다른 방법으로 탈북에 성공한 인물이다. 그는 탈북하여 거액의 정착금을 받았으나 그것이 무엇을 의미하는지 이해하지 못한다. 주유소에서 일하며 한 주일 벌어먹고 남은 돈을 단란주점에 와서 다 쓰고 간다. 천사보다도 예쁜 여자의 노래를 들으며 희열에 몸을 떨다 집으로 돌아와 밤새도록 자위 행위를 한다. 그에게는 나날이 세상의 시작이고 세상의 끝이었다.

형을 압송해 왔다는 그 여자, 꼿꼿이 서서, 형이 총탄을 맞고 맘을 떨다가 픽, 하고 고개를 떨구는 것을 지켜보던 그 여자, 깊은 악몽이 아니면 기억 속으로 불러 내지조차 않았던 그 여자, 북한에서의 당당함과 꼭같이, 가자미눈 같은 눈꼬리를 하고 "한마디루다 처리하면 될 걸……." 함경도 사투리 투로, 콧날을 오똑 세우고 생생하고 싱싱한 모습으로 눈앞에 온 여자…….

(…중략…)

"안전원 동지, 이런 데서 만나서 만갑수다레!"(「함께 있어도 외로움에 떠는 당신들」, 129~130쪽)

정남은 염정실을 향해 칼을 휘두른다. 북에서의 적대감이 남에서 표출된 것이다. 이는 남 · 북의 현실을 분리해서 사고하는 것이 아니라, 상호 연관된 시선으로 바라보고 있음을 시사한다. 이렇듯, 「함께 있어도 외로움에 떠는 당신들」은 물질적 풍요 속에 정신적 빈곤을 겪고 있는 인간 군상들의 삶을, 탈북자들의 현실과 포개놓고 있는 작품이다. 박덕규의 탈북자 소설은 분단 현실이 근대적 일상의 영역으로 내려와 있음을 여실히 보여준다. 이념의 굴레(제약)에서 탈출한 탈북자들이 남한 자본주의 사회에 적응하는 문제를 초점화하고 있기 때문이다. 이 초점화 속에는 근대적 일상과 고투하는 작가의 올곧은 신념이 투영되어 있다.

탈북자 문제로 본 분단의식의 대비적 고찰

김원일과 정도상 소설을 중심으로

이 성 희

1. 머리말

21세기 화두가 '생존과 경쟁'이듯이, 국제사회에서 국가 간 이익에 도움이 되지 못하는 나라가 있다면 도태되는 것이 자명한 이치다. 이는 북한이 국제적으로 생존과 경쟁 국면에 소외될 수밖에 없음을 역설적으로 보여주는 대목이다. 물론 핵 문제와 관련된 국제사회의 북한에 대한 견제도 중차대한 사안임에는 틀림없으나, 국제적 관점에서도 북한의 인권 문제와 탈북자 문제 또한 중대한 초점임은 벗어날 수 없는 현실이다. 여기서 우리가 신경 써야 할 대목은 탈북자 문제가 국제사회에서 차지하는 비중이 크건 작건 간에 국제사회로부터 한민족의 난제인 남북 문제 및 통일의 해법을 찾는 소중한 열쇠가 될 수 있다는 점이다.

통일부에 따르면 2010년 현재 국내에 들어온 탈북자[1]는 1만 9천 16명

---

1) 장임숙 · 전영평, 「탈북자 인권 운동과 정책대응방식의 평가」, 『국가정책연구』 제23권 제1호, 중앙대 국가정책연구소, 2008, 124쪽. 수적인 증가세만큼이나 이들을 지칭하

으로, 올 하반기면 우리는 탈북자 2만 명 시대를 맞게 된다고 한다. 물론 중국에 머물고 있는 1만 명의 탈북자를 합한다면 그 수효는 훨씬 늘어날 것이다. 이것은 탈북자 문제가 국제사회에서뿐만 아니라 우리 사회의 중요한 사회 문제도 되고 있음을 보여준다. 탈북자 문제가 분단 현실과 전(全)지구적 자본주의가 야기한 국제적 모순에서 발생한다는 것은 이미 잘 알려진 사실이고, 따라서 탈북자 문제는 곧 분단문학의 연장선에서 성찰[2]하는 것이 옳은 방법이라 하겠다.

물론 소설에서 탈북자에 대한 기존 연구가 인권이나 자본의 전지구화로 인한 사회적 약자의 입장을 보여주는 것, 그리고 디아스포라 문학으로의 접근이 현재로선 효과적 방법이긴 하나, 본고는 1990년 이후 이어져 온 소설의 양과 질을 감안해 볼 때 분단세대의 변화에 대해 주목해 보았다. 그리하여 필자는 탈북자 문제를 분단문학이라는 큰 틀 아래 두고 이 분야의 대표적인 작가로 평가받고 있는 김원일과 새롭게 주목 받고 있는 정도상이라는 두 작가를 대비하여 탈북자 문제를 바라보는 분단의식의 세대변화를 살피는 것도 의미 있는 일이라 생각하였다.

김원일은 분단의 상황을 제시하는 데 있어 강한 일관성을 드러낼 뿐만 아니라 같은 세대군의 작가 중에서도 독보적인[3] 존재로 알려진 것은 이미 주지의 사실이나, 그가 탈북자 문제에 지속적인 관심을 가져오고

는 명칭도 탈북자를 비롯해 탈북 동포, 탈북 주민, 북한 이탈 주민, 귀순자, 귀순 북한 동포, 월남자, 망명자, 새터민 등으로 다양하다. 본고에서 사용하는 탈북자라는 용어는 탈북자의 집단적 정체성을 가장 잘 반영하는 명칭이라는 탈북자 단체의 주장에 근거한다.

2) 고인환, 「탈북자 문제 형상화의 새로운 양상 연구－『바리데기』와 『리나』에 나타난 '탈국경의 상상력' 을 중심으로」, 『한국문학논총』 52집, 한국문학회, 2009. 8, 230쪽.

3) 김윤식 · 정호웅, 「분단 · 이산소설의 전개」, 『한국소설사』, 예하, 1993, 432~434쪽.

있었다는 것은 잘 알려지지 않고 있다. 또한 3세대 작가에 속한다고 할 수 있는 정도상은 최근 『찔레꽃』으로 탈북자 문제를 전면에 내세워 새롭게 주목[4]받고 있는 작가다.

따라서 본고는 탈북자라는 분단 소재를 가지고 다른 세대의 두 작가인 김원일과 정도상이 작품 「카타콤」과 『찔레꽃』을 통해 탈북자 문제를 어떤 시각을 갖고 바라보는지, 그들의 차이점은 무엇인지를 살필 것이다. 이를 구체적으로 주체의 성격과 자본에 대한 접근 방법으로 각각 구분하여 살펴보고자 한다.

2. 윤리적 주체와 실존적 주체

주체는 타자들과의 마주침을 통해 생성해 가며, 그로써 자신의 동일성을 상실하게 된다.[5] 주체는 그 시작부터 타자의 부름에 의해 형성되며, 그 맥락에는 타자의 이데올로기가 작용하고 있다. 그런데 이러한 주체와 타자의 관계 맺음이 실제 현실 속에서 그리 간단하지만은 않

---

4) 정도상(1960~)은 1987년 광주항쟁 소설집 『일어서는 땅』에 단편 「십오방이야기」를 발표하며 작품 활동을 시작한 이래, 줄곧 한미 문제, 분단 문제, 통일 문제에 천착해 왔다. 현재 정도상은 '겨레말 큰사전 남북공동편찬위원회' 상임이사를 맡아 활동하고 있으며, 또한 몇 해 전에는 남북작가회담이 성사될 수 있도록 추진한 남한 쪽 핵심 실무자 중 한 명이었다. 2003년 단재문학상 수상. 이경재, 「네이션과 2000년대의 한국소설」, 『문학수첩』, 2009년 겨울호. 『찔레꽃』은 '전(全)지구적 배경의 소설들이 네이션과 내셔널리즘에 대한 이탈의 상상력을 보여준다고 평하고 있다. 또한 이 작품은 제25회 요산문학상을 수상한 바 있다.
본고가 정도상을 분단 3세대로 언급한 것은 전쟁 체험, 유년기 체험, 미 체험 세대의 분류법에 따른 것이다.

5) 이정우, 『주체란 무엇인가』, 그린비, 2009, 13쪽. 이정우는 주체는 이데올로기에 의해 소집되고 변형된 존재이며, 지배한다기보다는 이미 종속되어 있다는 알튀세르의 의견에 동감하는 입장이다. 루이 알튀세르, 김동수 옮김, 『아미엥에서의 주장』, 솔, 1991, 115~21쪽 참조.

다. 더구나 탈북자가 남한 사회에 적응하는 과정이 곧 문화적응의 과정[6]이라고 할 때, 문화동화[7]가 그들에게는 더욱 당혹스러운 현실로 다가올 것이다. 탈북자를 소재로 한 소설에서 주체를 문제 삼는 것은 새로운 문화적 현실에 직면했을 때 탈북자의 심리적 변화가 작품에 미치는 영향이 지대하고, 반면에 주인공이 탈북자를 적극적으로 조력하는 행위의 선두에 설 때 그 의식의 저변을 살펴보는 것이 필요하기 때문이다. 더불어 전쟁 체험 세대와 미 체험 세대인 두 작가의 분단의식을 엿볼 수 있다.

김원일의 「카타콤」은 한국에서 빈민운동 · 장애인 · 외국인 노동자 선교에 힘쓰던 강시욱 목사가 중국 선양으로 건너가 탈북자를 중심으로 한 선교 활동을 하던 중 카타콤(묘지)인 땅, 예비 탈북자가 즐비한 북한으로 과감한 사역을 시도하는 과정을 그린 소설로, 강목사의 소신과 다른 견해를 가진 '나'인 정목사의 시선[8]을 채택하고 있다. 북한 사역의 중심에 있는 강목사는 기독교 요람인 평북 정주에 평양신학교를 나온 부친으로부터 단단한 기독교적 윤리관을 물려받았으며, 스스로를 엄격히 통제하는 살아 있는 예수의 모습이다. 행위의 순수성, 즉 '고난'을 무릅쓰는 것이 목회자가 나아갈 옳은 방향이기에 '나'에게 정목사는 흠모

6) 이순형 외 3인, 『탈북 가족의 적응과 심리적 통합』, 서울대 출판부, 2007, 257~258쪽. 문화적응(acculturation)이란 한 문화에서 다른 문화로 이동할 때, 자기정체성의 많은 부분이 새로운 문화 내의 경험과 정보에 적응하기 위해 수정되는 과정을 일컬으며, 문화적 근원이 다른 사람들 간의 지속적이고, 직접적인 접촉의 결과로 일어나는 변화를 뜻한다. 김은경 · 권정혜, 「탈북자 문화적응척도 타당화 연구」, 『한국심리학회지: 임상』 제28권 제3호, 한국임상심리학회, 2009, 762쪽.

7) 개인과 가족이 새로운 사회에 정착하여 적응하는 과정을 살펴본 초기 연구들은 이주민들이 새로운 사회의 문화를 받아들이는 것을 동화라는 개념으로 설명하였다.

8) 이는 김원일이 기존 소설에서 자주 쓰는 방식으로, 주인공의 행위에 대해 반감과 동조의 감정을 동시에 가진 서술자를 통해, 독자의 흥미는 유지하되 객관성을 유지하고자 하는 서사전략이 그대로 유지되고 있다고 볼 수 있다.

의 대상[9]이다. 그러나 이런 강목사의 행위는 '나'에게 마치 '부나비가 불빛을 쫓듯' '지옥 불로 뛰어들 사명감'인 '불가능한 환상'으로 비춰진다. 강목사의 '극단적 포옹'과 달리 '나'는 '현실적 잣대'를 중요한 덕목으로 삼기 때문이다. 이는 '나'의 아내 생각도 덧붙이면서 '나'의 생각이 대다수 사람들의 보편적이고 일반적인 사고라는 탄력을 받는다. 동시에 강목사의 헌신적 실천성은 투철한 사도의 모습으로 각인된다.

강목사에게 탈북자는 윤리적 실천의 대상이다. 또한 이 실천은 선교라는 이름으로 과감하고 직접적이고 더불어 기독교 신앙의 희생적 본질[10]이 재확인되는 대목이다.

> 나는 강목사의 북한 잠입 선교가 가능성이 희박한 선교 방법이요, 희생의 자의적 선택이란 말은 차마 할 수 없었다. 그러나 내 말에 강목사는 망설임이 없었다. (…중략…) 우선 북측 동포는 피부색 같고 같은 말 쓰는 한 핏줄 아닌가요. 하나님을 받아들인 탈북자 청년과 국경지방 조선족 동포가 제 사명을 돕고 있어요." 강목사가 그 말을 할 때, 나는 그의 우묵한 눈자위에 퀭하게 뚫린 눈에서 한 줄기 광채를 보았다. 아흔아홉 마리 양보다 한 마리 잃은 양이 더 귀하다는, 그 잃은 양 한 영혼을 구원할 책임이 자신에게 있다는 듯 그의 눈에 섬광이 번쩍였다.
>
> 궁극적으로 주님이 하신 말씀 중에 가장 핵심적인 말씀은 정치와 종교, 인종적 편견까지 넘어서서 사람들에게 '서로 사랑하라'는 가르침 아닙니까?[11]

---

9) 이 소설에서 정목사인 '나'라는 서술자는 강목사와 같은 신앙을 실천하는 동지이지만, 가족의 부양, 자신의 일상을 유지하기 위한 나약한 모습을 노출한다. 또한 소설의 중반까지 강목사는 정목사의 눈에 '돌출행동', '의욕과잉' 등 다분히 객관적인 묘사를 띰으로써, 강목사의 희생을 더욱더 숭고한 차원으로 부각시키고 있다고 짐작된다.

10) 허명숙, 「위험한 기독교인이 실천하는 신앙의 아이러니」, 『한국문예비평연구』 제30집, 한국현대문예비평학회, 2009. 12, 188~191쪽. 허명숙은 「카타콤」의 강목사를 기독교적 진리에 충실한 사람으로 진술한다.

11) 김원일, 「카타콤」, 『오마니별』, 도서출판 강, 2008, 245~246쪽.

또한 이런 강목사의 윤리적 실천은 자기 자신에게 국한되지 않고 다른 이, 그리고 또 다른 이에게로 각각 이동하는 양상을 띤다. '나' 에게 조군으로 불리는 탈북자 조근식은 1990년 중반 흉년으로 발생한 꽃제비 1세대다. 강목사는 탈북 청소년 대안학교에서 맺은 인연으로 탈북의 아픔을 간직한 조군에게 도움을 주었고, 조군은 무엇보다 강목사의 탈북자를 향한 헌신적인 태도에 감화되어 자신의 나갈 바를 결심한 이후 줄곧 강목사와 함께 탈북자 가족을 북에서 빼내거나 숨겨주는 것 그리고 가난한 북한 주민을 돕는 일을 하게 된다. 조군과 강목사는 마치 예수와 그의 제자 베드로처럼 견고한 관계로 이어져, 이후 조군은 강목사를 돕는 안내자이자 조력자 역할을 하고 있다.

> "강목사님은 북측에서 이안으로 귀환할 때 저쪽 강안에서 유리걸식하는 탈북자 가족도 두 차례나 빼내어 안전가옥 고씨 집에다 숨겨주었구요."
>
> "그럼 조군이 안내자 역할을 맡겠군요?"
>
> "처음은 고만복 씨가 길잡이로 나선 모양인데 지금은 조군과 둘이서 북측으로 드나드나봐요. 제가 한번 조군한테 물었지요. 남한체제가 북한체제보다 좋지 않느냐. 우선 배불리 먹는 문제만은 해결되니깐, 했더니 그 말에는 대답을 않고 성경을 읽고 새로운 세계에 눈뜨게 된 점, 그리고 강목사님을 만나게 된 게 남한에 온 가장 큰 보람이랍디다.(…중략…) 조군은 베드로 같은, 목사님의 충실한 제자입니다. 지금은 대입 검정고시를 준비 중이라, 때가 되면 신학교에 진학하겠대요."[12]

강목사와 조군은 주로 중국 지역 거점 도시 선양의 조선족과 탈북자를 돕는 일에 몰두한다. 이를테면 조선족이 사는 농촌 가옥을 찾아 가정예배를 하는데, 그들 중 탈북자들도 상당수 섞여 있었다. 조선족 집에 숨어 지내는 탈북자에게 한국행을 주선해 주기도 했다. 고만복도 그러

12) 위의 책, 272~273쪽.

한 인연으로 강목사를 돕는다고 할 때, 강목사의 탈북자에 대한 사랑이 조군에게서 고만복에게로, 그리고 선양에서 마침내 잠재적 탈북자가 즐비한 북한으로 직접 들어가 양식과 종교적 구원을 도모하는 모습으로 나타난다.

서술자 '나'인 정목사는 비록 강목사가 자신의 신앙과 흠모의 모델이라 할지라도, 아직은 종교가 봉인된 북한에 기독교 복음 전도를 위해 생명을 담보로 한 위험한 모험을 감행하려는 강목사가 '의욕과잉' 또는 '돌출행동'으로 보인다. 왜냐하면 '나'는 현재로선 북한 주민 돕기, 탈북자를 기독교인으로 인도하는 것이 북한 선교의 최선의 방법이라고 생각하기 때문이다. 정목사는 보편적 사고의 규범을 가진 대다수의 사람으로 작가가 정목사를 서술자로 상정한 것은 강목사의 취지를 보통사람의 시선에서 숭고하게 처리하기 위한 전략으로 볼 수 있다.

흡사 종교소설의 면모를 보이는 「카타콤」은 강목사의 탈북자를 향한 사랑, 그의 혜택을 입은 탈북자 조군이 자신의 처지와 비슷한 탈북 가족을 돕는 모습, 그리고 강목사와 조군의 도움을 받은 고만복과 같은 탈북자가 다시 북한 주민이라는 잠재적 탈북자를 지원하려는 움직임은 휴머니즘을 실천하는 케노시스[13]의 모습을 띤다.

> "한 민족으로 묶고 한 임금을 세워 다스리게 하나니 다시는 두 민족으로 갈리지 않을 것이다. 다시는 반으로 갈라져 두 나라가 되지 않을 것이다."[14]

> "기독교나 주님을 먼저 내세우기보다 보편적인 인간애, 공동체 생활에 서로 아끼고 사랑하는 마음이 얼마나 중요한지를 먼저 가르친다."[15]

---

13) 강목사의 소신은 '케노시스' 즉, 자기를 비우는 정신으로 그 쪽 체제를 이해하고 그들과 한 몸이 되어 스며들 듯 선교에 임해야 한다는 것이다.
14) 김원일, 앞의 책, 253쪽.
15) 위의 책, 280쪽.

강목사의 궁극적인 목적은 연민과 사랑의 본질을 바탕으로 가족에서 사회로, 민족으로 그리고 인류 전체에 사랑을 전파하는 점진적으로 확대되는 양상을 보인다. 표현방식 또한 카타콤이라는 성지의 상징성만을 취하고 나머지 수사적 기교를 배제한 직접호소방식이다. 김원일은 「카타콤」의 정목사를 통해 탈북자 문제에 대한 소통의 객관성을 확보한 후, 강목사를 통해 탈북자 문제의 핵심은 교화와 실천의 직접성이라고 강조한다. 결국 김원일이 생각하는 탈북자에 대한 문제 인식이 당면한 현실적 상황을 상당부분 인정하면서도 그들을 포용하고 교회와 국가를 초월한 가능태[16]로서의 비전을 강목사라는 윤리적 주체를 통해 보여주는 것이다.

한편, 『찔레꽃』의 주인공 충심은 북의 경제사정이 나날이 악화되는 가운데 달리 미래가 없는 자신에 대해 회의해 오던 중 이종사촌인 미향과 함께 조선족 여자의 꾐에 빠져 두만강을 건너게 되고, 이들이 인신매매범에게 넘겨지면서 파란만장한 여정을 시작하게 된다. 인신매매범은 미향과 충심을 불법체류자[17]의 마을이 되어버린 광명촌과 신흥촌의 늙은 남자에게 팔아넘긴다. 미향은 남편과 시아버지에게 번갈아 육체를 유린당하는 고통을 참지 못해 실성하고 결국 죽는다. 충심은 의처증 남

16) 키에르케고르에 있어 주체성이란 실존하는 각 개인이 자신이 사고한 것을 점유하거나 자신의 가능태를 실현시킴으로써 자신의 현 실태를 구성하는 과정이다. 본고에서 비존재적 존재는 '가능태', 현존하는 존재는 '현실태'라는 용어를 활용하였음을 밝힌다. 심민수, 「키에르케고르의 실존적 주체성의 교육적 함의」, 『교육문제연구』 제21집, 고려대 교육문제연구소, 2004. 9, 56쪽.

17) 이호규, 「'타자'로서의 발견, '우리'로서의 자각과 확인－2000년대 이후 한국소설에 나타난 조선족의 양상연구」, 『현대문학의 연구』 제36집, 한국문학연구학회, 2008, 159~160쪽. 이호규의 논문은 『찔레꽃』 연작소설 중에서 중국 내에 불법적으로 거주하는 탈북자의 현실과 조선족의 삶에 맞추어져 있다. 불법월경자, 불법거주자 등의 용어가 있지만 본고는 충심이 일시적으로 중국에 머물다 한국으로의 탈출에 성공하는 데 초점을 맞춰 불법체류자라고 명명한다.

편으로부터 탈출하여 서탑 지역을 도망 다니다가 한국 선교사의 도움으로 한국에 정착하게 된다. 그러나 그녀는 노래방 도우미로 번 돈을 북의 가족에게 송금하지만, 브로커에 의해 그 돈은 제대로 전달되지 못한다.

『찔레꽃』에서 작품 전체를 관통하는 시선은 충심이지만, 정도상은 다양한 인물의 내면을 들여다보기 위해서 미향과 영수의 시선도 차용한다. 미향은 제4장 「풍풍우우(風風雨雨)」에서 시아버지와 남편을 오가며 겪은 육체적 고통으로 정신까지 황폐화된 실성한 여자의 내면을 그린다.

> 어머니가 보낸 편지 그거 좀 줄래, 응? 미안, 까마귀가 가져갔어.
>
> 안돼, 안돼, 안돼! 까마귀가 가져가면 편지를 읽지 못하잖아? (…중략…) 나쁜 까마귀! 미안할 거 없어 까치야. 오늘은 내 머리에 근사한 까치집을 지어줄게. (…중략…) 미향은 옥수수밭으로 가는 하얀 길을 봄날의 민들레 홀씨가 날리듯이 걸었다. 까치 한 마리가 뒷산 너머 옥수수밭으로 날아가는 게 보였다. (…중략…) 뒷산 꼭대기에 올라 옥수수밭을 바라보니, 꽉 막혔던 숨이 툭 트이는 기분이 들었다. 언젠가 청진항에서 본 바다처럼 옥수수밭은 끝이 보이지 않을 정도로 광대했다. 바람에 따라 황금물결이 이리저리 출렁거리는 옥수수밭을 향해 미향은 노루처럼 우아한 뜀박질로 달려갔다. 밭에는 메기수염의 늙은 남자가 (…중략…) 미향이 팔랑거리며 달려오자 일손을 멈추고 검은 이를 드러내며 웃었다. 치마 속 미향의 허벅지 사이에는 늙은 남자의 메기수염이 오래오래 붙어 있었다. (…중략…) 옥수수밭에 불을 지르겠다고 집에서 준비해온 성냥을 꺼내보면, 그것은 성냥이 아니라 메마른 싸리 울타리 가지였다. 혹시나 다른 것이 있나 싶어 주머니를 뒤져보면, 성냥이나 라이터 대신 구름이거나 혹은 이야기가 나올 뿐이었다. 주머니 속에서 이야기가 나오면 옥수수밭에 불을 지르겠다는 생각을 까맣게 잊었다.[18]

미향이 까치를 향해 지속적으로 까마귀를 잡아달라고 부탁하는 행위

18) 정도상, 『찔레꽃』, 창비, 2008, 103~105쪽.

는 까마귀가 두만강 건너온 반가운 고향 편지를 가져간다고 믿기 때문이다. 미향이 자신의 머리에 까치집을 만들어 달라는 의미는 반가운 소식이 머물 수 있는 공간, 즉 항상 고향에서 연상되는 기쁜 소식이 자신의 곁을 맴돌기를 바라는 마음으로 풀이할 수 있다. 까치를 뒤쫓아 다다른 옥수수밭은 고향 청진항과 흡사하여 달려들고 싶으나, 옥수수밭에서 '메기수염'으로 명명되는 시아버지에게 윤간당하는 자신의 모습을 발견하곤 이내 그 옥수수밭을 불바다로 만들고 싶은 욕망을 느낀다. 현실에서 미향은 손쓸 수 없을 만큼 황폐한 수동적 삶을 영위하지만, 내면에서 실현되기를 기대하는 욕망은 환상으로 치환하고 그것을 오히려 현실처럼 느낀다. 이는 현실성과 가능성의 긴장을 전달하는 방법으로, 인물이 타자와 대치할 수 없는 자기 독자(獨自)의 실존[19]을 강조하는 동시에 독자(讀者)들의 주체적 점유화를 유도한다.

『찔레꽃』에는 미향과 유사한 과정이 6장 「얼룩말」 편에도 나타난다.[20] 영수가 즐겨보는 텔레비전 『동물의 왕국』 속 얼룩말은 영수 그 자체로 상정할 수 있다. 영수는 엄마가 있는 한국을 가기 위해 기차를 타고 북경에서 우루무치행으로 다시 알렌에서 몽골 국경을 넘는 기나긴 여정을 울지 않고 수행하기로 충심이모와 약속한 것은 그 여정의 경로를 세렝게티 평원으로, 얼룩말을 자기 자신으로 투사했기 때문이다. 대지는 언뜻 자유로운 세상이지만 사자, 치타, 표범, 하이에나 같은 무서운 포식자가 존

19) 여기서의 실존이란 자신의 존재를 이루는 근원적인 힘이며, 개인이 자신의 경험을 해석하는 과점으로, '삶의 태도'이자 개인의 자아가 발달하는 '단계'라는 키에르케고르의 의견을 가져온 것이다.

20) 『찔레꽃』의 프롤로그는 어린 아들을 저 세상으로 보낸 후 허망한 마음을 가눌 길 없어 스스로 유랑을 떠난 한 남자가 몇 년 전 우연히 중국 변경에서 만난 이북 출신의 화교 여성을 미나라는 조선족 안마사와 함께 찾아 나서는 이야기다. 이 프롤로그와 연관지어 볼 때, 또한 실제 아들을 잃은 작가의 개인사를 생각해 볼 때, 「얼룩말」은 정도상이 영수의 시각에서 탈북자의 현실과 그 책임 문제를 생각하게 만든다.

재한다. 그래서 잘 달리기 위한 날 센 다리와 경계를 늦추지 않는 강한 정신력이 있어야 한다. 비록 자유로운 대지에서 만나는 포식자는 얼룩말을 잡아먹지만, 그것은 어디까지나 인간의 질서에 포박되지 않은 생명력 넘치는 자유로운 대지, 최소한의 생명유지를 위한 약육강식의 질서다. 영수가 대지를 건너는 위험한 도전을 낭만적 상황으로 치환하는 것은 앞서 밝혔듯이 '날 것' 의 자연 상태를 염두에 두었기 때문이다.

그러나 영수가 텔레비전이 아닌 실제 현실에서 발견하게 되는 것은 모두 낭만적이지 못한 사람들뿐이다. 목사님과 박선교사는 국경을 넘을 때마다 돈의 지불을 다그치고, 선교사는 연신 비디오를 들이대며 선교사업회 전시용으로 쓰기 위해 크레용으로 옷을 일부러 더럽히거나 찢고, '김정일이 나쁜 사람이고, 조선은 지옥이고, 밥도 많이 먹고 싶고, 자유를 원한다' 는 말을 하라고 종용한다. 앞에서 이끄는 중국인 아저씨는 "치타처럼 빨랐"고, 나머지 아홉 명은 "하이에나처럼 제멋대로"였고, 냉혈인간 만복삼촌은 "코끼리처럼 성큼성큼"이라 맞출 수밖에 없었다. 충심이모를 제외하고 영수가 탈북하는 과정에서 만나는 사람들은 하나같이 세렝게티 평원에서 본 사자보다 무서운 대상으로 묘사되고 있는 것이다.

> 마라강……은 얼마나 더 걸어가야 하는 것일까? 마라강만 건너가면 엄마가 있는 세렝게티가 펼쳐져 있을 텐데…… (…중략…) 영수는 고비사막 근처에서 작은 가젤의 무리를 추격하는 한 마리의 푸른 늑대를 떠올리고는 희미하게 웃었다. 아야, 무언가에 발이 걸려 영수는 몸을 돌려 밤하늘을 바라보았다. (…중략…) 별과 별을 이어보니 엄마 얼굴이 그려졌다. "엄마!" 영수는 환하게 웃으며 엄마를 불렀다. 눈을 감았다. 문득 마라강이 나타났다. 수만 마리의 얼룩말과 누 무리가 강변에 모여 잔잔하게 흐르는 강물을 보며 서성거리고 있었다. (…중략…) 영수도 새끼 얼룩말이 되어 마라강을 헤엄치기 시작했다. 악어들이 강력한 힘과 쏜살같은 속도로 공격했지만 영수는 뒷다리를 세차게 차올리며 물살을 헤치며 앞으로 나갔다. (…중략…) 그때, 뒷다리에 송곳니가 박히는 느낌이 들었다. 악어가 물었나? 몸부림을 쳐봤지만, 악어

는 새끼 얼룩말을 물고 물속으로 가라앉았다. 그러다 어느 순간, 평온이 찾아 들었다. 눈을 감으니 배가 고프지 않았고, 춥지도 않았다. 악어들이 얼룩말의 몸에 이빨을 박고 세차게 몸을 돌렸다. 얼룩말의 다리가 떨어져나갔다. 작은 별 하나가 꼬리를 달고 서쪽으로 길게 떨어졌다. 초원의 거친 바람이 영수의 몸을 흔들고 지나갔다. 움직이는 것은 바람에 흔들리는 머리카락뿐이었다. '엄마!' 라는 소리를 닮은 바람이 초원을 가로질러갔다. 엄마, 엄마![21]

사실상 영수처럼 북한을 탈출하다 죽은 아이들은 세렝게티에서 죽은 얼룩말과 닮아 있다. 어린 얼룩말이 '별' 을 동경하며 '마라강' 을 건너는 행위는 '악어' 의 먹잇감으로 전락한 후 흔적도 없이 사라져버린다. 탈북자들의 생명을 담보로 한 월경(越境) 행위의 숭고한 뜻은 수많은 방해꾼에 의해 '몸에 이빨이 박히고', '다리가 떨어져나가' 는 등 처참히 파괴되고 만다. 정도상은 8살 아이의 내면을 얼룩말의 최후라는 자연 현상을 동화적이면서 환상적으로 살핌으로써 탈북자의 실제적 상황을 사실감 있게 다루고 있다. 이는 앞서 보여준 미향의 경우보다 더욱 진지한 이중반사[22]를 유도한다. 왜냐하면 작품 내부에 존재하는 목표물을 놓고 봤을 때 미향의 경우 까마귀는 훼방꾼에 가깝지만, 영수의 경우 악어는 파괴자기 때문이다. 이를 외부에 존재하는 공격의 대상으로 유추해 볼 때, 미향은 기억을 방해하는 현실자각에 가까운 반면 영수는 중국 국경수비대로 표

21) 정도상, 앞의 책, 194~196쪽.

22) 임병덕, 『키에르케고르의 간접전달』, 교육과학사, 1998, 164~166쪽 · 180쪽. 구민두, 「키에르케고르의 주체성과 간접전달의 도덕교육적 의미」, 부산대 대학원 석사학위논문, 2002, 33~34쪽. 키에르케고르의 이중반사는 무한한 열정적 추구로 대표되는 실존하는 개인의 주관적 사고와 그 개인의 실존을 규정하는 현실성과 가능성의 긴장이 전달받는 사람의 실존에 고스란히 반사되도록 하는 것이다. 또한 이 반사에 의한 전달을 간접전달이라고 한다. 『찔레꽃』에서는 각각의 액자 주인공이 자신의 현 실태와 가능태의 긴장을 서술하는 부분을 1차 반사로, 독자에게 이 긴장을 다시 비추는 것을 2차 반사로 보았다.

상되는 국가권력, 즉 탈북자 문제에 대해 확립되지 않은 인권으로 나아갈 수 있다.

흥미롭게도 이 작품은 미향의 내면은 탈출 이전의, 영수의 내면은 탈출 과정에서, 그리고 『찔레꽃』의 주인공 충심은 남한으로 무사히 탈출에 성공한 탈북자의 내면을 각각 보여주고 있다. 또한 미향과 영수의 죽음은 북한 주민의 중국 내 비법월경자라는 신분을 감안하면 불행한 최후가 납득 가능하다. 그러나 충심은 남한에서도 역시 불행한 내면을 드러낸다.

> 벌떡 일어나 냉장고를 뒤졌다. 한 달 전쯤 친구들과 함께 구워먹고 남은 삼겹살을 찾아 굽다가 신 김치를 보시기째 엎어 넣고 밥을 비볐다. 방바닥에 신문지를 깔고 그 위에 프라이팬을 놓았다. 다리 사이에 프라이팬을 끼고 앉아 수저 가득 밥을 떠서 먹었다. 엄마의 말대로 절대로 밥을 굶지 않겠다고 다짐했다. 밥을 먹다 말고 진숙언니한테 전화를 걸어 내일 당장 만나자고 약속을 정했다. 수저 가득 비빔밥을 떠서 입 안으로 밀어 넣으며 찔레꽃을 보았다. 찔레 잎사귀가 바람에 살랑거리고 있었다.[23]

충심의 경우는 앞의 두 사례와는 다르게 환상이 아닌 내면독백으로 되어 있다. 작품 전체를 관통하는 주인공인 까닭에 존재화[24]하기 위한 주관적 관점에 초점을 맞추려고 한 의도로 보인다. 밥을 먹는 행위는 굶주림에 대한 거부이자 인간적 삶을 향한 실천의지다. 실상 많은 탈북자가 이 행위를 위해 목숨을 담보로 위험한 도주를 하고 있는 현실을 감안해 볼 때, 충심의 행위는 기쁨과 환희여야 옳을 일이다. 그러나 노래방

---

23) 정도상, 앞의 책, 221쪽.

24) 키에르케고르에 의하면 사고(thought)와 존재(being)가 일치하는 진리는 "필수적인 것(desideratum)"이 되고 "존재화(becoming)"란 용어로 이해된다. 끝이 날 수 없고 그 인식의 작용을 하는 정신 스스로가 존재화의 과정 안에 있다고 하는 의미에서 가져온 용어다.

도우미를 해서 번 돈으로 밥을 먹는다는 것은 그녀가 중국에서 겪은 육체적 유린과 별반 다르지 않기 때문에, 또 함께 먹을 가족이 없기 때문에 밥을 먹는 행위는 충심에게 행복이 되지 못한다. 요컨대 『찔레꽃』은 미향과 영수 그리고 충심이라는 탈북자를 대상으로서 바라보는 것이 아니라, 그 내면적 실존성을 부각시키는 위해 다가서려 한 작가의 고뇌가 돋보인다.

김원일의 기존 작품이 과거 역사로서의 분단에 초점을 맞추었다면, 「카타콤」은 현재형으로서의 분단을 문제 삼는다. 북한 잠입선교라는 민감한 소재를 다룬 이 소설에서 작가가 힘주어 강조하는 것은 이념과 정치와 종교 등 모든 가치에 앞서는 인간과 생명의 존엄성이다. 주인공 강목사가 난민구호자원에서 위험을 무릅쓰고 북한 땅을 드나드는 이유는 이념이나 종교보다는 굶주려 죽어가는 동포와 탈북자들을 살리는 문제가 더 시급하다고 느꼈기 때문이다. “생명을 잃으면 아무것도 할 수 없”다는 것은 결국 국민 개개인의 소중한 생명을 담보로 한 국가 간 이해관계는 무의미하다는 작가의 의도가 숨겨져 있다. 그렇기 때문에 김원일이 강목사를 통해 자신의 모든 것을 던져 헌신적으로 탈북자를 돕고 북한 주민을 걱정하는 모습은 주체의 윤리화를 도모하는 동시에 가능성으로서의 현실을 보여주고 싶었다고 할 수 있다.

이에 비해 정도상의 『찔레꽃』은 김원일의 「카타콤」의 정목사처럼 객관적 현실을 진단해 줄 등장인물이 없다. 이는 정도상이 인물의 존재화에 상당히 치중하고 있음을 보여준다. 왜냐하면 「카타콤」의 강목사는 탈북자를 돕는 사람이고, 『찔레꽃』에 등장하는 주 인물들은 모두 탈북의 상황에 놓여 있는 당사자다. 『찔레꽃』은 실성한 여자의 내면과 여덟 살 꼬마의 영문을 모르는 탈출기를 의식의 흐름과 동화적인 수사를 발휘함으로써 현실의 상황과 대비되어 독자로 하여금 탈북자의 고통을 더욱 심화시키는 효과를 거둔다.

3. 자본의 가치에 대한 수렴과 발산

사실상 탈북은 교회와 깊이 연관되어 있다. 한국 교회는 1980년대 후반과 1990년대에 들어서며 중앙아시아 즉, 구소련에서 일어난 사회주의 체제의 대 변혁 속에 북한 선교에 대한 움직임이 고조되기 시작했다. 구소련이 무너지면서, 중국의 경제, 외교적 개방정책으로 인해 북한의 문이 점점 열리기 시작했고, 이것을 본 많은 한국 교회와 미주 교포들은 북한 선교를 위해 다각적으로 접촉하며 북한 선교에 관심을 드러냈다. 2000년대에 들어와서 북한 선교는 통일이라는 염원과 병행되어지며 한국 교회의 가장 중요한 선교적 쟁점과 사역 대상국으로 부상[25]했다.

선교는 크게 내지선교(Inside Mission)와 외지선교(Outside Misson)로 구분해 볼 수 있는데 북한은 내지선교가 불가능하기 때문에 「카타콤」과 『찔레꽃』에서 보는 바와 같이 외지선교 즉, 식량위기에 몰려 두만강을 건너 중국으로 탈출해온 북한 주민들을 돌보는 중국 내에서의 선교사들의 사역, 험난한 여정을 거쳐 남한으로 입국한 탈북자들을 위한 선교사역 등이 여기에 해당될 것이다.

김원일의 「카타콤」은 현재의 정치적 상황에서는 매우 위험스런 소재를 다루고 있는데, 한국, 북한, 중국 등 어느 국가에서도 용인하지 않는 북한 잠입선교가 그것이다. 주인공 강목사는 중국 공안국에서 탈북자를 체포하는 대로 북으로 보내는 안타까운 상황을 해결하기 위해 북한 선교를 차근차근 준비해왔다. 탈북자 청소년 대안학교 강사도 했고, 중국에 진맥회나 밀알회를 조직하여 지하교회 목회를 통해 『찔레꽃』에서 미향이나 충심의 경우처럼 탈북 여성과의 결혼으로 이루어진 조선족 가정

25) 권형재, 「북한 선교의 나아갈 길: 새터민들의 안정된 정착을 돕는 사역을 통한 미래의 북한 교회 지도자 양성을 목표로 하는 한국 교회의 선교전략」, 『한영논총』 12권, 한영신학대, 2008, 175쪽.

에서 예배를 담당하기도 한다. 또한 조군의 경우처럼 탈북자를 기독교인으로 인도하여, 목회자 후보로 훈련하기도 한다. 그리하여 중국과 북한의 국경도시 지안의 조선족 가정을 결신자로 영접하기까지 1년을 걸려 성공, 국경을 넘어 북으로 들어가는 상인 고만복을 통해 북한 잠입을 위한 교두보로 성사시켜 북으로 가져갈 양식도 준비한다.

강목사가 북한의 비밀 집회 장소에 가기 위해 온갖 위험과 불법을 감수하는 이유는 "기다릴 분들을 생각해서", "영양실조 끝에 질병으로 죽어가는 생명부터 구하는 데 전력투구하"[26]기 위해서다. 강목사는 "좌파니 우파니, 어떤 이념이 옳으니 그리니, 어떤 방식으로 남북이 통일되어야 하느니 따위의, 이를테면 중구난방(衆口難防)으로 자기주장이 옳다고 떠들어대는 말들에 별 관심이 없는 것 같"[27]다. 그는 오로지 '하느님께 속한 것' 이 자비, 정의, 굶주린 자를 먹이는 것, 이민자를 환대하는 것, 빈곤한 자에게 안식처를 제공하는 것, 가난한 자를 권력자의 압제에서 보호하는 것"이라는 기독교적 진리에 충실하고자 할 따름이다.

그러나 강목사는 기독교적 진리에 충실한 정신적 양식만으로 북한 주민을 도와주는 것이 아니라 압축건빵, 좁쌀, 밀가루라는 양식을 구입하고 위안화를 북한 돈으로 교환하느라 동분서주한다. 이는 강목사가 종교적으로 정당한 행동이 정치적으로 범죄가 된다는 아이러니한 상황을 알면서도, 물질이 보다 적극적인 구호라고 생각하는 것은 자본의 긍정적 측면을 수용했다고 볼 수 있다.

> 대체로 해외 선교사는 모교회의 지원에 힘입어 가족이 함께 현지로 떠나 선교 활동을 하지만 강목사 경우는 사명감 하나로 선양을 택해 홀홀히 떠났기에 물질적 어려움이 많을 터였다. 내가 알기로 그의 해외 선교를 돕기는

26) 김원일, 앞의 책, 109쪽.
27) 위의 책, 109쪽.

형제분과 주위에 가까운 이들 열댓 명이 조직한 '강목사선교후원회'에서 송금해주는, 한 달에 백오십만 원 정도가 전부였다. 집사람도 그 후원회에 월 오만 원 한 구좌를 들고 있었다.[28)]

선양행을 결정한 교우들에게 강목사가 선양의 지하교회를 통해 탈북자 돕기, 북한 주민 돕기로 한다는 말을 전하자 청년부 학생들이 자선 바자회를 여는 등 선교헌금 모금에 앞장섰다.[29)]

강목사의 신념은 아무리 공산주의 이데올로기가 위대할지라도 인민을 굶기는 공산주의는 거짓이라는 것, 인권이란 기본적 욕구의 해결이 선행될 때 가능한 것이라는 건강한 선교 활동의 표본이라 할 수 있다.

그러나 『찔레꽃』에서는 「카타콤」의 강목사처럼 자본을 긍정적 선교 활동으로 활용하는 사람은 찾아볼 수 없다. 왜냐하면 그들에게 탈북자는 명분으로 포장된 기획입국이기 때문이고, 북한의 인권을 얘기하는 수많은 사람들이 실은 인권을 빙자하여 돈벌이에 몰두하는 것을 보여주는 것이기에 『찔레꽃』의 한국인 선교 활동은 자본의 논리를 앞세운 수단일 뿐이다.

탈북자들의 한국행은 탈북과 더불어 한국으로 바로 오는 것이 아닌, 중국에 잠시 체류한 후에 입국하는 것이다.[30)] 그러나 중국 내 불법체류자로 상태로 있는 탈북자들이 합법적으로 남한에 입국할 방법은 없다. 게다가 남한은 중국과 육지로 바로 연결되어 있지 않기 때문에 굉장한 위험을 감수해야만 한다. 합법 신분이 아닌 사람들이 남한에 들어오기 위해서는 누군가의 개입이 필요한데, 이런 경로로 들어오려면 일정 기간

28) 위의 책, 239쪽.
29) 위의 책, 256쪽.
30) 정주신, 『탈북자 문제의 인식』, 한국학술정보, 2007, 46쪽.

보살핌을 해주는 즉, 탈북자의 입국을 기획하는 주체가 있어야 한다는 얘기다. 통일부가 밝힌 해외 탈북자 지원 민간단체는 한국의 종교 그룹, 특히 기독교 그룹 활동가들이 중국에서 탈북자의 입국 지원 활동을 하면서 탈북자의 남한 입국이 확대되었다. 물론 「카타콤」에서처럼 인도적 선교를 위한 종교단체가 없는 것은 아니나, 대다수는 미국의 지원을 등에 업고 북한체제를 뒤흔들 목적으로 기획탈북을 만들고 있는 것이다.

『찔레꽃』의 충심은 중국 땅을 밟은 후 다양한 이름으로 불리어진다. 안마를 할 때는 '미나', 중국인에게는 '메이나' 관찰자인 '나'에게는 '소소'[31]였다. 그녀의 이름은 떠돌이 탈북자의 부적응을 보여주는 부분이다. 그래서 충심이 필요한 것은 신분증이다. 중국 공안에 끌려가지 않고 불안 속에 살지 않아도 되는 합법적인 신분이지 한국에 가서 누리게 될 기본적인 생활의 해결은 충심에게 그리 중요한 문제가 아니다.

충심의 탈출 과정은 처음부터 끝까지 아니, 한국에 도착한 이후에도 집요한 금전적 요구에 노출되어 있다. 한국에서 온 선교사는 서울 가서 김정일을 욕한다는 조건으로 데려다 준다고 한다. 목사님과 박선교사는 출발 전부터 그들의 선교 선전에 도움이 될 민박집 구석구석을 비디오에 담고, 무조건 예수님을 모셔야 한다고 몇 번이나 다짐을 받는다. 그리고 돈도 다짐받는다.

> "비용은 정확히 해야 돼요. 비용을 받아도 어차피 여러분들을 위하여 사용하지, 우리가 쓰는 건 한 푼도 없어요. 어건 자선사업이고 어디까지나 선

31) 소설 속에서 이름을 부르는 행위는 호칭, 이름을 붙이고 부르는 것을 포함하여 사회적 질서 이데올로기에 의한 주체 구성에 관여한다. 이것은 그 사회적 질서가 개인을 주체로 강제해내는 의미가 강하기 때문에 지배적 질서의 메커니즘이라는 의미로 쓰인다. 말하자면, 소소는 충심의 중국식 이름이고 이는 탈북자임을 숨기고 조선족, 중국인임을 가장한 이름인 셈이다. 메이나, 미나도 마찬가지다. 김정숙, 『한국현대소설과 주체의 호명』, 도서출판 역락, 2006, 27쪽.

교사업이라는 걸 아셔야 해요. (…중략…) 한 사람당 한국돈으로 오백만 원이라는 건 알고 있지요? 선금으로 이만 위안을 내시고요. 한국 가서 정착금 받으면 삼백만 원을 잔금으로 내는 것도 알고 계시죠? 자, 그럼."

"비용을 받지 않고 한국으로 데려다주는 목사님도 있다는 말을 들었는데……."

주현이모가 혼잣말로 중얼거렸다. 주현이모의 말에 박선교사의 눈초리가 먹이를 두고 싸우는 수사자처럼 사납게 변했다.

"그렇다면 이번 일을 없던 것으로 합시다."[32)]

이들은 자신들 스스로 또는 중국 국적의 탈북 사냥꾼들을 고용하여 중국내 불법체류하고 있는 탈북자와 접촉하여 한국에 가면 잘 살 수 있다고 회유하고 포섭한다. 선교사들은 8살 영수의 빌리지도 않은 돈의 증서인 현금차용증을 써달라고 요구까지 하고 생사의 길을 걷는 동안 하느님의 이름을 외치도록 주문하고, 그것을 촬영하는 데 여념이 없다. 또한 한국에 도착해 하나원을 벗어나자마자 박선교사는 잔금 900만 원을 받으러 사람을 보낸다. 충심의 정착금 500만 원은 고스란히 살아남음의 대가로 지불된다. 심지어 한국 탈북자 중 같은 처지의 사람들에게 탈출 경로를 알려주겠다고 돈을 요구하는 대목은 악화가 양화를 구축하는 형국이다.

탈북 여성들의 경우, 북에서 교사나 디자이너 등 전문직에 있던 사람조차 환경미화원, 식당보조, 유아원 보모를 전전하기 마련이다. 그나마도 말투나 문화의 차이를 견디지 못해 결국 모든 사회 생활을 포기하는 경우가 허다하다.[33)] 충심은 목숨을 담보한 탈출에 성공하여 남한에서 은미라는 이름을 얻었지만 중국에서 자신의 신분이 비법월경자였다면,

32) 정도상, 앞의 책, 178~179쪽.

33) 『조선일보』, 2001. 4. 24.

한국에서는 외국인과 다를 바 없다. 그럴수록 북에 있는 가족들이 더욱 생각나고, 그들의 생계를 위해 노래방 도우미를 하며 악착스럽게 돈을 모아보지만 브로커는 증발하고 만다. 이들은 기획탈북으로 활용된 뒤 자본주의 정글의 법칙이 지배하는 한국에 내팽개쳐지는 것이다.

함흥, 해림, 옌지, 한국으로 이어지는 여정을 걷는 주인공 충심은 수많은 국경을 넘지만 "그 어느 곳에나 자본의 논리가 지배하는 매끈한 평면의 세계가 펼쳐져 있을 뿐"임을 보여준다.[34] 남한 사회의 편입은 자본의 논리에 익숙해지는 것인데 충심의 "세상에는 돈으로 할 수 없는 일이 하나쯤은 있어야 한다."고 끊임없이 되뇌는 심리적 저항을 통해 정도상은 탈북자의 남한 적응의 또 다른 상처를 드러내고 있다. 이는 탈북을 돕는 단체의 실상과 한국 사회의 야만성을 드러내는 것으로 삶의 온전성을 돌려주기는커녕 자본주의의 물신화의 덫에 빠지게 만드는 기획탈북의 실상을 통해 세계화된 현실의 어둡고 끔찍한 자본주의의 구조적 폭력과 맞닿아 있음을 보여준다.

요컨대 「카타콤」에서 자본의 긍정적 가치는 강목사의 강직한 성품에서 비롯되었음은 틀림없는 사실이다. 하지만 탈북자를 도와주고 북으로 들어가는 첫 단계로 양식을 비롯한 생필품을 꾸리는 것은 그것이 그들의 마음을 녹이는 제일 첫 요소이기 때문이다. 그렇다면 자본이란 기(旣) 탈북자와 예비탈북의 가능성이 있는 북한 주민에게 상당히 유용한 도구로 작용한다는 의미다. 따라서 「카타콤」에서의 자본의 총체적 모습은 상당히 우호적이다.

반면에 『찔레꽃』에서 자본이란 고발의 대상이 된다. 충심이 탈북 이전의 북한에서 두만강을 건널 수 있었던 것, 그리고 중국에서 곳곳을 비법월경자로 숨어 지내면서 견딜 수 있었던 것, 그리고 죽음을 각오하면

34) 이영경, 「2000년대 한국문학의 성과는 '경계를 넘는 연대'」, 『경향신문』, 2009. 11. 9.

서 국경을 넘어 남한으로 들어올 수 있었던 것, 그리고 남한에서 살아가는 것…… 이 모든 것에 놓인 자본은 충심의 인간으로서의 진정성을 황폐화시키는 도구인 것이다.

4. 맺음말

본고는 탈북자 문제를 통한 분단 문제의 상이한 시각을 생각해 보았다. 이를 김원일의 소설 「카타콤」과 정도상의 소설 『찔레꽃』을 통해 주체와 자본의 문제로 접근해보았다.

우선 김원일의 「카타콤」의 경우 기존 분단소설에서 보여준 휴머니즘적 측면을 강조한다. 관찰자인 정목사를 내세워 객관적인 동시에 현재적인 현실의 모습을 보여주는 동시에 주인공 강목사를 통해 이념과 정치, 종교 등 모든 가치에 우선하는 것으로 인간과 생명의 존엄성을 역설하면서 윤리적 주체의 모습을 부각시킨다. 또한 탈북자를 향해 이해관계를 넘는 헌신적인 주체의 모습은 희망적인 가능태로서의 현실을 제시한다고 할 수 있다. 이에 반해 정도상의 『찔레꽃』은 탈북자의 현실을 객관적으로 진단해 줄 인물이 빠져 있고 대신 주인공 충심과 주변인들의 목소리를 그대로 노출시키면서 인물의 존재화에 치중하고 있다. 탈북자의 현 실태를 탈북자의 목소리 그대로 담아 고통을 심화시키고자 한 것이다. 다시 말하면 김원일은 탈북자를 우리가 도와야 할 타자로 인식하기 때문에 목사의 신분인 주인공을 내세워 우리로 하여금 윤리적인 주체화를 꾀하지만, 정도상은 탈북자가 직접 탈북 과정에서 겪는 고통을 내면의 흐름과 환상적 기법으로 묘사함으로써 존재론적 주체의 모습을 부각시킨다.

두 번째, 탈북은 교회와 깊이 연관되어 있다. 두 소설에 모두 선교사나 목사가 등장하는 것도 그 이유다. 그러나 두 소설에서 자본의 가치를 대하는 태도는 상이하다. 김원일의 「카타콤」에서 강목사는 물질이 보다 적극적인 구호라는 측면에서 자본의 가치에 긍정하며 이를 통해 적극적으로 탈북자를 돕는다. 그러나 『찔레꽃』에서 자본은 기획입국으로 포장된 고발의 대상이다. 국경을 넘을 때마다 강요받지만 표면은 선교 행위이고, 노동의 대가이면서 동시에 진정성을 해치는 도구로 나타난다. 김원일은 선교 행위에 대해 상당히 긍정적인 평가를 내리지만 정도상은 종교적 선전도구로 이용당하는 선교에 일침을 가한다.

이러한 결과로 볼 때, 김원일은 한국전쟁이라는 분단구조의 모순을 처음부터 경험한 세대이기에 탈북자 문제를 관찰대상의 입장에서 보다 긍정적으로 평가하는 동시에 의식주라는 생존과 관련한 접근법이 두드러진다고 하겠다. 이에 비해 정도상은 분단의 연속성보다 탈북자를 주체적 시각에 놓고 보기 때문에 부정적이고 생존의 문제와 더불어 문화적응이라는 소외와 불안요소를 보여준다.

그럼에도 두 작품의 공통점이라면 탈북자의 현실을 바라보는 우리 자신의 문제점을 냉정하게 비판한다고 할 수 있다. 탈북자 문제는 분단구조가 가져오는 구조적 문제인 동시에 정치경제적 갈등과 결부되는 동시에 인권에 관한 민감한 사안이다. 그러나 서두에서 밝혔듯이 탈북자의 수효가 적지 않은 만큼 보다 체계적이고 현실감 있는 대안이 나와야 할 때다.

참고문헌

1. 자료

김원일, 「카타콤」, 『오마니별』, 도서출판 강, 2008.

정도상, 『찔레꽃』, 창비, 2008.

2. 논저

고인환, 「탈북자 문제 형상화의 새로운 양상 연구-〈바리데기〉와 〈리나〉에 나타난 '탈국경의 상상력'을 중심으로」, 『한국문학논총』 52집, 한국문학회, 2009. 8.

구민두, 「키에르케고르의 주체성과 간접전달의 도덕교육적 의미」, 부산대 대학원 석사학위논문, 2002. 8.

권형재, 「북한 선교의 나아갈 길: 새터민들의 안정된 정착을 돕는 사역을 통한 미래의 북한 교회 지도자 양성을 목표로 하는 한국교회의 선교전략」, 『한영논총』 12권, 한영신학대, 2008.

김윤식 · 정호웅, 「분단 · 이산소설의 전개」, 『한국소설사』, 예하, 1993.

김은경 · 권정혜, 「탈북자 문화적응척도 타당화 연구」, 『한국심리학회지 : 임상』 제28권 제3호, 한국임상심리학회, 2009.

김정숙, 『한국현대소설과 주체의 호명』, 도서출판 역락, 2006.

루이 알튀세르, 김동수 옮김, 『아미엥에서의 주장』, 솔, 1991.

심민수, 「키에르케고어의 실존적 주체성의 교육적 함의」, 『교육문제연구』 제21집, 고려대 교육문제연구소, 2004. 9.

이경재, 「네이션과 2000년대의 한국소설」, 『문학수첩』, 2009년 겨울호.

이순형 외 3인, 『탈북 가족의 적응과 심리적 통합』, 서울대 출판부, 2007.

이정우, 『주체란 무엇인가』, 그린비, 2009.

이호규, 「'타자'로서의 발견, '우리'로서의 자각과 확인-2000년대 이후 한국소설에 나타난 조선족의 양상연구」, 『현대문학의 연구』, 한국문학연구학회, 2008.

임병덕, 『키에르케고르의 간접전달』, 교육과학사, 1998.

장임숙 · 전영평, 「탈북자 인권 운동과 정책대응방식의 평가」, 『국가정책연구』 제23권 제1호, 2008.

정주신, 『탈북자문제의 인식』, 한국학술정보, 2007.

허명숙, 「위험한 기독교인이 실천하는 신앙의 아이러니」, 『한국문예비평연구』 제30집, 한국현대문예비평학회, 2009. 12.

제3부

탈북, 영역을 넘어 체제를 넘어

여행소설에 나타난 상상력의 구조 변화

'아버지 찾기'를 중심으로

이 정 숙

1. '아버지 찾기'의 방법: 여행소설

6 · 25를 전후한 현대사의 상처는 인간 생존의 가장 기본이 되는 가족이 훼손되면서 가족의 해체를 가져왔다. 그로 인한 가족 헤어짐이 '가족 찾기와 만남'이라는 명제로 이어져야 하는 것은 자연스럽고도 당연하다. 그러나 이 부분은 아직도 진행 중인 우리 민족의 커다란 정신적 상처[1)]로 남아 있으니, 여전히 남북 이산가족 찾기와 만남이 소망인 많은 사람들은 근래의 남북 화해 분위기에 힘입어 어떻게 그 만남의 대열에 한 발 끼기라도 해 볼까 전전긍긍해 하고 있다. 2000년 여름 남북정상회

1) 우리 민족의 정신적 상처는 일제강점기와 뒤이은 6 · 25, 그리고 분단의 지속으로 인해 아직도 진행형으로 남아 있다. 고향 상실을 주제로 한 글들이나 만주 등지로 헤매는 유이민들의 삶에 대한 글들, 귀향을 다룬 글들, 그리고 6 · 25전쟁 자체를 다루는 많은 글들과 이후의 이념적 갈등과 그 피해를 그린 글들 모두 이런 우리 민족의 정신적 상처를 그린 것이다. 분단문학과 통일문학 또한 그 연장선에 있음은 물론이다.

담을 전후한 이산가족의 만남은 전쟁이 끝난 지 50년이 되어 가는 현 시점에서도 그 아픔이 결코 가벼워지지 않았음을 웅변적으로 증명하고 있다. 월북한 아버지와 그로 인한 남은 가족들의 신산한 삶이 그려진 많은 소설들 속에서 적극적으로 아버지를 찾아 나서는 '아버지 찾기' 라는 명제가 주제가 되어 있는 비교적 최근의 작품들을 볼 때 흥미로운 현상을 볼 수 있는데 우선 '아버지 만나보기' 의 공간이 남도 북도 아닌 제3국으로 되어 있다는 것이다. 이것은 남쪽과 북쪽의 왕래가 단절되어 온 50년 이래의 역사를 볼 때 당연한 일이겠지만, 이들의 이국에서의 삶이 방랑과 향수라는 우리의 동경을 만족시켜주는 게오르그 짐멜 식의 낭만이 바탕에 있는 것이 아니라 존재의 중심인 집과 고향을 떠난 생존과 일종의 도피라는 실존적 고뇌가 바탕에 깔려 있다는 것이다. 그 공간은 구체적으로 파리와 아테네, 그리고 연길이다. 유럽은 과거 동구권과의 자유로운 왕래로 인해 북한과 연결되는 무대가 될 만하고, 중국도 한중 국교수교 후 북한과의 모든 왕래의 중심이 되고 있고 특히 연변 쪽은 북한과의 거리나 조선족들이 많이 거주하는 관계로 남북한이 빈번하게 교류하는 공간이기도 하다.

이렇게 소설의 배경이 외국이 되면서 등장인물들은 한국을 떠나서 사건의 중심지가 되는 해당 외국으로 여행하는 양상을 띠게 된다. 이 글의 제목이 '여행소설에 나타난—'[2]식으로 된 소이이기도 하다.

소설에서 그려진 아버지 찾기[3]와 만남의 과정은 재미있게도 —당연하지만— 시대의 변화에 따라, 무엇보다도 정치적 상황의 변화에 따라

2) '아버지 찾기' 에 초점을 맞춘 것은 아니지만 1990년대에 많이 나타나고 있는 여행소설에 대한 연구가 발표된 바 있다. (김경수, 「1990년도 여행소설의 한 특징」, 『소설, 농담, 사다리』, 역락, 2001.)

3) 이러한 '아버지 찾기' 의 소설들은 부계문학에 속하는 것으로 볼 수 있다. 부계문학이 핏줄을 전제로 한다는 점 때문이다.

그 양상이 조금씩 달라진다. 물론 변함이 없이 끈질기게, 한결같이 그려지는 부분도 있는데, 아내의 기다림이 그 한결같음의 대표적인 모습이다. 정소성의 「아테네 가는 배」(1985년 동인문학상 수상작)는 제목에서 알 수 있듯이 파리 유학생이 아테네 쪽으로 여행하는 과정에서 일어난 일들을 그리고 있는데 '아버지 만나기'는 시도로 그치고 있고, 최윤의 「아버지 감시」(1990)는 파리에서 유학하고 그곳에서 연구원으로 자리 잡은 한국 청년의 '아버지 만남'이 주요 이야기이고, 이문열의 「아우와의 만남」(1994)은 주지하다시피 중국 연길에서 이미 돌아가신 아버지를 만나지 못하는 대신에 '북쪽에서 온 아우와의 만남'을 보여주고 있다. 몇십 년 만에 처음 만나보는 형제는 혈육의 정과 동시에 체제간의 갈등을 보이지만 결국은 혈육의 정이 앞서면서 화해의 가능성을 강조하고 있다. 이산가족들의 만남 혹은 그 시도가 아직도 활발하게 이루어지지 못하고 있는 우리의 현실에서 이 세 작품 속에서 그려진 만남의 모습들을 통해서 통일로 가는 정지 작업의 일환으로 다양성의 획득과 인식의 확장 같은 바람직한 어떤 것을 모색해 보고자 한다. 무엇보다도 이제는 능동적 전향적으로 통일문학을 지향해야 할 때이고 분단 상황에서 빚어진 모순의 극복을 실천으로 옮겨야 할 때이기 때문이다.

2. 신화에 기댄 꿈의 구현-「아테네 가는 배」

「아테네 가는 배」는 프랑스 파리에서 유학하고 있으면서 학위를 받고도 귀국하지 않고 무언가 학위보다 더 중요한 일에 몰두하고 있는 주하(舟河)라는 다리가 불구인 주인공의 사연이 아테네로 가는 여행의 과정에서 밝혀지면서 그것이 곧 주제로 이어지고 있다.

'너덜거리는 두 다리를 목발에 매달고 다니'다가 걸핏하면 '엎질러진 물처럼' 나동그라지는 불편한 몸을 가진 주하에게는 학위보다 더 중요한 일, 생명을 내던져가며 추진해야 할 일이 있다. 북쪽의 아버지와 남쪽의 어머니가 지상의 삶을 다할 때까지 서로 얼굴을 대해 볼 수 있는 가능성을 놓고 주하의 지팡이는 뛰고 있는 것이다. 이 작품의 배경은 올림픽이 서울에서 개최되기 몇 년 전, 그러니까 2001년 현재와는 세계사의 구도가 판이하게 달랐던 시기이다.

> 휴전은 두 나라를 이 지구상에서 가장 먼 나라로 만들었다. 너무나 멀어서 가 닿을 수 없는 나라가 되었다. 인접국가로 중공과 일본이 있으나, 중공은 공산주의 국가로 우리와 외교관계가 없으며 일본은 북한과 외교관계가 없다.[4]

작품이 쓰여진 시기에서 바라본 당시의 국제관계인데 이제는 낯설기만 한 국가명인 중공이라는 이름으로 불렸던 중국은 이미 우리와는 외교관계는 물론이고 교역량에 있어서도 낯선 이웃이 아니라 가까운 이웃으로 자리 잡고 있다. 일본은 북한과 국교는 맺고 있지 않지만 다양한 경로를 통해서 외교관계는 우호적으로 진행되고 있다. 여기에 러시아까지 고려한다면 한반도를 둘러싼 주변 상황은 가히 상전벽해라 할 정도로 변했다. 그럼에도 불구하고 북한이 여전히 '너무 멀어서 가 닿을 수 없는 나라'라는 인상은 변함이 없다. 물론 남북의 관계도 이 작품이 쓰여졌던 1980년대 중반보다야 괄목할 만큼 개선되었고 그 사이에 6 · 25 발발 50주년이 되던 해인 2000년 여름에는 남북 정상회담까지 있어서 통일이 환상이기보다 가능성이 있는 것으로 가깝게 다가오기도 했다.

그러나—, 이 '그러나'라는 부사어는 여전히 유효한 채로 자연스럽게 우리를 멈칫거리게 하고 있다. 혹시 이런저런 계기를 통해서 북한이 어떤 사람들에게는 '너무 먼' 거리가 아닌 '그냥 먼' 거리가 되었을지는

4) 정소성, 「아테네 가는 배」, 『한국 3대 문학상 수상 소설집(1985~1988)』, 가람기획, 1998, 35쪽. 앞으로 본문 인용은 이 책의 쪽수를 인용문 뒤에 붙이는 것으로 대신한다.

몰라도 '여전히 먼' 거리에 그것은 놓여 있기 때문이다.

북에 있는 아버지와 남쪽에서 수예점을 열고 있는 어머니를 만나게 하려는 일념을 가진 주하는 어떻게 그려져 있는가. 그는 평범하게 섞여 놀지 않아 한국인 유학생 사회에서 따돌림을 당하고 '뭔가 된통스런 인상을'(12쪽) 주고 있다. 그리고 매우 가난하다. 종교도 필요에 의해 프로테스탄트와 가톨릭을 양수겸장으로 믿고 있다. 가난하고 기댈 데 없는 주하로서 그렇게 양다리라도 걸쳐야 얻어걸리는 게 있다는 매우 타산적인 믿음을 갖고 있다. 그렇지만 그런 겉모습과는 달리 불가리아계 처녀의 사랑도 얻고 있고, 진실하고 딱한 면으로 중국 친구를 깊이 울리고 우정도 얻고 있다. 겉만 보고 알 수 없는 내면의 깊은 세계를 갖고 있는 것이다. '누구에게도 설명할 수 없는 자신만의 무엇을 가지고 있는 탓에 뭔가 빡빡하고 비밀스러운 데가 있어서 쉽게 손에 잡히지 않는'(31쪽) 느낌을 준다. 그렇게 그의 소망은 어쩐지 '더 높고 더 깊고 더 두터운 차원인 듯'(36쪽)한데 우리의 현실이 그의 소망을 비밀스러울 수밖에 없게 만든 측면이 강하다. 그런데 흥미 있는 것은 이러한 주하의 내적 소망이 감추어진 평범치 않음이 같은 민족인 한국 유학생들 사이에서는 섞이지 못하는 장애가 되는데 비해 외국 친구들을 만나는 데는 결정적인 징검다리 역할을 한다는 점이다. 가장 고귀하고 빛나는 것은 환상 속에서나 가능하다면 한국 친구들은 환상의 불가능함을 읽는데 비해, 외국 친구들은 그 환상 속에서 고귀하고 빛나는 어떤 것을 보았던 것 아닐까.

한편 이렇게 '현실성이 너무나 결여되어 있는' 주하의 소망이 실현될 수 있는 곳으로 아테네, 그리스가 배경이 되고 있는 것은 매우 상징적이다. 주지하다시피 그리스는 신화와 신전의 나라인데 현실에서 이루기 힘든 꿈의 실현이 가능한 곳이 신화의 세계라면 그리스, 특히 아테네는 주하의 꿈이 실현될 수 있는 가능성이 가장 큰 곳이다. 그곳은 실화의 유적보다 신화와 전설의 흔적이 더 많은 곳이기 때문이다.

신화와 전설과 실화가 범벅되어 쌓인 곳에 주하는 와 있다. 종식은 주하가 자신보다 훨씬 민감하다고 느꼈다. 이 땅에는 기이하게도 실화의 유적은 그리 남아 있지 않고 신화와 전설의 흔적만이 무성할 뿐이다. 종식은 이 점을 깨닫고 있으나, 주하는 그러한 사실과 현실을 착각하는 듯한 느낌마저도 주었다.(66쪽)

주하 자체가 신화와 전설의 현실성을 주장하고 믿고자 하는 데서 어렴풋이 감지할 수 있지만 특히 주하의 어머니가 서울에서 수예점을 하며 남편을 기다려왔다는 설정은 매우 상징적이다. 아테네라는 도시가 아테나의 이름에서 온 것이고 아테나는 지혜와 전쟁의 여신이지만 방적과 수예의 여신이기도 하다. 그리고 일생 독신으로 빈방을 지켜 그녀가 살았던 파르테논 신전이 '처녀의 방' 이라는 의미를 가졌다는데 주하는 거기서 어머니의 '빈 방' 을 연상한다. 더구나 트로이전쟁 시 돌아오지 않는 남편 율리시즈를 기다리며 베를 짜다 풀다 하면서 시간을 번 율리시즈의 아내 페넬로페를 연상시키는 대목이기도 하다. 또 주하의 어머니를 연상할 때 시모이 강이 언급되는데 시모이 강은 트로이전쟁 때 전사한 트로이의 왕자이며 용장인 엑또르의 아름다운 아내가 망부를 추모하기 위해 트로이에서 살던 궁궐 모형을 진흙으로 만들고 궁궐 앞에 흐르던 시모이 강 모습을 손으로 파서 거기에 망부에의 그리움으로 흐르는 눈물을 뿌려 물이 괴게 했다는 강이다.(41쪽) 그녀는 나중에 엑또르의 동생과 결혼함으로써 남편에게 한 걸음 더 다가갔다는 이야기에 덧붙여 작가는 주하의 어머니가 늙은 시동생을 돌보고 있다는 사실까지 명시함으로써 두 여인의 상관관계를 강조하고자 한다.

실제로 데살로니키에서 아버지를 만나 볼 수 없음을 알게 되자 기절했던 주하는 그 만남을 주선했던 엘리자베드의 할아버지에게 무언가를 전하고자 한다. 데살로니키는 비잔틴 시대에 로마와 이스탄불을 연결한 육로의 중간 지점으로 크게 융성했던 도시이며 주하가 자기의 부친을 만나기로 되어 있는 곳이었다. 주하가 부친에게 부쳐달라고 꺼낸 것은 '두 분이 함께 살았던 황해도 북단 청천강 하류 송림 땅'이 수놓인 널찍한 천, '어머니의 시모이 강'이다. 주하(舟河)라는 이름 자체가 '강에 떠 있는 배 하나'를 뜻한다면 그는 스스로 초역사적 비현실성을 통해서 어머니와 아버지 사이를 흐르는 강을 건너서 두 사람을 만나게 하는 배 역할을 하여 또 하나의 전설이 되고 싶었는지도 모른다.

「아테네 가는 길」은 아버지에 대한 상상이 매우 순진하고 낭만적이다. 신화와 전설이 전혀 현실성이 없는 것이라면 이 땅의 수많은 신전이 무엇이냐는 절규에 가까운 주장도, 아버지가 오지 못한다는 걸 알고 기절하는 주하의 반응도 순수한 열정에서 가능한 것이다. 어머니와 자기만 남기고 북에 가 있는 의사 아버지에 대해 두 다리를 못 쓰는 핸디캡을 가진 아들로서의 갈등도 보이지 않고, 몇 해째 만나지도 못해 온 어머니에 대한 믿음도 어느 부분에서는 매우 확고하다. 그는 어머니가 아버지를 보기 전에는 '그렇게 쉽게 눈을 감지 못하실 분'으로 믿고 있다. 오로지 부모의 만남만이 일생일대의 지상의 목표이다. 부모의 만남을 위해서는 무엇이든 희생할 자세와 각오를 보이고 있다. 목표가 허황한 만큼 그 열망은 뜨겁고 또 맹목적이다. 당시의 시대적 · 정치적 상황이 그렇게 맹목적이 아니면, 또 어떤 열정(낭만)에 휩싸여 추진하지 않는다면 이런 시도는 애당초 생각조차 못할 사안이기도 했다.

「아버지 감시」에서 추상 속의 아버지와 현실적으로 만나면서 매우 엄격하게 비판적으로 보는 아들을 통해 그 갈등이 노골적으로 드러나는데 비해 「아테네 가는 길」에서는 아버지와의 만남을 오로지 열정만으로 외골수로 추진할 수 있는 것도 그 아버지가 여전히 추상 속에 존재하고 있기 때문으로 보인다.

결국 「아테네 가는 길」은 현실보다는 신화의 의미가 강조된 작품으로 당시의 여러 상황에서 현실적이고 구체적인 '아버지 찾기 혹은 만나기'

는 불가능하고 신화와 상징을 통해서만 가능하다는 것을 보여 주고 있는 셈이다.

3. 아버지의 망령, 환상과 실제 – 「아버지 감시」

「아버지 감시」[5]는 루마니아 공산 정권이 무너지고 잇달아 도미노 현상처럼 동구권 국가들이 무너지는 1990년 이후가 배경이다.

아버지는 6 · 25 때 남한에 가족들을 두고 북으로 가서 월북하자마자 남조선 출신이라는 성분의 불리함을 지우기 위해 다시 결혼했다. 그러나 종국에는 오랜 계획 끝에 가족들을 이끌고 중공으로 탈주할 수밖에 없었던 사회주의자다. 그런데 이번에는 중국의 가족에게는 말도 없이 프랑스 파리에서 유학하여 연구소원으로 근무하고 있는 남쪽의 막내아들을 만나러 왔고, 이야기는 불과 열흘 정도의 시간을 함께 하는 막내아들의 시각에서 파리를 배경으로 전개되고 있다. 만난 지 며칠 안 되는 아들의 눈에 비친 아버지의 모습은 매우 서글프게 묘사되어 있다.

"등 없는 의자에 구부정하게 앉아" 있는 아버지의 모습은 "목까지 칼칼하게 메어오는 야릇한 회한"을 느끼게 하면서 "그러지 않아도 이리저리 부글거리는 내 심사에 불을"(110쪽) 지르고 있다. 아버지에 대한 연민이나 회한은 결국 아버지에 대한 가눌 길 없는 애증의 표현일 것이다. 아버지는 젊은 시절 재주가 다방면으로 뛰어났고 북에서는 문화 관계 서류를 담당했었다. 당시의 월북자들이 대개 그렇듯이 세 작품에서 그려져 있는 젊은 시절 아버지의 모습은 공히 미래가 창창한 뛰어난 젊은

5) 최윤, 「아버지 감시」, 『저기 소리 없이 한 점 꽃잎이 지고』, 문학과지성사, 1992. 앞으로 본문 인용은 주로 처리하지 않고 이 책의 쪽수를 인용문 뒤에 밝히는 것으로 대신한다.

인텔리겐치아들이다. 「아테네 가는 배」에서 아버지는 의사이며, 「아우와의 만남」에서 아버지는 농경제학을 전공한 대학교수였다. 더구나 젊은 날의 신화만 남겨 놓고 떠난 아버지에 대한 남은 가족들의 추억이란 그만큼 미화되는 법인데다 현실이 신산할수록 추억 속에서라도 보상을 받고 싶은 것이 당연할 터이다.

「아버지 감시」의 아버지도 "어렸을 적 수없이 근사한 모습으로 장식되고 부풀어져 한때는 나를 의기양양하게 만들기도 했던 얼굴"이다. 그 가상의 얼굴은 '공회당 비슷한 건물을 가득 채운 사람들 앞에서 연설'을 하기도 하고 "이상하게도 멋진 콧수염에 검정색 두루마기를 걸치고 부드러우면서도 강인한 시선에 힘을 주어 좌중을 향해 열변을 토하고"(126쪽) 있기도 했다. 그러나 가족들에게 환상으로 심어져 있는 아버지의 모습은 그만큼 실제와는 거리가 있는 법. 현실 속의 구체적 아버지는 환상 속의 아버지—신화 속의 젊은 이하운의 모습과는 다른 모습이니, 뭔가 월북 이후의 행적에 대해서는 입을 다물고 있거나, "아버지의 특기임에 분명한 그 모호한 수사법으로 늘 말머리를 돌리는"(130쪽) 식이다. 대화 중 무언가 깊이 들어갈 수 있는 부분에 와서는 "당신과는 조금도 상관이 없는 남의 집 불 보듯 하는" 태도를 보여 급기야는 아들의 속에 불을 지르고 말기 일쑤이다. 그의 말대로 자신에 대한 환상을 깨러 온 것이라면 그 목적을 이루고 있는 셈이다.

> 아버지의 반응이 뜨뜻미지근하면 할수록 나의 머리는 점점 열이 올랐다.(123쪽)

> 새삼스럽게 어머니의 정성이 내 정성이기라도 한 것처럼 억울하게만 느껴졌다. 대체 누가 어떤 방법으로 그 덧없이 소모되어버린 고통의 대가를 보상할 수 있겠는가.(130쪽)

이러한 아들의 속도 모르듯이 아버지는 "용서할 거리가 없다고 우기는 사람을 용서하는 것이 얼마나 힘든 일인지 잘 알고 있다."(135쪽)면서 그 덧없는 고통의 대가를 보상할 의사도, 의지도 보이지 않는다.

사실 아버지가 파리로 온 것 자체가 석연치 않은 그 무엇이 있다. 평생을 기다리던 아내도 이미 죽은 마당에 맏아들이 있는 곳도 아니고 얼굴도 서로 모르는 유복자나 다름없이 컸던 막내아들이 있는 곳, 그렇다고 고향도 아닌 곳 파리에 온 이유를 설명할 길이 없다. 물론 아버지의 말을 통해서 온 목적은 드러나 있다.

> 명백한 진실이란 다름이 아니라 이 구차하기 짝이 없는 나의 상황을 만든 원인은 하나부터 끝까지 아버지의 망령 탓이라는 사실이었다. (…중략…)
> "아버지가 나타나지만 않았어도 어머니는 한 십 년은 더 사셨을 겁니다. 아버지 망령에 시달리느라 우리 가족 중 누구 하나 온전하게 남아 있는 사람이 있는 줄 아세요?"
> (…중략…)
> "내가 바로 그 망령을 벗어나 보고자 이렇게 온 게 아니냐. 너희들 속에 살고 있을지 모르는 내 망령을 더 늦기 전에 없애야 할 것이라는 생각을 오래전부터 해왔다."(132~133쪽)

아버지는 자식들에게 용서를 빌려고 온 게 아니고 가족에게 남겨진 아버지의 망령[6]이 실제와는 천양지차일 것인즉 있는 그대로의 자기 모

---

6) 사회주의적 이상을 품은 가장들이 가족 문제로 갈등에 빠지는 것은 많은 작품에서 볼 수 있다. 그런 양상은 일제강점기 카프소설에서 드러나다가 카프 해체 후의 전향소설에서 특히 주의자들이 가족을 위한 삶을 중시하는 것으로 그려지면서 두드러지고 있다. 여러 면에서 볼 때 가족주의 전통은 사상운동의 차원보다 훨씬 깊은 곳에 자리 잡고 있는 것으로 보인다.(최시한, 「경향소설에서의 '가족'」, 『현대소설의 이야기학』, 프레스, 2000 참조.) 그런 면에서 가족을 버리고 월북한 사람들에게는 본인이나 가족이나 어떤 대가나 보상을 기대하게 될 터이고 현실과의 괴리에서 그것은 망령으로 남아 있을 수밖에 없게 될 것이다.

습을 보여주고 싶어서 온 것이라고 한다. 그렇다 하더라도 막내아들에게 온 그의 선택이 납득이 가는 것은 아니다.

> 도대체 아버지는 뭣하러 어머니도 안 계신 그 먼 길을 여기까지 왔는지 이해할 수가 없었다. 당신이 원하시기만 했다면 형과 의논해 약간의 시간이 걸리더라도 앞뒤를 알아 보아 직접 서울의 맏이집으로 모실 수도 있었던 일이었다. 그러나 어머니가 돌아가신 것을 아시고도 애초 예정했던 대로 내게로 오시겠다고 한 것은 아버지의 선택이었다.(130쪽)

막내아들에게 온 것이 아니라 파리에 온 것이라면, 차라리 파리로의 선택이라면－그것은 납득이 가는 선택인가? 마지막 부분에서 아주 무심하게 파리 관광을 하겠다며 페르 라 셰즈 공동묘지를 가자고 하는데, 유명인사들이 묻혀서 더 유명한 곳 그중에서도 '코뮌 병사들의 벽'에 가서 '자기 같은' 공산주의자, 젊은 날의 인민 혁명 전사들의 묘역에서 자신이 밟았던 길에 대해 마지막으로 어떤 정리라도 하러 온 것 아닐까? 물론 "죽기 전에 나 개인의 모양을 바로 잡으려고 이 먼 여행을 계획했다고 생각하지 말기 바란다. 나는 바로 잡을 모양새도 자랑할 만한 거리도 없다."(136쪽)고 말하지만 내면의 풍경은 꼭 그렇지도 않은 것 같다.

> "이 안을 다 둘러보시려면 서너 시간이 걸릴텐데 다 보시겠어요? 아니면—."
> "다 보긴— 가로질러 곧장 그리로 가자."
> "그리라니요?"
> "녀석 , 딴청을 하기는— 나 같은 사람이 여기를 오자고 했을 때 그게 어디일 것 같으냐."(143쪽)

대화 부분만 추려 본 인용문에서 '나 같은 사람'이란 말은 아들에게 여러 번 귓속을 울릴 정도로 강한 충격을 주었는데 이 부분은 아버지로서 비로소 어떤 당당함이 드러나는 부분이기도 하다. 그것은 '뜻 없이 건성으로 사는 일이 내겐 가장 큰 부끄러움'이라는 소신이 여전함을 말할 때의 '이상한 빛'까지 발하던 상상 속의 아버지의 모습과 연결되는 부분이다. 그곳은 아버지와의 만남에 전전긍긍해하던 막내아들에게 비로소 아버지가 상상 속의 모습으로 다가와 두 사람의 거리가 좁혀지는 장소가 되기도 한다. 게다가 이곳은 아들이 파리에 온 후 처음으로 가까운 거리에서 북한 사람들을 보면서 방어심리와 호기심이 뒤섞인 모호한 경험을 했던 곳이다.

> 저들이 빨리 설명을 마치고 가버렸으면 하는 마음과 우리들의 시선을 인식하지 않고 좀 더 머물러 떠들어주었으면 하는 상반된 감정에 묻어오던 그 어색한 거리감에도 불구하고 나는 그들의 얼굴 위에서 환각처럼, 기억에도 없는 젊은 시절의 아버지를 보고 있었던 것이다. (…중략…) 마치 십여 년 전 그 불편하던 여름날 이곳에서 아버지 생각을 한 이후부터 줄곧, 행여 아버지를 만날 수 있을지도 모른다는 기대 속에서 하루하루를 살아오기라도 한 것 같은 감정의 착각에 사로잡혀 나는 뛰다시피 아버지에게 다가갔다.(146쪽)

이 코뮌 병사들의 벽에서 과거의 시공간이 현재의 그것과 겹쳐지면서[7] 오랫동안 추상 속에서 그렸던 아버지에 대한 어떤 기대가 비로소 현실 속에서 부합되고 있다. 이 부분은 어떤 이데올로기의 문제처럼 거창한 것도 아니고, 가족까지 버리고 월북했던 아버지인 만큼 무엇이 되어 있어야 한다는 당위의 문제도 아니다. 바로잡을 모양새도, 자랑할 만한 거리도 없지만 적어도 지나온 세월이 억울해서라도 그 보상처럼 '어떤 모습'이라도 지니고 있기를 바라는 아들의 마음이 조금 채워지는 부분이

7) 바흐친(M. Bakhtin)이 말하는 chronotope이 선명하게 나타나는 부분이다. (K.Clark & M. Holquist, *Mikhail Bakhtin*, Harvard university press, 1984.)

라 할 수 있다. 그래서 '뛰다시피' 다가간 나는 '아버지의 어깨를 껴안으면서' 비로소 그 거리를 좁힐 수 있는 것이다. '기억에도 없는 젊은 시절의 아버지를 환각처럼 보았던 곳'에서 초현실주의적 그림으로만 그려졌던 추상적인 아버지에 대한 상상이 비로소 구체적 현실로 나타나 두 사람의 거리가 좁혀지는 부분이다.

아버지의 선택이 파리였건 다른 그 무엇이었건 파리, 페르 라 셰즈 공동묘지의 '코뮌 병사들의 벽'에서 아버지와 아들 사이의 거리가 가까워지면서 부자간에 이해와 용서의 가능성을 보게 된다. 그런 의미에서 파리는 주하의 데살로니키보다 훨씬 설득력이 있는 현실적 공간이다.

4. 체제보다 강한 혈육의 의미—「아우와의 만남」

「아우와의 만남」[8]은 한중 수교[9]가 막 이루어진 직후의 작품으로, 국립대학교수인 주인공이 6·25 때 월북했던 아버지를 만나려는 일을 추진하다가 연로한 아버지가 돌아가신 후에 중국 연길에서 아버지 대신 북한에서 온 아우를 만나는 과정을 그리고 있다.

아무리 수교가 된 후의 중국이라 하더라도 북한에 있는 가족을 마음 놓고 자유롭게 만나 볼 수는 없는 것이고 또 법적·안전적 문제가 해결되었다 해도 마음이 평상적일 수가 없다.

> 나는 학기 중임에도 불구하고 연길 행을 서둘렀다. 그러나 중국과의 수교는 이뤄져도 그런 목적의 여행을 위한 개인 비자를 얻기가 쉽잖은 데다 혹시

---

8) 이문열, 「아우와의 만남」, 『이문열 중단편전집 5』, 둥지, 1994. 이후 본문 인용은 각주 대신 이 책의 쪽수를 인용문 뒤에 밝히는 것으로 대신한다.

9) 한중 수교는 1992년 8월 24일에 이루어졌다. 이로써 80여 년 만에 역사적으로 양국간의 공식 외교관계가 회복되었다.

라도 험한 세상이 되면 잠입과 접선의 혐의를 받게 될지도 모르는 혼자만의 여행은 여전히 부담이 아닐 수 없었다. 궁리 끝에 연길을 중간기지로 삼는 칠 박 팔 일의 백두산 관광 코스를 이용하기로 하고 마침 내게 맞는 일정표를 가진 여행사의 관광단에 묻어 서울을 떠났다.(16~17쪽)

개인적으로는 물론 부담이 되는 여행이지만 여기에는 어떤 맹목적인 환상이 개입할 여지가 없고 철저하게 현실적인 대책 마련이나, 만약의 경우를 대비하는 식의 이성적인 판단이 우선함을 볼 수 있다. 아버지가 돌아가신 걸 알고 난 후의 느낌, 충격은 다음과 같이 묘사되고 있다.

거의 반세기에 걸친 애증과 은원이 느닷없이 스러져 버리는 순간의 어떤 허망감이었으리라. 젊은 날처럼 격렬하지는 않았지만 아직도 수시로 모습을 바꾸어 나타나는 그리움과 원망의 대상이 그렇게 느닷없이 이 세상을 떠나 버릴 수 있다니—.(15쪽)

가족을 버리고 월북한 아버지에 대한 감정은 바로 그리움과 원망이라는 이율배반적인 이중적 감정일 것이다. 「아테네 가는 길」에서 맹목적인 그리움이 강하게 드러나 있다면 「아버지 감시」에서는 원망의 마음이 더 크게 나타나 있다. 「아버지 감시」에서 아들은 그토록 바라던 아버지와의 재회를 눈앞에 두고 어머니가 갑자기 돌아가신 데 대한 서러움 탓도 있지만 한바탕 대성통곡한 후 차츰 되돌아온 아버지에 대한 구체적인 서운함이 뿌리내리기 시작한다. 그 감정은 야릇한 불안감—약간의 안도감—, 분노를 동반한 배반감 같은 식으로 매순간 '동짓달 팥죽 끓듯 변덕투성이'(127쪽)로 나타난다. 그에 비해서 「아우와의 만남」에서는 그리움이나 원망이 훨씬 구체적이고 현실적으로 그려져 있다.

주인공은 아버지의 소식을 듣고 난 후의 허망함을 조금 상쇄시키기라도 하듯이 아버지 대신 아우라도 만나보겠느냐는 주선자의 의견을 좇아 아우를 만나기로 한다. 아우는 아버지가 죽은 마당에 제사 시기나 문중의 여러 문제 등을 해결하기 위해서라도—필요에 의해— 만나야 했다. 처음에는 아우와의 만남을 위한 매우 상세하고 감동적인 만남의 시나리오가 있었지만 만남이 가까워질수록 그 첫 순간의 어색함과 서먹함이 과장되게 느껴져 와 점점 자신이 없어진다. 아우가 아직 도착하지 않았다는 말을 들을 때는 묘한 안도감과 함께 쉬고 싶은 생각이 들었을 정도인데 그런 서먹함과 망설임은 아우라고 다르지 않다.

아우 쪽도 왠지 내키지 않아 하는 마음을 드러내고 있는 듯 느껴졌다. 말을 바로 낮출 수 있을까조차도 쉽게 가늠되지 않을 정도로 아우와의 첫 대면의 순간에 대해 여러 가지로 고심했는데 막상 만나는 순간 그 고심은 아무 쓸모가 없어졌다. 얼굴이나 체형에서 익숙한 가족의 모습을 그대로 볼 수 있었기 때문이다. 만나는 순간 피가 물보다 진한 걸 확인한 셈이다. 그러나 두 형제간에는 '적서의 구별에 바탕한 이복의 적의'가 있을 뿐 아니라 대화 중간 중간에 체제가 달라서 야기되는 어쩔 수 없는 대화의 불통, 대립이 위태롭게 진행된다. 그럼에도 불구하고 형제간의 거리는 결국 좁혀지고 마는데 바로 핏줄의 확인을 통해서 그것은 가능했다. 그러나 생긴 모습이 비슷한 한 핏줄이라는 것만으로는 충분하지 않다. 그 못지 않게 유난히 문중이나 가문을 중시하는[10] 이들 집안의 내력이나 뿌리가 형제간 거리를 매우 빠르게, 가깝게 만드는 데 기여하고 있다. 형제 이름에 배어 있는 항렬이나 고향 안동의 물로 빚은 술,

10) 문중이나 가문을 중시한 이문열 문학의 특징은 복고주의적 성향이나 양반정신과도 통하는데 근본적으로는 '우리 전통을 축적하는 데 야심이 있었던' 작가 자신의 관념주의적 성향과 현대문명에 대한 진단에서 비롯된, 보다 사변적이고 객관적인 이유를 생각해 볼 수 있다. 그의 이런 생각들은 『시대와의 불화』(자유문화사, 1992), 『사색』(살림, 1992)에도 잘 나타나 있고, 『이문열』(류철균 편, 살림, 1993)에서는 그의 문학을 '가문'이라는 관점에서 해명하고 있다.

두만강 가에서 함께 망제(望祭)를 지내면서 확인하는 진한 혈육의 정, 대화가 위태롭게 진행될 때마다 가문이나 족보, 아버지를 기대어 벗어날 수 있는 것 등등 핏줄과 가문의 끈이 처음 만난 형제를 원망을 넘어 상호인정과 포용으로 나아가게 하고 있다. 이미 아버지가 돌아가셔 안 계신 상황에서 자칫 형식상의 겉도는 만남으로 그칠 수도 있을 이들 형제의 만남이 속내를 털어놓고 서로 인정하며 아끼는 진정한 형제간의 만남이 될 수 있었던 것은 고향과 가문으로 묶어지는 공통분모가 이들을 이어주고 있었기 때문이다. 물론 그 가운데는 아버지가 있었고 이 작품에서 아버지는 가족에게서 사랑을 받는 따뜻한 인물로 회상되고 있고 이해의 대상으로 그려져 있다.

「아테네 가는 길」에서 아버지는 구체적인 모습이 전혀 드러나지 않았고 오로지 아들의 맹목적 열정만 강조되었으며, 「아버지 감시」에서 아버지는 이해할 수 없는 어떤 면을 보여주면서 아들과의 사이에 거리감과 추상성이 계속 존재하는 데 비해 「아우와의 만남」에서 아버지는 아들들에게 납득이 가는, 이해할 수 있는 대상으로 그 거리가 좁혀지고 있다. 하다못해 월북한 지 4년이 지난 후에 남쪽에서 간 사람들이 숙청을 당하던 어려웠던 때 비로소 결혼을 한－할 수밖에 없었던 아버지에게서 다산(多産)에서 느꼈던 배신감이 상쇄되는 식으로 구체적이다. 세 작품에 그려진 아버지 가운데 가장 현실적이고 납득할 수 있는 아버지로 그려져 있다.

아버지는 또 일생에 얻은 것 중에 가장 값진 것, 받은 훈장 중에 가장 높은 것을 남쪽 가족에게 보냄으로써 화해를 요청하는 정도가 아니라 (이 가족에게 화해는 이미 문제가 아니다. 무엇보다도 가문과 족보 뿌리 혈통을 중시하고 제사를 문제 삼는 이에게 아버지는 회한의 대상은 될지언정 불화의 대상은 아니다.) 신뢰와 사랑의 감동적인 확인을 한다.

이 작품에서 흥미 있는 것은 그리움과 원망이 어느 한쪽이 다른 한쪽을 향한 일방적인 것이 아니라 쌍방향으로 서로 작용하고 있다는 점이다. 아우의 남쪽 가족에 대한 원망과 증오는 형의 아버지에 대한 그것 못지않다.

> “바로 남반부와 이어져 있는 아버님의 삶, 특히 다른 것은 다 끊을 수 있어도 그것만은 끊을 수 없는 혈연의 사슬 때문 (…중략…) ―그때 우리에게 형님으로 대표되는 남반부의 가족들은 사람이라기보다는 그대로 보이지 않는 재앙이고 저주였습네다―.”
>
> 참으로 기묘한 전도였다. 아우가 말하는 나의 이미지는 바로 내가 괴로운 젊은 날을 보낼 때 품었던 아버지의 이미지 그대로였다. 그런데 이들에게는 또 내가 그러했단 말인가.
>
> 아버지에게는 주관적인 선택이 있었지만 나는 아무런 선택 없이 부여받은 대로 존재했을 뿐이지 않은가. 역사 속에서 개인의 선택이란 것이 하찮음을 이미 희미하게 실감하면서도 막상 아우로부터 그런 말을 듣자 나는 좀 어이가 없었다.(81쪽)

아버지로 대표되는 세대에게는 가족 이산의 주체자라는 원죄가 있어서 가족들로부터 일방적인 원망과 그리움을 받게 되는 데 비해 그 다음 세대인 자식들 사이에서는 아픔이나 원망 등의 양상이나 무게가 쌍방적 · 상호적이 될 수밖에 없다. 그리고 지금까지의 일방적 피해의식에서 벗어나 발상을 바꾸어 아우의 처지에서 보면 체제가 다른 곳에서 살고 있는 혈육으로 인해 끊임없이 불이익을 받았다니 그 원망을 나무랄 수도 없는 노릇이다. 그런 면에서 형으로서는 억울한 일이겠지만 아버지가 돌아가신 후 아버지가 감당해야 할 몫을 맏이가 이어받고 있는 셈이다. 아버지의 유언보다는 남쪽 가족에 대한 궁금함 때문에 형을 만나러 온 아우의 심경 또한 변화를 보여준다.

> “우리의 오랜 재앙과 저주가 실제로는 어떤 모양을 하고 있나가 못 견디게 궁금했시오. 아니, 그 이상으로 한평생의 원쑤를 찾아 떠나는 심경이었시오―.”(81쪽)

"함께 쓸어안고 울 사람이지 원망하고 미워할 사람은 아니더란 말이야요. 시간이 갈수록 내가 품고 온 적의가 당황스럽고 부끄러워지더란 말입네다. 되레 오래 그리워해 온 사람인 듯한 착각까지 들고."(82쪽)

오랜 재앙과 저주의 실체를 확인하러 와서, 그 실체가 원망하고 미워할 대상이 아니라 함께 얼싸안고 울 사람이라는 걸 알았을 때, 아우도 형도 지나온 세월 속에서 지고 살아 온 어떤 생각들에 대해 당황함과 허망함을 느낄 수밖에 없게 된다. 그러나 아우를 통해 아버지의 고향에 대한 그리움을 확인하면서 그 허망함이 조금 보상이라도 받는 셈인가, 아버지의 고향에 대한 그리움이 아우를 통해 적나라하게 드러나고 있다.

"솔실도 알아요. 돌내도 적병산도 관어대도."

아우는 그 밖에도 고향 여기저기를 가본 적이 있는 사람처럼 댔다. 그런 아우에게서 아버지의 끈끈한 향수를 읽고 다시 가슴이 찌르르했다.(57쪽)

아우 또한 술기운을 빌어 속내를 드러내며 혈육의 정을 확인해준다. 형 또한 아우의 속내를 들어보며 혈육이기에 더욱 간곡하게 이성적 판단을 할 것을 마음으로 권한다.

구두가 발에 맞지 않으면 발을 구두에 맞추는 수도 있다. 구두를 발에 맞추는 게 가장 좋지만 그 일은 누구나 할 수 있는 일이 못되니. 역사의 구둣방은 언제나 엉터리 화공들이 차고 앉아 왔으니. 남쪽의 진보주의자들은 형의 이런 역사적 허무주의를 비난하지만 그래도 나는 네게 권하련다. 현재의 완전성을 믿어서도 안 되지만 미래에도 너무 성급하지 마라. 어떤 방향으로든 산술 없는 혁명에는 유혹되지 마라.(83쪽)

한동안 그 체제 안에 살아야 할 아우를 염려하며 마음으로 당부하는 대목인데, 여기서 산술 없는 혁명이란 이성적 · 논리적으로 따져보지도 않고 미래도 정확하게 예견해 내지 못하는 혁명으로, 모든 혁명이 그렇겠지만 사람들을 또 다른 혼돈의 와중으로 밀어 넣을 가능성이 더더욱 크다. 그럴 경우 희생자는 또 '역사 속의 말없는 다수의 개인들' 즉 '우리 모두'일 뿐이다. 자칫 통일에의 들뜬 기대가 성급하게 혼돈으로 가는 길이 되지 않기를 경계하는 작가의 현실인식과 역사의식[11]이 드러나는 부분이다.

작가는 '어쩌면 통일이란 게 바로 한꺼번에, 대규모로 일어나는, 이런 낯모르는 아우와의 만남이 아닐는지.'(84쪽) 상상해 본다. 필요에 의해서건 혈육의 정이라는 원초적 · 낭만적 욕구에 의해서건 남과 북의 만남 내지 통일이 이들 형제처럼 서먹한 가운데서도 공통점을 찾아내고 상대를 서로 받아들이는 준비가 되어 있는 만남이기를 희망해 본다.

이 작품은 아우와 만나는 과정이 큰 줄기이면서 다른 한편으로 북쪽에 있는 아우와 자연스럽게 만나기 위해 연길로 오는 여행단에 끼여 온 까닭에 주인공의 눈에 비친 연변을 중심으로 한 통일 논객이나 장사꾼 등 여행객들의 행태들이 곁가지로 한 축을 이루고 있다.

바라건대 우리의 통일은 이상하게 맞지 않는 사람들인 통일꾼과 호리꾼 같은 경우가 되어서는 안 될 것이다. '이상하리만치 서로의 단점과 약점을 잘 알아보면서도 또한 이상하리만치 그걸 서로 참지 못하는'(77쪽) 그런 맞지 않는 사이는 지금까지의 양쪽의 적대감과 시행착오만으로도 충분하다. 소설에서는 보기 드문 '정치적 상상력의 발현'[12]이라 할 만한 이 작품에는 정치화된 문화 교류나 현실을 무시한 통일 지상주

11) 흔히 '역사적 허무주의'라고 하지만 이러한 작가의 태도는 어느 한 가치에 대해서 절대적이라고 매달리지 않고 의심의 눈초리를 보내는 작가의 태도, 진리의 다원성을 믿는 작가의 의식과도 연결된다.(이정숙, 「〈금시조〉의 담론적 고찰」, 『한국현대소설연구』, 깊은샘, 1999, 333쪽 참조.)

12) 김경수, 앞의 책, 30쪽.

의 등 있을 수 있는 여러 상황이 제시되어 통일에 대한 대비와 자세에서 우리에게 많은 것을 시사하고 있다.

5. 소설적 상상력의 변모

불과 10년 사이에 발표된 세 작품에서 나타난 '아버지 만나기'에 대한 소설적 상상력은 당시의 정치적 상황을 토대로 정치적 상상력과 같은 차원에서 발전하는 모습을 보여주고 있다.

1985년에 발표한 「아테네 가는 길」에서는 월북한 아버지를 만나는 것이 허황하기까지 한 맹목적 열정에 의해 추진되면서 신화적 공간과 상징 속에서 그 가능성을 보았는데 실제로 당시의 정치적 상황에서 그런 시도는 허황한 일에 속할 만했다. 「아버지 감시」에서는 실제로 아버지를 만나서 며칠을 함께 보내게 되는데 그 공간이 프랑스 파리이고 아버지는 북한을 탈출하여 중국에 거주하고 있기 때문에 상대적으로 그 만남이 가능했다.

「아우와의 만남」은 발표 당시 가상소설이라는 말도 들었지만 이미 중국과의 국교가 이루어진 후였던 만큼 북한에 연고지를 갖고 있는 중국교포를 통한 가족 찾기는 있을 수 있는 시도였다. 지리적으로 가깝다는 사실만으로도 한중 국교 수교 후에 연변 쪽은 북쪽에 있는 가족을 만나거나 북쪽과 관계되는 여러 사업의 구체적 공간으로 가장 현실적인 장소가 되고 있다. 실제로 작가는 그로부터 5년 후인 1999년 여름 작품 내용과 거의 유사한 체험을 하면서 두만강 가에서 북한 쪽을 향해 아버지의 망제를 지냄으로써 이 작품은 자기예언적인 작품이 되기도 했다. 무엇보다도 통일로 가는 길목에서 있을 수 있는 여러 양태의 가능성을 제시함으로써 탁월한 정치적 상상력을 보여주고 있음은 앞에서 살핀 바와 같다. 정도의 차이는 있지만 이렇게 이들 소설들은 발표될 당시의 정치적 상황과 밀접한 관계를 보이고 있다. 한편 세 작품에서 어머니들은 한결같이 아버지를 기다리며 평생을 보내다가 늙어 죽게 되는 설정인데 「아버지 감시」에서 어머니는 아버지와의 편지 왕래가 있으면서 노심초사 더욱 기다리다가 결국 돌아가신 후에 아버지가 온 것이고, 「아테네 가는 길」에서는 늙어 죽기 전에 아버지와 어머니의 만남을 서두르려는 아들의 필사적인 노력이 그려지고 있고 「아우와의 만남」에서 어머니는 치매 증세를 보이며 거의 죽음을 앞두고 있다.

실제로 많은 여성들이 북에 간 남편을 기다리며 홀로 자식들을 키워온 것은 당시의 일반적인 모습이기도 하고 한국의 전통적 여인상이기도 하다. 당시의 많은 아내, 어머니들의 삶의 양태이니만큼, 한결같이 그려진 것에서 어떤 보편성을 읽을 수도 있고 한 시대의 현상으로 볼 수도 있는데 적어도 가장 한이 많을 어머니의 아버지에 대한 원망이 표면적으로 드러나기는커녕 기다림의 미학으로 미화되고 있는 것은 우리네 삶에 배어 있는 유교적 전통과 미덕 때문으로 여겨진다. '기다림의 미학'이라는 아름답지만 잔인한 명제에 부합되게, 평생을 기다리던 아내가 남편과의 해후를 맛보는 행운을 그린 작품은 찾아보기 어렵다.

이런 종류의 소설은 우리 민족사의 상처와 더불어 혈육의 의미를 강조하면서 간단없이 끝날 수도 있다. 「아버지 감시」에서 아버지와의 대면에는 "행여나 나의 어딘가에 아버지의 모습이 있을까 해서, 일생에 걸쳐 거울 속의 내 몰골을 그렇게 자주, 그렇게 골똘히 쳐다본 것도 아마 처음이었을 것" "이윽고 여행객들 틈에서 (…중략…) 뾰족해 보이는 얼굴을 꼿꼿이 쳐들고 걸어 나오는 노인을 발견했을 때 나는 기억에도 없는 아버지를 단번에 알아보았다."(119쪽)는 식의 본능적 직관이 작용한다. 그것은 「아우와의 만남」에서 첫 대면의 순간에 생긴 모습에서 혈육임을 확인한다거나 형의 술 마시는 자세가 아버지와 매우 유사한 것을 보며 형에게 친밀감을 나타내는 것과 상통한다. 그러나 혈육만 강조하는 식이라면 소설로서의 의미는 공허해질 수밖에 없는데 그것 이상의 신뢰 쌓기의 계기를 적절하게 만듦으로써 소설적 상상력의 변모의 과정을 아울러 살펴 볼 수 있다는 데 이들 작품들의 의미가 있는 것이다.

'아버지 찾기'를 주제로 하는 소설 가운데 특히 6 · 25 때 월북한 아버지를 찾고 만나보려는 이야기를 담은 소설 세 편을 통해 가족의 이산과 그 아픔이 이제는 어떤 식으로든 치유되어야 할 때가 되지 않았나 하는 생각을 해 본다. 이런 류의 소설은 분단문학의 한 현상으로 통일의 길이 여전히 막막하기만 한 현재적 상황에서 앞으로도 한동안은 지속적으로 나타날 것으로 보인다. 현재의 분단문학이 분단논리를 극복하면서 민족문화의 총체성을 회복하고자 하는 데 그 의미가 있다[13]면 이런 식의 소설은 분단 상황에서 나타났던 여러 가지 모순을 극복하는 한 방향을 시사해 줄 것이다. 그러나 당사자에 해당하는 사람들, 즉 부모 세대가 고령으로 점점 사라지면서 그 시간이 많이 남아 있지 않은 실정이다. 따라서 앞으로의 소설적 만남의 공간이 국내의 어느 곳, 판문점 근처 등으로 좀 더 가까이 옮겨오면서 여러 경우의 빈번한 만남이 그려지기를 바란다. 그런 작품이 나오기 위해서라도 정치적 여건이 그에 상응되어야 할 것이다.

사족처럼 한 마디 덧붙인다면 이런 식의 주제를 잡은 글이 빠지기 쉬운 오류는, 작품 선정이 자의적일 수 있고, 어떤 틀에 짜 맞추기 위해 그 틀에 해당하는 작품을 억지로 찾아내거나 내용을 억지로 꿰어 맞추기가 쉽고, 그렇게 해서 거기서 기껏 무엇을 찾아낸들 '그러니 어쩌란 말이냐' 혹은 '그런 줄 인제 알았느냐' 하는 허망한 물음이 되돌아오기가 쉽다는 것이다. 먼저 두 가지 사항은 이 글의 경우 매우 자연스럽게 이루

13) 권영민, 「광복 50년의 한국문학, 그 정신과 실체」, 권영민 편저, 『한국문학 50년』, 문학사상사, 1995, 41쪽.

어진 부분이라 쓰는 입장에서 개의하지 않아도 된다고 생각되지만 소설적 상상력이 정치적 상상력과 같은 차원에서, 때로는 앞서서 이루어졌다는 결론을 통해 앞에서 언급한 허망함이 설득력을 얻을까봐 저어된다. 그러나 모두에서 밝혔듯이 아직도 진행 중인 통일로 가는 길목에서 있을 수 있는 여러 가지 양상의 가족 찾기와 만남이, 이러한 소설적 상상력의 구조 변화를 통해서 다양한 인식의 확장으로 이어질 수 있을 것이라 기대해 본다.

참고문헌

김경수, 『소설, 농담, 사다리』, 역락, 2001.
김윤식, 『1980년대 우리소설의 흐름 1, 2』, 서울대 출판부, 1989.
권영민 편저, 『한국문학 50년』, 문학사상사, 1995.
이문열, 『사색』, 살림, 1992.
이정숙, 『실향소설연구』, 한샘, 1989.
______, 『한국현대소설연구』, 깊은샘, 1999.
최시한, 『현대소설의 이야기학』, 프레스, 2000.
미하일 바흐찐, 이득재 옮김, 『바흐찐의 소설 미학』, 열린책들, 1988.
K.Clark & M. Holquist, *Mikhail Bakhtin*, Harvard university press, 1984.
Paul Ricoeur, *Time and Narrative* vol 2. The university of Chicago press, 1985.
Chris Baldick, *Literary terms*, oxford university press, 1990.
Henri Lefebvre(translated by Donald Nicholson-Smith), *The Production of Space*, Blackwell, 1991.

공간의 감수성과 제국의 감각

오 창 은

1. 대륙의 상상력과 2등 국민

아이러니하게도, 일제강점기에 한반도는 지금보다 공간적으로 열려 있었다. 중국과 일본은 한반도를 통해 연결되어 있었고, 사람들의 이동 범위도 넓었다. 조선인들은 도항증명(渡航證明)이라는 번거로운 수속을 거쳐야 했지만, 관부연락선을 통해 부산과 시모노세키를 넘나들었다. 경성에서 기차를 타면 신의주를 거쳐 만선철도를 이용해 대륙을 주유할 수도 있었다. 북경과 상하이도 일부 지식인의 경우 비교적 빈번하게 왕래했다. 그때는 국경을 넘는 일이 금기를 넘는 것으로 간주되지 않았기에, '넘는다'는 행위에 대한 특별한 심리적 자의식이 없었으리라. 물론 일제강점기의 공간적 열림은 '2등 국민' 혹은 '제국의 신민'이라는 호명을 통해 가능했다. 그래서 중국에서는 대일본제국의 비호를 받는 일본 신민으로 간주되어 불편한 시선을 감내해야 했고, 서구에서는 잽(Japs)으로 불리며 인종차별을 경험하기도 했다.

그 당시 식민지 조선인은 어떤 정체성으로 국제사회와 접촉했을까? 만주국에서 오족협화(五族協和: 만주족, 한족, 몽골족, 일본인, 조선인)에 열광하며 '신천지'의 도래를 열망했던 장혁주 · 유치진 같은 작가들이 있었다. 이들은 일본 제국주의의 식민주의 논리에 포섭되어 '만주를 일본의 영토성 확장'으로 간주하는 시각에 침윤되어 있었다. 반면, 비국민(非國民)의 핍박을 감내하며 망명객이 되어 오히려 자신을 지켜냈던 이들도 있었다. 신채호는 북경 뒷골목 후퉁(胡同)에서 일본제국에 대항하며 『조선상고사』를 집필했고, 이육사는 북방을 넘나들며 "겨울은 강철로 된 무지갠가보다"(「절정」)라고 노래했다. 일본 제국주의가 패권의 절정에 도달해 미래를 가늠할 수 없을 때에도 사선(死線)을 넘어 대륙을 횡단한 이들이 있었다. 1944년과 1945년에 조선의용군에 합류하기 위해 연안으로 탈출했던 김태준 · 김사량이 그들이다. 김사량의 『노마만리』는 제국에 대항한 조선의용군의 항쟁이 어떻게 '국제적 연대'로 이어졌으며, 궁극적으로 일본 제국주의의 붕괴를 재촉했는가를 상징적으로 보여주는 소중한 기록이었다.

그런데, '식민지 해방'이 오히려 한반도를 공간적으로 폐쇄시키는 효과를 산출했다. 한반도에 두 개의 국가가 만들어짐으로써, '국경 너머를 상상하는 것' 자체가 금기를 열망하는 불온한 성격을 띠게 되었다. 민주화 이전인 1980년대 후반까지 한국인들은 타자와의 만남에서 느끼는 회피의 감정을 호기심과 버무려 스스로의 감정을 모호한 상태로 방치하곤 했다. 그리고, 국가의 경계에 갇힘으로써 '애국주의' · '민족주의'의 포로가 되어, 이방인을 만났을 때에는 극심한 소통장애를 경험하기도 했다. 자신을 온전한 주체로 정립하기보다는 국가대표선수처럼 자기를 상징화하는 질긴 감수성은 얼마나 폐쇄적이고 독단적인가. 이러한 닫힌 자아가 분단의 경험이 무의식 속에 자리 잡음으로써 '국경의 억압효과'로 나타난 것은 아닐까.

이 글은 국경 밖에서 국가를 사유하는 작가들의 작품을 탐색할 목적으로 쓰여졌다. 최근 많은 작가들이 국가의 울타리를 벗어나, 국가를 재사유하고 있다. 민족 공동체 바깥에서 다시 생각하게 되는 민족어의 모습은 숱한 언어의 하나로 객관화된다. 더불어 자본주의적 근대에 대한 성찰도 경계 너머에서 다양한 비근대의 양상을 경험함으로써 심화된다. 한국문학은 식민지 시대 이후 단절되었던 국제적 경험을 최근에야 조심스럽게 복원하고 있다. 많은 작가들이 국가의 경계를 넘음으로써, 이제까지 당연하다고 간주되었던 현상들에 대해 다시 생각하는 조심스러운 발걸음을 내딛고 있다. 그 풍경을 허혜란의 『체로키 부족』(2008), 정도상의 『찔레꽃』(2008), 전성태의 『늑대』(2009)를 통해 스케치할 수 있다.

2. 사라지는 말[言], 망각되는 역사

허혜란의 『체로키 부족』은 조용히 묻혀 버린 작품집이다. 평단에서도 상대적으로 덜 주목받았고, 독자들의 열렬한 환호도 받지 못했다. 허혜란 작가의 화려한 등단에 비하면 다소 의외이다. 이 작가는 2004년에 『경향신문』과 『동아일보』 신춘문예에 동시에 당선되어 기대를 모았다. 특히, 『경향신문』 등단작인 「내 아버지는 서울에 계십니다」는 우즈베키스탄의 샤흐리샵스라는 낯선 공간을 배경으로, 고려인 문제와 이주노동자 문제를 함께 버무려낸 개성적인 작품으로 평가를 받았다.

그의 첫 창작집 『체로키 부족』에는 우즈베키스탄이 소설의 배경일 뿐만 아니라, 주제 구성의 모티프로 등장하는 작품이 다수 포함되어 있다. 「아냐」는 8년 동안 러시아에서 살았던 한국인 청년의 시선으로 '신 세르게이 니콜라이비치'라는 고려인 화가와 '아냐'라는 이름의 고려인 여성이 '이주민으로서 감내해야 했던 삶의 편린'을 그린 작품이다. 이 작품은 '러시아어' · '우즈베크어' · '한국어' 사이에서 고뇌하는 고려인의 모습을 담고 있다. 「아냐」는 이주 문제, 혹은 디아스포라가 언어와 긴밀히 연관되어 있음을 포착한 문제작이라고 할 수 있다. 「소녀, 수콕으로 가다」는 한국 유학생이 친구의 부탁으로 레바논계 현지인 소녀의 결혼식 풍경을 사진에 담으면서 겪게 되는 사건을 다루었다. 이 작품은 열다섯 즈음의 소녀가 일종의 조혼(早婚) 풍습에 의해 '사랑 없는 결혼'을 해야 하는 상황을 제시한다. 소설 속 화자는 누나의 불행한 결혼에 이은 자살과 소녀의 결혼을 겹쳐내며 아픈 내면을 내비친다. 근대 여성주의적 관점에서 보았을 때, 중앙아시아의 전통적 결혼 풍습은 여성의 자기결정권을 배제한 폭력으로 내비쳐진다. 하지만, 그 관습에 개입하는 순간 근대 여성주의적 관점이 오히려 현지에서는 폭력이 될 수도 있다. 이 아이러니한 상황이 이 작품에 등장한다. 「달콤한 유혹」은 세련된 근대의 상징 공간인 서울과 기계문명의 폭력으로부터 자유로운 치르치크가 대비시키면서 이야기가 전개된다. 치르치크에서 교수를 하고 있는 고려인 엄마(강윤희/강 나타샤)는 서울을 욕망하지만, 서울에서 교수로 있으면서 방학마다 우즈베키스탄을 방문하는 아빠(최영호/안드레이)는 치르치크를 욕망한다. 서로 교환교수가 되어 서울과 치르치크가 엇갈리게 되는 부부의 상황설정이 아이러니를 자아내는 이 소설은 나(미라/mиpa)의 시선으로 극화되어 있다. 특히, 모스크바 대학에서 수석을 놓치지 않았던 엄마가 인종적 차별에 의해 꿈이 좌절되어 절망하는 모습은, 구소련 연방에서 소수민족에게 가해졌던 '차별'의 일면을 아프게 보여준다.

그렇다면, 우즈베키스탄이라는 이 낯선 공간이 어떻게 한국소설에 틈입할 수 있었을까? 그간 소연방 해체 이후 러시아가 한국소설의 배경이 되었던 작품은 몇 편 있었다. 김원일의 「마음의 감옥」(1992)은 '모스크바 국제 도서박람회'에 참석한 '나'가 운동권 아우의 삶을 반추하는 형식으로 소설이 전개되었고, 윤후명의 「여우사냥」(1997)은 러시아 여행에 대한 기록 형식을 통해 현실사회주의의 몰락과 좌절된 이념의 문제를 '그'를 통해 성찰했다. 모두, 사회주의 이념의 표상으로서 러시아라는 공간이 제기된 작품들이다. 현대의 한국문학에서 러시아는 과거 '사회주의 종주국'의 흔적을 간직하고 있는 여행지로 그려졌고, 남북 분단 현실에서 볼 때 형해화(形骸化)된 이념의 상징이었다.

허혜란 소설에 이르러서 이념이 아닌 생활의 문제로 중앙아시아 고려인들의 삶이 그려진다. 허혜란이 이 낯선 공간을 소설언어로 포착할 수 있었던 것은, 그가 1996년부터 1998년까지 우즈베키스탄에서 국제협력단(KOICA) 봉사단의 일원으로 생활했기 때문이다. 그는 여행자가 아닌 생활인으로서 그곳에 몸을 담갔다. 이것이 한국소설의 자산으로 승화되어 『체로키 부족』에 수록된 일련이 소설들이 탄생하게 된 것이다.

소연방 해체 이후의 중앙아시아의 고려인들은 경제적 곤란이 아니라, 언어의 문제 때문에 고통받았다. 분리 독립 이후 중앙아시아의 각국들은 러시아어가 아닌 민족어를 공식 언어로 채택했다. 우즈베키스탄의 경우도, 관공서 · 대학 등에서 러시아어 대신 우즈베크어를 썼다. 이렇다보니, 고려인들은 러시아어나 영어 · 한글보다 우즈베크어를 배워야만 현지에서 살아남을 수 있었다. 이 언어의 급격한 혼란 속에서 '아냐'는 아내가 셋이나 되는 우즈베크인과 결혼함으로써 그들의 '우리'에 포함되려 했고(「아냐」), 소년은 고집스레 우즈베크어로 말하면서 서울을 상상해야 했다(「내 아버지는 서울에 계십니다」). 하지만, 신 세르게이 니콜라이비치(실제 모델은 고려인 화가 '니콜라이 신'인 듯하다)와 같은 구세대 고려인들은 1937년에 자행된 중앙아시아로의 고려인 강제 이주에 대한 기억을 끊임없이 환기시키려 노력한다.

허혜란의 소설에는 두 가지 메시지가 동시에 표현되어 있다. 구세대 고려인을 통해 강제 이주의 고통을 반추하며, 식민지 시대의 아픈 기억을 환기시킨다. 그것은 국가 폭력에 대한 증언이면서, 동시에 이주민의 고통에 대한 기록이다. 허혜란은 이 시기 고려인의 고통이 일제강점기

식민지 상황에서 초래되었음을 보여줌으로써, 먼 이방의 땅에서 역사를 환기한다. 반면, 소년과 아냐와 같은 새로운 세대 고려인을 통해서는 '민족으로 소환되지 않은 삶의 의지'를 그려냈다. 한국인들이 우즈베키스탄에 방문해서 고려인을 만나면, 자연스럽게 동질감을 느끼며 감격하기 마련이다. 하지만, 허혜란은 그 동질감에 대한 강박적 강조가 초래하는 위험의 징후를 예시적으로 그려냈다. 한국인의 시선에는 '아냐'나 '소년'의 태도가 '고려인의 아픈 역사'를 망각하는 것으로 비춰질지도 모른다. 하지만, 우즈베크어를 사용하며, 우즈베키스탄에서 생활해야 하는 새로운 세대들에게 '민족'은 '이방인의 정체성'일 수도 있다. 허혜란 소설은 같은 민족이기에 동질적이라고 간주했던 고려인들이 실제로는 다른 정체성을 유지하고 있다는 사실을 제시하는 데서 출발한다. 다름을 수긍함으로써 오히려 더 깊이 소통하고 공감할 수 있는 길이 열릴 수 있다. 국경 너머에도 같은 민족이 살고 있는 것이 아니라, 국경 너머에 민족으로 소환되지 않은 다양한 삶의 풍경이 펼쳐지고 있는 것이다.

3. 우리 안의 타자, 비법월경자(非法越境者)들

정도상은 '남북문화 교류'에 가장 깊숙이 개입해 있는 작가다. 그는 현장에서 북한 작가들을 만나고, 회담이나 방문 교류의 실무를 담당해왔다. 정치적인 문제로 남북관계가 경색된 와중에서도 그가 참여하고 있는 남북문화 교류만은 끊이지 않았다. 그는 겨레말큰사전 남북공동편찬사업회 상임이사이다. 겨레말큰사전 편찬사업은 2004년 4월 5일, 남한의 문익환 목사의 간절한 소망과 북한의 김일성 주석의 뜻을 계승해 남북이 합의해낸 문화적 성과다. '겨레말큰사전 남북공동편찬사업회법'이 지난 2007년 4월 2일에 국회를 통과했기에 비교적 자율성을 갖고 사업이 추진되고 있다. 북한에서도 이 사업만큼은 김일성 주석의 유지이기에 결코 중단하지 않을 것으로 보인다. 겨레말큰사전 편찬사업을 추진하고 있는 특별한 위치 때문에 그는 북한 사회를 가장 잘 아는 남한 사람 중의 하나이다. 하지만, 의외로 그는 남북 문제를 직접적으로 다루는 것에 대해 다른 작가들보다 더욱 조심스러워했다.

분단시대에 한 인간이 남북을 동시에 생각하면, 미묘한 '회색인'의 위치에 놓이게 된다. 그는 한 쪽의 입장 속에서만 사유하고 발언할 수 없고, 자신의 행위가 남과 북에 어떤 파장을 미칠 것인가를 가늠해야 하며, 의도하지 않게 양쪽으로부터 쏟아지는 비난까지 감수해야 한다. 작가에게 그것은 어쩔 수 없이 '문학적 표현의 자유'보다는 '문화정치적 효과'를 고민하는 것으로 이어질 수 있어 치명적이다. 소설가 정도상은 남북의 경계에서 사유하는 경계인이 되어가는 듯이 보였다. 그런데, 그의 조심스러운 태도가 『찔레꽃』에 이르러 확연히 변화했다. 북한 내부의 아픈 역사인 '고난의 행군' 시절을 내부인의 시선으로 묘파했고, 미묘한 파문을 일으킬 수 있는 탈북자 문제를 한국소설사의 전면에서 제기했다. 실제로 그는 『찔레꽃』 발간 이후 북한 관계자로부터 힐난의 의미를 내포한 문제제기를 받기도 했다고 한다.

2000년대 들어 탈북자를 다룬 소설은 꾸준히 발표되었다. 박덕규의 『고양이 살리기』(2004), 전성태의 「강을 건너는 사람들」(2005), 강영숙의 『리나』(2006), 김영하의 『빛의 제국』(2006), 김원일의 「카타콤」(2006), 황석영의 『바리데기』(2007) 등이 그 대표적인 예이다. 여기에 정도상의 연작소설 『찔레꽃』이 더해지며, '탈북자 문학'은 한국문학에서 '21세기형 분단문학'으로 부상하게 되었다. 정도상이 『찔레꽃』 연작에 들인 공력은 만만치 않다. 그는 첫 작품 「소소, 눈사람이 되다」를 『창작과 비평』 2006년 봄호에 처음 발표했고, 이를 시작으로 3년여에 걸쳐 모두 여섯 편의 작품을 발표했다. 10여 차례 이상 중국행 비행기에 몸을 실었고, 남한이 아닌 중국 현지에서 탈북자들을 인터뷰하기 위해 심양 · 청도 ·

하얼빈 · 목단강 유역 등을 짚어나갔다. 작가는 연작의 완성도를 높이기 위해 이미 발표한 여섯 편을 완결된 구조를 갖도록 다듬으면서, 새롭게 「풍풍우우(風風雨雨)」를 첨가해 단행본으로 묶어 발표했다.

『찔레꽃』 연작은 화자가 미나(충심)를 만나, 함께 집안으로 여행을 떠나는 것에서부터 시작한다(「겨울, 압록강」). 그 미나가 탈북자라는 사실을 알게 되면서, 이야기는 시간을 거슬러 2001년의 '함흥'으로 이동해 간다(「함흥 · 2001 · 안개」). 충심은 자신의 의지와는 상관없이 인신매매범에 의해 중국으로 팔려왔고(「늪지」), 마침내 조선족 마을에 넘겨져 강제결혼을 해야 하는 상황에 처하기도 했다(「풍풍우우」). 미나로 이름을 바꿔 심양의 서탑(西塔)거리에 있는 '한성안마'에서 일하며 새로운 삶을 모색하지만, 그를 얽어매는 협잡과 폭력은 끊이지 않는다(「소소, 눈사람이 되다」). 충심이 몽골을 거쳐 한국으로 들어오는 험난한 여정은, 얼룩말이 마라강의 위험을 통과한 후에야 도달하는 세렝게티 초원에 도달하는 것에 비유된다(「얼룩말」). 문제는 한국 사회에 들어온 이후에도 이방인이 되어 주변부로 내몰리는 탈북자들의 생활상이다. 은미로 이름을 바꾸며 새로운 삶을 꿈꿨던 충심은, 노래방 도우미로 몸을 팔며 생을 영위하는 비극적 상태에 빠지고 만다(「찔레꽃」). 충심에게 희망은 있을까? 아니, 국경을 넘어 다른 삶을 기획하려는 이들에게 새로운 기회는 올 수 있을까? 소설 속에 내비쳐진 전망은 암울하다. 그래서 이 소설은 정직하며, 실재에 입각해 동정 없이 '탈북자의 존재'를 아프게 증언한다.

『찔레꽃』은 '국가'와 '비국민(非國民)'의 갈등관계가 사실적으로 그려져 있다. 망명자가 자발적으로 '비국민'의 길을 선택한 개인이라면, 유랑민은 빈곤 · 자연재해 · 전쟁 등으로 원래 살던 거주지를 벗어난 사람들이다. 유랑민은 여러 가지 이유 때문에 '국가를 이탈'했고, 이로 인해 국민국가의 배신자로 낙인 찍혀 소속 국가의 보호를 받지 못하는 상황에 내몰린다. 게다가 유랑민이 '난민'의 지위를 인정받지 못하면, 국경을 넘어 도달한 다른 국가에서도 인간적 권리를 보호받지 못한다. 따라서 국민국가에 소속되지 않는다는 것은, 다른 의미에서 국민국가의 폭력을 그대로 감내하는 것과 같다. 충심이 인신매매범에 팔려 중국 국경을 넘는 순간 갑봉 · 춘구 · 삼식 일당의 무자비한 폭력을 감내해야 하는 것도 이런 맥락에서 이해될 수 있다(「늪지」). 충심은 비법월경자가 됨으로써 법의 보호를 받지 못하게 된다. 그래서 인권이 없는 존재, 즉 지오르지오 아감벤이 『호모 사케르』에서 표현한 '박탈당한 삶(nuda vita)'으로 내동댕이쳐진다. 근대 국민국가의 체계 속에서 이들 탈북자들은 근대적 권리를 박탈당한 존재로 취급당한다. 그래서 국민국가의 보호 아래 있는 국민(근대인)은 기묘한 가학성으로 이들 비국민들을 대한다. 소설 속에 등장하는 김화동이 탈북자에게 가하는 가학적 행태들이 그 대표적인 예이다. 김화동은 충심이 이 년 동안 모은 이만 위안(400만 원)을 빌려간 후, 이를 갚지 않으려는 의도로 충심을 탈북자로 공안(경찰)에 신고해 버린다. 이는 김화동이 악한(惡漢)이기 때문이기도 하지만, 비국민이기에 짓밟아도 된다는 인식이 깔려 있기 때문이기도 하다(「소소, 눈사람이 되다」). 이러한 태도는 충심이 한국에 들어와 국적을 취득한 이후에도 반복적으로 나타난다. 박선교사나 '박선교사가 보낸 남자'가 충심에게 가차 없는 폭력을 휘두르는 것도, 국민국가 이탈자에 대한 존재 규정 때문이다(「찔레꽃」). 그 시선이 남한 사회에서는 일반인의 탈북자를 대하는 태도에도 침윤되어 있다.

4. 국경 바깥에서 던지는 물음표(?)

18년여 동안 한 작가가 소설집 세 권에 장편소설 한 권을 발표했다면 상당한 과작(寡作)이다. 1994년에 등단한 이 작가는 작품이 상대적으로 적은데도 '91년 5월 세대'에게 지속적인 사랑을 받고 있다. 동일한 세대

감각을 공유하는 이들이 아끼는 그는 화려한 지적 수사를 작품 속에 펼쳐 보이지는 않는다. 대신, 차분한 태도로 한국 사회의 핵심적 현안들을 예민하게 포착해 문학적 언어로 변환시키는 능력이 탁월하다.

전성태는 자신에게 엄격해, 잘 조탁(彫琢)한 작품만을 발표한다.

그는 첫 소설집 『매향』(1999)에서 촘촘한 문장으로 농촌 공동체의 풍경을 묘파해낸 바 있다. 이 작품집은 지금도 문창과 학생들의 필독서로 읽히고 있다. 그의 두 번째 작품집 『국경을 넘는 일』(2005)은 이야기의 맛을 강화해 역사적 기억이 현실을 억압하는 방식에 대해 성찰했다. 특히, 일상에 스며 있는 공포의 기억을 끄집어낸 표제작 「국경을 넘는 일」은 '국가와 국경, 그리고 이방인'의 문제를 동시에 생각하게 하는 수작이었다. 이 작품에서 그는 한국인이 국경 너머에서 다른 존재(타자)를 만났을 때 어떤 태도를 취하는가를 문제 삼았다. 보통의 한국 사람들은 분단체제로 억압으로 인해 국경을 넘는 것에 대해 무의식적 공포를 느낀다. 이러한 상황을 예리한 시선으로 포착해낸 전성태의 감각은 '조그만 것에서 진실을 캐내는 서사의 장인'으로 비유할 수 있다.

그의 세 번째 작품집인 『늑대』는 『국경을 넘는 일』의 문제의식을 확장했으며, 몇 편의 이채로운 자전소설이 포함되어 있어 읽을거리가 풍부하다. 그런데, 몇몇 평론가의 오독과 비판적 견해로 인해 작품집 『늑대』의 의미가 충분히 규명되지 못했다. 일부 평론가들의 해석적 왜곡은 다음 몇 가지로 요약된다. 이 작품집이 몽골을 배경으로 한 소설이어서 한국의 경험과 괴리되어 있다는 지적이 있었다. 또한, 표제작인 단편소설 「늑대」가 과잉된 소설적 실험으로 인해 가독성이 떨어진다는 비판도 있었다. 반면, 강한 자의식이 소설적 재미를 반감시킨다는 상이한 평가도 있었다. 표면적으로 보았을 때, 이러한 지적은 타당한 측면이 있다. 하지만, 이 소설이 발산하는 내면적 문제의식을 세심하게 읽어내지 못한 비판이어서 아쉽다. 몇몇 평자의 비판은 마치 날아가는 화살을 가리킬

뿐, 활이 겨냥한 과녁을 응시하지 못한 것과 같았다.

『늑대』에는 몽골 올란바타르 등을 배경으로 한 여섯 편의 작품이 수록되어 있다. 이 공간은 좌절된 사랑의 상처를 치유하기 위한 도피처(「목란식당」, 「남방식물」)이기도 하고, 일시적으로 방문한 여행지(「코리안 쏠저」, 「두 번째 왈츠」)인가 하면, 선교를 목적으로 들어와 낯선 세계와 갑자기 대면해 버리는 곳(「중국산 폭죽」)이기도 하다. 또, 작가에게는 이곳이 사회주의 사회가 자본주의적 근대의 충격을 감내하면서 급격한 아노미를 겪는 역사적 현장(「늑대」)으로 다가오기도 한다. 작가는 이런 다층적 공간에서 근대 자본주의와 분단 현실, 그리고 국가의 문제를 다시 사유한다.

전성태에게 몽골은 이국취미(exoticism)가 덧칠된 곳이 아니다. 전성태는 몽골이라는 공간에서 한국인의 정체성, 분단과 관련한 한국인의 무의식을 성찰하고 있다. 몽골인민공화국이 몽골국으로 바뀌기 이전인 1992년까지 이곳은 북녘 사람들에게 친화적인 공간이었다. 그곳에 남녘 사람들이 자본주의화의 급랑을 타고 밀려왔고, 몽골인들의 일상의 변화에 개입했다. 전성태에게 그 변화는 관찰의 대상이 아니라, 성찰의 대상으로 그려진다. 관찰이 자신이 빠져 있는 바라봄이라면, 성찰은 자신까지를 포함한 살핌이다. 그런 의미에서 표제작 「늑대」와 「두 번째 왈츠」를 주목할 필요가 있다. 이 두 작품의 주제의식은 '자본주의적 근대를 낯설게 하기'이다. 전지구적 자본주의가 지배하고 있는 상황에서 몽골의 자본주의화는 당연한 것처럼 보일 수 있다. 하지만, 대자연과 더불어 살았던 몽골인 입장에서 그 변화를 되짚어보면 전혀 낯선 풍경이 펼쳐질 수 있다. 불현듯 등장하는 영적(靈的) 세계가 근대인을 불편하게 할지라도, 인간의 생애 또한 "흰 늑대든 검은 늑대든 늙으면 모두 회색 늑대가 된다"(136쪽)가 되듯 늙음 또한 숙명이다. 이러한 자연사(自然史) 진리로부터 자유로울 수는 없는 것이 생명의 원리이기도 하다.

창작집 『늑대』에 수록된 작품 중 「코리안 쏠저」, 「목란식당」, 「남방식물」, 「강을 건너는 사람들」, 「아이들도 돈이 필요하다」 등도 수작들이다.

「코리안 쏠저」는 몽골 방문교수를 주인공으로 '한국인'의 무의식적 습성을 풍자적으로 제시한 작품이다. 자본을 가진 근대인은 자연을 지배했다고 자처하지만, 자연의 적나라한 질서 속에서는 무력한 '자연의 일부'일 뿐이다. 다만, 인간이 개발한 도구에 의존해서 자신의 존재를 확장하고, 타자를 권력으로 복속시키는 한에서만 능력자이다. 그런 의미에서 방문교수인 '그'가 대면하는 야만의 몽골은 근대가 애써 가리고자 하나는 세계의 적나라한 이면일는지도 모른다.

「목란식당」, 「남방식물」은 남과 북의 점이지대(漸移地帶)로서 몽골을 포착했다는 점에서 각별한 의미를 지닌다. 몽골은 분단의 점이지대이다. 이곳에서 남북의 대립이 일시적으로 이완되기도 하고, 돌출적으로 긴장이 고조되기도 한다. 희극적 분위기를 풍기는 「목란식당」은 '몽골'이라는 공간이 한국에 어떤 의미가 있는 곳인가를 되짚는다. 그곳은 징기스칸의 노마디즘을 자본주의 경영에 도입하기 위해 기업연수프로그램이 진행되는 곳이고, 남북의 대립으로 인해 의도하지 않게 정치적 상처를 입은 '삼촌'이 도피해 있는 장소이다. 그러면서도 그곳에는 여전히 사회주의적 흔적이 남아 있어 남과 북이 공존할 수 있는 여지가 있다. 이러한 공존의 점이지대가 '목란식당'이라는 상징 공간에서 구체화된 것이다. 이곳에서 '나'는 평양 옥류관 출신의 공훈 냉면 요리사를 둘러싼 해프닝에 휘말리고, 핵 실험으로 인한 남북의 긴장이 먼 타향에서도 영향력을 발휘하는 현장을 목도한다. 화자는 "목란은 그냥 식당인데……."라고 되뇌어 보지만, 남과 북의 사람들은 이미 사람과 사람으로 만날 수 없을 정도로 서로에 대한 편견으로 덧칠되어 있다.

실제로 이런 오해와 긴장은 「남방식물」에 등장하는 호텔 사장 병섭에게서도 반복된다. 병섭은 목란식당 종업원인 명화가 평양으로 귀환하기 전에 수줍게 내민 편지를 오해한다. '탈북'을 도와달라는 내용이 담겨 있을 것으로 간주한 병섭은 그 편지를 어워(한국의 성황당)에 방치하지만, 나중에야 '목란식당을 자주 찾아달라'는 의례적인 인사였음을 알고 허탈해한다. 병섭의 오해는 징후적이면서도 문제적이다. 한반도를 떠나 남과 북이 만났을 때, 대부분의 한국인들은 북녘 사람을 인격체로 대하지 못한다. 대신, 북한 정권의 이미지로 표상된 '상징'으로 경원시한다. 그래서 「목란식당」에서와 같이 '식당을 식당으로 대하지 않는 사건'이 발생하고, 「남방식물」에서처럼 '명화라는 인격체를 예비 탈북자'로 간주하는 오해를 하게 되는 것이다. 어쩌면 남과 북의 국경 밖에서도 남북 분단의 이데올로기에 무의식을 내맡겨야 하는 것이 한반도의 냉혹한 현실일지도 모른다. 그 명확한 사실을 저 멀리 몽골에서야 깨달은 것이 아니라, 머나먼 몽골에서도 분단 현실이 지속되고 있음을 안타깝게 재확인한 것이다.

조금은 다른 맥락에 있지만, 「아이들도 돈이 필요하다」는 1980년대 한국 사회로 시간을 거슬러 올라감으로써, 북한의 어려운 상황을 한국의 과거와 겹쳐낸다. 이 소설의 시간적 배경은 광주에서 피의 학살을 자행한 전두환 군사 정권이 출범하던 1980년이고, 공간적 배경은 광주로부터 그다지 멀지 않은 소읍인 전남 고흥이다. 어리숙하면서도 순진한 화자인 '나'와 달리기 선수인 친구 오쟁이(오장희)가 겪어낸 그 시절은 어떤 모습이었을까? 마치 서커스단의 공연처럼 오쟁이의 다리통 치수를 재는 교장은 대중을 속이는 협잡꾼이고, 그 시대 권력자의 다른 얼굴이기도 하다. 아이들은 거짓 희망으로 치장되고 통제되는 '교장의 시대'에도 개구리 잡이와 라면봉지 모으기로 순진한 세계를 놓치지 않으려 고투한다. 이 작품은 개인의 사소한 과거가 결국 역사적 상황과 접맥되는 부분을 희화화하고 있어 경쾌하다. 더불어 풍속으로서의 성장사가 시대의 공통감각으로 접맥되는 부분을 스케치했다는 데 의미가 있다.

돌이켜 보면 모두의 유년은 유치했지만, 그 유치함이 하나의 조각처럼 현재의 나를 구성하고 있는 것이다. 그렇기에 과거는 지나가고 완료된 것이 아니라, 현재적 감각으로 불현듯 환기된다.

『늑대』에 수록되어 있는 작품 중 민감한 현안을 다룬 작품이 「강을 건너는 사람들」이다. 이 작품이 2005년 『문학수첩』 가을호에 발표되었을 때, 많은 논란이 일었다. 이 작품에는 북한이 겪은 대기근 속에서 비법월경을 감행한 가족과 중국 교포 사내, 그리고 한 청년의 내적 긴장이 실감있는 언어로 갈무리되어 있다. 각각의 구체적 사연은 기술되어 있지 않지만, 이들은 국경을 넘는 행위가 무엇을 의미하는지를 잘 알고 있다. 작품 속에서 이들이 "그 기억을 안고 이 땅에서 살 수 없었으니까"라고 절규했을 때, 그 절규는 남과 북 모두를 향한 윤리적 호소일 수도 있다. 소설 속에 적나라하게 드러나 있는 '소문들'("죽은 아이를 이웃끼리 바꿔먹는다는 소문")은 문학이 어떤 끔찍한 상상을 자극할 수 있는지를 극단적으로 보여준다. 무엇보다 확실한 것은 북한 사회가 '고난의 행군' 기간에 감내하기 힘들 정도의 기근을 견뎌냈다는 사실이고, 그 기근의 와중에서 수많은 유랑민이 발생했다는 점이다. 이 역사적 사건을 외면하고서 남북 문제를 형상화하는 것은 왜곡일 뿐이다. 그래서 전성태는 실재를 딛고 문학으로 나아가기 위해 「강을 건너는 사람들」을 창작한 것으로 유추할 수 있다.

탈북자라는 소재에 집중했을 때, 정도상의 『찔레꽃』(2008)과 전성태의 「강을 건너는 사람들」에 등장하는 비국민(탈북자)은 국가의 소중함을 일깨우기보다는, 근대국가의 폭력성을 예시적으로 드러낸다. 탈북자는 북한체제의 위기로 북한으로 배제된 존재들이다. 하지만, 남한을 포함한 근대국가에 있어 탈북자라는 존재는 인간이 체제 안에서 '비체제적 존재'들에게 얼마나 폭력적일 수 있는가를 보여주는 사례라고 할 수 있다. 근대국가는 '인권'을 보편적 권리로 개념화해 옹호하는 듯이 보인다. 하지만, 실제로는 국민국가 내부에 '국한된 국민의 권리'일 뿐이고, 더 적나라하게는 '주권적 폭력'을 행사하기 위한 정당화의 기제일 뿐이다. 이를 깊이 성찰하지 못하면, 탈북자 문제는 남북한체제 경쟁의 희생양처럼 보인다. 따라서 『찔레꽃』과 「강을 건너는 사람들」이 예시적으로 보여주고 있는 '비국민(탈북자)'의 형상은 북한 사회의 치부가 아니라, 남한 사회가 '국민국가의 한계'에 대해 깊이 성찰해야 할 화두로 남는다.

5. 제국의 시선을 넘어선 국제주의적 시선은 가능할까

야마무로 신이찌[山室信一]는 "공간을 구획하고 그 내부를 인식하는 것은 그 공간의 범위를 정치적 · 지적으로 지배하는 일과 밀접하게 관련되어왔다."(『여럿이며 하나인 아시아』)라고 했다. 공간을 아는 것이 바로 그 공간을 지배한 것과 연결된다는 야마무로의 지적은 '제국의 시선'을 환기시킨다. 서구 유럽 사회가 아시아의 경계를 구획하고 지적으로 탐구했던 것은 '식민지 지배'와 연결되었다. 일본 제국주의가 식민지 조선에서 물리적으로는 토지조사사업을 하고, 학적 대상으로 조선을 설정해 문화적으로 접근했던 것도 마찬가지 관점에서 바라볼 수 있다. 그것은 공간에 대한 지배를 거쳐 정치적 · 지적 지배로 나아가는 것이었다.

지금의 한국문학도 공간의 감수성이 급격히 변화하고 있다. 식민지 시기에 상대적으로 열린 공간이었던 한반도는, 분단으로 인해 공간적 단절을 경험했다. 그 후 40여 년이 지나 1980년대 후반에야 민주주의의 성과로 여행자유화 조치가 이뤄졌고, 지금은 광범위하게 세계와 만나고 있다. 이 공간 감각의 변화는 점진적이면서도 광범위하다. 한때 비행기를 타고 다른 나라에 간다는 것이 미국과 유럽 사회 혹은 일본과 중동 등에 국한되었다. 하지만, 지금의 한국소설은 그 공간이 점차 베트남(방

현석), 중국(김인숙), 호주(김서령), 독일(배수아), 우즈베키스탄(허혜란), 몽골(전성태) 등으로 넓게 펼쳐져 있다. 야마무로의 표현을 빌리자면, 한국문학은 그야말로 문학의 영역에서 공간에 대한 지적 · 정치적 지배력(?)을 확대해나가고 있는 것이다.

그 공간 경험이 제국의 시선을 닮지 않고, 국제주의적 시선을 확보하기 위해서 과연 어떤 성찰적 태도를 지녀야 하는 것일까?

전지구적으로 자본주의가 전일화되고 있는 상황에서 개별 국가 간의 자본 · 상품 · 노동의 교류는 당분간 확대될 수밖에 없을 것이다. 여전히 수많은 한국인들은 자본에 기댄 채 우월적 지위를 갖고 세계를 주유할 것이며, 자본의 자유를 위해 국경을 무력화시키려고 할 것이다. 그 활력이 패권주의적 가면을 쓰는 순간, 한국인은 '제국의 시선'에 침윤된 권력자들이 되고 만다. 식민지 경험의 무의식적 내상을 지금까지도 간직하고 있는 한국인들이, 신제국주의적 형상을 하고 '자본의 식민지' 개척을 위해 질주하는 모습은 얼마나 아이러니한가? 인종주의적 편견을 갈무리한 채 비근대사회에 대한 공격적 태도를 드러내는가 하면, 공간에 대한 지배가 '문화권력의 모습'을 하고 '한류'로 포장되고 있기도 하다. 작가들의 공간 감각이 지속적으로 확장되고 있는 것도 자본의 힘에 기댄 것임을 부인할 수는 없다.

그럼에도 불구하고 문학에, 그리고 작가에게 독자들이 기대하는 것이 있다면, 그것은 '세계를 바라보는 감수성의 변화'일 것이다. 우리는 누구의 시선으로 세계를 바라보고, 타자와 만나야 하는 것인가가 문제다. 과연, 자본주의적 근대를 선취한 비서구근대인의 관점에 서서 공격적으로 근대를 강변하는 쏠롱고스('무지개의 나라', 한국을 지칭) 사업가의 시선을 취해야 하는가(「늑대」), 아니면 식민지적 고통을 되새기며 웃음과 치유, 그리고 생명의 가치를 옹호하는 신 세르게이 니콜라이비치 눈으로 세상을 포용할 것인가(「아냐」). 이러한 문제에 대해 진지하고 책임 있는 해답을 구하기 위해서는 허혜란 · 정도상 · 전성태의 소설이 속삭이고 있는 '경계 넘기'에 귀를 기울일 필요가 있다.

이방인이 되어 타자와 만나기 위해서는 국경을 넘는 것만으로는 충분하지 않다. 진정으로 넘어야 할 것은 마음의 경계이다. 마음의 경계는 근대 국민국가를 절대화하는 태도 속에 있고, 탈북자와 같은 비국민에게 가해지는 시선의 폭력 속에 깃들여 있으며, 자본주의적 근대를 피할 수 없는 숙명으로 절대화하는 닫힌 세계관에 둥지를 틀고 있다. 이 마음의 국경을 허물기 위해서는 '한국 사회가 경험했던 식민지 기억'을 끊임없이 환기함으로써, 오히려 연대적 관점에 입각한 국제주의적 감각을 키워나가야 한다. 그 국제주의적 감각은 다른 국가와 민족에 대해 깊이 있는 관심과 이해를 갖는 것이고, 근대체제의 바깥에 내몰린 비국민들에 대해 관용적 태도를 내면화하는 것이기도 하다. 어떤 의미에서 이러한 성숙한 국제주의적 태도는 한반도의 민주주의가 심화되는 것에 기반해 이뤄질 수 있는 것이며, 분단이 극복될 때에야 비로소 국제주의적 관점에서 세계와 만날 수 있는 길이 열릴 것이다. 그런 의미에서, 민주주의가 답보 상태에 빠지고 분단시대가 지속되는 한, 여전히 한반도는 닫힌 공간일 수밖에 없다.

근대세계체제의 알레고리 혹은 가능성의 비극

강영숙의 『리나』를 읽는다

서 희 원

1. 『리나』가 가진 두 개의 달－문제는 알레고리이다

강영숙은 그녀의 첫 번째 장편소설 『리나』에 통상 있을 법한 '작가의 말' 대신 수수께끼 같은 문장을 써 놓고 있다. "리나는 두 개의 달을 갖고 있습니다. 한 개의 달은 비록 피를 흘리지만 또 다른 한 개의 달은 워낙 스펙트럼이 다양해 도무지 속을 알 수가 없습니다."[1] 『리나』는 강영숙의 언급처럼 두 개의 상이한 해석 층위를 가지고 있다. 하나는 국경을 넘은 '리나'가 경험하게 되는 참혹한 성장(成長)과 월경(越境)의 서사이며, 다른 하나는 다양한 스펙트럼을 가지고 있어 쉽게 의미가 파악되지 않는, "도무지 속을 알 수가 없"는 서사이다. 하나는 쉽게 알 수 있고,

---

1) 강영숙, 『리나』, 랜덤하우스, 2006, 7쪽. 앞으로 이 책에서의 인용은 인용된 문장 옆에 간략하게 쪽수를 병기하는 방식으로 처리하겠다. 강영숙의 다른 텍스트를 인용할 경우 소설 제목과 해당 책의 본문 쪽수만 밝히고, 창작집은 다음과 같은 약호로 처리하겠다. Ⅰ: 『흔들리다』, 문학동네, 2002, Ⅱ: 『날마다 축제』, 창비, 2004.

하나는 그것과 연관되지만 쉽게 파악할 수 없는 이야기. 여기서 오랜 전통을 가진 수사학적 비유법을 상기하는 것은 자연스럽다. 바로 '알레고리(allegory)'가 그것이다. 강영숙 소설 전반에 산포된 알레고리들을 이해하지 않는 한 그녀의 소설은 익숙한 습관적 해석의 한계 속에 놓이거나, 아니면 해석되지 않는 난해한 이미지의 모습으로 남는다. "『리나』를 읽어가는 과정은 클리셰와의 힘겨운 투쟁 과정이었다."[2]라는 한 평론가의 고백은 절반의 시사점을 주고 있다. 진부해서 해석의 여지도 없을 것 같은 기호와 익숙한 에피소드, 이미지들은 정확하게 말해 클리셰(Cliché)가 아니라 알레고리이다. 다시 말해 『리나』는 문학적 관습과 상식 속에 위치하는 것이 아니라, 해석을 기다리는 기호와 같다. 정확한 위치에 알레고리적 이미지의 조각과 에피소드가 위치할 때 거대한 형상을 드러내는 자본주의적 스펙터클의 비극적 퍼즐, 그것이 바로 『리나』이다.

일반적으로 알레고리는 상징에 비해 하급한 문학적 기법으로 취급받았다. 괴테의 잘 알려진 설명에 따르자면, 알레고리는 보편을 위해 특수를 구하는 방식이며, 상징은 특수 속에서 보편을 보는 방식이다. 그중 상징이야말로 시인이 추구할 진정한 포에지[詩]의 방식이며, 알레고리란 저급한 예술의 형태라고 괴테는 생각했다. 알레고리는 의미가 가질 수 있는 다채로운 양상을 축소시킴으로써 빈약한 하나의 해석만을 만든다는 이유 때문이었다. 이러한 경향의 전도는 바로크 비극과 보들레르의 시를 알레고리로 독해한 발터 벤야민의 작업에서 시작되었다고 해도 과언이 아니다. 벤야민은 상징과 알레고리를 구분하는 방식, 즉 특수를 보편에 관련짓는 방식이 적절치 못하다고 파악하고, 그곳에서 '시간의 범주'를 추출한다. 즉, 알레고리에서 역사는 부패해 가는 시체들이 묻힌 공동묘지나 폐허에 가까운 풍경으로 나타나지만, 상징에서 시간은 경험

2) 이혜령, 「국경과 내면성」, 『문예중앙』, 2006년 가을호, 235쪽.

적인 것과 초월적인 것이 자연적 형태로 융합되는 즉각적 현재의 모습으로 나타난다고 보았다. 그에 따르자면, "예술가가 알레고리를 자신의 미학적 장치로 선택하는 것이 아니라 객관 세계가 주체에게 알레고리를 인식적 명령으로 강요한다고 말할 수도 있다. 특정한 경험(따라서 특정한 시대)이 알레고리적인 것이지, 특정한 시인이 알레고리적인 것이 아니다."[3] 여기서 알레고리적이라고 지적한 특정한 경험 또는 시대란 정확하게 말해 자본주의적 근대이다. 벤야민은 마르크스의 상품 분석과 알레고리의 내적 형식이 맺고 있는 구조적 유사관계를 지적하며 보들레르의 상징적이라고 알려진 작품들을 알레고리로 분석한다. 이러한 이론적 기반 위에서 프랑코 모레티는『파우스트』,『율리시스』등을 '세계 텍스트(world text)'로 파악하고 이들이 '근대'라는 시스템과 맺고 있는 관계를 정밀하게 분석하며 이들 작품의 성격을 알레고리로 해석한다. 그에 따르자면, 알레고리는 권위를 가진 독법의 통제를 벗어나는 해석을 창출하고, 독자의 문화 수준에 따라 "다의적" 성격을 가진다. 이는 "근대문학만이 드러내는 자의식의 징후"이자 "자본주의적 근대의 시적 비유법"이다.[4]

알레고리는 앞으로 살펴볼『리나』뿐만 아니라 다소 난해해 보이는 강영숙의 다른 소설을 독해하는 핵심적인 방식이다. 이런 점에서 "강영숙의 소설들을 개개 작품 단위로 분절하지 않고 마치 한 편의 연작 장편을 읽듯" 읽어야 그 의미들이 명확해진다는 김형중의 지적은 옳다.[5] 강영

3) 수잔 벅 모스, 김정아 옮김,『발터 벤야민과 아케이드 프로젝트』, 문학동네, 2004, 220쪽.

4) 프랑코 모레티, 조형준 옮김,『근대의 서사시』, 새물결, 2001, 131쪽. '세계 텍스트'와 '알레고리'의 관계, 이들 텍스트에서 알레고리가 보여주는 양상에 관해서는 이 책 1부 4장을 참조할 것.

5) 김형중,「변장한 유토피아」,『날마다 축제』, 창비, 2004, 222쪽.

숙의 언어와 이미지들은 작품에서 재현된 세계의 코드 전체에 대한 이해 속에서 의미를 드러내기 때문이다.

2. 폐허의 공간을 부유하는 여인들, 달리다

먼저 『리나』 이전의 강영숙 소설을 보자. 그녀의 첫 번째 소설집 『흔들리다』에서 재현된 소설적 공간은 건조하고 퇴락한 폐허의 이미지를 하고 있다. 철거를 기다리는 아파트를 바라보며 자신의 인생을 옥죄는 '그'가 함께 사라지기를 바라보는 여인(「불빛과 침묵」), "바람 부는 풀밭에 누워 단 십 분만이라도 쉬고 싶"어하는, 소박하기에 절박한 소망을 지닌 여인(「바다에서 사막을 만나면」), 아이를 냉면기계에 넣어 분쇄하려다 미수에 그치고 고향을 영원히 떠난 소녀(「검은 밤」)에게 있어 삶은 죽음의 다른 이름에 불과하다. 마치 바로크 비극에서 해골을 인간의 우의형상으로 제시하며 이를 통해 영혼이 사라진 인간과 부패해가는 자연을 보여주는 것처럼 이들에게 도시와 가정은 소멸을 앞둔 쇠락한 공간에 불과하다.

강영숙은 여기에서 멈추지 않고 이러한 알레고리적 세계 인식이 어떤 특정한 경험에서 기인하고 있는가를 심도 있게 고찰한다. 흥미로운 소설 「청색모래」에는 상이한 라이프 스타일을 가진 부부가 등장한다. 이 둘은 동전의 앞면과 뒷면처럼 상이한 면모를 가지고 있지만, 분리될 수 없는 짝패이다. 남자는 공무원이라는 직업이 설명해 주는 것처럼 실용적인 가치를 최우선으로 하는 말 그대로 세속적 인간이다. 그는 공무원이라는 신분, 출산에 대한 고려, 남성을 돋보이게 하는 수동성을 기준으로 여자를 선택해 결혼에 이른다. 이에 비해 여자는 와인보다는 와인잔에, 실용적인 가구보다는 비실용적인 장식품을 구입하는 것에 극도로 집착한다. 남자는 여자의 과도한 비실용적 소비를 참지 못해 가학적인 폭력을 선사하지만, 여자는 이를 피학적인 자세와 섹스로 받아 넘긴다. 흥미로운 것은 여자가 가진 소비의 양상이다. 이는 물신숭배(物神崇拜)를 넘어, "물건이 들려주는 이야기를 들을 수 있는" 접신(接神) 또는 물아일체(物我一體)의 경지까지 보여준다. 남자는 여자의 비정상적인 소비를 멈추게 하려고 장기휴가를 얻어 "그녀를 자극할 아무런 표지도, 이미지도 없는 어떤 무균질의 장소"인 "사구(砂丘)"로 떠난다. 이후 이어지는 이야기는 다소 몽환적이다. 사막에서 가학/피학적 관계를 유지하며 여자의 "중독"이 치유되기를 바라던 남자는 어느 날 모래에 집 전체가 묻힌 것을 알게 된다. 모래를 퍼내 길을 만드는 고된 노동의 과정에서 남자는 "단단하게 언 강물"을 뚫고 올라오는 환각을 겪고, 지독한 "열병"을 앓는다. 여자는 움직일 수 없는 남자를 간호하며 천천히 소비할 물건을 찾아 사막을 돌아다닌다. 소설은 자신의 영혼을 팔아 "16세기 러시아의 이콘화"를 산 여자가 사지가 절단된 시신으로 박제처럼 벽면에 걸려 있는 그로테스크한 장면으로 끝난다. 명확해 보이는 전반부와 몽환적인 후반부, 이 둘의 관계는 의심할 것 없이 '알레고리'이다. 여자의 '소비'는 자신을 사회적 관계에서, 가정에서, 삶에서 고립시키고, 마침내 자신의 영혼마저 육체에서 분리시킨다. 「청색모래」의 이야기는 상품과 교환가치가 맺는 관계의 의미, 즉 자본주의 사회에서 소비가 초래하는 핵심적인 의미를 드러낸다. 그것은 '소외'이다. 자본주의 사회 속에서 '소외'는 극복이 불가능하다. "영혼을 팔아서 물건을 사"는 악마와의 거래 그 자체가 상품사회의 구조이기 때문이다.[6] 이런 독법에

6) 현대 자본주의적 '소비'와 '소외'에 대해서는 장 보드리야르, 이상률 옮김, 『소비의 사회』, 문예출판사, 1991. 특히 「결론: 현대의 소외 또는 악마와의 계약의 끝」을 볼 것. 흥미로운 것은 결론에서 보드리야르가 분석하고 있는 스텔란 리(Stellan Rye)의 영화 〈프라하의 학생(Der Student von Prag)〉이 「청색모래」의 후반부와 대단히 흡사하다는 점이다. 〈프라하의 학생〉에서 야심만만한 학생은 거울 속에 비치는 자신의 모습을 악마에게 팔고 돈을 얻는다. 결국 이러한 악마와의 거래는 그 자신을 죽음으로 내몬다.

따르자면, 강영숙 소설에 자주 등장하는 고독과 고립, 결핍의 양상들은 예술가적 천분의 표출보다는 자본주의적 '소외'를 보여주는 방식으로 보는 것이 정확하다.

강영숙의 두 번째 소설집 『날마다 축제』는 한국이란 사회를 총체적인 불모지대로 파악하고 있다. "공항폐쇄조치"가 예고된 이후 이웃나라의 비행기에서 한국으로 투하되는 "오만 가지 배양 세균들, 실험 도중 알 수 없는 이유로 죽어버려 용도폐기된 일단의 희귀동물들"(「씨티투어버스」), 매직스노랜드로 대표되는 도시의 인공성(「봄밤」), 죽었는데도 죽지 않고 도시를 배회하는 시체들(「봄밤」의 "줄무늬 블라우스"를 입은 여인, 「태국풍의 상아색 쌘들」에 나오는 자살한 일가족), 사라져버린 아이(「날마다 축제」), 하늘에서 비와 함께 쏟아지는 미꾸라지(「빙고의 계절」) 등은 쉽게 찾을 수 있는 그로테스크한 공간적 재현의 예이다. 그중 「오아시스」는 이런 총체적 불모성의 기원에 대한 성찰을 보여준다. 소설 속의 남녀는 과거 낙태를 경험했음에도 불구하고 아이가 생기지 않는 지독한 불임의 상태에 빠져 있다. "이제 사람들을 바꿔놓는 건 다름 아닌 날씨"라는 지적처럼 이들을 변화시킨 것은 환경이다. 특히 "황사"는 작품 속에서 황폐한 도시를 형상하고, 에피소드를 촉발하는 주된 요인으로 작용한다. '그녀'는 '나'에게 황사를 얘기하며, "이건 무슨 메시지가 있는 것 같아"라고 언급한다. "바람을 타고 미국까지 날아간 모래들이 싣고 가는 메시지"와 인물들의 불모성이 보여주는 긴밀한 의미구조는 단지 '황사'가 중국에서 들불처럼 번지고 있는 국가자본주의의 심각성만을 보여주는 것이 아니라, 이것이 근대 세계와 현존재 전체가 맞이할 파국을 보여주는 자본주의적 '증상(symptom)'이라는 점을 명확히 한다.

이러한 분석에서 볼 수 있는 것처럼 강영숙의 소설은 자본주의적 삶의 양식이 사회를 총체적으로 지배하고 있는 현실에 대한 전체적인 인식이 있어야 독해가 가능하다. 『리나』는 연작소설에 가까운 단편들로 현실 세계를 재현하던 강영숙이 처음 시도한 장편이자 거대한 근대적 체계에 대한 고찰이다. 리나가 가진 "두 개의 달" 중 인물에 집중하여 이를 단순히 성장, 월경, 이산(diaspora)의 서사로 읽어내는 것은 『리나』를 절반만 이해하는 일이다. 작품에 표현된 것처럼 리나는 성장하지 않는다는 점에서 '반(反)성장소설'이고, 국경을 넘는 일은 순환적이며 그렇기에 아예 불가능하다는 점에서 '반(反)월경 서사'이며, 떠나온 고국에 대한 노스탤지어가 언급되지 않는다는 점에서 통상적인 이산의 서사와 구별된다. 강영숙의 『리나』를 읽기 위해서는 그녀가 산포해 놓은 문학적, 언어적 클리셰의 유혹을 극복해야 한다. 하지만 강영숙의 의도적 감춤으로 인해 소설은 단순한 탈출자 리나의 이야기에서 근대 세계체제에 대한 서사적 재현으로, 결말에서 종결되는 것이 아니라 또 다른 탈주 그 자체를 결말로 제시하는 저항의 서사로 전환된다. 자, 이제 여기 열여섯 살 소녀 리나(俐娜)가 경험하는 착취, 강간, 매음, 살인, 절도, 질병의 이야기가 있다. 리나가 국경을 넘어 도착한 곳은 자본주의적 라이프스타일이 존재의 내면을 완전히 잠식한 "아주 이상한 나라"(91쪽)이다. 이야기는 국경을 넘으면서 시작된다.

3. 풍요의 낙원, 망상, 프리즘, 그리고 초원

리나의 가족을 비롯한 스물두 명의 탈출자들이 처음으로 도착한 곳은 적막한 산길의 일부처럼 보이는 "국경"이다. 그들은 인솔자를 따라 P국으로 입국하는 것을 공동의 목적으로 하고 있다. 어렵지 않게 독자는 작가가 의도적으로 감춘 지명과 이니셜을 습관적으로 독해한다. 이를 통해 P국은 남한으로, 대륙은 중국으로, 리나가 국경을 넘다 잡혀 끌려간 화공약품공장은 "목에 놋쇠고리"(64쪽)를 하고 살아가는 빠동족이 거주하는 태국과 미얀마의 국경 근처로 인식한다. 작가는 이런 독자들의 유추가 소설적 배경과 그다지 다르지 않음을 알려주는 정보들을 의도적으로 서사 전반에 배치한다. 국경을 넘어 도착한 대륙의 사람들이 "책상다리만 빼고 다리 달린 건 모두 잡아먹고 산다"(48쪽)거나, "기름기에 절어 떡이 된"(29쪽) 두 발의 형태를 가지고 있다고 묘사하는 것 등이 그것이다. 하지만 독자에게 주어진 정보에 끊임없이 저항하는 것은 남한으로 추정되는 P국의 이니셜이다. 대륙이 암시되었기 때문에 명시적인 것과는 반대로 P국은 명시되었기 때문에 더욱 암시적이며, 이를 통해 독자의 지정학적 견인에 저항한다. 또한 서사의 진행 과정에서 P국은 다채로운 스펙트럼으로 제시된다. 'P'는 단순한 이니셜이라기보다는 『리나』의 다양한 의미를 해독하게 하는 열쇠이며, 해석을 요구하는 기호이다. 기호 P가 변화하는 스펙트럼을 따라 그 의미를 좇아갈 때 리나의 서사는 보다 명확해지며, 그녀가 왜 그곳으로 끝내 가지 못하는지, 아니 왜 가서는 안 되는지 알 수 있게 된다.

처음 국경을 넘은 리나는 다소 몽상적인 모습으로 P국을 상상한다. "내가 가서 살게 될 P국은 이 나라보다 더 잘 산다고 했어. 나도 저 여자들처럼 청바지와 구두를 신겠지. 정말 대학에도 갈 수 있을까. 배가 터지게 먹기는 할거야."(26쪽) 풍족한 재화, 리나의 낡은 운동화와 대비되는 구두, 그리고 낭만적으로 제시되는 대학 등은 그곳이 하나의 국가라기보다는 풍요(Plenty)의 공간이자 자본주의적 낙원(Paradise)으로 상상되고 있다는 것을 알려준다. 스물두 명의 탈출자들 역시 정도의 차이는 있지만 그곳을 낙원의 이미지로 자신에게 투사한다. 하지만 낙원의 'P'는 조금씩 몸을 뒤틀면서 움직인다. 화공약품공장을 탈출한 리나는 "늘 머릿속을 꽉 채우고 있던 P국에 대한 환상이 조금씩 빠져나가"(83쪽)는 것을 느낀다. 리나가 처음으로 만난 P국의 국민은 선교사이다. 인상이 좋고, 잘생긴 선교사들은 리나 일행을 "흰색의 교회 건물"로 이끈다. "악몽 끝에 다다른 낙원의 모습이 비현실적으로 아름다운 것처럼, 넓은 뒤뜰에는 꽃나무들이 가득했고 꽃향기로 충만했다."(84쪽) 리나는 대부분의 제3세계 사람들이 선교사를 통해 서양을 접했던 것처럼 개신교(Protestant)를 통해 P국의 모습을 처음 보게 된다. 막스 베버(Max Weber)에 의해 자본주의적 정신의 핵심으로 지목된 사상적 원류가 프로테스탄티즘이라는 것을 상기한다면 이 장면은 대단히 알레고리적이며 흥미롭게 읽힌다. 상상하던 모든 것이 상상 이상으로 펼쳐지는 비현실적인 광경 속에서 리나는 사람들을 "알 수 없는 어둠으로 이끌고 가는" 무언가를 본다. 그리곤 자신의 부재에 대한 아무런 결핍 없이 햇볕을 쬐고 있는 가족들을 발견하지만 이내 시선을 돌린다. 리나는 화공약품공장에서 같이 탈출한 소년 '삐'와 함께 변장한 남자들의 행렬을 따라 천막의 여가수가 있는 곳으로 간다. 가수라기보다는 샤먼에 더 가까운 공연을 보여주는 할머니를 만나 그곳에 머물게 된 리나는 곧 몸이 아픈 그녀를 대신해 무대에 오르며 아마추어 가수로서의 삶을 시작한다. 이곳에서 리나는 자신과 같은 나라 출신의 탈출자인 '프로듀서 김'과 전에 만났던 선교사들과는 전혀 다른 종교인 '장'을 만나게 된다. '장'은 리나에게 말한다. "너네 나라는 미쳤고 P국은 썩었어." 부패(Putrefaction)는 새롭게 P국을 재현하는 단어이다. 그리곤 '선교사 장'은 리나에게 P국보다는 제3국행을 권유하곤, 그녀를 속여 창녀촌에 팔아버린다. '시링'이라 불리지만 지명은 아니라고 하는 창녀촌을 거쳐 다시 인근의 도시에 정착한 리나는 또다시 팔려 경찰에 넘겨지고, 대륙으로 소환된다. 마침내 리나가 도착한 곳은 자신이 처음 넘은 국경에서 그리 멀지 않은 "경제자유구역"이다. 타워크레인과 50m가 넘는 가스분리탑이 있는 그곳은 새까맣고 거대한 플랜트(Plant)이다. 발전을 위해 땅속 깊은 곳에 있는 악마라도 불러올 것처럼 주변을 검게 물들이던 공장은 그리 오래지 않아 하늘로 거대한 불덩이를 쏘아내곤 폭발한다. 이후 폐허가 된 공장지대에서 부랑자처럼 살던 리나는 다시 '선교사 장'을 만나 무사히 P국에 정착한 가족의 편지를 전달받는다. "P국에 들어가자마자 입소한 탈출자 교육원의 정치 교육, 별것도 아닌 것을 가지고 까다롭고 자존심 상하게 하는 입국 절차, 엄청나게 많을 거라 예상했지만 생각보다 많지 않아 실망한 정착금 액수, 자전거를 타고 아파트 경비실로 출근하는 아버지 소식, 탈출한 미성년들만 모아놓은 학교에 다니며 영어를 공부하는 남동생 소식 등이 담담하게 적혀"(333쪽) 있는 편지를 보며 리나는 자신이 P국에 입국하면 가능할 것으로 보였던 인생의 비전들—"대학생이 되어 공부를 열심히 하고 싶어요. 훌륭한 사람이 되어서 저 같은 탈출자들의 인권을 보호하는 일을 하고 싶어요. 돈을 많이 벌어서 부자가 되겠어요."(311쪽)—이 한낱 망상증(Paranoid)에 불과했다는 사실을 알게 된다. 그리곤 자신이 가진 돈을 '선교사 장'을 통해 P국의 가족들에게 보내고 초원(Plain)이 펼쳐진 북쪽의 국경으로 떠난다.

서사의 진행을 통해 남한의 이니셜 'P'는 풍요(Plenty)의 공간에서 부패(Putrefaction)한 공간으로, 낙원(Paradise)의 모습에서 사막과 다를 바 없는 초원(Plain)의 모습으로, 경제적 부유함을 통해 얻게 될 것이라고 여겨졌던 삶의 순수한 비전들은 망상증(Paranoid)으로 전환된다. 이밖에 리나가 경험하게 되는 창녀(Prostitute, 여기에는 '돈의 노예'라는 뜻도 있다), 그리고 그녀가 살인자와 돈의 노예로 전락하는 플랜트 단지의 클럽 퍼즐(Puzzle) 등은 P의 구체적인 이미지를 형상하는 단편적인 의미들이다.

이제 P국은 다양한 스펙트럼의 기호들을 통해 실재의 모습을 드러낸다. 그곳은 리나가 소설의 결말부에 도달한 사막과 같은 폐허에 불과하다. 하지만 보다 더 본질적 것은 자신의 황폐함을 위장하고 감추는 실재의 시스템이다. 인간은 그 속에서 실재의 모습을 쉽게 인식하지 못한다. 어렵게 진실을 알고 난 후에도 자발적으로 그 시스템 속으로 복귀해 가상의 쾌락을 감각적으로 즐기며 살아간다.[7] 이는 보들레르를 통해 잘 알려진 '인공낙원(Les Pradis Artificels)'이라는 개념을 떠올리게 한다.[8] 보들레르가 지적한 것처럼 근대 이후 인간은 스스로 인공적이고 인위적인 낙원을 구축한다. 자본주의의 거친 삶은 알코올과 마약이 제공해 주는 말초신경적인 환락으로 흥청거리고, 순수한 믿음은 쉽게 종교적 광신으로 바뀐다. 사람들은 비참함 속에서도 그 참혹한 현실을 인지하지 못하는 과대망상증 환자에 불과하다. 낙원의 실재를 감추는 인공의 투시관은 가시광선을 무지개로 굴절시키는 거대한 프리즘(Prism)과 같다. 프리즘을 통한 빛은 세상의 모든 실상을 보여주는 본래의 목적을 상실하고 다채로운 스펙트럼 속에 진실을 감춘다. 소설 속에서 클럽 퍼즐의 주인 오빠와 뚱보, 그리고 미샤를 살해한 리나 일행이 끔찍한 기억에서 벗어나기 위해 사용하는 방법이야말로 인공낙원을 살아가는 인간들의 대표적인 정신 건강법이라고 할 수 있다. 리나 일행은 시신을 암매장하고 돌아와 가게의 핏자국을 닦는다. 쉽게 지워지지 않는 핏자국처럼 가슴속 깊숙이 남아 있는 살인의 기억에서 벗어나기 위해 그들은 "화사한 천을 구해다 갈기갈기 길게 잘라 색깔별로 늘어뜨려 달았다. 천들은 마치 색동 무지개 같았다. (…중략…) 리나는 그 묘한 무지개색 천들을 볼 때마다 살인을 했다는 사실을 잊고"(264쪽) 새로운 삶에 대한 희망으로 부푼

7) 이런 점에서 『리나』는 워쇼스키 남매(형제에서 이젠 남매가 되었다)의 〈매트릭스(The Matrix)〉(1999)를 연상시킨다. 특히 동료였던 사이퍼(Cypher)가 가상의 세계로 복귀하는 것을 조건으로 동료들을 배신하는 대목은 의미심장하다. 또한 자신이 인식하던 현실이 시스템이 만들어낸 허상에 불과하다는 사실을 알아낸 네오(Neo)가 영화의 마지막에 선글라스를 쓰는 모습과 소설의 결말부에 리나가 쓰게 되는 "주홍색 보안경"은 단지 패션이 아니라 저항을 가능하게 하는 스타일이다.

8) 류보선은 강영숙의 단편소설을 분석한 글 「숙면에의 꿈, 혹은 인공 육체와의 교전」(『문학동네』, 2004년 가을호)에서 인공낙원으로 형상화되는 세상과 교전하는 글쓰기를 작가의 서사적인 전략이자 모험이라고 지적한 바 있다.

다. 빛이 무지개로 변하면 죄의식은 희망으로 바뀌고, 망상은 너무나도 자연스럽게 삶의 목적이자 건전한 계획으로 전환된다.

소설의 마지막에서 리나가 "광과민성이 된 피부와 햇볕을 제대로 쳐다보지 못하는 두 눈"(318쪽)을 가지게 된 것은 이런 점에서 너무나 당연하다. 리나는 매일 "일곱 가지 눈물"을 흘린 후에야 세상의 실재를 보게 된다. 인공낙원을 영롱하게 빛내주던 프리즘이 사라진 후 리나는 무지개 빛깔의 현실이 실제로는 무채색의 사막에 불과함을 알게 된다. 소설의 결말부에서 리나가 "선글라스"(330쪽)를 쓴 후에야 안식을 얻는 장면은 이런 점에서 중요하다. 리나는 모든 것과 이별하고 국경을 넘어 사막과 초원이 펼쳐진 북쪽으로 간다. 하지만 생각해 보자. P국이 인위적이고 인공적인 낙원의 모습으로 자신을 가장(假裝)하고 있다면, 그 시스템의 구동원리는 무엇이며, 존재의 영속이 가능하도록 현실의 고통을 쉽게 망각하게 만드는 힘은 또 무엇일까? 먼저 『리나』의 서사를 살펴보자.

4. 근대세계체제의 서사적 재현

소설의 서사 속에서 리나는 반복적으로 국경을 넘는다. 그러나 넘는 것은 '리나'라는 자율적이고 독립적인 주체인가, 아니면 상품으로 치환된 '리나'인가? 정확하게 말해 넘는 것은 리나가 아니라, 돈(자본)이다. "남자든 여자든, 노인이든 어린애든, 리나에게는 누구나 다 똑같았다. 그들은 항상 리나를 주시하고 몸값을 담보로 시비를 걸 준비가 되어 있었다."(102쪽) 리나는 그녀가 가진 교환가치를 발견하는 사람이라면 누구든 바로 현금화할 수 있는 매혹적인 상품, 화폐 그 자체이다. 몇 번의 에피소드들에서 리나가 보여주는 언어적 불통과는 상반되게 리나의 육체(화폐)는 너무나도 쉽게 유통되고 소통된다. 첫 에피소드부터 소설의 끝까지 돈은 아무런 경계도 국적도 없다. 리나가 국경을 넘는 순간부터 다채로운 사람들을 만나고 헤어지지만 그들과의 관계를 맺고 끊는 것은 그녀가 아니라 화폐이다.

국경을 넘는 리나의 이야기가 국가와 국가 사이의 경계를 너무나도 쉽게 넘나드는 자본의 이동이라면, 잔혹하고 고통스러운 월경의 서사가 결국 거대한 자본의 흐름에 대한 알레고리라면, 명확해지는 것은 무엇이고, 감춰지는 것은 무엇인가? 단적으로 말하자면, 전자는 소설의 모호하게 느껴지는 구조이고, 후자는 소설의 결말이며 삶의 실재(Real)이다.

소설의 구조? 리나의 서나는 일반적 소설의 구성과는 판이한 구별점을 가지고 있다. 그것은 리나의 서사가 아리스토텔레스적인 시학(poetics)의 원칙에 위배된다는 것이다. 탈출의 동기가 단순한 상식과 주변인들의 방만한 진술을 통해 주어졌다는 점에서 시작은 그 기원으로 소급되고, 동일한 서사를 반복한다는 점에서 중간은 특별한 순서를 갖지 않고, 결말은 다시 시작으로 돌아간다는 점에서 순환적이다. 결말로 이야기를 이끌지 않는 서사, 작고 독립적이며 반복적인 에피소드들의 조합. 『리나』를 쉽게 해석되지 않는 것으로, 어렵게 접근한 독해의 결론마저 부정하는 것으로, 그러므로 이 소설을 독창적이고 매력적인 작품으로 만드는 것은 난만(爛漫)한 에피소드들이다. 여기서 이매뉴얼 월러스틴(Immanuel Wallerstein)의 말은 경청할 필요가 있다.

> 세계 경제가 500년 이상 살아남았지만 아직도 세계 제국으로 변형되지 않은 것이야말로 근대세계체제의 독특함이라고 할 수 있다. 이 독특성은 동시에 이 체제가 갖고 있는 힘의 비밀이기도 하다. 이러한 독특성은 자본주의라고 불리는 경제 조직 형태의 정치적 측면이다. 자본주의는 다름 아니라 세계 경제가 하나가 아니라 복수의 정치체제로 되어 있기 때문에 번영을 구가할 수 있었다.[9]

9) I. Wallerstein, *The Modern World-System*, Academic Press, New York/ San Francisco/ London 1974, p.348.

전지구적인 자본주의의 번영을 가져온 비밀은 자본과 국가들의 결합양상, 즉 월러스틴이 근대세계체제라고 지적한 시스템(system)에 있는 것이다. 자본과 국가가 소설 속에서 어떻게 표현되는지, 그리고 『리나』는 그 비밀스런 결합양상을 어떤 모습으로 알레고리화하는지 살펴보자. 국경을 넘은 리나는 곧 가족과 이별하고, 화공약품공장으로 끌려간다. 이곳에서 리나가 경험하게 되는 강간, 폭행, 착취는 초기 자본주의를 특징적으로 재현했던 서사이며, 지금도 자행되는 동시대적 사실이다. 그리곤 창녀의 서사와 국가 개발을 위한 철거의 서사가 펼쳐진다. 다시 리나는 "경제자유구역"으로 거래되고, 참혹한 노동자의 서사가 끝나지 않을 것처럼 진행된다. 분량이 긴 이 에피소드를 세분하자면, 자본에 중독된 국가에 의해 자행되는 혹독한 노동의 서사, "술에 물을 타며" 노동자를 기만하고, 살인을 자행하는 환락의 서사, 그리고 땅 밑에 감춰져 있던 자연의 폭발적인 힘을 통제하지 못해 처참한 폐허로 변해버리는 자본의 종말 서사로 나눌 수 있다. 모든 에피소드는 작고 독립적이며 익숙하다. 『리나』의 에피소드들은 근대라고 불리는 시대를 재현하고자 했던 서사물에 등장하는 대표적인 이야기들이기 때문이다. 경계할 것은 이러한 에피소드들이 쉽게 리나의 생물학적 변화에 따른 성장의 서사로 독해되고, 이것이 당연한 자본주의적 진보와 발전의 서사처럼 이해된다는 사실이다. 비근한 예로 이러한 과정을 통해 남한은 전근대국가에서 개발도상국으로, 그리고 산업발전국가로 이행하였다. 때문에 독자는 무의식적으로 이러한 에피소드들에 시간적 순서를 짓고, 의미를 부여한다. 독자의 익숙한 독서를 가능하게 하는 강렬한 힘에는 노동자의 고통과 착취를 마치 경제적 번영을 위해 반드시 지불해야 하는 선납금으로 규정하는 인식이 깔려 있다. 이것은 자신을 보편화하는 자본주의의 경향이며, 이를 바탕으로 형성된 근대 서양의 역사(역사주의)이다. 초기 자본주의 단계에서 부르주아지가 그랬던 것처럼, 자신을 보편화시키는 자본주의는 미개와 야만을 문명에, 전근대와 농촌을 도시에 편입시킨다. 『리나』의 주된 공간적 배경이 되고 있는 대륙(중국)은 이러한 변화의 과정을 마치 당연한 역사의 코스처럼 생각하며 국가자본주의의 광풍 속에서 전 국토를 개간하고 있지 않은가.

하지만 조금 더 생각한다면 『리나』의 에피소드가 변방이라고 불리는 주변부 국가들에서 지금도 전형적으로 등장하는 서사임을 알 수 있을 것이다. 동시적으로 고찰되는 세계는 사실 절대적으로 비동시적이다. 『리나』의 에피소드들은 공시적이며, 이를 통시적으로 배열하는 무의식적인 역사의 독법에 저항한다. 『리나』의 서사를 보다 주의 깊게 보면 작가가 어떠한 방식으로 근대의 보편사와 싸우고 있는지 알 수 있다. 그것은 자주 뒤바뀌고 있는 리나의 신체적 나이와 외모의 변화에 대한 묘사, 자신의 경험을 진술하는 리나의 노래, 그리고 '삐'와 맺고 있는 유사가족관계이다.

화공약품공장의 에피소드에서 "리나는 국외자 같지도 않았고 열여섯 살 같지도 않았다"(62쪽)고 묘사된다. "천막의 여가수" 에피소드에서 리나는 "오늘의 이야기. 열여덟 살에 국경을 넘어 당신들의 나라에 들어와 스물네 살이 된 여자 이야기"(93쪽)라고 노래의 서두를 시작한다. '프로듀서 김'은 리나를 "어떻게 보면 서른 살이 넘은 것 같기도 하"(101쪽)다고 말한다. 그렇지만 마지막 공연에서 리나는 자기 얘기를 하고 싶다며, "오늘의 이야기. 열여섯 살에 국경을 넘어 지금은 열여덟 살이 된 여자애 이야기"(112쪽)를 시작한다. 게다가 리나 자신은 "매일매일 거짓말을 했"다고 진술하며 이야기의 신빙성을 다시 원점으로 돌린다. 창녀촌의 서사를 보자. '시링'에 도착해 앞머리를 자른 리나는 "훨씬 나이가 들어" 보인다. 심지어 리나는 '삐'를 "내 아들"(125쪽)이라고 소개한다. 가상의 모자관계를 승인한 순간 실제로 리나의 신체는 노화하기 시작한다. "침대 위에 걸린 거울 가까이 다가가 얼굴을 들여다본 순간, 리나는 아주 빠르게 늙어가고 있는 낯모르는 여자의 얼굴이 자신의 앞에 서 있는 걸 보았다.”(128쪽) ‘시링’의 사람들마저 리나를 ‘삐’의 엄마라고 믿는다. “경제자유구역”의 에피소드에서 가수 할머니는 창녀촌을 지어보라는 주변의 권유에 리나와 ‘삐’의 관계를 모자에서 부부로 전환시킨다. “할머니는 리나의 머리채를 잡아 뒤로 올려 묶은 뒤 일자로 된 핀을 찔러 올렸다. 리나는 이제 제 나이보다 열 살쯤은 많아 보이게 펑퍼짐한 바지를 입었다. 그 순간 리나는 정말로 삐와 부부인 것처럼, 혹은 결혼한 여자처럼 핏속도 몸속도 다 변하길 원했다.”(194~195쪽) “경제자유구역”의 에피소드가 지속되면서 리나는 성숙한 노동자로 변해가는 ‘삐’와 그의 진짜 아내처럼 구는 자신의 모습에 짜증을 내며 “백발의 할머니가 되어서야 공단지대에서 벗어나게 될지도 모른다는 불길한 생각”(212쪽)을 한다. 이 지극히 자연스러운 시간의 흐름을 역전시키는 것은 리나의 화장이다. “리나는 머리를 묶었던 손수건을 풀고 빗질을 하고” “립스틱”을 꺼내 화장을 시작한다. “몸의 감각이 되살아나는 느낌”을 갖고 그녀는 “클럽 퍼즐”로 향한다. 리나와 같은 부서에서 일하는 남자는 한참 동안 그녀를 알아보지 못하다가 겨우 알아내곤 추파를 던진다. “아저씨, 어디다 대고 반말이세요. 도대체 여기선 왜 다 나한테 반말이야.”(222쪽) 하지만 사람들이 무례한 것이 아니라, 그녀가 젊어진 것이다. 공장이 폭발하는 대참사 후에도 리나는 변함없이 젊음을 유지한다. 그러나 리나는 목숨처럼 소중하게 지켰던 깡통 속의 돈이 “열기를 견디지 못하고 통 속에서 다 타버려 재”(314쪽)가 되었다는 사실을 알고는 “폭삭 늙어”버린다. 늙어버린 리나가 “반파된 집에 갇혀 나직나직 노래만” 부르는 동안 “도시에서 데리고 온 네 명의 남자애들은 어느새 훌쩍” 커서 “우울한 표정의 청년”(320쪽)으로 성장한다. 서사의 마지막에 다시 국경에 도착한 리나는 자신에게 “어느 나라 사람”이냐고 묻는 군인 앞에서 자신의 여정을 회고하며, “도대체 난 얼마나 걸었을까요? 내가 몇 살처럼 보여요?"(345쪽)라고 묻는다.

에피소드에 따라, 그리고 헤어스타일의 변화나 화장 유무에 따라, 진실과 거짓말을 섞어가며 만들어 내는 자신의 이야기에 따라, '삐'와 맺는 남매, 모자, 부부를 넘나드는 유사가족관계의 조합에 따라 리나의 육체적 시간과 서사는 자유롭게 변형된다. 리나의 이야기는 에피소드의 통시적인 배열에 저항하며, 그것이 순서 없이 동시다발적으로 근대세계체제 내에서 과거에 있었고, 바로 지금 자행되고 있으며, 그리고 미래에도 벌어질 비극이라는 것을 보여준다. 『리나』의 서사를 쉽게 지역적이며, 보편사적으로 읽는 방식에 강영숙은 리나에 대한 혼돈된 묘사와 '거짓말'로 대항하며, 순서의 권위를 박탈한다. 이것이 '근대세계체제' 내에서 주변부 국가들에게 문명을 교육시키며, 저개발의 비극을 진보와 선진으로 가기 위해 당연히 지불해야 하는 고통으로 위장시키는 서구적 보편사의 비밀이다. 강영숙은 이에 저항하며 과거의 프롤레타리아가 그랬던 것처럼 자신의 육체만으로 힘든 투쟁을 벌인다. 강영숙은 자신의 육체에서 기인한 언어를 무기로 저 견고한 근대의 보편적 시스템과 외롭고 힘겨운 싸움을 하고 있는 것이다.

5. 실재를 위장하는 푸른 가면, 가능성(Possibility)의 이데올로기

그렇다면 무엇이 감춰지고 있는가? 앞에서 나는 소설의 결말과 삶의 실재(Real)라고 말했다. 소설의 마지막 문장을 보자. "리나는 또다시 저 만치 앞 허공에 푸른 둑처럼 펼쳐져 있는 국경을 향해 달리기 시작했다."(348쪽) 이 문장은 소설의 첫 장에서 묘사된 국경의 모습과 동일하다. 허공에 펼쳐진 푸른 둑은 그 청량한 느낌의 색채감으로 독자를 현혹시킨다. 마치 마술처럼 리나의 삶이 그녀가 바라던 근사한 것으로 변화할 것이라고 독자(그리고 리나 역시)는 쉽게 믿는다. 이미 리나는 몇 세대가 경험할 충분한 고통을 겪었으니 이에 대한 보상을 받을 거라고 생각한다. 하지만, 강영숙의 소설 전략 중 하나가 습관적 해석에 대한 저항인 것을 상기해 보라. 그리고 국경의 푸른 둑을 넘어 대륙으로 이동한 리나의 삶이 어떠했는가를 살펴보라. 그녀의 삶을 상징적으로 보여주는 육체는 "화학 가스에 오염된 몸"이 되었고 그녀가 "낳는 아이들은 대대손손 병신이고 불임"(313쪽)의 천형을 앓게 될 거라고 말해진다. 리나를 강간하려는 남자마저 그녀의 "아랫도리에서부터 올라오는 지독한 화공약품 냄새"(301쪽)에 도망가 버린다. "그 푸른 둑이 이쪽을 향해 파도처럼 몰려와 하늘이 열리듯 저절로 열릴 거라고 믿었다. 그리고 보이지 않는 손이 나타나 탈출자들을 고스란히 빨아들인 후 안전한 투망에 넣어, 마술처럼 국경 너머로 데리고 갈 거라고 믿었다."(11쪽) 처음 국경을 넘어 대륙으로 달리던 그녀가 가졌던 "보이지 않는 손"에 대한 믿음은 강간과 착취, 폭행, 매음, 타락, 질병의 에피소드들을 통해 순진하고 헛된 구원에 대한 신념으로 밝혀진다. 리나가 믿었던 "보이지 않는 손"은 그녀를 어떤 목가적이고 동화적인 세계로 데리고 가는 것이 아니라 냉혹한 현금계산밖에 존재하지 않는 자본의 시장으로 이끄는 애덤 스미스의 손이다.

하지만 리나가 경험하는 삶의 처참한 양상에도 불구하고 무엇이 소설을 읽는 사람들로 하여금 또 다른 국경을 넘는 리나의 이야기를 폐허가 된 공단 지역에 남아 인생을 살아가는 결말보다 더욱 희망적인 해피엔딩으로 읽게 하는가? 무엇이 주어진 결말을 넘어 또 다른 푸른 판본의 『리나』를 만드는가? 근대는 매스미디어와 다양한 서사매체를 통해 삶의 근사한 레퍼토리들을 쏟아낸다. 마치 국경을 넘지 않은 리나가 "탄광촌의 삶"과 "창녀의 삶"을 비교하며 판단을 유보하는 것처럼 말이다. "창녀"의 삶을 살더라도 자신이 하고 싶은 것을 마음껏 할 수 있는 국경 너머의 삶은 보다 많은 가능성을 리나에게 전해준다. 이제 인간의 모습을 한 야만에 불과한 자본주의의 자기치장술, 실재를 인공낙원으로 형상화하는 방법이 밝혀진다. 그것은 프랑코 모레티가 "20세기의 가장 전형적인 이데올로기"라고 지칭했던 "바로 가능성을 억압하기보다는 그것을 열어주는 이데올로기"[10]이다. 대학생도, 인권운동가도, 부자도, 아무리 못해도 밥은 배부르게 먹을 수 있을 것 같은, 모든 것이 손에 잡힐 듯 생생하고, 실현가능할 것 같은 P국은 실은 푸르고 영롱한 가능성(Possibility)의 이데올로기로 위장한 가짜 낙원이다. 낙원의 위장술은 환상적으로 체현된다. 끔찍한 고통의 "소금밭"이 끝나고 "주홍색 불기둥"이 치솟는 "사막"에서 리나는 "파란 하늘을 머리에 이고 이쪽을 향해 다가오는 거인"을 본다. 거인은 "부드러운 발걸음"(74쪽)과 통증을 사라지게 하는 마술과 같은 힘으로 리나를 이끈다. 그리고 리나가 맞이하는 고통의 순간에 환청처럼 북소리가 들린다.

> 그 조용한 순간에 리나는 갑자기 뱃속 저 안쪽에서부터 들려오는 둥둥둥 북소리를 들었다. 북소리는 처음엔 아주 작게 시작해서 온몸을 통처럼 커다랗게 울려 때리고는 리나의 귓가에 머물러서야 다시 작은 소리로 잦아들었다. 리나는 북소리를 들을 때마다 낯선 나라의 도시 한가운데로, 뜨거운 사막으로, 심지어 다시 국경으로 나가 서 있고 싶은 충동에 입술을 달싹거린다. 온몸의 핏줄들이 팽팽하게 곤두서고 팔과 다리는 벌써 허공을 짚고 혼자서 저만치 앞으로 성큼성큼 걸어 나가고 있다. 입을 커다랗게 벌리고 목청껏 노래라도 부르지 않으면 둥둥둥 북소리에 휘말려 귀가 터져버릴 것만 같다.(145~146쪽)

10) 프랑코 모레티, 조형준 옮김, 『근대의 서사시』, 새물결, 2001, 88쪽. 프랑코 모레티는 이 책의 전반을 통해서 근대를 '가능성의 공간'으로 만드는 것이 20세기의 가장 전형적인 이데올로기라고 지적하고 있다.

리나의 내면에서 울리는 북소리는 그녀를 다시 국경을 넘어 새로운 세계로 인도하는 근원적 힘이다. 두려운 것은 그 거짓된 힘을 따라 가면 말로 표현할 수 없을 만큼 참혹하고 비참한 삶이 펼쳐진다는 것이다. "거인"은, "북소리"는, "푸른 둑" 같은 국경은 조금만 더 참으면 더 좋은 삶이 펼쳐진다며 그녀를 유혹하고, 삶을 겨우겨우 견뎌내게 한다. 리나가 국경을 넘는 마지막 장면은 리나의 자발적 의지라는 점에서 희망적으로 보이지만 사실 비극일 수밖에 없다. 그녀의 육체는 이미 오염되었고, 그녀가 가진 선글라스는 현실의 관계 속에선 무기력하다. 아무도 없어 보이는 초원은 이미 자본주의의 시장이 된 지 오래이다. 강영숙의 「청색모래」에서 본 것처럼 "아무런 표지도, 이미지도 없는 어떤 무균질의 장소"인 사막에서도 시장을 짓고 영혼을 팔아 물건을 사라고 유혹하는 것은 악마와 같은 상인들이 아니던가. 그러나 비극이 존재한다 하더라도, 악마와 같은 자본주의가 모든 곳을 지배하고 있더라도, 마침내 리나에게 목숨을 요구하더라도 '탈주'를 중단해서는 안 된다. 저항을 멈추고 정주하는 순간, 인간은 하나의 객체로 변하며, 수단으로 전락하기 때문이다.

이것이 2000년 이후 한국문학계에 등장한 많은 장편소설 중에서 강영숙의 『리나』를 주목하는 이유이다. 동시대의 소설들이 국가의 경계 밖에 위치한 공간을 낭만적 시선의 여행이나 자본주의적 교역, 혹은 또 다른 한국적 현실을 재현하기 위해 사용했다면, 강영숙은 조셉 콘라드가 『암흑의 핵심』에서 그랬던 것처럼 이국의 공간 깊숙이 들어가는 여정을 통해 전지구적인 '암흑'의 핵심으로 우리를 이끈다. 물론 강영숙이 선택한 알레고리적 구조는 『리나』를 근대세계체제의 전체적 코드에 대한 이해 없이는 쉽게 해석할 수 없는 텍스트로 만든다. 독자는 쉽게 자신의 문학적 관습에 따라 해석과 타협하고 싶은 욕망에 직면한다. 하지만 아직 멈춰서는 안 된다. 다소 고통스럽게 『리나』를 읽어야 하고, 간신히 얻은 해석에서 다시 한 번 의심하며 사유를 지속해야 하는 이유는 그것의 구조가 자본주의의 본질을 보여주기 때문이다.

국경을 넘어 초원과 사막으로 달려가는 리나는 이제 어떻게 될 것인가? 동화의 행복한 결말처럼 어미 양이 나타나 구해줄 거라 믿는가? 아직도 당신은 "보이지 않는 손"으로 그녀를 번쩍 들어 국경 너머의 안전한 어딘가로 데려가고 싶은가? 처음부터 인솔자는 탈출자들에게 말했지 않는가. "당신들한테 안전한 데가 어딘데?"(20쪽)

2006년 서울 율리시스, 그 좌절된 모험에 대한 기록

김영하의 『빛의 제국』

임 영 봉

1. 형식의 모험과 모험의 형식

김영하의 장편소설 『빛의 제국』(문학동네, 2006)은 작가의 새로운 시도를 드러내고 있다는 점에서 눈길을 끈다. 작가 김영하가 그동안 꾸준히 문제작을 선보여 왔던 만큼 이번 장편에 거는 독자의 기대 또한 큰 것일 수밖에 없다. 『빛의 제국』이 가진 새로움은 일단 작품의 형식에서부터 확인할 수 있다.

『빛의 제국』은 아일랜드 소설가 제임스 조이스의 문제작 『율리시스(Ulysses)』를 자연스럽게 떠올리게 만든다. 『빛의 제국』의 이야기 구성은 블룸이라는 주인공의 하루 일과를 순차적인 시간의 흐름에 따라 서술하고 있는 『율리시스』의 그것과 매우 유사하다. 『빛의 제국』의 스토리는 김기영이라는 주인공이 하루 동안 겪게 되는 일들, 만 24시간의 흐름에 연결된 일련의 사건전개 과정으로 이루어져 있다. 『빛의 제국』에서 이야기는 아침 7시 정각에 시작되어 다음날 아침 7시 정각에 끝난다. 전체

이야기는 시간의 흐름에 대응하는 스무 개의 에피소드로 연결되어 있으며 각각의 이야기 단위들 속에는 주인공 격인 기영을 비롯하여 그의 아내 마리와 딸 현미, 그리고 그를 둘러싼 여러 명의 인물이 등장한다.

인물 설정에 있어서도 『빛의 제국』은 『율리시스』와 비교될 수 있으며 후자의 원본에 해당하는 『오딧세이』를 함께 떠올릴 때 이 작품들의 의미는 더욱 흥미로운 것이 된다. 이들 작품이 보여주고 있는 형식상의 공통점은 주인공이 벌이는 행위의 특수성－모험적 여정과 자기복귀의 의미와 일정하게 연결되어 있다. 물론 『빛의 제국』에서도 이런 형식적 특질은 작품의 주제와 맞닿아 있는 것임을 기억해둘 필요가 있다. 그 외에도 '간첩' 이라는 특수 신분의 인물을 주인공으로 삼고 있다는 점 등에서 『빛의 제국』은 독자의 관심과 흥미를 끄는 다양한 요소들을 갖추고 있지만 중요한 것은 역시 작가의 메시지, '이 작품은 『율리시스』라는 형식의 차용을 통해 과연 무엇을 말하고 있는가' 에 놓여 있다.

2. 환멸의 형식, 율리시스 되기

『빛의 제국』에서 이야기의 중심에 서 있는 인물은 '김기영' 이다. 그는 평양 출생으로 평양 외국어대학을 다니던 중 공작원으로 선발되어 김정일 군사정치대학의 양성소에서 특수 훈련을 받고 남파된 간첩이다. 조직 내부의 알 수 없는 상황으로 인해 오랫동안 연락두절 상태에 있었던 주인공은 어느 날 누군가의 전화를 받고 자신에게 하달된 암호문을 해독한다. 그 암호문은 북의 지령, "모든 것을 청산하고 즉시 귀환하라"는 4호 명령을 담고 있었다. 위로부터의 연락이 끊긴 지난 십여 년 동안 그에게는 아무런 명령도 내려오지 않았다. 그동안 그는 영화수입사의 사장으로, 한 가정의 가장으로 자신의 정체를 은닉한 채 남한 생활에 완전히 뿌리를 내렸다. 80년대 중반 남파된 기영은 북의 지시에 따라 서울의 대학에 입학하여 운동권 대학생으로 활동했으며 그때 만난 아내와 결혼하여 중학생 딸까지 두고 있다. 주인공 기영은 자신에게 내려진 갑작스런 귀환 명령을 앞에 두고 망설이기 시작하는데 남한 생활이 자신의 존재를 바꾸어 놓았기 때문이다.

> 생각해보면 그만 변한 것은 아니었다. 세상도 많이 달라졌다. 그는 개인용 컴퓨터라는 게 없던 시절에 내려와서 남한 사람들과 함께 그 신기한 발명품에 놀라며 그 세계 속으로 빠져 들어갔다. (…중략…) 어쩌면 평균적인 남한의 사십대보다도 더 잘 적응했는지도 몰랐다. 그는 '옮겨다 심은 사람'이었으므로 적응이야말로 최우선의 과제였다. 재생처리된 사이보그처럼 그의 눈, 심장 그리고 하드디스크가 어느새 이 세계의 것으로 자신도 모르는 새 철저히 바뀌어버렸다.(77~78쪽)

1963년 평양 출생의 주인공은 1985년 봄, 서울에서 67년생 김기영으로 다시 태어나 완전히 새로운 삶을 살아온 셈이다. 문제는 지금의 주인공에게는 돌아가야 할 조국이 분명치 않다는 사실이다. 남한의 수도 서울에서 살아오는 동안 기영은 변했고 세상의 변화에 맞추어 자신을 바꾸어 나가는 동안 조국에 대한 그의 생각 또한 달라졌다. 롯데월드에서 "처음으로 사회주의 낙원이라는 구호를 의심하게" 된 이후로 기영은 개인의 자유를 용납하지 않는 북한 사회에서 인간 스스로가 '자기 운명의 주인'이라고 주장하는 주체사상의 허구성과, 순혈주의에 가까운 북한의 민족주의 또한 체제 유지를 위한 정치적 수단일 뿐이라는 사실을 깨닫게 되었다.

이 대목에서 『빛의 제국』은 자명성을 상실해버린 세계의 한복판을 배회하는 또 다른 블룸의 이야기, '2006년 서울'을 배경으로 하는 '한국판 율리시스'(그리스어로는 '오딧세우스'로 불리고 있다)의 모험담으로 대두한다. 주지하다시피 제임스 조이스의 『율리시스』는 호머의 『오딧세이』에 대한 패러디이다. 『오딧세이』에 등장하는 주인공 오딧세우스의 모험담은 고향 이타케를 떠나는 데서 시작하여 귀환 장면에서 끝난다. 오딧세우스에게 있어 고향 이타케의 존재는 『빛의 제국』의 기영이 돌아가야 할 조국과도 같은 것이다. 『오딧세이』에서 이타케는 등대의 불빛처럼 오딧세우스의 여정을 안전하게 인도하는 역할을 한다. 이타케로의 귀환에서 완결되는 오딧세우스의 모험담이 섭리에 의해 주재되는 대낮처럼 밝은 세계의 존재를 말해주고 있는 것이라면, 제임스 조이스의 『율리시스』는 암흑처럼 캄캄해진 세계 상황에 대응하는 것으로 볼 수 있다.

블룸과 같은 20세기의 오딧세우스들 앞에는 도달해야 할 삶의 목적지 같은 것이 더 이상 존재하지 않는다는 사실, 그것은 『빛의 제국』의 주인공 기영이 직면한 상황이기도 하다. 한국판 율리시스의 모험담으로서 『빛의 제국』은 조국의 귀환 명령에 대한 주인공 기영의 회의를 출발점으로 삼고 있으며 그런 의식의 저변에는 이념의 상실에 대한 경험이 자리 잡고 있다. 조국의 현존을 뒷받침할 수 있는 이념의 상실은 기영이 품고 있는 이중적 환멸의식의 표현이라는 점에서도 문제적이다.

> 그러나 지금 와 돌이켜보면 권태와 허무야말로 이 사회의 특질이었다. 권태는 무차별적으로 퍼져 있었다. 기영은 권태가 무엇인지는 알았으나 그것을 실제로 목도하기는 처음이었다. 그가 떠나온 사회에서 권태는 자본주의를 비판할 때에나 등장하는 추상적 개념이었다. 물론 그곳에도 권태는 있었다. 그러나 사회주의 사회의 권태는 차라리 무료에 가까운 개념이었다. 다시 말해 그것은 적절한 동기부여가 부족한 상태라 할 수 있었고, 따라서 어떤 자극만 주어진다면 금세 사라질 가볍고 허망한 것이었다. 그러나 처음 맞닥뜨린 자본주의적 권태에는 무게와 질량이 있었다. 그것은 삶을 짓누르고 질식시키는 유독 가스처럼 느껴졌다.(80쪽)

『빛의 제국』에서 기영의 율리시스 되기는 남북한 사회에 대한 동시적 환멸의 경험에서 비롯되고 있다. 인간을 억압하고 왜곡시킨다는 점에서 남북한의 사회체제를 지탱하고 있는 두 개의 이념, '사회주의'와 '자본주의’ 는 등질적일 뿐만 아니라 각각의 모순을 서로 되비추어주는 거울의 의미를 띠고 있다.

3. 기억하는 기계의 판타지

『빛의 제국』의 주인공 기영에게는 돌아가야 할 ‘조국’ 이 없다. 여기서 조국의 사라짐은 그가 가졌던 이념의 상실이자 세계의 상실을 의미한다. 세계의 존재를 비추고 질서화하는 이념의 불빛이 꺼져버렸을 때 그가 서 있는 세계는 자명성을 잃어버리고 어둠 속에 떨어질 수밖에 없다. 『빛의 제국』에서 자명성을 상실한 세계의 실상은 자본주의 남한 사회에 대한 기영의 환멸적 감정으로 표현되고 있다.

기영은 자신을 둘러싼 세계의 존재를 ‘괴물’ 이라는 이미지를 통해 느끼고 있다. 세계에 대한 이와 같은 인식은 주인공뿐만 아니라 그의 아내 마리의 의식을 지배하고 있는 공통 감각으로 나타난다. 자신의 운명에 대한 마리의 의문 속에서 삶은 ‘보이지 않는 손’ 에 의해 조종되는 것으로 판명되고 있다. 기영과 마리를 비롯한 모든 인물들에게 있어 자신이 속해 있는 세계는 불가해하면서 통제 불가능한 어떤 힘으로 감각될 뿐이다. 이런 점에서 『빛의 제국』의 주인공 기영의 운명은 카프카의 『성』에 등장하는 측량기사 K의 그것과 동질적이다. 성 안의 누가 무슨 일로 자신을 불렀는지 알지 못하는 K처럼 기영 또한 “명령이 내려졌다는 것 말고는 다른 어느 것도 모르고” 있다. K처럼 그는 자신의 운명에 대해 알고 싶어 하지만 결코 알 수 없다. 『빛의 제국』에서 주인공 기영의 율리시스적 모험은 이러한 맥락 위에 놓여 있다. 세계 어디에서도 돌아가야 할 조국을 발견하지 못했다면 남아 있는 일은 자기 자신으로 돌아가 내 마음속 어딘가에 존재할지도 모르는 조국을 찾아나서는 행위일 것이다. 그리하여 기영은 마음의 여행을 시작한다.

우리가 감정에 일일이 어떤 표식을 부착할 수 있다면 누군가는 그 순간의 그의 감정을 '너무 일찍 도착한 향수(鄕愁)' 라 명명했을 것이다. 갑작스레 귀환 명령을 받은 그로서는 이 세계의 모든 것이 이제 다른 방식으로 감각되는 것도 당연했다. 그것은 일견 장기 여행자가 짐을 꾸리는 것과 비슷하다. 정신적으로 그들은 이미 여행지에 속해 있다. 그래야 그곳에서 필요한 것들을 떠올릴 수 있으니까. 그들이 샴푸와 속옷, 안대와 손톱깎이를 챙기듯 이 세계의 이미지와 소리와 냄새를 수집하는 것이었다. 그것들은 훗날의 소용, 향수라는 아주 사치스런 소비를 위한 재료들이었다.(51쪽)

그러나 위의 대목에서 자신의 내면을 향해 나아가는 기영의 행위는 운명적으로 실패가 예정된 것으로 나타난다. 왜냐하면 그 여행은 단지 "세계의 이미지와 소리와 냄새를 수집하는" 행위에 지나지 않기 때문이다. 거기서 세계의 실체는 결코 포착될 수 없을 뿐만 아니라 자신의 존재에 대한 확인조차 보증할 수 없다는 문제가 제기된다. 『빛의 제국』에서 주인공의 마음의 여행, 자신의 내면 탐구를 가로막고 있는 것은 후기 근대적 세계 상황이다. 그런 세계 속에서 개인과 자아의 존재는 확증될 수 없거나 부재의 형식으로 제시되는데 기영의 아내 마리가 보여주는 죽음과 사라짐에 대한 강박관념은 그 사실을 명료하게 드러내주고 있다. 그런 의미에서 『빛의 제국』에 등장하는 모든 인물은 자신의 존재를 증명할 수 없는 '일종의 유령들' 이다.

기영의 대학 후배 소지현의 말을 빌리자면 우리는 "배우이면서 동시에 관객"의 역할을 수행하면서 살아가고 있다. 그녀의 경험은 경계와 질서가 사라진 세계상, 그러니까 삶이란 그 자신이 배우이면서 동시에 관객이 되어 벌이는 다양한 '연극' 이고, 세계는 그런 연극이 상연되는 거대한 '극장' 과도 같은 것임을 환기시킨다. 그 세계의 대변자는 "내면도 없고, 신이나 초자연적인 존재에 대한 관심은 물론 내세도 믿지 않는 사람"들이다. 이 세계에서 인간을 지배하는 것은 이제 내면성과 초월적 의식이 아니라 '본능'과 '욕망'일 뿐이다. 그녀는 기영에게 명령조로 이렇게 말하고 있다. "왜 오스카 와일드의 소설 『도리언 그레이의 초상』에 보면 주인공 대신 늙어가는 그림 있잖아? 원래 형이 어떤 사람이었는지 난 모르겠어. 그렇지만 형은 이 배역을 너무 잘 소화한 나머지, 이제 배역과 구별이 안 되는 지경에 이르렀어. 그 초상화가 진짜고 도리언 그레이가 가짜인 것처럼 형도 이 세계의 형이 진짜 형일 거야. 원래의 자기는 잊어버려"라고.

『빛의 제국』에서 주인공 기영의 율리시스적 성격을 드러내고 있는 것은 기억하는 기계로서의 그 자신의 운명이다. 기영의 기억하는 기계 되기는 자신의 존재와 삶을 되찾고자 하는 욕망의 발로이자 자신을 둘러싸고 있는 적대적 세계와 싸우는 순간이다. 기영의 율리시스적 모험은 본질적으로 기억하는 기계의 시간여행 형식을 취하고 있다. 그러나 기억하는 기계로서 그가 불러낸 과거의 시간들은 납덩이처럼 무겁고 어두운 빛깔의 것이기에 자기 존재와 삶의 회복이라는 목표에는 결코 도달하지 못한다. 살아 있는 삶의 시간들, 그 순금의 기억들은 그의 마음속에서조차 부재의 형식으로 나타난다. 사정이 그러하니만치 『빛의 제국』의 주인공을 비롯한 여러 등장인물들의 내면 공간 또한 그만큼 좁다. 그들은 모두 운명적으로 기억하는 기계이지만 자신의 협소한 내면 공간 속에서 겨우 숨을 쉬고 있는 존재들이다. 그리고 그런 점에서 기영의 아내 마리의 운명도, 기영을 뒤쫓고 있는 국정원 요원 박철수의 운명도 주인공의 경우와 크게 다르지 않은 것으로 판명된다.

『율리시스』나 『오딧세이』처럼 『빛의 제국』 또한 모험의 종료를 의미하는 주인공의 귀환 장면에서 막을 내린다. 그러나 『빛의 제국』에서 주인공의 자기복귀 과정은 『율리시스』나 『오딧세이』의 그것과는 확실히 다르다. 『빛의 제국』에서 기영의 자기복귀를 견인하고 있는 힘은 오딧세우스를 인도하는 '객관적 섭리'도 아니고 블룸을 지배하는 '내면적 진실'도 아니다. 이야기의 후반부에서 주인공의 대학 후배 소지현은 그녀를 찾아온 기영에게 이렇게 말하고 있다.

> "그런 것 같아. 지난 몇 년간 너무 평탄하게 살아왔다는 생각을 하던 참이었거든. 헤밍웨이는 스페인 내전에, 앙드레 말로는 마오의 대장정에 참여했잖아. 그런데 문득 주위를 둘러보니 이제 혁명의 가능성은 사라졌고 어디에도 위험이 없어. 오직 불륜밖에는. 그러나 그 흔하디흔한 모험에는 참여하고 싶은 생각이 없어. 무슨 말인지 알지?"(283쪽)

기영의 고백을 듣고 잠시 마음이 흔들렸던 소지현은 그러나 최종적으로 그의 삶에 개입하지 않겠다는, 그의 무모한 모험에 동행하지 않겠다는 결론을 내린다. 이 결론은 물론 마음의 행로를 따라 내면의 여행길에 나선 기영의 마지막 도달점이기도 하다. 이제 세상에 혁명 같은 것은 일어날 수 없고 진정한 의미의 모험도 존재하지 않는다. 여기서 이 혁명과 모험이 사라진 자리에 대두하고 있는 것은 일상성의 세계이다. 『빛의 제국』에서 기영의 자기복귀는 '모험' 대신 '일상'을 선택하고 그 세계의 내부로 되돌아감을 의미하고 있다. 기영의 모험은 이념마저 취향의 기호이자 '일종의 소비품'으로 만들어 버리는 압도적인 힘의 존재, 자본주의 일상체제 앞에서 좌절되고 만다. 이야기의 끝 대목에서 기영의 자기고백에 대해 아내 마리가 보여주는 비정한 태도는 자본주의 일상체제의 냉혹함을 다시 한 번 환기시켜주고 있다. 우여곡절을 겪지만 기영은 결국 자신의 가정, 남편이자 아버지로 살아가는 가족체제 속으로 돌아간다. 『빛의 제국』은 주인공이 집을 나서는 장면에서 시작하여, 집으로 복귀하는 데서 정확히 끝을 맺고 있다.

『빛의 제국』에서 펼쳐지는 이야기 전반의 흐름을 염두에 둘 때 주인공의 현실타협적인 일상복귀는 너무 싱겁고 성급하게 이루어지고 있다는 느낌을 준다. 이 대목에서 우리는 한국문학사의 기념비적 작품 중의 하나인 『광장』의 주인공 이명준의 선택을 떠올리지 않을 수 없다. 『광장』의 주인공 이명준이 담지하고 있는 시대정신에 대하여 『빛의 제국』에서 기영의 선택은 얼마만큼의 폭과 깊이로 우리 시대의 정신을 담지하고 있는 것일까. 『빛의 제국』에 대한 평가의 핵심에는 이 물음이 놓여 있다. 『빛의 제국』의 문제성과 관련하여 우리는 주인공의 의식 근저에 놓여 있는 새로운 세계관의 형태, '도저한 허무주의'에 주목할 필요가 있다. 르네 마그리트의 그림 〈빛의 제국〉이 상징하는 바처럼 그런 의식 앞에서 세계는 기괴한 환상처럼 전도된 모습을 띠고 나타난다. 『빛의 제국』은 자본주의 일상체제에 대한 환멸의식과 함께 심미적 허무주의에 근거하고 있는 '전도된 세계상'을 표현하고 있는 경우이다. 그러나 『빛의 제국』에서 지금, 여기의 우리 삶에 대한 작가의 전망과 통찰의식을 집약하고 있는 이 심미적 허무주의의 성격은 충분히 쟁점적이다.

국가와 공동체, 혹은 구속과 자유

정철훈의 『인간의 악보』

김 동 윤

1

분단과 이산은 우리 소설의 숙명적 화두다. 우리 작가들은 분단의 조짐이 보이던 시점부터 지금까지 이 문제를 부단히 천착함으로써 다양한 유형의 작품들을 생산해 왔다. 남녘에서만이 아니라 북녘에서도 그러했다. 이런 마당에 기자이면서 시인인 정철훈이 분단과 이산의 문제를 다룬 『인간의 악보』(민음사, 2006)라는 장편소설을 내놓았다.

보도기사와 시를 쓰던 이가 처음으로 발표한 소설인데, 새로운 감각을 요구하는 요즘 독자들에게 인상적인 울림을 줄 수 있을까? 그렇고 그런, 동어반복의 메시지 정도가 아닐까? 언론에서야 넉넉한 지면을 제공하며 찬사를 늘어놓았지만, 그게 동업자의식의 산물이라는 혐의에서 얼마나 자유로울까? 이런 의구심들은 이 소설을 통독하고 나면 단박에 풀린다. 낯설게하기에 성공했으며 기법도 다듬어졌고 메시지도 묵직한, 범상치 않은 문제작임에 틀림없다. 신세기의 분단소설로서 유의미한 자리매김을 할 것으로 기대된다. 그가 그린 악보는 이미 우리의 심중을 파고드는 선율로 연주되기 시작했다.

2

이 작품은, 작가의 첫 소설임이 믿기지 않을 만큼 완성도가 높다. 여러 면에서 공들인 흔적이 역력하다. 소설 읽는 맛을 쏠쏠히 안겨 준다.

시적 사유가 물씬 배어 있는 감각적인 문장부터 심상치 않다. 몇 부분만 되새겨 보자. – "할머니의 주름진 얼굴을 비춘 새벽 달빛이 염주를 타고 방바닥으로 떨어진 뒤 내 얼굴로 기어오르기도 했다. 기억에 물어본다면 그것이 최초의 슬픔이었다 할 것이다."(18쪽), "차가운 빗방울이 차창을 핥았다. 비라도 없었다면 하늘과 대지 사이의 넓디넓은 공간은 참으로 황량했을 것이다."(40쪽), "침묵이 소리를 이내 잡아먹었다."(103쪽), "삶이 죽음으로 스미고 죽음이 삶에 스민다. 비와 눈을 뿌리던 하늘이 너무도 가깝다."(284쪽) 세 권의 시집을 낸 시인이라는 그의 이력이 소설 창작에서도 긍정적으로 빛을 발하고 있는 것이다. 그의 문장력은 지식인 주인공의 행적과 맞물려 주제 형상화에도 기여하고 있다.

시점과 장면들이 적절히 배치되면서 물 흐르듯 이동해 간다는 점도 작가의 역량을 입증한다. 1부와 4부는 대부분 1인칭 시점으로, 2부와 3부는 3인칭 시점으로 전개되는바, 1인칭 시점에서는 '나'의 시점에서 한추민의 시점으로, 한추민 시점에서 '나'의 시점으로 안정감 있게 오가고 있고, 3인칭 시점도 한추민의 파란만장한 과거를 보여주는 데 유용하게 활용되고 있다. 장 · 절 사이의 연결이나 장면 전환도 자연스럽다. 절묘한 타이밍은 독자를 작중 상황 속에 시나브로 젖어들게 만든다.

그러나 이러한 부면에서의 역량만으로 이 소설을 문제작으로 추어올릴 수는 없다. 서사가 탄탄한 데다 그것이 관념과도 적절한 균형을 이룬다는 것이 더욱 큰 강점이다. 그런 균형 속에서 공간적 확장과 이념성 탈피 등이 효과적으로 도모되었다.

이 작품은 한반도를 종단하고 유럽과 중앙아시아까지 넘나들며 우리 분단소설의 영역을 의미심장하게 확장해내고 있다. 전남 곡성에서 광주 · 동계 · 서울, 북녘의 평양 · 고산진 · 삭주, 러시아의 모스크바, 카자흐스탄의 알마티 등지로 공간이 크게 넓혀지는 가운데 반백 년 넘도록 곪은 상처가 들춰진다. 이러한 공간의 확장은 분단과 이념의 문제에 용의주도하게 결부되면서 더욱 빛을 발한다. 나아가 그것은 이념의 문제를 동족상잔의 비극이라는 상황으로만 국한시키지 않는 효과를 획득하는 데 기여한다.

공간 확장의 중심에는 한추민이라는 인물이 있다. 곡성이 고향인 추민은 해방 이듬해 북에서 영화 일을 하는 형 동민의 권유에 따라 동생 경민과 함께 평양으로 간다. 평양음악원 교원으로 근무하던 추민은 전쟁이 터지자 소련인 군사고문의 통역관으로 활동하다가 피난민 대열에 끼여 고산진으로 이동한다. 거기서 형수를 만난 후 종군 합주단에 배속되어 평양으로 돌아갔던 그는 교육성이 주관하는 소련 유학생(일명 '금싸라기'. 베트남전쟁 당시의 '호치민 장학생'을 연상시킨다.)에 선발되어 모스크바로 떠나는데, 출국 직전 삭주의 수풍댐에서 형을 만난다. 모스크바음악원 작곡과에서 공부하면서 '이스크라(불꽃)'라는 지하서클에서 활동하던 그는 스탈린이 죽고 한국전쟁이 끝난 후 소련에서 스탈린격하운동 등 신레닌주의가 대두되는 와중에 북조선에서 8월종파사건으로 김일성 유일체제가 확립되었다는 소식을 접한다. 졸업연주회 직후 열린 유학생동향회에서 김일성 독재를 비판하다가 위험에 처했던 추민은 피신해 있다가 무국적 공민증을 취득한다. 카자흐스탄 알마티로 간 그는 카멘카 콜호즈를 시작으로 우즈베키스탄 · 키르기즈스탄 등지까지 재소한인들의 민요를 채보하러 다니는 한편, 러시아계 나타샤와 결혼하여 딸 올가를 낳는다. 그런 와중에 북조선에서 온 형과 장조카 인석의 편지로 자기 때문에 북의 가족들이 고통받고 있음을 알고는 자살을 기도하기도 한다. 세월이 흘러(1990) 남조선 고종사촌의 논문을 접하고 편지 쓴 것을 계기로(이 부분은 북한 작가 림종상의 단편 「쇠찌르레기」를 연상케 한다.) 모국방문단 일원이 되어 고향에 다녀온 그는 지독한 향수병에 시달리다가 임종을 맞는다.

이 소설에서 북의 현실에 대한 비판이 소련 사회주의의 문제점 인식과 맥을 같이한다는 점은 주목되는 부분이다. 앙케타 제출에서 소련 사회의 폐쇄성을 감지한 추민은 레닌그라드 거리의 특권자를 보면서 민중이 소외되는 현실을 만나는가 하면, "형식적 자발주의"(188쪽)의 양상도 체득한다. 그런 와중에 사회주의 모국에서는 변화의 움직임을 보여 '모스크바의 봄'을 맞이하는데도 조국 북조선에서는 8월종파사건이 터지는 등 되레 역행하고 있음에 실망한다. 이에 그는 "스탈린주의를 가지고는 민주조국을 건설할 수 없다."(167쪽)는 확신 아래 "조국의 산하에 드리운 스탈린주의를 걷어내는"(166쪽) 소임을 다하려고 동향회에서 김일성 독재를 비판하는 용기를 내기에 이른 것이다. 거기서 총상을 입고 빠져나와 도피하던 그는 "이데올로기는 삶을 겹겹이 둘러싼 무의미한 껍질 같은 것"(182쪽)이라는 인식에 도달하면서, "이대로 돌아간다면 김일성 개인을 위한 음악에 복무할 뿐이다. 죽음을 위한 음악을 만들 수는 없다"(183~184쪽)는 판단에 따라, 결국 무국적자의 길을 걷게 된다. 사회주의의 한복판에서 이념의 문제를 거론함으로써 오히려 이념을 넘어설 수 있었던 것이다.

이 장편을 읽다보면 1950년대에 소련과 북한에서 전개된 일련의 정치적 격변 상황에 대한 분석이 매우 예리함을 알 수 있다. 이는 물론 사회주의 세계에 대한 작가의 인식 수준이 탁월한 데서 기인한다. 따라서 이 소설에서 보여주는 이념성 탈피의 메시지는, 회피와 우회의 결과가 아닌, 철저한 탐구의 산물인 셈이다.

3

작가는 결국 아나키스트적인 신념을 드러낸다. 국가나 이념이 종내는 인간을 옥죌 뿐이라는 인식이다. 아울러 그러한 아나키스트적인 신념은 생태주의적 삶과도 연결되어 나타난다.

국가와 이데올로기에 대한 문제제기는 작품 도처에서 이루어진다. "국가가 호적이라는 양식을 통해 한 개인의 생몰을 관리하고 있다는 사실이 섬뜩"(36쪽)했다는 일상적 삶에서의 지적에서부터 "국가는 늘 공동의 선을 추구한다고 하지만 공동체 안의 어떤 집단이나 개인은 늘 속박을 받게 마련입니다. 국가란 탄생 이전부터 이미 절반은 실패한 구조죠."(218쪽)라는 과학적 · 분석적인 언급에 이르기까지 국가에 대한 비판은 가혹하다. 이러한 비판은 이데올로기의 허구성 표출로 이어진다. "서류상의 국적은 아무런 의미도 없소. 이데올로기가 한 인간을 세뇌시킬 수는 있겠지만 인간의 영혼까지 소유할 수는 없소."(207쪽)라는 발언은 추민의 생애를 통해 설득력 있게 입증된다. 따라서 "레닌도 자신이 추구한 사회주의적 사회를 살아보지 못했고 불타도 지상에 극락정토를 세우는 데 실패했으며 예수 또한 자신이 구원하려던 세상 사람들의 손에 의해 십자가에 못 박히지 않았던가"(182쪽)와 같은 문제제기도 이 소설에서는 어색하지 않게 받아들여진다.

작가는 국가와 이념으로 구분하는 배타적인 방식에서 탈피하여 이념성을 퇴색시킨 다민족 혼혈사회로 나아갈 것을 넌지시 제시하고 있다. 혼혈은 "인종적으로 가장 진화한 형상"(260쪽)이기에 "다민족 혼혈사회야말로 인간의 다양한 자유를 수용하는 이상국가"(219쪽)라는 것이다. 그래서 추민과 러시아계 카자흐스탄 여인 나타샤 사이에 출생한 올가야말로 "알마티라는 혼혈 민족사회에서 하나의 꿈"(252쪽)이 된다. 150개 민족이 살아가는 다민족사회인 카자흐스탄 중에서도 "우연인 듯 흘러들었다가 다시 흘러가는 도시"(201쪽)인 알마티에서 국적은 중요하지 않다. "카자흐스탄인으로 살든 러시아인으로 살든 한국인으로 살든 결국은 하나의 생을 살아가기는 마찬가지"(254쪽)라는 언급 속에는 국가와 이념이 인간을 옥죄지 않는 사회에 대한 염원이 간절히 배어 있다.

그렇다고 작가가 공동체의 정체성(正體性)을 무시하는 것은 아니다. 코카서스 아르메니아 출신 음악가 하차투리안은 "코카서스에는 아르메니아인 외에도 수십 인종이 섞여 살고 있어서 지방과 종족에 따라 음악을 달리하지만, 그들 각각의 민족음악을 적절히 받아들여 다채롭게 융합시킨 것이 내 음악의 특징"(120쪽)이라고 말한다. 공동체의 정체성은 '다채롭게 융합' 시키는 가운데 드러내는 방식이 바람직하다는 메시지다.

그러한 공동체는 생태주의적인 삶의 메시지에 연결된다. 동향회 사건으로 도피하던 추민은 농노가 살던 집에 머물면서 자연에서 생성되는 모성을 감지한다. 그는 집주인 알로샤의 "나무들은 참으로 신비스런 기억력을 갖고 있다."(184쪽), "인간과 동물이 살고 죽어가는 것"(186쪽), "나무집에서는 우리는 모두 한 핏줄"(187쪽) 등의 전언을 '새록새록' 가슴에 쌓아둔다. 그것이 이념의 허구성을 인식하고 조국에 대한 소임을 버리는 계기로 작용했음은 물론이다. "저는 우리에게 음식을 주는 대지를 사랑합니다. 대지에서 살아가는 모든 사람은, 인종이며 학력이며 태생의 구별 없이 함께 평등한 것이지요. 대지는 인간을 살리는 요리삽니다."(219~220쪽)라는 나타샤에게서도, "사람이 먹었으니 새들도 먹어야 하지 않겠어요?"(266쪽)라는 올가에게서도 체득된 생태주의적 삶을 읽을 수 있다.

결국 추민의 한줌 뼈는 고국이 아닌 대지로 돌아간다. 간이역 부근의 사막에서 악보와 함께 흩어짐으로써 비로소 자유로워졌다. 황량한 사막엔 국가도 이념도 없다. 그는 기어이 시간에서도 완전히 해방되었다. 수풍에서 동민이 자신의 손목시계를 추민에게 채워주면서 "이 시계를 볼 때마다 우리는 늘 하나의 시간 속에 살고 있다는 것을 잊지 말자."(118쪽)고 했지만, 그것은 끝내 "멈춰버린 시계, 고장난 시간"(289쪽)이 되고 말았고, '나'의 손목시계마저 "스르르 풀리면서 작은 수포를 만들며 검은 심연 속으로 가라앉았"(296쪽)으니 어찌 시간이 그를 구속할 것인가.

4

여기서 우리는 추민의 이념적 디아스포라에 대해 따져볼 필요가 있다. 방민호가 작품해설에서 간파했듯이, 추민은 최인훈 소설 『광장』의 주인공 이명준과 견주어볼 수 있다. 남에도 북에도 안착할 수 없었던 지식인을 조명했다는 점에서 그러하다. 방민호가 "두 체제에 대한 동시적 절망 속에서 자발적인 죽음을 택한 이명준을 되살려놓고 머나먼 타국에 이르게 한 이후의 이야기를 보는 것"(308쪽) 같다고 짚은 것은 충분히 설득력이 있다.

하지만 둘은 다른 면도 많다. 추민은 "내가 그려온 조국은 이미 지상에 존재하지 않는다"(65쪽)는 언급대로 남과 북 어디에도 안착하지 못하긴 했지만, 남녘의 상황에 대한 문제제기를 하는 경우가 없다. 이명준과는 달리 추민은 남녘의 체제에 대한 환멸이 없는 것이다. 월북 동기를 보더라도, 평양에서 일하고 있던 형의 권고로 북에 갔을 뿐이다. 동생 영민과 어머니 등을 통해 남의 체제와 현실에 대한 비판이 표출되고 있긴 하나, 그것은 월북한 가족을 둔 데 따른 고통을 제시하는 데에서 나아가지 못한다.

추민이 모스크바에서 북조선 공민증을 버리고 소련에 망명을 요청하는 시점에서도 남쪽에 대한 고민은 거의 없다. 형의 가족과 동생이 있는 북쪽에 대해서는 치열한 비판을 가하는 데 비해 부모와 동생이 살고 있는 고향의 체제와 현실에는 너무나 무심하다. 조국에 대한 걱정이 북녘에 대해서만 발휘되고 있다. 남한이 왜 돌아갈 조국이 못 되는지 고민하지 않는다. 남으로 가기 어려운 현실이라고 해서, 남에 대한 관심이 없어지고 남에 가고픈 욕망이 없을 수가 있겠는가? 거기에 따른 내면적 갈등조차 거의 나타나지 않는 점이 매우 아쉬운 부분이다. 단지 어머니에 대한 그리움만 있을 따름이다. "남한은 미국의 쉰한 번째 주"(265쪽)라는 비판도 딸 올가에 의해 스치듯 언급될 따름이다.

이 소설은 문학성과 주제의식 모든 면에서 수준급의 작품이지만, 다소 작위적인 부분이 흠으로 지적될 수 있다. 파란색과 관련된 의미 부여가 그것이다. 1부에서 할머니가 말년에 치매에 걸려 집을 나갔다가 파란 철대문 앞에서 주저앉아 있곤 했는데, '나'는 그것에 대해 "할머니의 무엇이 저 파란색과 관련되어 있을까"(23쪽) 하고 의문을 제기한다. 죽음을 앞두고는 눈동자에서 "퍼런 불빛이 새어나오는 것 같"(21쪽)다는 서술도 있다. 그런 정황들을 깔아놓고 4부에서 '나'는 카자흐스탄 알마티의 추민을 찾아갔다가 아파트 문이 파란색이었고 올가의 눈도 파란색임을 알고는 소스라치게 놀라며 "할머니의 영혼이 그때 이미 하늘을 날아 알마티를 찾아오기라도 했"(261쪽)다고 믿는데, 수긍하기 어려운 작위적인 설정으로 읽혀진다.

하지만 이러한 문제들로 인해 이 작품이 획득한 위상이 훼손될 수는 없다. 분단문학 · 이산문학의 새로운 방향 모색, 진지한 주제의식, 만만찮은 사유의 깊이, 튼실한 짜임과 매력적인 문장 등은 독자들을 오래도록 붙잡아 둘 것으로 보인다. 카자흐스탄 사막의 바람은 한추민을 벌써 우리 가까이로 보내주었다. 그는 쓸쓸한 삶을 살았지만, 이제는 행복해졌을지도 모른다.

탈북 디아스포라 이해와 자아 회복의 의미*

조해진의 『로기완을 만났다』

박 덕 규

1. '탈북자 소설'에 대한 이해

탈북자를 소재로 한 소설을 편하게 '탈북자 소설'이라 하자. 이때 탈북자란 말할 것도 없이 북한 사람으로 불법으로 북한을 이탈해 다른 나라에 거주하고 있는 사람을 의미한다. 1990년대부터 그들의 숫자가 날로 급증하고 있어 북한-중국, 또는 중국-한국 간의 심각한 외교 문제가 되고 있고, 분단 이후 그들을 적극적으로 수용해온 한국에서는 과거에 비해 그들의 입국을 소극적, 선별적으로 받아들이는 상황이 되었다. 통일부 집계로 남한에 입국한 탈북자의 수가 2010년까지 2만 명에 가까웠으나 2011년 지나면서 2만3천 명을 넘어섰다. 물론 이 중 대부분이 최근 20년 동안 발생된 것으로, 1990년대 중반부터 50~100명 선을 유지하다가, 2000년대 초반에는 천 명, 2006년부터는 매년 2천을 넘어 3천에 육

* 이 글은 2010년 짧은 서평 형식으로 쓴 것을 이번 책에 수록하기 위해 전면 개고한 것임.

박하는 정도다. 북한을 탈출하고는 본의든 본의 아니든 남한 입국에 이르지 못한 채 제3국을 유랑하고 있는 탈북자의 수가 수십만이 될 것이라 추산하기도 한다. 이렇게 보면, 북한을 탈출한 탈북자는 거칠게 두 부류로 나눌 수 있다. 한국에 정착한 사람과 제3국에서 사는 사람.

이에 따라 탈북자를 주요인물로 다루고 있는 소설도 편하게 두 부류로 나눌 수 있는데, **1) 한국에 정착한 탈북자를 중심으로 한 소설**과 **2) 제3국을 유랑하는 탈북자를 다룬 소설**이 그것이다. 이를테면 「무거운 생」(김지수), 『울타리』(문순태), 『큰돈과 콘돔』(이대환), 『왼손잡이 미스터리』(권리), 『유령』(강희진) 등은 1)로 분류할 수 있겠고(필자도 1990년대 후반부터 「함께 있어도 외로움에 떠는 당신들」을 비롯한 '탈북자 소설'을 여러 편 발표했는데, 대부분 이 유형이라 할 수 있다), 2)에 해당하는 소설로 『리나』(강영숙), 『바리데기』(황석영), 『찔레꽃』(정도상), 「강을 건너는 사람들」(전성태) 등을 들 수 있겠다. 탈북자가 급증하면서 탈북자 소설 역시 편수도 많아지고 탈북의 체험 내용도 다양해지는데, 특히 2)의 부류에서 탈북 후의 유랑 지역이 흔히 짐작되는 중국이나 또는 한국 입국에 유리한 태국, 몽골 외의 아시아권 밖의 여러 나라로 확대, 분산되고 있는 추세다. 2012년 현재도 북한을 이탈한 많은 탈북자들은 '글로벌화된' 남한인에게조차도 낯설게 느껴지는 그런 땅에서 미래를 전혀 설계할 수 없는 유랑 생활을 하고 있다.

이즈음 한국소설의 체험 영역은 이러한 뜻밖의 상황을 수용하고 있는데 『로기완을 만났다』(창비, 2011)도 그 좋은 예가 된다. 이는 분류하자면 2)에 해당하는 소설로 탈북 유랑의 행로 중에 보기 드문 지역, 즉 서유럽에서도 프랑스 · 독일 · 네덜란드 · 룩셈부르크 · 영국 등과 연접한 벨기에를 주 무대로 하고 있다는 특징을 우선 앞세우며 우리 앞에 놓여 있다고 할 수 있다.

2. 탈북자 이해하기와 나를 긍정하기

『로기완을 만났다』를 스토리 중심으로 간단히 설명하면 '탈북자 로기완을 만난 이야기'다. 육하원칙을 고려해 조금 더 구체적으로 정리하면 다음과 같다.

> '나'는 벨기에의 수도 브뤼셀에 2년 동안 머문 탈북 청년 로기완을 찾아 브뤼셀에 와서 그의 흔적을 살피다가 그를 직접 만나러 영국으로 간다.

여기서 중요한 인물은 당연히 벨기에의 브뤼셀이라는 곳에 머문 탈북 청년 로기완이다. 독자들이 궁금해 하는 대로 작중 스토리는 '그는 어떻게 그곳까지 갔으며 과연 어떻게 그곳에서 살아냈을까'를 해명해준다.

그런데 우리는, 이색적인 주인공에 관한 스토리일수록 그를 타당성 있게 전달하는 존재가 중요하다는 걸 짧지 않은 현대소설 체험을 통해 이해하고 있다. 독자는 알게 모르게 그 전달자에게 '생각하는 것 이상으로 절대적으로' 영향받으며 스토리를 받아들이게 되기 때문이다. 사실 이런 유는 대개 만나는 대상(로기완)이 주인공이고 만남의 주체(나)는 그를 설명해주는 보조자가 된다. 또 대개는 1인칭 소설로서 주인공과의 만남을 들려주는 관찰자의 관계가 되어 소위 '1인칭 관찰자 시점'의 전형적인 형태가 되기 마련이라는 게 소설창작론의 '화자와 시점'론이 일러주는 상식이다. 짐작대로 이 소설은 주인공(로기완)과 관찰자(나)의 관계, '나'가 로기완에 대해 진술하는 방식으로 전개된다. 이 소설은 그러나, 탈북자 신분인 주인공이 낯설게도 벨기에의 수도 브뤼셀에 머물렀다는 것으로도 일단 흥미롭지만, 그를 만나러 간 '나'의 처지가 또한 만만치 않은 부피로 소설을 압도하고 있다. 즉, '나'의 사연 없이 대상만을 부각시킨 게 아니라, 대상인 탈북자 로기완에 관해 서술한 이야기이자 그를 만나러 간 '나'에 관한 이야기로도 읽히는 소설인 셈이다. 따라서 독자들은, 우선 탈북자 로기완을, 그를 만난 '나'를, 그리고 그 둘의 관계를 읽어야 이 소설을 제대로 읽게 되는 셈이다.

로기완은, '나'가 밝혀서 알려주는 대로 설명하면 '1987년 함경북도 온성군 세선리 제7작업반 출생'으로 어머니와 함께 북한을 벗어난 사람이다. 중국에 불법체류하던 그는 어머니가 사고로 죽자 어쩔 수 없이 그 시체를 팔아 브로커 비용 등을 치르고 남은 650유로를 품고 다른 동양인들과 함께 독일로 인도된다. 브로커로서도 더 이상의 행로를 책임질 수 없게 된 상태에서 우연히 선택한 나라가 벨기에다. 그때가 2007년 12월. 열다섯 살 이후 자라지 않아 '159센티미터의 키'와 허약한 몸인 그의 그때 나이 스무 살. 노숙하던 그는 경찰서를 거쳐 고아원으로 넘어갔고, 고아원에서 한국인 입양을 돕던 엘렌의 선의로 내무부 외국인 사무국의 심사를 받게 된다. 수용소에서 건실하게 생활하던 그는 그런 건실함 덕분에 예상보다 빠른 6개월 만에 난민 지위를 인정받는다. 이때부터 그의 신분은 비교적 안정되기 시작한다. 그는 난민들에게 주는 보조금까지 받아가며 아파트 생활을 하며 중국 식당에서 일도 하게 되는데, 이때 필리핀 출신의 라이카를 만나 사랑에 빠진다. 라이카가 불법체류자로 체포되었다가 도망 나와 영국으로 건너가자 그는 2009년 12월 스스로 뒤따라 가 2010년 겨울 현재 영국에서 라이카와 불법체류 중인 생활을 하고 있다.

'나'가 로기완을 찾아 브뤼셀로 오게 된 것은 'H'라는 시사 주간지에 벨기에를 떠도는 탈북자 2인을 인터뷰해 실은 것을 읽고 나서이다. 그중 로기완을 다룬 "처음에 그는, 그저 이니셜 L에 지나지 않았다."는 기사 한 줄에 마음이 불편해진 '나'는 그 기사를 쓴 기자한테 이메일을 보내 로기완을 찾아갈 방도를 구한다. '나'는 방송 다큐멘터리 메인 구성작가로, 실시간 ARS 후원으로 불우이웃을 돕는 프로그램을 맡고 있다. '나'는 이 방송에 출연한 가난한 여고생 윤주에게 후원금을 많이 모아주려고 기한을 늦추다 그만 윤주의 혹을 악성 종양으로 키우고 만다. 충격을 받은 '나'는 서로 연정을 키워가던 PD '재이'와도 서먹한 분위기로 멀어진 상태로 "이방인이 되어서 이방인일 수밖에 없었던 사람에 대해 글을 써보"기 위해(13~14쪽) 로기완을 만나러 브뤼셀에 닿았다. 로기완이 영국으로 떠난 지 1년여 뒤다. '나'는 브뤼셀에 머물며 로기완의 행적을 그대로 답사하면서 그가 겪었을 불편하고 막막한 시간을 간접 체험하며 그의 삶을 온전히 이해한다.

소설은 '나'가 로기완의 흔적을 찾아 브뤼셀로 온 2010년 12월 7일부터 다시 로기완을 만나러 영국으로 떠나는 같은 달 30일까지를 순차적으로 기술해 나간다. 각 장의 소제목으로 기재되는 일기식 날짜 대신 '노트에 적지 못한 남은 이야기'라는 제목의 마지막 장은 마침내 영국으로 건너가 로기완을 직접 만나는 장면으로 마무리된다. 그 한 달 사이, '나'는 자기 나라를 탈출해 한 번도 꿈꿔 보지도 못한 땅에 와서 지낸 로기완의 이방인으로서의 처지를 충분히 수용해내는 데 성공한다. 한편으로는 글쓰기의 회의에 빠져 심리적 단절 상태가 된 애인과의 관계도, 스스로 후견인 노릇을 해온 암 환자 윤주와의 관계도 이 이방인 로기완 이해 과정에서 회복해낸다. 애인 재이와 처음 사랑의 감정이 돋아나는 때도 회상해내고(162쪽), 윤주에게 전화를 걸어 "방송용 대본이 아니라 후회하는 사람만이 쓸 수 있는 글을 쓰고 있다"고도 들려준다(181쪽). 수면제 없이 잠을 못 자던 '나'가 약상자를 브뤼셀에 버리고 영국에 간 에피소드는 이런 회복 상태를 잘 표상해준다(192쪽).

소설 종반부에, 로기완을 만나면 들려줄 자신의 이야기("이니셜 K에 대해 해줄 이야기", 194쪽)를 준비하는 '나'는 실제 그에게 줄 두 가지 선물을 마련한다. 하나는 "브뤼셀로 와서 로기완의 여정을 따라다니면서 틈틈이 찍어온 사진들이 차곡차곡 정리"된 앨범과 그 여정을 적은 파란색 스프링 노트가 그것이다. 그 노트에는 "처음에 그는, 그저 이니셜

L에 지나지 않았다"라는 문장에서 시작해 "로, 이것이 바로 내가 들려주고 싶은 나의 이야기이다"로 끝나는 글, 즉 로기완을 만나러 와서 로기완에게 들려주고 싶은 자신의 이야기로 마무리한 글이다. 이 소설은 그 글을 완성한 이야기로도 읽히고 있다.

그 글은 로기완을 따라간 여정인 동시에 '나'에게는 "나도 모르게 로기완을 통해 살아 있는 나를 긍정하게 된 과정을 적은 이야기"이다(이상 191~192쪽). '나'는 브뤼쎌에 와서 로기완을 추적하는 동안 그와의 동일시를 통해 그의 이방인으로서의 시간을 자신의 글로 재현해낸 것이다. 따라서 이 소설을 제대로 읽는다는 것은, 첫째 **세상의 끝에 몰린 한 탈북자가 자립의 가능성을 확보한 과정**, 둘째 **그 탈북자를 만나는 과정을 통해 자신을 긍정하게 된 과정**, 그리고 **이 둘의 과정을 하나의 스토리로 이어 진정한 글쓰기를 완성한 과정**의 세 겹을 이해한다는 뜻이다.

3. 글쓰기의 진정성과 삶의 진정성

대상을 진정으로 알려는 노력은 창작의 기본자세이자 그 자체로 창작이 되기도 한다. 남을 진정으로 받아들이려는 노력은 인간다운 삶의 기본자세이자 그 자체로 진정한 삶이 되기도 한다. 이 소설에서 로기완이라는, 세상의 끝에 몰린 인생을 그 사람의 시공간을 자기 것으로 체험해 진정으로 느끼려 한 '나'의 행동은 진정한 삶과 글을 얻고자 하는 사람의 순결한 의지의 표현이자 그 자체로 하나의 완성된 삶과 글쓰기의 과정이라 할 수 있다. 세상에 진정한 것이란 어쩌면 이런 정도의 과정 없이 얻어질 수 없는 게 아닌가. 한 번만 고개 돌리면, 그 어떤 언어나 손길로도 해소시키지 못하는 철저한 이방인들이 저렇듯 낯선 곳에서 떠돌고 있는데, 이웃을 사랑한다는 사람들이 스스럼없는 편의주의로, 삶이 치러내야 할 고통의 시간을 외면한 거짓 사랑의 언어로 자기만족에 급급해 하고 있는 게 아닌가.

탈북자 로기완은 지금도 이름조차 낯선 땅에서 떠도는 수많은 탈북자 이기를 넘어, 역사가 낳은 디아스포라이자, 나아가 인류가 근원적으로 해결하지 못하는 영원한 이방인을 상징하는 존재라고 할 수 있다. 그 많은 로기완을 향한 진정한 우리의 마음과 행동이 필요한 때이지만, 그 실천의 흔적은 찾기 어렵다. 요행히 작가 조해진이 '나'의 '로기완 만나기'로써 더불어 하는 진정한 삶과, 진정으로 자신을 알고 남에게 자신을 여는 언어가 가능하다는 믿음을 실천해 주었다.

한편으로, 작중에서 로기완이 겪은 일이 일차적으로 현재 북한의 실상이나 그것에서 벗어나서도 국제적 규약과 역학관계의 그늘에서 여전히 '비인륜적 고통'에 빠져 허덕이는 실제 탈북인의 고난을 대표하는 일로 읽힐 수밖에 없다는 점에서 이 소설에서 흥미로울 수 있는 몇 가지 소재가 더 살아나지 못하고 있다는 느낌은 어쩔 수 없다. 대표적으로 암종이 깊어져 수술하게 된 윤주에 대한 '나'의 감정은 연민을 넘어서는 절대적 사랑에까지 가 닿아 있어 '나'의 로기완에 대한 심리적 경도를 도리어 희석시키는 느낌마저 든다. 또한, 로기완이 브뤼셀에서 난민 지위를 얻고 또 영국으로 건너가 불안한 신분인 채로나마 자립할 수 있게 되는 데 결정적인 조력자로 활약한 '박(박윤철)'의 캐릭터가 그렇다. 그는 서울에서 의대를 다니다가 모종의 정치적 사건에 연루돼 프랑스로 망명 간 의사다. 벨기에에서 의사 생활을 하던 중 5년 전 아내를 암으로 잃고 지금은 은퇴한 몸이다. '나'에게 로기완이 쓴 브뤼셀에서의 일기장을 건네주는 등 호의를 베푼 그는 '나'에게서 자기 아내를 발견했다고 고백한다. 고통스러워하는 아내를 안락사시킨 일로 번민해온 그를 '나'가 포옹으로 위무하는 장면은 고급 멜로영화의 한 장면처럼 멋지다. 그러나 이 같은 곁 소재들이 로기완의 탈북 유민 스토리에 비해 상대적으로 우연한 개인사로 비치는 건 '탈북자 소설'을 대하는 습관적 독법 때문일까?

대담비평 : '민족의 특수한 경험에서 전지구의 미래를 위한 포용으로'

이 책을 준비하는 동안 두 사람의 편저자가 대담을 통해 탈북 소재 문학을 다양한 각도에서 해석했다. 오늘날 탈북이 남북 문제를 넘어 국제적으로 가지는 의미와 그것의 문화사회학적 상징성 등을 중심으로 탈북이 디아스포라로서의 의미를 내포하게 된 배경을 설명하고, 그것을 적극적으로 문학에 수용한 소설작품의 유형과 계보를 탐색하고 있다.

제1부 '탈북 서사의 배경과 한국문학의 새로운 지평'

오랜 남북 분단의 시대에서 대량 탈북 사태가 문제되는 오늘날에 이르는 과정을 문학사적 관점에서 해석하고 정리한 4편의 평문을 실었다.

임헌영의 「남북한 만남의 문학 변천사」(『불확실 시대의 문학』, 한길사, 2012)

그동안 한국문학사가 분단 체험을 어떻게 수용했는가에 초점을 맞추고 있었다면, 이 평문은 주로 분단 상황에서 만남을 시도한 다양한 소설적 내용에 대해 주목하고 있다. 분단의 벽에 갇힌 줄로만 생각한 우리 소설이 실제로는 판문점 취재, 남파된 간첩의 활동, 남북한 고향방문단의 상봉 등의 체험으로 남북 만남을 형상화하고 있었음이 잘 드러난다. 이어 1990년대에 이르러 월북한 아버지를 만나는 사연을 다룬 몇 편의 소설을 기점으로 상봉의 체험이 문학적으로 구체화되면서 우리 민족의 통합 시대가 예고하고 있다고 진단한다.

우찬제의 「분단 환경과 경계선의 상상력」(『동아연구』 30권 2호, 서강대 연구소, 2011)

최인훈의 『광장』, 박상연의 『DMZ』, 강희진의 『유령』에 나타난 경계선의 상상력을 생태학적 측면에서 논의하고 있는 평문이다. 이들 소설은 각각 냉전시대, 탈냉전시대, 디지털시대를 대변하는 작품인데, 논자는 이들 각 세대별 작품에 드러난 변별적인 징후를 통해 생태학적 동일성의 상실 상태에 빠진 것으로 여겨진 우리 문화에 내재된 그것에 대한 진지한 회복의 욕망과 그 가능성을 읽고 있다.

한원균의 「탈북자 문제의 소설사회학」(『비판적 성찰의 글쓰기』, 청동거울, 2005)

탈북자의 문제가 한국 사회에 새롭게 부각된 모순 형태이며, 탈냉전 이후 동북아시아의 역학구도와 관련된 국지적 모순을 선명하게 보여주는 기표라는 전제하에 김정현의 장편 『길 없는 사람들』과 박덕규의 단편들에 나타난 탈북자의 삶을 읽어내고 있다. 작품의 사회학적 분석을 통해 현실을 망각한 이상론으로서의 통일론이나 남한 사회의 천민자본주의적 형태가 진정한 통일을 방해하는 요소라는 사실을 지적한다.

고명철의 「분단체제에 대한 2000년대 한국소설의 서사적 응전」(『한국문학논총』 58집, 2011)

분단체제에 대응하는 2000년대 소설의 내용과 세계관을 몇 가지 각도에서 진단하고 그 새로운 가능성을 열어준다. 탈북 체험을 담은 2000년대 소설을 주대상으로 해서, 남한체제에 편입된 북한 출신자들이 결국 한반도 주민들의 2등국민으로 살아야 하는 비극을 경고하는가 하면, 세계의 약소자로 전락한 탈북자의 현실을 바라보는 우리 소설의 거시적 안목을 격려하기도 한다. 또한, 남북이 어느 한쪽으로의 일방적 흡수가 아니라 서로 깊은 상처를 주지 않은 평화체제로 구축할 수 있는 지혜를 존이구동과 화이부동의 서사를 통해 제시해 보기도 한다.

제2부 '탈북, 정착과 혼돈의 세계'

탈북 체험을 담은 대표적인 소설들에 나타나는 탈북자들의 구체적인 삶의 실상을 탈북자의 유린되는 인권이나 남한 자본주의 체제의 모순을 중심으로 살펴보는 4편의 평문을 실었다.

오윤호의 「탈북 디아스포라의 타자정체성과 자본주의 생태의 비극성 – 2000년대 탈북 소재 소설 연구」(『문학과 환경』 제10권 1호, 문학과환경학회, 2009)

2000년대 이후 탈북 디아스포라 소설에 나타난 초국가적 경계넘기의 상상력을 분석하면서 탈북자들이 겪게 되는 왜곡된 자본주의적 생태의 비극성과 그 문학적 재현의 의미를 밝히고 있다. 『리나』, 『바리데기』, 『찔레꽃』, 『큰돈과 콘돔』을 대상으로 탈북 경로 과정에서 개입하는 다양한 자본주의 생태를 비판적으로 검토하여 탈북 디아스포라의 문화혼종적 양상과 유동적인 타자정체성을 규명하고 있다.

이성희의 「탈북자 소설에 드러난 한국 자본주의의 문제점 연구 – 박덕규 소설을 중심으로」(『한국문학논총』 제51집, 한국문학회, 2009)

탈북자들의 다양한 삶의 양태를 통해 탈북자라는 색다른 신분을 이용하여 그들을 자원화하는 한국적 자본주의의 속물성을 고발하는 박덕규의 중단편을 주목하고 있는 평문이다. 오랜 분단시대에 형성된 거대한 장벽을 깨고 진정한 소통의 세계를 펼치자면 철저한 자기반성이 전제되어야 하는바, 이 점에서 대상 소설이 지니는 자기 성찰과 비판의 가치를 세세하게 짚어내고 있다.

홍용희의 「통일시대와 탈북자 문제의 소설적 인식 – 정도상, 『찔레꽃』, 이대환, 『큰돈과 콘돔』을 중심으로」(『한국언어문화』 제40집, 한국언어문화학회, 2009)

북한–중국(제3국)–한국행의 탈북 행로를 보인 대표적인 소설로 『찔레꽃』과 『큰돈과 콘돔』을 내세우고, 전자를 탈북에서 정착으로 이어지는 과정을 중심으로, 후자를 남한에 정착한 탈북자의 일상을 중심으로 추적하고 있다. 강요된 탈북으로 '물건'으로 전락해 재앙과 야만의 공간에서 삶을 이어온 전자의 탈북자와 자식의 과외비를 벌기 위해 자발적으로 자신을 '물건'으로 전락시키는 남한 사회에 비교적 능동적으로 적응해 버린 후자의 탈북자를 서로 대비해 탈북자 문제를 서로 다른 원근법에서 다층적이고 입체적으로 이해하게 한다.

고인환의 「'함께 있어도 외로움에 떠는' 그들」(『내일을 여는 작가』, 2006년 겨울호)

1990년대 초부터 15년 동안의 탈북 소재 소설 전반을 다양한 각도에서 읽고 있는 평문이다. 이제 탈북은 분단시대의 오래고 튼튼한 이데올로기의 신화를 해체시키는 실증적 현상으로 일상의 문화에 깊이 들어와 있다는 사실이 세세하고 꼼꼼한 작품 읽기로 증명되고 있다. 탈북 소재 소설이 북한이라는 금기의 땅을 시공간적으로 넘나드는 새로운 상상력을 지니면서, 이념과 일상이 길항하고 공명하는 지점을 응시하게 하는 소재이자 좌표가 된다는 점이 설명된다.

이성희의 「탈북자 문제로 본 분단의식의 대비적 고찰 – 김원일과 정도상 소설을 중심으로」(『한국문학논총』 제56집, 2010)

분단시대를 대표하는 작가 김원일과 1980년대의 민중문학의 첨단에 있던 정도상의 각각의 탈북 소재 소설을 중심으로 각 세대가 지닌 분단의식을 대비적으로 고찰하고 있다. 이념이나 종교를 넘어서는 인간 생명의 존엄성의 회복을 목숨을 건 북한행을 통해 실천하는 한 목사(김원일의 「카타콤」)와 인간으로서의 진정성을 황폐화하는 자본의 구조적 폭력을 스스로 체험적 실체로서 고발하는 한 탈북자(정도상의 『찔레꽃』)에 대한 대비적 해석으로 이제 분단 문제는 그런 세대적 인식의 편차를 넘어 새로운 관점에서 바라보아야 한다는 사실을 확인하게 한다.

제3부 '탈북, 영역을 넘어 체제를 넘어'

탈북은 좁게는 북한의 와해 조짐을 증명하는 일이지만 넓게는 세계사의 전환을 암시하는 사건으로 이미 공간적으로 전세계를 통해 전개되고 있다고 할 수 있다. 또한 그것은 장소 이동을 통한 경험뿐 아니라 인종과 문화가 혼재되는 글로벌 시대의 다민족사회를 경험하는 일이기도 하다. 영역과 체제를 넘어서는 탈북의 의미를 다양한 평문으로 탐색한다.

이정숙의 「여행소설에 나타난 상상력의 구조 변화 – '아버지 찾기'를 중심으로」(『한국어교육학회지』 105, 한국어교육학회, 2001)

이산가족의 만남 혹은 그 시도가 활발하게 이루어지지 못하는 우리의 현실에서 분단으로 이산된 부자간의 상봉 문제를 다룬 3편 소설을 통해 통일의 바람직한 방향을 모색할 기회를 제공하는 평문이다. 정소성의 「아테네 가는 길」, 최윤의 「아버지 감시」, 이문열의 「아우와의 만남」 등은 각각 부자 상봉이 불발되거나 다른 나라에서 이루어지거나 아버지 대신 이복동생을 만나는 내용을 담고 있는바, 그 자체로 통일의 가능성과 그 어려움을 엿보게 하면서 분단 모순을 극복해 가는 단초가 된다고 진단하고 있다.

오창은의 「공간의 감수성과 제국의 감각」(『모욕당한 자들을 위한 서

사』, 실천문학사, 2011)

허혜란의 『체로키 부족』, 정도상의 『찔레꽃』, 전성태의 『늑대』 등 국가의 울타리를 벗어나 국경 밖에서 국가를 사유하는 작품을 탐색하면서 식민지 시대 이후 단절되었던 국제적 경험의 복원을 담론적으로 시도한다. 특히 법의 보호를 받지 못하는 인권이 없는 존재인 탈북자가 근대 국민국가의 체계 속에서 근대적 권리를 박탈당한 존재로 취급당하고 있는 현실을 작품을 통해 확인하면서 탈북자 수용을 기반으로 한 남북한의 소통과 융합의 과정에서 이같은 기묘한 가학이 가해질 수 있음을 경계하고 있다.

서희원의 「근대세계체제의 알레고리 혹은 가능성의 비극 – 강영숙의 『리나』를 읽는다」(『문학 선』, 2009년 봄호)

강영숙의 『리나』를 알레고리 세계로 이해하고 있는 평문이다. 동시대의 탈국경 서사가 탈일상의 낭만이나 자본주의적 교역, 또는 다른 한국적 현실의 재현에 바쳐진 것에 반해 『리나』는 이국의 공간 깊숙이 들어가는 여정을 통해 전지구적인 '암흑'의 핵심으로 이끈다는 점에 주목하고 있다. 그 암흑은 탈북의 전제가 된 이념의 지옥이라는 차원을 넘고, 그 지옥을 탈출하게 한 자본주의의 글로벌적 위력을 넘는 것으로 이해된다. 이 독특한 해석이 탈북 문제 해석에 새로운 무게를 얹고 있다.

임영봉의 「2006년 서울 율리시스, 그 좌절된 모험에 대한 기록 – 김영하의 『빛의 제국』」(『리토피아』, 2006년 겨울호)

남파 간첩 김기영이 조국의 귀환 명령에 회의를 품고 결국 남한에 남게 되는 스토리를 이념 상실의 시대에 직면한 지금의 세태로 읽고 있는 평문이다. 김기영의 잔류 선언은 '이념마저 취향의 기호이자 일종의 소비품으로 만들어 버리는 압도적인 힘의 존재, 자본주의의 일상체제' 에 대한 굴복이자 나아가 작가의 '도저한 허무주의' 의 일단이라 풀이한다.

우리에게 탈북의 다양한 형태에 대한 새로운 해석을 필요로 한다는 교훈을 주는 글이다.

김동윤의 「국가와 공동체, 혹은 구속과 자유 – 정철훈의 『인간의 악보』」(『소통을 꿈꾸는 말들』, 리토피아, 2010)

김일성 체제로부터 도망간 망명객 한추민의 한국 방문을 계기로 남과 북, 그리고 국외의 한민족이 국가의 경계를 넘어 새로운 공동체를 형성해 살 수 있는가를 묻고 있는 소설에 대한 깊은 이해를 드러낸 평문이다. 국가와 민족의 경계를 넘고 이념의 구속을 넘는 새로운 공동체의 모색이라는 주제가 이념의 희생자이자 한반도와 유럽, 중앙아시아를 넘나드는 공간적 체험의 주인공으로부터 가능했다는 점에서 탈북의 영역이 의외로 폭넓은 영역과 역사를 거느리게 된다는 사실을 확인할 수 있다.

박덕규의 「탈북 디아스포라 이해와 자아 회복의 의미 – 조해진의 『로기완을 만났다』」

중국으로 탈북해 살다가 어머니가 교통사고로 죽은 뒤 그 시신을 팔아 벨기에까지 간 탈북 청년 로기완과 그를 통해 새로운 진정한 스토리를 얻으러 찾아간 방송작가의 관계를 해석하고 있는 평문이다. 일상의 공간에서 아득히 먼 곳에 사는 탈북자를 찾아나서는 행위로써 우리에게 탈북이란 외면할 수 없는 당면한 시사(時事)이라는 사실이 증명되는바, 탈북이 남북의 문제를 넘어 범국제적이자 나아가 인류문화 전반에 나타나는 디아스포라적 성격을 지니게 되었다는 사실이 거듭 확인되고 있다. * 이 글은 한 지역잡지에 짧은 글로 발표된 것을 전면 개고한 것이다.

찾아보기

ㄱ

ㅅ

ㅇ

ㅈ

편저자 약력

박덕규

경희대학교 국어국문학과(학사, 석사)를 졸업하고, 단국대학교 대학원 문예창작학과에서 박사학위를 받았다. 시집 『아름다운 사냥』, 소설집 『날아라 거북이!』, 장편소설 『밥과 사랑』, 『사명대사 일본탐정기』, 탈북 소재 소설선 『함께 있어도 외로움에 떠는 당신들』, 평론집 『문학과 탐색의 정신』, 『문학공간과 글로컬리즘』 등이 있다. 현재 단국대학교 문예창작학과 교수로 재직 중이다.

이성희

부산대학교 국어국문학과에서 현대문학을 전공하였고, 「김원일의 분단문학 연구」로 박사학위를 받았다. 논문으로 「『슬픈 시간의 기억』을 통해 본 김원일의 분단 인식」, 「김원일의 『손풍금』을 통해 본 분단과 이산에 관한 연구」 외 다수가 있다. 현재 부산대학교, 경남대학교, 동서대학교 강사로 재직 중이다.

필자 약력

임헌영

중앙대학교 국어국문학과 및 동 대학원을 졸업하고, 1966년 『현대문학』을 통해 등단하였다. 『월간독서』, 『한길문학』, 『한국문학평론』 등의 편집주간을 역임하였다. 저서로 『민족의 상황과 문학사상』, 『한국현대문학사상사』, 『문학과 이데올로기』, 『분단시대의 문학』, 『우리 시대의 소설 읽기』 등이 있다. 현재 중앙대학교 국어국문학과 겸임교수이며 민족문제연구소 소장으로 있다.

우찬제

서강대학교 경제학과 및 동 대학원 국어국문학과를 졸업하고, 1987년 『중앙일보』 신춘문예 평론 부문에 당선되었다. 『문학과 사회』, 『세계의 문학』, 『비평의 시대』, 『오늘의 소설』, 『포에티카』, 『HITEL문학관』 편집위원과 문학과환경학회장을 역임하였고, 소천비평문학상, 김환태평론문학상, 팔봉비평문학상을 수상했다. 저서로 『욕망의 시학』, 『상처와 상징』, 『타자의 목소리: 세기말 시간의식과 타자성의 문학』, 『고독한 공생』, 『텍스트의 수사학』, 『프로테우스의 탈주』 등이 있다. 현재 서강대학교 국어국문학과 교수로 재직 중이다.

한원균

경희대학교 국어국문학과 및 동 대학원을 졸업하고, 1994년 『서울신문』 신춘문예 평론 부문에 당선되었다. 저서로 『비평의 거울』, 『고은이라는 타자』 등 다수가 있다. 현재 국립 한국교통대학교 한국어문학과 교수로 재직 중이다.

고명철

성균관대학교 국어국문학과 및 동 대학원을 졸업하고, 1998년 『월간문학』 신인상에 「변방에서 타오르는 민족문학의 불꽃—현기영의 소설세계」가 당선되었다. 『비평과전망』 및 『실천문학』 편집위원을 역임하였고, 젊은평론가상, 고석규비평문학상, 성균문학상 등을 수상하였다. 저서로는 『'쓰다'의 정치학』, 『뼈꽃이 피다』, 『잠 못 이루는 리얼리스트』, 『문학, 전위적 저항의 정치성』 등이 있다. 현재 『바리마』, 『리토피아』, 『리얼리스트』의 편집위원으로 활동하고 있으며, 광운대학교 국어국문학과 교수로 재직 중이다.

오윤호

서강대학교 대학원 국어국문학과를 졸업하고, 2001년 『동아일보』 신춘문예 평론 부문에 당선되었다. 논문으로 「외국인이주자의 형상화와 우리 안의 타자담론」, 「탈경계 주체들과 문화혼종 전략, 비교문학」, 「탈북 디아스포라의 타자정체성과 자본주의적 생태의 비극성」 등이, 저서로 『깨어진 역사 비평적 진실』이 있다. 현재 이화여자대학교 이화인문과학원에 재직 중이다.

홍용희

경희대학교 국어국문학과 및 동 대학원 졸업하고, 1995년 『중앙일보』 신춘문예 평론 부문에 당선되었다. 저서로 『꽃과 어둠의 산조』, 『아름다운 결핍의 신화』, 『대지의 문법과 시적 상상』, 『현대시의 정신과 감각』, 『김지하문학연구』 등이 있다. 현재 경희사이버대학교 미디어문예창작학과 교수로 재직 중이다.

고인환

경희대학교 국어국문학과 및 동 대학원을 졸업하고, 2001년 『중앙일보』 신인문학상 평론 부문에 당선되었다. 제7회 젊은평론가상 수상했다. 저서로 『결핍, 글쓰기의 기원』, 『말의 매혹: 일상의 빛을 찾다』, 『공감과 곤혹 사이』, 『한국 근대문학의 주름』, 『한국문학 속의 명장면 50선』 등이 있다. 현재 경희대학교 후마니타스 칼리지 교수로 재직 중이다.

이정숙

서울대학교 국어교육과 및 동 대학원을 졸업하고, 국제한인문학회 회장을 역임했다. 저서로 『실향소설연구』, 『한국현대소설연구』 외 공저가 다수 있으며, 현대소설 관련 논문이

50여 편 있다. 현재 구보학회 회장, 한국현대소설학회 수석 부회장으로 활동 중이며, 한성대학교 한국어문학부 교수로 재직 중이다.

오창은

중앙대학교 국어국문학과 및 동 대학원을 졸업하고, 2002년 『경향신문』 신춘문예 평론 부문에 당선되었다. 저서로 『비평의 모험』, 『모욕당한 자들을 위한 사유』가 있다. 현재 중앙대학교 교양학부대학 교수로 재직하고 있다.

서희원

동국대학교 대학원을 졸업하고, 2009년 『문화일보』 및 『세계일보』 신춘문예 평론 부문에 당선되었다. 현재 『문예중앙』 편집위원으로 활동 중이며, 동국대학교 문화학술원 전임연구원으로 재직 중이다.

임영봉

중앙대학교 국어국문학과를 졸업하고, 1997년 『문학사상』 평론 부문 신인상에 당선되었다. 중앙문학상, 어문논문상 등을 수상하였다. 저서로 문학평론집 『늪에 빠진 언어의 표정』, 『생성과 소멸의 언어』, 『청년 김현과 한국문학』과 연구서 『한국 현대문학 비평사론』, 『상징투쟁으로서의 한국현대문학비평사』 등이 있다. 현재 중앙대학교 교양학부대학 교수로 재직 중이다.

김동윤

제주대학교 국어국문학과 및 동 대학원을 졸업하고, 2001년 『리토피아』를 통해 평론 활동을 시작했다. 저서로 『소통을 꿈꾸는 말들』, 『제주문학론』, 『기억의 현장과 재현의 언어』, 『우리 소설의 통속성과 진지성』, 『4 · 3의 진실과 문학』, 『신문소설의 재조명』 등이 있다. 현재 제주대학교 국어국문학과 교수로 재직 중이다.

쟁점으로 읽는 한국문학 2

탈북 디아스포라

인쇄 2012년 12월 3일 | 발행 2012년 12월 10일

편저자 · 박덕규 · 이성희
펴낸이 · 한봉숙
펴낸곳 · 푸른사상사
주간 · 맹문재 | 편집 · 지순이 | 마케팅 · 박강태

등록 제2-2876호
주소 서울시 중구 초동 42번지 아시아미디어타워 502호
대표전화 02) 2268-8706~7 팩시밀리 02) 2268-8708
이메일 prun21c@yahoo.co.kr / prun21c@hanmail.net
홈페이지 www.prun21c.com

ISBN 978-89-5640-969-6 93810
값 22,000원

e-CIP 홈페이지(http://www.nl.go.kr/cip.php)에서 이용하실 수 있습니다.
(CIP제어번호 : CIP2012005515)